姜蝶七这个泰国男人的歌声里
恍惚地回忆起他们刚到曼谷
迎着31℃的热浪，有人抱怨问：
夏日到底是用什么来计算的？
是月份、是气温？
还是蝉鸣、啤酒、烟头、海潮、霓虹、子弹
……这些东西闪烁的无数个瞬间？

若是让她来回答，
此时此刻，她一定会说——
是心动。

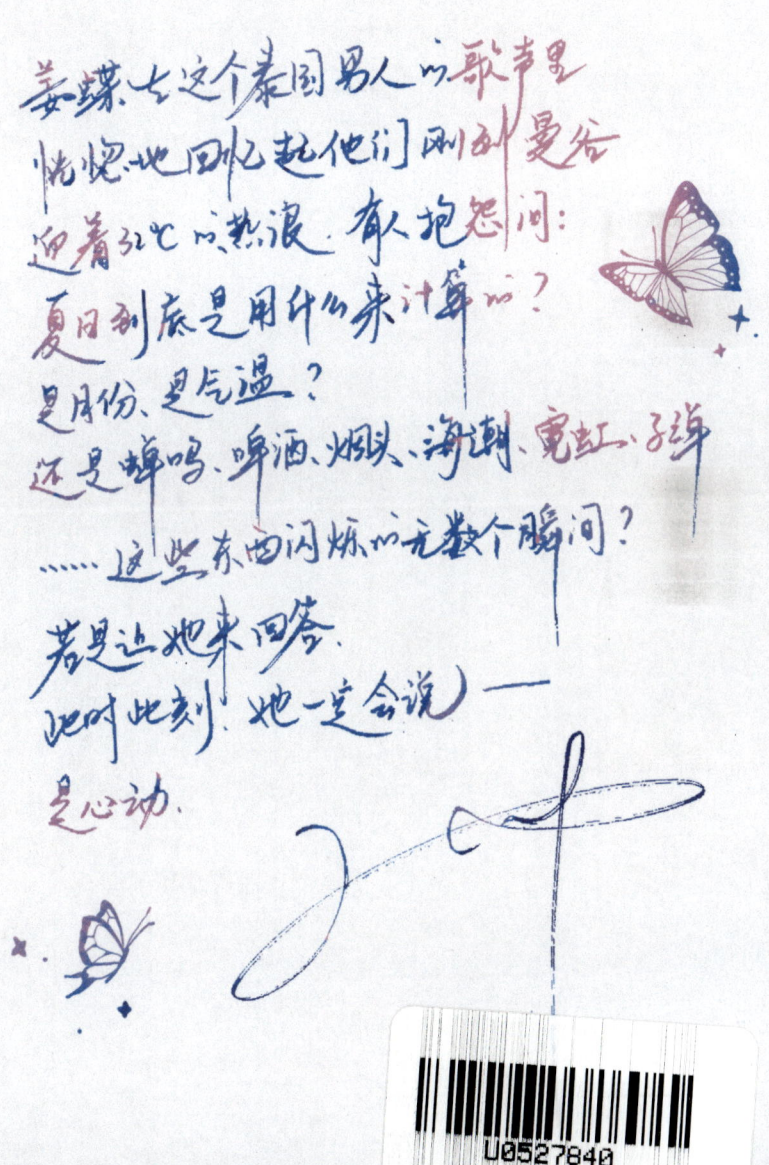

严雪芥 著

风眼蝴蝶
Butterfly

四川文艺出版社

人生中会有许许多多个周而复始的夜晚,它们的存在其实只是为了证明,有那样一个夜晚前所未有。一旦经历,也许毕生都走不出那个良夜。

她吃过痛,吃过苦,
但从来没有吃过甜。

为了这一点甜,
她愿意颠覆自己无处容身的世界。

她不再害怕了。

而也是她鼓起勇气置自己于死地的这一天,
她终于有机会获得新生。

Contents 目录

One
难以攀折的月亮
——— 001

Two
徒手攀登酋长岩
——— 075

Three
看见世界的灯火
——— 159

Four
掉下来也没关系
——— 245

也许因为见到他的第一面是雪天,
寒气让她误以为撞上了一座冰川。

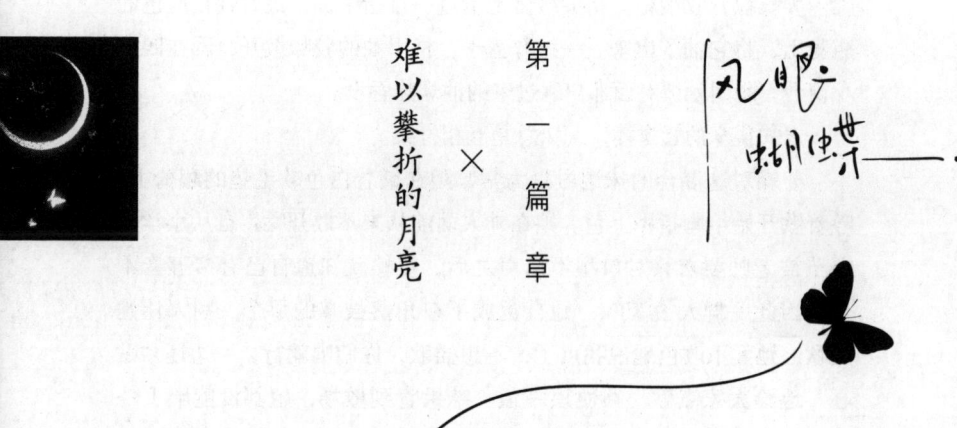

第一篇章 × 难以攀折的月亮

风眼蝴蝶——.

01

  姜蝶拉开收纳柜，指尖缓慢地滑过一排指甲油，最后顿在蓝色的瓶身上，将它抽了出来。一拧开盖子，指甲油的胶味散开，困在四方小窗台，瞬间就被对面那户飘过来的油烟味吞没。

  老式狭窄的鸳鸯楼，气味总是互相打架。

  姜蝶对这混合的味道习以为常，蹲在铺着白色软毛垫的藤椅上，哼着歌开始给脚指甲上色。她在外人面前从来不敢开嗓，自从小学合唱节被老师要求只对口型不出声之后，姜蝶就知道自己有多五音不全。因此一群人去KTV，她自觉成了在角落鼓掌的那个。别人让她点歌，她面不改色地说我点了，不想插歌，你们唱就行，一边还"贴心"地给大家点歌，顺便顶一顶。结果直到散场，她都没能唱上一首，大家说："下次你得给自己顶啊！不然白来了。"

  姜蝶眨眼笑道："谁叫你们都太会唱，跟听live（室内演出）的票价比我还赚了。"

  众人被夸得鸡皮疙瘩掉一地，下次唱歌时坚持还要叫她，被姜蝶笑着婉拒——无用且费钱的社交没必要去。那次会参加，完全是因为当时大一刚开学，免不了之后某堂课缺席需要托人点个到，她得混个好印象。

  姜蝶边给涂好的颜色上封层，边发散地想着些有的没的。窗外起了风，檐下挂着的风铃丁零当啷撞在一起，提醒着她快到出门的时间了。

  穿什么去赴约好呢……姜蝶触目所及，她的房间里，椅背、懒人沙发、缝纫机，有点空闲的地方都挂满了随手一放的衣服。一切都乱糟糟的，唯独穿衣镜前的那一小片空间干干净净，还缀着鲜花。那是她平时出门前的战场，也是她录制穿搭视频会被拍到的地方，必须得光鲜亮丽。

　　姜蝶最后挑了条收腰的拼接裙，上身是一字肩，下身是略紧的A字形短裙，整体剪裁宛如一只张开的黑白蝴蝶。这是她为自己量身后手工制作的裙子，还特意在大腿处镂空了一小部分，穿上时，莹白皮肤上的蓝色蝴蝶刺青若隐若现。

　　姜蝶在镜前臭美地照了几番，觉得还欠缺点东西，她艰难地跨过满地狼藉，在化妆台前摸到一根银链子，将它环在了腿上——大功告成！

　　最后喷上香水，驱散衣服沾上的复杂味道。她揣上帆布包，把洗漱用品、化妆品以及准备好的礼物统统塞进，轻手轻脚地走出房间。

　　客厅的尽头，另一扇房门大开着，蚊帐里的人正在午睡，听到脚步声下意识翻了个身，却没有睡醒的迹象。

　　薄纱蚊帐被窗外的风卷起，打了个旋儿。

　　姜蝶上前扣好窗栓，写了张便笺贴在她的床头——

　　"妈，我去参加朋友的生日会，明天才回来，你不要担心。"

　　姜蝶要去参加的是契约男友盛子煜的生日会。

　　他们虽是同级生，读的却是不同专业。姜蝶学习服装设计，盛子煜摄影系出身，在偌大的学校里都难碰到面，偏偏在一次线下的红人博主聚会上相遇。

　　高考毕业后的暑假，姜蝶就决心在网络上经营穿搭视频号赚钱，之后总算做起来了，只是不温不火。那次能被邀请是误打误撞，活动在花都举办，人数不够，主办方拿她凑个人头。因此，现场没人愿意搭理她，正尴尬得不知所措时，姜蝶转头瞥见了角落里的盛子煜。他的样貌在他们那一届新生里算是比较出挑的，后来又进了学生会，算是小半个风云人物，姜蝶对他有印象。

　　在这种场合，尬聊总比落单强。

　　姜蝶故作熟稔地凑上去搭话道："嗨，我在学校里见过你，没想到你也是博主。"

盛子煜也尴尬得要死,见状松了一口气,热情道:"一个没什么名气的摄影号而已。我们要不要互相关注下?"

两个镶边的小透明在聚会一角抱团取暖,为了表现自己没有白来,拍了合照,当作这次聚会的硕果发了微博。然而,这条微博莫名其妙成了他们点赞评论量最高的一条。

"两位好配!"

"梦幻联动!我喜欢的博主们互动了啊啊啊啊!!"

"这是什么小言剧情?觥筹交错的晚宴上遇到风流俊秀的大佬,两人碰杯红酒,蓦然回首,竟是那个曾在食堂和自己抢一碗番茄蛋汤的男同学。"

……

之后姜蝶又试探性地发了几条关于盛子煜的微博,带着点他们的互动,果然每条人气居高不下,她的粉丝数也开始大幅增长。这些人乐于看见她和盛子煜互动,风雨无阻地留言说:"信女愿一生荤素搭配,祈求你们在一起。"

于是姜蝶玩笑地跟盛子煜说:"要不我们就在一起吧?"

盛子煜当即吓得镜头一抖:"你……你暗恋我?"

"我指的在一起,是逢场作戏。"姜蝶语气变得认真,"现在网红[①]不都讲究个人设或者卖点什么的,既然大家喜欢看我和你互动,我们就干脆贩卖爱情。流量上来了就有钱赚,干吗和钱过不去?"

就这样,他们一拍即合,成了纯营业情侣。

随着知名度打响,两人在学校里也得伪装着这层身份,不然就会"人设崩塌"。姜蝶还得时不时编点甜蜜段子,必要时拍支 vlog[②]。就

---

① 即网络红人。
② 全称为 video blog 或 video log,意为视频网络日志。

像盛子煜这次的生日会,她作为他名义上的女友,完全是带着拍vlog撒撒"糖"的任务去参加的。

因为有这层目的在,盛子煜也不好随便糊弄。为了造势,他特地在花都对岸的盐南岛租了一栋别墅,邀请了一众校里校外的好友,还有个别网上认识的博主。

而姜蝶怎么也没有想到,会在这一众被邀请的人当中,看见饶以蓝。

姜蝶达到约定的花都码头时,第一个看见的人便是饶以蓝,还以为自己眼花。盛子煜正在码头边上招呼人,姜蝶拉过他的胳膊,压低声音问:"你怎么会邀请饶以蓝?"重点是她还愿意来!

"No no no..."盛子煜耸肩,"确切地说,我没邀请她,是她主动想来的。"

"怎么可能?"

姜蝶更诧异了。她和饶以蓝读同一个专业,最清楚这人眼高于顶,毕竟家世好,又漂亮,一进校就风生水起,把师姐们一气儿击垮,落得"高岭之花"的头衔。她会主动参加男生的聚会……这在姜蝶印象里是头一遭。

"能让高岭之花出动的,还能是谁?当然是比花还难摘的月亮。"盛子煜很得意,"你不知道我面子有多大,这次我们要去的别墅是会长免费借给我的。饶以蓝知道后巴巴地来找我,说要给我庆生。"

他说的是那个学生会会长——蒋阁?姜蝶心里一惊。

"你的意思是蒋阁也会来吗?"

"他要真来,我还不乐意呢,主角肯定成他了。"盛子煜摇头,"会长就是听说我想租别墅,就说他那儿有间空的。只是借个房子不来人,就这样饶以蓝都好奇,想要去看看。啧。"

姜蝶闻言,不置可否。

这世界上偏生就是有一种人,别说他住过的房子,也许他走过的路,看过的风景,呼吸过的空气,都能组成一条"朝圣"的路线。

纵然仅和蒋阎有过几面之缘，但她笃定，他就属于这类人，正如同他的名号——比"高岭之花"更虚无缥缈的"难以攀折的月亮"。

姜蝶登上快艇，和盛子煜并肩坐下。

他们的斜对角是饶以蓝，她将手心里的袋子递到盛子煜面前，冷淡地说："给你的生日礼物。"

盛子煜受宠若惊地接过，姜蝶斜着眼，模糊地瞧见品牌标志。只是个不熟的同学，出手都如此阔绰，属实是大小姐的手笔。这就是饶以蓝的作风，面子一定是最重要的。譬如大一的专业成绩，明明姜蝶排第一，却因为饶以蓝有个担任时尚大刊主编的妈，莫名其妙地加分压过她一头，取代了她获得奖学金。

想到这里，姜蝶瞥向袋子的神色多了几分冰冷。

饶以蓝却误会了她这一眼，轻笑道："不会吧姜蝶，你难道在吃我礼物的醋吗？"她的语气有些嫌弃，"你可用不着担心，难道我会看得上你男朋友？"

盛子煜听后不爽，但手上还拿着昂贵的礼物，要刺她两句也没底气，干脆打哈哈笑道："要是拿我和那谁比，肯定是人不了你的眼啦。"

他这话说得意味深长，饶以蓝冷冰冰的神色融化，脸浮上可疑的红晕，明显是联想到了话中未言明，彼此却都心知肚明的那个人。饶以蓝也觉得刚才的话似乎有些过分，找补道："是啦，和其他人比，你也不差。"她转脸对向姜蝶："欸，这次学院的设计大赛，你干脆就让你男朋友当模特好了。"

姜蝶被她指点江山的语气惹笑，好像那意思是姜蝶无论选谁，结果都不会有差，获胜的人都一定会是她自己。只是这一次，不一定能如她所愿。她嘴里的设计大赛这次办得很隆重，将和巴黎有名的设计学院合作，如果获胜，不仅有高额的奖金，还能去巴黎交换学习，这也是最吸引姜蝶的一点。

以她的家庭条件，负担不了出国留学的昂贵费用，若想要出国增长见识、开拓眼界，这是最合适的机会。饶以蓝并不稀罕这些，在意的只是参赛获胜得到的名声。但凭这次比赛的规模,它的奖项绝不会像学期末的奖学金一样,能凭一己之力被暗箱操作夺走。

鹿死谁手,还未可知。

姜蝶心中憋着一口气,面上毫无芥蒂地刺探敌情:"看样子,我们以蓝已经有人选了?"

"往常我肯定会选一些走过国际秀场的模特配我的衣服,但这次比赛非要让我们找学校里的人当模特……那这个人想都不用想了啊。"她撑着下巴望向海面,语气突然柔软了几分,"必定是蒋阁。"

姜蝶再度听到这个名字,眼皮一跳,不自觉地在心里跟着默念了一遍。

海面开始起雾,对岸的盐南岛笼罩在蒙蒙云气中,就像蒋阁这个名字一样让人浮想联翩。

过了将近半个小时,快艇靠岸。

盐南岛这一带是正在开发的旅游景区,但还没开发完善,眼下只有搁置的别墅和原始的海滩。阴天下,潮水涨涨落落,显现出几分荒凉。如果是晴天,估计会很漂亮吧。姜蝶感到几分遗憾,拿出相机对着镜头解释了一番,顺便尽职尽责地用女友视角拍下盛子煜走路的画面。他似有所觉地回头,对着镜头抛了个飞吻,周围顿时发出一片起哄声。姜蝶故作害羞地关掉镜头,心里却冷静地盘算着还要录多少素材才够剪辑成视频。

一行人从海岸线的岔口转向上坡路,沿途种植着红树海莲和木榄,空气里飘浮着海洋潮间带植物特有的味道。再往上,被植被遮盖住的海岸线渐显轮廓。

好不容易走到足以俯瞰整片海面的高度,姜蝶才看见了别墅的影子,和灯塔遥遥相望。

从门口的花园开始,经过泳池,到达大门,又是一段长得令人咋舌的路。

盛子煜用蒋阁给他的钥匙开了门,不许大家踏入,先对着大厅拍了张照，解释道："会长有强迫症，我到时候得给他复原。"

姜蝶靠在门口看过去，所有家具都是黑白灰三色，性冷淡风。家具和家具摆放的角度精确到像出自 AI（人工智能）之手……这让她很不确定他是否真的能复原成功。

盛子煜拍完照，嘱咐大家就在一楼大厅活动，但饶以蓝当耳旁风，转身就上了楼，不一会儿又悻悻下来，无奈咕哝："都锁了。"

姜蝶好奇宝宝似的在大厅转了一圈，卫生间都比她住的鸳鸯楼宽敞，也不知道自己以后赚到的钱够不够买这里的一席露台。她小心翼翼叩了叩一尘不染的窗面，酸溜溜地想：投胎真像搭一辆车，没有导航，全凭运气。老天载她的时候肯定酒驾了吧，路途颠簸，扔她下车也格外粗暴。可他载蒋阁的那天，一定是个想要兜风的好天气，所以一路杏花吹满，春风得意。

大家参观了一圈别墅，最后聚到客厅中央给盛子煜庆生。

姜蝶对着相机开始了表演——从包里拿出给盛子煜的礼物，祝他生日快乐，两人甜蜜地拥抱了一下，她背对着镜头的脸不易察觉地闪过一丝不太舒服的表情。即便表演了很多次，她依旧不是很习惯和男性亲密接触。

岛上叫不到外卖，大家事先打包了一些炸鸡啤酒，用微波炉热了之后分着吃。盛子煜干脆想出个损招：炸鸡作为战利品，只有玩游戏赢的人才能吃一块。这个无聊且幼稚的游戏，众人却都玩得很起劲，时针不知不觉走向凌晨三点，黑夜涌起密云。

蓝牙连着别墅的音响，外放着闹哄哄的歌，掩盖了落地窗外暴雨突至的动静。

——也掩盖了二楼某一处，有人打开房门的声响。

无论是哪一种被掩盖的声音，都是台风汹涌降临的前兆。

预兆着，她即将被困在和他一起到来的暴风雨中，无处可逃。

02

最先注意到二楼有人的是姜蝶。

她已经被淘汰,正在哈欠连天地调整镜头,左歪右扭的,取景器里不知什么时候框进了一个黑黢黢的人影,吓得她差点将手里的相机扔出去。什么情况啊?!姜蝶颤颤巍巍地抬起头看向二楼,发现不是幻觉,那儿真的站着一个人。

她不自觉挨近盛子煜,紧张地戳了戳他,结巴道:"二、二楼……"

大家跟着看过去,脸色皆一白,脑子里冒出无良房地产商开发坟场惹怒怨灵的都市传说。"怨灵"上前一步,终于从光影交界的暗处现身——是人,一个凌晨三点起床时还穿着一丝不苟的白衬衫,扣子堪堪扣到喉结下方的人。从某种意义上来说,这种自律的人,比怨灵还可怕。而他正是这栋房子的主人——本不该出现在这里的蒋阁。他抬手叩了叩栏杆,声音带着一丝未睡醒的鼻音,却还是显得过分冷淡。

"可以小点声吗?"

明明是轻声询问,听上去却好似带着不容反驳的威压。话音未落,已经有人慌张地断了蓝牙。整栋别墅仿佛被掐住喉咙,骤然死寂。窗外的雨幕如细密的针脚,将他们缝在一起,哗啦哗啦,连同姜蝶震动的内心一起落下。

她无意中和蒋阁对视上,那瞬间,似是凝视着一座埋在冷灰色雪水下的冰川。浮在水面上的只有密不透风的冰层,根本无法觑见底下藏了多深,是不是延展到了地尽头。

可越是瞧不见,越是想一探究竟。这份窥探欲容易让人在空旷的冷意中,心有不甘地烧起一把火,融解不了冰川,只会灼伤自己。

姜蝶轻晃了下脑袋,旋即将视线收回,周围的人却还十分着迷地仰着头。这里有些人是第一次见蒋阁,会有这样的反应一点不奇怪。姜蝶目光转了一圈没有看见饶以蓝,估计这位大小姐没兴趣和他们玩游戏，早已经跑进一楼的客房睡美容觉了。若明天她起来知道错失了和蒋阎见面的机会，估计肠子都要悔青。

盛子煜这会儿赶紧站起来试图遮掩凌乱的客厅，神色茫然："会长……我不知道你也在……"

蒋阎对一楼的乱象一览无余，原本有点困的神色变得清明，条件反射般地微微皱眉，又似乎意识到什么，按了按眉心，恢复平静的脸色。

"不关你事。昨天熬了夜，原本打算今早走的，睡醒已经迟了。"他言简意赅地解释，"打扰到你们聚会很抱歉，但声音实在有点大。"

姜蝶有点小诧异。她耳闻蒋阎非常自律，作息固定，早睡早起，上早课从不迟到，会睡过头实在难得。

"不不不，是我们的问题。"盛子煜拿人手短吃人嘴软，哪敢有意见，更何况对象是蒋阎，"我们这也就结束了！"

其他人纷纷应和，手忙脚乱地收拾桌上的狼藉。

蒋阎忽然笑了。

别墅外的风雨都在此刻柔和了几分。

"我说真的，你们继续。我不是教导主任，为了让你们乖乖睡觉半夜查房。"

扔下这句话，他转身没入刚才的黑暗里，只听"咔嗒"一声，房门复被关上。

姜蝶这才又有所思地看回二楼，那个已经空了的位置。这个人自始至终没有下过一步阶梯，保持着居高临下的姿态同他们说客气话。

蒋阎离开后，众人就要不要继续着实纠结了一番。毕竟大家都好不容易聚到一起，有些博主特意从外省赶来，就这么结束实在不够尽兴。盛子煜也有点不情愿，刚刚说要结束是下意识脱口而出，显得自己特别尿。这会儿蒋阎人一走，他开始给自己挽回尊严："没事儿，那我们继续吧，音乐就……不开了吧！"

"那我们的说话声会不会吵到他啊？我感觉还是开个音乐垫一垫比较好。"

"对啊，找个安静点的音乐不就行了？没音乐太干了。"

"放一首莫扎特的《小夜曲》怎么样？大佬都喜欢格调高的！"

"你傻瓜吗？让我们听古典乐玩酒桌游戏？！咋不说放《摇篮曲》呢？"

大家七嘴八舌地插科打诨，话题渐渐偏到别的上面，又恢复起之前的玩兴。东方既白，客厅到处是空啤酒罐子，男男女女横七竖八地躺满沙发地毯，醉得不省人事，姜蝶是其中唯一还清醒的人。她其实也喝了些酒，在酒精和熬夜的作用下困得不行，但惦记着接下来的任务，还是努力支着眼皮，走到开放式的厨房间。拉开柜门一看，里头居然有开封的小半袋米，除此之外冰箱里还有些零碎的食材，看样子这个别墅是蒋阁经常会来的地方。

她没有动冰箱里的食材，舀了点米，但煮粥该倒多少水来着？姜蝶心里没底，拿出手机搜了下食谱，上头写着：适量。

"……"

算了，凭手感吧。

没煮过几次粥的厨艺小白胡乱倒了些水，胸有成竹地开火。等待粥煮好的百无聊赖的空当，姜蝶将目光投到了满地的空酒罐上。她眼色一转，挽起袖子，躬着腰开始整理杂乱的大厅。当然，在收拾之前，她没忘记去补补妆，抹上艳色的口红，压掉熬夜的油光，使整张脸看上去依然战斗力满格。

外头的雨势比昨夜还要凶猛，噼里啪啦地几欲穿透落地窗，电磁炉上的小锅吱吱地冒着水汽，两种声音微妙地融合在一起，冲淡了下楼的脚步声。但姜蝶一直竖着耳朵，这一回，没错过信号。

"你在做什么？"这回的声线不再带着鼻音，很冷静，如同雪水从高山上流下来的那种清洌。

姜蝶假装一激灵，慌乱转身。事实上，她转过身来面对他的角度是经过多次拍摄实践下来后，最完美的一个角度。伸手不打笑脸人，眼缘可是很重要的，她必须营造良好形象。可惜，她面前的蒋阁没有任何反应，看她和看她手里的垃圾袋没有区别。

他换了一件黑色衬衫，烫得没有一丝褶皱。姜蝶的目光不着痕迹地掠过他的手——指甲全都修剪得圆润干净，宽大的掌心里握着一把和衬衫同色的长柄伞，看样子正准备离开。

趁现在——姜蝶连忙叫住他："师哥好。"

一般人习惯叫他会长，但她偏要叫个不一样的。蒋阆大三她大二，这么叫也无可厚非。

姜蝶抖了抖手上的垃圾袋，仰头看向他，一副被撞见不太好意思的样子："我看不惯乱乱的，就动手收拾一下。抱歉我们把你这里弄得这么乱。"

这话说得毫不心虚，是个知道她房间真实面貌的人听到后都会翻白眼。姜蝶之所以反常地收拾，还要做早饭，无非是想投其所好，在蒋阆面前留下个好印象，一切都源于在快艇上和饶以蓝的那番对话。在昨晚蒋阆意外现身后，她心里冒出了一个大胆的想法——设计大赛，她要找蒋阆当自己的模特。

他修长的脖颈连着直角肩线，漫过宽阔的蝴蝶骨，漂亮的线条一直顺着长直的腿在脚踝收束，衣服在他身上失去了"地摊货"和"高定"的差异，区别只在于他穿哪件。别说放眼学校，纵使整个花都，都没有人比他更适合当模特。

但这个选项，她之前从没考虑过，说服蒋阆这件事，大概比拿下冠军还要难。可是在船上和饶以蓝的一番交涉，突然启发了她：就算她不去抢这个人，还会有别人打他的主意，饶以蓝就是其中之一。那为什么她要把这个可能性让给别人？尤其是，她不想让给饶以蓝。

原本心中一闪即逝的那点小火苗，经过饶以蓝自大的煽风点火，一发不可收拾。被她完全轻视的人拿下她势在必得的人，到时候的饶以蓝会是什么样的反应呢？除了对拿下冠军的期许，姜蝶又多了一份期待。现在唯一的难点，就在于如何攻克蒋阆。

一上来就邀请肯定会被拒绝，得潜移默化、温水煮青蛙，先和他拉近关系。

她揣测，一个自律且有强迫症的人打破了一次自己定下的规则，必然不会允许自己有第二次，所以判断他今天一定会早起，哪怕昨晚睡眠不佳。事实证明没猜错，她特意熬了一整晚等他，预先筹谋的这些小手段也顺利地在他面前展现。

她隐去心头的得意，继续表演道："哦对了……刚才我胃有些疼，擅自用了你的米煮粥，希望你不要介意呀。"

蒋阎擦过她的身侧走向玄关，极为简短地"嗯"了一声，表示知道了。

姜蝶赶紧加快语速："他们都睡得太死了，叫不起来，我煮的粥好像有点多。你还没吃早饭吧？要不要吃一点。"

她走过去掀开锅盖，笑容凝固在脸上。刚才加水加得太自信，说好的白粥硬是熬成了一锅米汤一样的玩意儿。

蒋阎瞥了一眼："……"

他的脸上，浮现出一丝微妙的嫌弃。

"……谢谢，但我不爱吃白粥。"视线从锅里移到她的脸，扫了一圈，对上她的眼睛，顿了两秒，"太寡淡，不合胃口。"说完，他转身推门而去。

一瞬间，门缝被强烈的气流冲击，屋外足以将世界吞没的潮气钻了进来，打湿了信心满满的姜蝶，让她的眉毛蔫耷耷地垂下。她望着落地窗外那一朵逐渐走远的黑色雨花，气得锅子差点没拿稳。

寡淡就寡淡，干吗对着她的脸讲？无语。

她忙不迭掏出镜子仔细端详一番：有鼻子有眼，腮红刚补过还打得红扑扑的呢，明明活色生香，秀色可餐嘛。姜蝶气鼓鼓地合起镜子，心想蒋阎肯定只是在说粥。但无论如何，和他交锋的第一回合，自己惨败。她轻轻叩在冰川上的声响，一丝回音都没有，就被淹没在浩瀚的雨声中。

03

姜蝶独自干掉了一整锅稀得过分的白粥，十分希望能有一包榨菜就着吃。

胃里垫了点东西后感觉舒服些，困意再度涌上来，姜蝶坚持熬了一整晚已经到了极限，她趴在岛台上，头一埋进胳膊就昏睡过去。再次醒来时，周围的人都还没醒，姜蝶看了眼手机，居然只眯了半小时。这一瞬仿佛回到高中的午间，迷迷糊糊地趴着做梦，醒来以为都换了世纪，其实不过弹指。

她坐直身体，落地窗外的雨势更大了，黑卷的云层像是要倾塌入海，看得人心头发慌。这雨从昨晚下到现在了，怎么越下越猛，没有停的架势……这个天气，船都没法儿开了吧？一会儿该怎么离岛？

门口传来响动，姜蝶转过头，是蒋阁去而复返。

他看上去比出门时狼狈许多，浑身都湿透了，黑色的衬衣布料紧贴着肌肤，看不清具体的模样，肌肉的线条却像砧板上的刀痕，若隐若现地映出褶皱，活脱脱一条被海潮冲上来的男美人鱼。

姜蝶看得津津有味，在仅有的几次照面中，蒋阁从来都穿得很板正、严实，根本看不到底下的风光，这次算是捡了便宜。蒋阁刚才撑的伞已经被外头的风刮得伞骨折断，伞面也狼狈地全部外翻。他站在门口，强迫症似的认认真真地把伞面翻回来……这画面看上去有几分滑稽的可爱。

"师哥，外头风雨很大吗？"

姜蝶没话找话，蒋阁也露出一副"这还用问吗"的表情，但还是边整理边开口回答她："来台风了，现在出不去岛。"

所以他才回来的啊。

姜蝶恍然，心想：这难道不是老天赐给我的良机吗？

近水楼台先得月啊！

姜蝶灵机一动，跑去卫生间找了块毛巾回来，还未能近蒋阁的身，一个不速之客出现在姜蝶的视线内——是睡得神清气爽的饶以蓝。饶以蓝快她一步，将口袋里的一包纸巾递过去。蒋阁没有拒绝，道声谢，接过纸巾擦雨伞上和手柄上的水。

姜蝶内心警铃大作，想起饶以蓝是学生会的文艺部部长，两人有交情也是理所当然的，不禁略有后悔刚开学时没去参加学生会的选拔。当时她一心扑在经营自己的微博穿搭号上，根本抽不出时间。

手上的毛巾此时送过去就略显尴尬，姜蝶踌躇时，突然客厅里窸窸窣窣传来动静，盛子煜大伸着懒腰，从沙发上摇晃起来，正好看到姜蝶以及她手上的毛巾，大大咧咧道："快快快，我正需要呢！睡得哈喇子流了一嘴。"

他的这一声正好化解了姜蝶的尴尬，她忙不迭把毛巾往他脑门上一飞，摆脱自己给蒋阎送毛巾的嫌疑。

盛子煜拉下毛巾，咕哝道："你太粗暴了吧，能不能温柔点？"

他的声音也引起另外两人的注意，他们跟着看过来。姜蝶头皮一紧，赶紧挽回颜面地靠近他，依言抬起他的下巴，软语道："行，我帮你擦擦。"

盛子煜鸡皮疙瘩一抖，刚想问她发什么神经，一看沙发边蒋阎和饶以蓝也在，便懂了。

他配合地抬起下巴："谢谢宝宝。"

目睹他俩卿卿我我地擦脸，饶以蓝翻了个白眼，又带着一丝羡慕和幻想去偷看蒋阎，只见蒋阎没什么反应地垂下眼，继续擦着手里湿掉的伞。

擦完，他就把伞扔进了垃圾桶。

"气象台今日发布黄色预警，台风'蝴蝶'已于昨晚八点登陆盐南、花都一带……登陆时强度为八级……"

客厅的电视上，主播正播报着今日的气象。

一行人陆陆续续醒来，通过新闻知道了天气的糟糕。班级微信群里老师正发布通知，学校因为台风停课，让同学们好好待在宿舍或家中不要外出。大家原本还愁困在岛上回不去，这下子全都放飞心情，没有什么比突然放假更开心的事，尤其是还能蹭住豪华海景大别墅，因为蒋阎非常客气，表示他们可以住到台风结束。

姜蝶没想到会是黄色预警，立刻躲进空房间拨了一通电话。

电话迅速被接起，焦急的声音传来。

"你这孩子,怎么还没回来呢?外头都刮台风了。"

"妈,我在盐南岛,这会儿暂时回不去。等天气好点通船了我马上就回。"

听筒那头的女人顿时变得紧张。

"谁和你一起?"

"我便笺上写了呀,好多人,都是朋友同学什么的。"

她的语气陡然变得凝重。

"那也得留个心眼。这世道坏人太多了,都不是什么好东西。"

姜蝶顿了顿,说:"我知道。"

电话那头沉默一会儿,似乎觉得自己说错了话,缓和语调道:"我也就随口说说,你还是好好玩,不用顾虑太多。"

姜蝶转移了话题:"你记得睡觉关好窗,那老房子脆得很。"

"都关好了,这风声嘎吱嘎吱的吵得人心慌。"

不用她多说,姜蝶也听见了电话那头的狂风呼啸。

她又问:"你吃过饭没有?岛上会不会很危险啊?那边离海岸多近啊!"

"不会……"姜蝶失笑,抬头环视四周高级的大理石墙,墙阻隔了一切风声雨声,构成一个截然不同的寂静世界,"这里很新,特别新。"

姜蝶打完电话从空房间出来,大厅里这群人又玩上了。

他们看见姜蝶,调侃说:"欸,姜蝶,这台风是不是你放出来的?"

她的网络昵称就是"小福蝶",用了好久一直没改,毕竟这名儿听上去很吉祥。

姜蝶接过玩笑道:"那可不是。小心点别惹我,不然我第一个把你刮跑。"

"哇,盛子煜你老婆好狠心!"

盛子煜笑着给那人肩头一拳,手习惯性地想去摸桌上的啤酒,发现全都没了。

"欸,垃圾谁收拾的?"

"不会是你那个会长吧?"

"不会吧……"盛子煜难以置信。

"是我啦。"姜蝶谦虚地出声,"我醒得早,看你们都睡着就简单收拾了下。"

众人直呼遇见女菩萨,连带着夸盛子煜眼光好。此时有人突然提出一个问题:"酒都喝光了,那我们今晚喝什么?"

"现在是担心酒的事儿吗?我们连饭都吃不上了好吧!"

说话的人展示了外卖软件的界面,列表上空无一物。

"连超市的外卖都没有……"

饶以蓝此时见缝插针地从房间里走出来,说:"干脆问一下会长吧,他应该知道这附近有没有超市或者餐厅。"

相比刚才醒来时的素面朝天,她现在已经化好了全妆,迫不及待要去"骚扰"蒋阖。

姜蝶目送着她走上二楼,敲响了蒋阖的房门。片刻后,蒋阖从房内出来。他已经换了一身淡灰色的圆领卫衣和运动裤,头发刚吹过,还有些潮湿,衬得他整个人很柔软。饶以蓝一怔,半天说不出话。

姜蝶撇了撇嘴,暗讽饶以蓝色欲熏心没啥出息,这样怎么搞得定蒋阖?

两人的说话声压得很低,姜蝶竖着耳朵也听不清他们的对话,就见蒋阖跟着饶以蓝下了楼。

"会长说这岛上餐厅都还没开起来呢,只有一家小便利店,但不送货,只能自己去。"她主动请缨,"我跟着会长过去,大家有什么要买的?发在群里就行。"

姜蝶内心一动,心里琢磨可不能就这么放任他俩独处。

"这不太好吧,哪有让女孩子跑腿的道理?"盛子煜不负姜蝶重望,站起身自告奋勇,"当然我去了!会长也不用去,告诉我大概地址就行,我摸得到。"

"好。"蒋阖于是报了个地址,"出门左转走五百米右转遇到一个岔路选右边再走三百米七点钟方向。"

盛子煜晕了,其他人也听晕了。

"还……还是麻烦会长帮忙带一下路好了。"他哈哈地干笑。

蒋阎早有预料似的说:"现在雨势比较小,走吧。"

饶以蓝瞪了一眼盛子煜:"我也去,你们买完东西不一定拿得过来。"

盛子煜这下终于反应过来,恍然道:"哦哦对,是这样。"

姜蝶等这句话很久了,也跟着附和:"拿不过来的话,那我也跟着去吧,多一个人多一双手。"

饶以蓝倒不以为意,早上还目睹两人在沙发秀恩爱,以为姜蝶黏男友,没想到其他,只是有些烦原本两人的独处多了一对情侣灯泡。

蒋阎从柜子里拿出四把新伞,一人一把。

"外头风大,自己抓好。"

他"啪"一下撑开伞,撩起卫衣兜帽第一个走出去,灰色的背影和垂落的雨脚融为一体。

四个人在大风中兜兜转转,到达那家便利店时,姜蝶披肩的头发乱得像被铁扇公主的芭蕉扇猛扇过。她再一看饶以蓝,人家用发绳扎着马尾辫,形象良好……大意了!

盛子煜瞥了姜蝶一眼,嘲笑着帮她把脸上凌乱的发丝拨开:"天都黑了,别整得和女鬼似的,吓到花花草草小朋友就不好了。"

她侧头看了眼玻璃窗,好家伙,这发型拍下来可以直接拿去当"风中凌乱"的表情包。她恼怒地小声道:"闭嘴,我要是鬼也是聊斋里勾人家魂的聂小倩!"

"就你还聂小倩呢?乖乖当帮为师扛货的沙僧得了。"

盛子煜看了眼微信群里大家发过来的清单,着手开始扫货。

姜蝶还在对着橱窗的反光整理那一头乱发,后脖子被斜风打湿,扑在上面的粉底都掉了色,露出一颗西瓜子大小的色素痣。姜蝶正嫌弃这样太丑,在反光里瞥见一抹拿着购物篮的影子。她回过头,撞进蒋阎的眼睛。他的眼神收纳了窗外的雨水气息,有一些湿漉,和之前的冷淡相比,多出了几分难以言明的情绪,像迷雾掩去了冰川锋利的边角,模糊,也柔软。

便利店过道只有那么点大,姜蝶意识到自己在这里站太久,挡了人家的路。她不好意思地赶紧躲到另一排货架后边,把剩余部分的头发理顺。

最后大家拿了一堆方便面,这家便利店还有些生鲜食材,但一群人做饭也不够分,还是速食妥帖。

收银员是一个年轻小伙子,一边结账一边哼着店内周杰伦的老歌,看来是一个"杰迷"。不知是不是为了应景,他特地在店内放了首《龙卷风》,倒是把店外的凄风苦雨唱出了几分不知死活的浪漫。

爱像一阵风,吹完它就走,这样的节奏谁都无可奈何……

店员吊儿郎当地一边跟着唱,一边说:"四百七十六块五毛三。"

饶以蓝和盛子煜在店员结账过程中就把东西顺势装进袋子,率先走向店门口。姜蝶特地动作慢了一些,还在不慌不忙地往袋子里装东西,足以让在她后面的蒋阎清晰地看见她放东西是多么细致。这样一定能获得"强迫症患者"的共鸣,她真是太聪明了!

蒋阎果真瞥了她一眼,掏出手机的动作一顿,忽然说:

"等一下,还有这个。"

姜蝶用余光看见他从货架上抽出了一个小包装,扔到了柜台。

看清那东西后,她心口猛地狂跳——是一包黑色发绳。

静静,悄悄,默默离开,陷入了危险边缘,Baby,我的世界已狂风暴雨……

店员扫完商品码,蒋阎付完账,刚好踩上歌里"狂风暴雨"四个字,他拎上袋子走人,唯独留下桌上那包黑色发绳,忘记放进袋子。

姜蝶下意识出声:"师哥,你买的东西没拿……"

他未回头,语气淡淡:"给你的,聂小倩。"

04

  四个人携风裹雨地回到别墅，盛子煜条件反射地要来嘲笑姜蝶的"销魂"发型，拂上她面颊的手却是一滞。刚才被伞挡着他都没发现，她的头发被一根黑色发绳扎了起来，露出一张眉眼弯弯的鹅蛋脸，神情盈动着一种无措的雀跃。

  盛子煜愣了下，收回手："什么时候绑上的？我还想拍一张你风中凌乱的样子做表情包。"

  姜蝶送了个白眼给他，转头的时候快速地看了眼正在认真收伞的蒋阖。他到底为什么会给她发绳呢？一路上，这个问题都在困扰着她。这个举动其实也不值得太一惊一乍，就是一件非常顺手的小事，但是做出这件小事的人是那位"高岭之月"，就很值得惊讶。她并不觉得自己早上的伎俩起了作用，毕竟他非常冷淡地拒绝了她的白粥，那就只有可能因为她是盛子煜的"女朋友"。

  盛子煜是学生会的人，他的部下，他可以照顾部下主动借出别墅，那么对部下家属爱屋及乌，似乎也顺理成章。猜不透，她也没法儿问，但至少，这是不讨厌她的信号。四舍五入，她再努努劲儿，一定有机会和他合作！

  姜蝶趁着把伞还给蒋阖的机会，飞速地说了一句"谢谢"。

  他们出门采购的时机非常幸运，再晚一步，就完全没有办法再出门。

  台风已经正式登岛，外头鬼哭狼嚎，但越是激烈，越让窝在别墅里的他们生出一种隔岸观火的舒适。大厅开着暖黄的灯，放着歌，一群人围在一起吃香气四溢的煮泡面。这些泡面都是蒋阖掏的钱，他却没有和他们一起吃，放下东西后就上了楼。

  "他不用吃饭的吗？真的是男菩萨吧，光喝露水就行了！"

  "我们学校的学生会会长怎么不是这种包吃包住的大帅哥？就知道使唤我给他点名，还没奖励。"

  大家扯闲篇，话题却总是奇异地绕不开蒋阖。

"欸，他喜欢哪种类型啊？有没有前任照片？"

一个女博主阿檬直接开门见山地问蒋阖情史，明晃晃地把"感兴趣"三个字挂在脸上。

盛子煜摇头："我们会长至今单身。"

"不会吧……？！他难道……"

"在等什么求而不得的白月光？"

"想太多。"坐在角落的饶以蓝冷不丁出声，"他很快就会有女朋友的。"

阿檬闻声抬头，两人带着硝烟的视线在空中相逢。

阿檬挑眉道："我也觉得，也许未来女朋友就坐在这儿呢。"

饶以蓝冷笑道："好巧，我也这么想。"

一旁专心埋头干泡面的姜蝶喝完了最后一口汤，意犹未尽地擦擦嘴，终于舍得分出心思观察这剑拔弩张的局面。

盛子煜笑着打哈哈："会长他爱微缩模型胜过爱人，比较专注在做东西上面而已啦。可能谈恋爱对他来讲不如完成一个作品来得有趣。"

微缩模型？姜蝶也是头一次听说，心下好奇。

"会长借给我别墅的时候说这里算是他的工作室，他偶尔会来这里做微缩模型。不过我是不明白那东西有什么好玩的，模型的地基都要打个三四天，和真的盖房子步骤没差了。这不就是搬砖吗？！"

大家哈哈一笑："所以人家是会长，你不是咯。"

"闭嘴吧你！他是建筑系的，我可不是好吗！"

姜蝶默默记下来，掏出一个备忘录，有一页的标题写着"关于衣架的性能调查笔记"，已经罗列了几条——

1. 衣架有强迫症。
2. 衣架不爱吃粥（P.S. 寡淡口味的食物都算）（P.P.S. 一定不是说我）。
3. 衣架有温柔的一面。
4. 衣架喜欢做微缩模型（需要进一步了解一下）。

姜蝶犹豫半晌，又写下一行字——

　　5. 衣架还没有挂过别的衣服。

　　煮泡面的时候姜蝶没有帮上忙，吃完后主动包揽了洗碗的工作。毕竟她牢牢记着自己现在树立的洁癖爱收拾人设，可不能崩了。她冲掉手上的泡沫，余光注意到饶以蓝拿了一盒青木瓜沙拉上了二楼。这是去送晚饭了？姜蝶费力地斜着眼，过了片刻瞧见饶以蓝两手空空地下来，看来是送成功了。

　　送成功，并不代表真的能往前一步。

　　男女之间的进退就像擦香水，永远不能直撑，更不能满溢，要不经意地擦在手腕、耳后、锁骨……隐秘地发散，将对方不知不觉地裹进气味的领地。姜蝶虽然没有实践过这个原理，但她觉得世间任何的东西和风月没有区别，都是欲望，而关于欲望的博弈都是一样的。她从小就知道如果想达到目标，必须费点心思，不是摊着手直白地说"我想要"，别人就会给你。

　　饶以蓝心情肉眼可见地明媚，坐到阿檬面前，故意刺她似的。姜蝶洗碗回来就看见这个针锋相对的画面。

　　盛子煜再度当起和事佬，提着刚才买的酒说："来吧，今晚玩儿个啥？狼人杀？"

　　"那你们可当心点，我外号'国服第一女巫'。"

　　"就你？国服第一白痴吧，哈哈哈。"

　　阿檬看了眼二楼："盛子煜，你不叫你们会长下来一起玩吗？"

　　盛子煜还没说话，饶以蓝便凉凉地打断道："会长他不喜欢的，问了也是白问。"

　　阿檬翻了个白眼，没搭理饶以蓝，径直走向二楼。

　　众人偷偷交换了一个看好戏的眼神，饶以蓝却气定神闲地笑了笑。阿檬走到门口，咚咚敲了两声。在万众瞩目下，蒋阎拉开房门，面对这张陌生的脸也毫无异色，平静道："怎么了？"

她落落大方地问:"下来玩游戏吗?我们玩狼人杀,加你一个就可以玩花板子了。"

蒋阎不假思索地摇头:"我有事,你们玩。"

那语气,像打发小孩儿似的。

阿檬近距离见着他,突然依依不舍,拖长语气说废话:"……那好吧。如果你要玩,随时下来,我们都欢迎。"

她慢吞吞下楼,走姿摇曳,似要给楼上的人留下一个难忘的背影。

只可惜蒋阎在她转身的刹那,就利落地合上了门。

大家围坐成一圈开始抽牌,姜蝶运气不错,第一把就拿了个带身份的好人牌——女巫。晚上可以睁眼,知道被杀害者的信息,决定救或者不救。

"天黑请闭眼。"

姜蝶闭上眼,等待"上帝"叫自己,一边贼贼地竖起耳朵,试图从掩人耳目的背景乐里听到"狼人"们的动静。她视力不好,但听力很强。可惜,"狼人"们很缄默,唯一听到的场外信息是一下隐隐约约、房门被打开的声响。

"女巫请睁眼。"

姜蝶睁开眼,茫然地愣住了。

还真是沉浸式游戏,为了营造天黑的气氛居然把灯都关了。

她有夜盲,对光线变化非常钝感,因此闭上眼感觉不到刚才关灯了,这会儿睁眼迅速就抓瞎了,条件反射地抓住身边可以依附的东西,这么一抓就抓到了盛子煜的胳膊。盛子煜知道她夜盲,稍愣了愣,没什么反应地任她抓着。他刚才就已经感知到灯被关上了,但没想起身旁的这个人感知不到。姜蝶意识到抓了他后,很快就缩回手。

"上帝"却不知道姜蝶的情况,伸手比了个数字:"今晚这个人死了,你有一瓶解药,你救吗?"

姜蝶只能通过声音判断大致的方位,面向那个位置疯狂摇头,表示自己看不清。

"上帝"直接以为她是见死不救。

"行,我知道了。那有一瓶毒药,你要毒死谁吗?"

"毒啥毒!我意思是我看不清你比的数字!"

急了的姜蝶脱口而出。

"……"

众人哄笑——你女巫怎么还在夜里自曝身份呢!

姜蝶慌忙闭嘴,已经晚了。她忙不迭解释:"我是因为夜盲看不清,能不能麻烦别关灯呢?黑不溜秋的多可怕。"

大灯被打开,姜蝶眩晕地闭上眼又睁开,发现她刚才焦急吼向的那个方向,正巧站着一个人,是蒋阆。他手上握着一个马克杯,刚才她听到的开门声就是他发出来的。姜蝶懊恼地用抱枕挡住脸,刚才丢人的傻样一定都被黑暗中的他尽收眼底。

此时大家都注意到了下来的蒋阆,阿檬惊喜地嚷嚷:"你来加入我们吗?"

"我只是接水。"蒋阆摇了摇手中的杯子,视线扫过埋在抱枕下的脑袋,"但看你们玩挺有意思。"

"你没玩过?!"阿檬的眼神仿佛是看到山顶洞人,当代大学生均是"精神狼人杀一级学者"的程度,遇到一个没接触过的简直太稀奇。

"那跟着我们玩一把呗,真的很好玩的!"她对蒋阆更加感兴趣,趾高气扬地横了一眼饶以蓝。

饶以蓝纵然觉得被将了一军,但其实也挺矛盾地想要蒋阆一起玩,撇了撇嘴没吭声。

蒋阆沉吟道:"那我就玩一局。"

"来来来!"

他一说要来,顿时一呼百应。不知不觉间,蒋阆竟已轻易俘获了在场的人心。

大家都示意蒋阆可以坐自己旁边,饶以蓝和阿檬更是铆足了劲,蒋阆置身事外地走到盛子煜旁边,拍了拍他:"我在你这里插个座。"

盛子煜和旁边的男生当即分开了空隙,让蒋阎坐下。

坐在盛子煜另一边的姜蝶不自觉揪紧了抱枕,微微摇晃身体,越过盛子煜看了一眼蒋阎。他支着下巴,正认真地听着别人给他讲解规则,侧脸的轮廓迅速压过身旁的盛子煜。姜蝶就着看了蒋阎一眼的姿势,视线落到桌上的零食,若无其事地勾了一包回来,偷看得一点不留痕迹。她撕开杏子干刚吃进一颗,蒋阎就已经迅速消化游戏规则,明白来龙去脉,第二局开始了。这一回,姜蝶又抽到了身份牌——和上局立场相反,是杀人的"狼人"。

"天黑请闭眼,'狼人'请睁眼,确认自己的同伴。"

姜蝶抖了几下眼皮,缓慢睁开,扫视了全场,只在对面看见了另一个睁眼的女生,还有一个呢……?"狼人"应该有三个。她忽然心口微动,再度探出身体,对上了蒋阎漆黑的眼睛。他好整以暇地等着她看过去,一言未发,但眼睛仿佛在打招呼说:你的共犯是我。他们视线正正对上的电光石火间,整间大厅忽一下再次陷入黑暗,毫无预兆。

姜蝶面前,蒋阎的脸孔就这么消失了,周遭陷入令人无措的黑。

她心头一惊,刚想去抓住点什么,有只手主动从旁伸过来,先抓住了她……是盛子煜吗?是他吧。她微颤的指尖碰上他,他的手一顿,揉开她蜷缩的掌心,食指顺着曲线滑下去,轻轻挠了两下,像是在无声地安抚她:不用怕黑,我在旁边。

姜蝶惊讶不已,侧过头去看盛子煜,纵然什么都看不见……这还是那个盛子煜吗?

她从未感受过他如此内敛又充满保护欲的一面。时间其实只是流逝了几秒,却被她的感官无限拉长。

"不是我关的灯!这是不是停电了啊?!"

"上帝"的声音响起,打断了她的纷繁思绪,也打断了他们交缠的手。他的手突兀地抽了回去,残留给姜蝶的,是顺着掌纹隐隐蔓延的复杂和悸动。

05

"上帝"出声后,大家这才睁开眼睛,刚才断电的瞬间,大家都还以为是为了气氛又故意关灯,所以都没在意。

"可能是台风的原因,我去看下电箱。"蒋阎冷静地做出判断。姜蝶听到一阵窸窣的声音,黑暗里亮起一束刺眼的白光,饶以蓝打开了手机的电筒,说着"我帮你打光"追了上去。

姜蝶往盛子煜的方向挨近了一丢丢,小声说:"谢谢你啊。"

盛子煜一愣:"啊?"

姜蝶也一愣:"刚才啊……"

盛子煜恍然,以为她说的是刚才抓着自己胳膊的事情。

"没事,那你下回请我吃饭。"

"……"

他的回应让姜蝶一时语塞,刚才那瞬间的悸动也跑得无影无踪,真是鬼迷心窍了。但不可否认的是,那瞬间她心里的确闪过感激。姜蝶犹豫片刻,掏出手机,把刚才黑暗里发生的短暂相碰发到了微博上。以往她都抓耳挠腮才能完成秀恩爱的任务目标,这次不用编,写得尤其顺。也许是感受到她的真情实感,评论也比以往热烈。

"今晚的煜哥苏得过分了吧?!"

"如果我有罪请让法律制裁我,而不是让我生吞一碗绝世狗粮噎死我!"

"之前刷到我都可以做到面无表情甚至觉得好腻,但这一次我真的有被打动到……"

片刻后,蒋阎和饶以蓝回来,告诉大家电箱没有跳闸,应该是外头的变电站或者是线路受到了台风的影响。总之,今晚是不会来电了,大家的玩心也因为这个意外消磨了大半。

"要不就到这儿吧。"盛子煜打了个哈欠,"昨晚都通宵了,今天就别'修仙'了。"

"散了吧散了吧。"

大家陆陆续续起身,姜蝶也正准备起,刚一抬屁股,就感到一股暖流喷涌而出。

……什么情况?!姜蝶脸色一白。不可能吧,今天明明不是生理期,可是下腹隐隐传来的垂胀感如此真实,提醒着她"姨妈"真的光顾了,而且来势汹汹。难道是熬夜通宵又喝酒,内分泌紊乱了的缘故?姜蝶不敢动了,又静悄悄地坐了回去。这几乎是下意识的动作,回味过来之后她绝望地意识到,屁股下面的沙发,恐怕……而且沙发的颜色,是白色的;而且沙发的主人,是有"强迫症"的蒋阎。

老天爷,你干脆让外面的台风把我刮走吧!

盛子煜注意到她还失神地傻坐着,以为她是因为夜盲行动不便,扯了把她的胳膊要把人提溜起来,力道粗暴得仿佛和刚才在她手心里温柔画圈的不是一个人。

姜蝶誓死不起来:"我还不困,想在客厅待会儿。"

她必须把罪证"毁尸灭迹",不然等明早天大亮,就是她姜某人社会性死亡的时刻。

"你一会儿找得到自己的房间吗?"

"我有手机的打光,没问题。"

赶紧走吧,求你。姜蝶已经在心里给盛子煜哐哐磕头了。

旁边阿檬听到他们的对话,挑眉调侃:"你俩视频里那么甜,居然还没睡一起?"

姜蝶信手拈来扯谎:"我家家风保守,不允许婚前性行为。"

阿檬同情地拍了拍盛子煜的肩膀,盛子煜配合地叹口气。眼见众人散去,姜蝶这才黏糊糊起身,祈祷着用手机电筒一照沙发——最后一丝希望破灭,雪白的沙发上,两道血迹张牙舞爪地印在上面。

姜蝶顾不上先收拾自己,生怕有人又从房里出来看见这么丢人的一幕,她火速从卫生间找了牙膏和刷子,用这种土方法对付着把牙膏抹在血迹上开始刷。她刚把牙膏刷开，二楼传来开门的动静，很轻，响在安静的大厅却如一记重锤，砰地砸上姜蝶的耳膜。她几乎眼也不眨地回身坐下，一屁股坐上湿乎乎的牙膏，呃，这牙膏还是薄荷味的。姜蝶的面容在黑暗中扭曲了一瞬。

她故作淡定地抬起头，迎上正在下楼梯的那束手机亮光，白色的射灯照出一个英挺的轮廓来，是蒋阆。他像是陈列馆里苏醒的雕塑，那打光显得轮廓更深，在一片黑里透着几分鬼气森森。姜蝶内心哀号，下来谁不好，偏偏是他。薄荷牙膏此刻顺着屁股蛋一直凉到了心里。

她干脆不出声了，低头假装沉迷手机。

姜蝶以为蒋阆不会来搭理自己，大家相安无事最好，却没想到脚步声好像离自己越来越近，越来越近，直到对方居高临下地停在自己面前，声音在头顶响起："麻烦起来一下。"

他是有透视眼吗？！难道已经发现我糟蹋了他的沙发？姜蝶盯着手机的瞳孔在震颤。她负隅顽抗道："怎、怎么了？"

蒋阆指了指姜蝶正对着的茶几抽屉："我拿东西，你挡着了。"

"哦哦……"

姜蝶急得冷汗直爬上后背，大脑飞速地运转着，在想有什么办法能不让他发现。可以遮盖的抱枕被人拿到了远处，她手边空落落的。

情急之下，姜蝶一边站起来，一边把自己的手机往刚才坐着的位置上一盖。然而，她手忙脚乱的，一下子没能关掉一直开着的手电筒，于是乌七八糟混合在一起的姨妈血和牙膏，以一种重量级打光的方式，在黑夜里熠熠生辉。

"……"

"……"

姜蝶眼见蒋阆表情僵硬，他的手一抖，手机直接从手心滑落到地毯上，他的表情随之隐进一片黑暗里。姜蝶颤巍巍地开口，打破了这份令人窒息的死亡寂静："对不起！我一定会弄干净的！"

蒋阆没说话，默默捡起了手机，拉开抽屉拿出一截白色蜡烛。

他压着语气道："不用。"

姜蝶的声音小下去:"我真的可以洗干净的……"

"真的不用。"蒋阎合上抽屉起身,"反正也不会再用它们了。"

言下之意,这些东西已经成了垃圾。抱枕扔掉也就罢了,沙发是整张连体的大物件,肯定上万块,说扔就扔……

姜蝶抿紧唇,咬咬牙:"那多少钱?我赔你吧。"

祸是她闯的,人家都这么说了,她没点表示就太没脸没皮了。

肉疼。

蒋阎没有回答,反而是一楼客房里出来了个男生,他的手机电筒往沙发这儿一照:"咦,谁在那儿?"

姜蝶心头一惊,那道强烈的白光正往自己的后背照——她的裙子上还沾着痕迹呢!

脑袋发蒙的空当,突然有块布横空往自己的方向飞过来,是蒋阎抽出了茶几上的桌布扔给她。她条件反射地伸手接住,风驰电掣往腰上一围,大呼好险。

蒋阎瞥了她一眼,似乎在确认她围好没有,这才出声回答:"我们在找蜡烛,你要吗?"

"哦哦,是蒋会长啊!"那个男生摆摆手,"我这就准备去洗漱睡觉了,谢啦。"

他移开手机电筒,摸索着往卫生间的方向而去。

客厅又恢复了之前的寂静,却涌动着更微妙的尴尬。

"谢谢……"

姜蝶愣愣地抓着桌布,没有预料到,刚才那个嫌弃她到毫不迟疑要把昂贵家具扔掉的人,却又在片刻之后伸出援手,让她免于出糗。如果被那个男生看见,保不齐他会当作笑料扩散出去,那她就真的丢脸丢大发了。

蒋阎的声音在黑暗里平静地流淌:"反正都要扔,不差这一块布。"

当天夜里,姜蝶还是忍着"大姨妈"的阵痛,把沙发桌垫和抱枕全都洗得干干净净。全都整完天已经微亮,她躺在客房床上一动也不敢动，生怕又侧漏到床上雪上加霜，再次醒来时天居然已经黑了，幸运的是电力已经恢复。她提心吊胆地把床铺检查了一遍，还好还好，干净的。

姜蝶精神不济地从房间里出来，大厅里众人正准备吃晚饭，还是上回买的那些速食。

"天，我敲了好几次你的房门，你睡到现在吗？"盛子煜嘴巴里塞着面，含糊地嚷嚷。

"帮我留吃的了没有？"姜蝶紧张地掀开锅看了一眼。

"留了。不是睡就是惦记吃，我看你昵称不该叫小福蝶，馋猫还差不多。"

盛子煜把一碗面推过来，姜蝶眉开眼笑。

"那你身为'饲养员'是不是得多奉献一点？"

她眼疾手快地把他碗里的香肠夹到自己碗里。

盛子煜脸一黑，压低声音："过分，下次不帮你留了！"

姜蝶即将送入口的筷子一顿，纠结了一番，把香肠一分为二，撇了一半扔给他。

旁边的人见状起哄："你们小两口太甜蜜了吧，吃个饭还黏黏糊糊的。"

盛子煜："本来整根香肠都是我的！"

姜蝶环视了一圈人群，依旧没看见蒋阎。

她状似不经意地提起："你那个会长又不下来吃饭啊？"

"会长？他已经走了啊。"

"走了？"

姜蝶一愣。她看向窗外，雨滴击打窗户的频率相比昨日已经算得上温柔，但依然还有残势。

"台风还没完全过去吧？已经通船了？"

"人家有私人船只，觉得可以开就开了呗。"盛子煜不以为意，"不过他自己走就算了，好几个姑娘都跟着走了。"

"啥？"

姜蝶一口香肠卡在喉咙里，咳嗽得脸颊通红。

"你至于吗？怕我抢你香肠？"盛子煜无奈地给她倒杯水，犹豫了下，把半截还没动的香肠丢到姜蝶碗里，"行了，吃慢点。"

姜蝶看着那半截香肠，脑海里不自觉就闪过昨晚交缠的两只手，不知为何，心里荡起一股别扭。

她又把香肠丢了回去："不用了，我够吃！"姜蝶捋顺了气，继续接起刚才的话题："谁跟着走了？饶以蓝吗？"

"少了谁都不会少了她咯。"

姜蝶心里暗道不妙，自己昨晚闯了祸，估计要被扣印象分，饶以蓝又缠得这么紧……她戳了戳碗里的面："这样的话，会长的微信号你能不能推我一下？"

盛子煜眼睛微眯："嗯？你怎么突然要他的微信号？"

"昨晚黑灯瞎火的，我没看清把他客厅里的一个东西打碎了。"姜蝶面不改色地扯淡，虽然和事实差不太多，"想着应该问清楚多少钱，赔给他。"

"哦……"盛子煜不疑，"你这夜盲太坏事了。"

姜蝶转眼收到他推过来的微信名片，点开名片头像，是一张黑白对半的画：人走在白色的画幅中，阴影藏在黑色的半面。头像和他的人、他的家具一样，特别性冷淡风，名字也是——wasteland。废墟。

姜蝶有点紧张地发送了好友申请，直到晚上才被通过。她迫不及待点开朋友圈，意料之内的三天可见，一片空白。姜蝶只好点开聊天框，捧着手机斟酌半天，打下一段话。

小福蝶：师哥你好，你还没告诉我沙发和桌布是多少钱。我应该赔给你的。真的很对不起！

嗯，非常得体，发送！

她信心满满地扣上手机，像蹲在树边等兔子入笼的猎人，虽然用兔子来比喻蒋阁并不合适，他更像城堡前雕花水池里的一只黑天鹅——阳光和煦，微风暖融，他自顾自地浮水，不慌不忙，不会多看你一眼。

因此，一个小时过去了，蒋阎没有回。三个小时过去了，还是没动静。直至深夜十二点，聊天框依然只有她的绿色条，太刺目了。估计在忙没空看手机吧，姜蝶没想太多，坐在马桶上无聊地开始刷朋友圈。往下拉没多久，她就刷到了一条动态：蒋阎转发了一则学校恢复上课的通知。时间，四十六分钟前。

姜蝶看着这条朋友圈，内心无语。所以蒋阎明明有空看手机，还有空转发通知，只是没空回她，某人的时间真的分三六九等。

她已经用了这么合情合理的理由发微信，都得不到回应，更别说其他没话找话的问候了。她必须得想一个，除开微信之外的见面方式。

姜蝶坐在马桶上沉思，视线停在了自己的腿根上。

次日风停雨息，终于可以离开盐南岛。盛子煜把照片发到了群里，让大家对照着图片一起帮忙整理打扫。

姜蝶自告奋勇承包卫生间，其余人都不愿意打扫这里，直呼她为"女菩萨"。姜蝶谦虚地说"我只是喜欢收拾而已"，一边关上门，一边不着痕迹地把大腿上的银链子松开。银链子在打扫的过程中脱落，她假装没注意，脚尖却不动声色地把链子踢进洗手台下的角落。

做完这一切，姜蝶走出来，若无其事地对着大家道："我那边 OK 了哦。"

06

姜蝶坐船从盐南岛返回花都，一番折腾到家后已接近傍晚。

初秋的日头还显长，半个昏黄的太阳在两栋楼宇间摇摇欲坠，但各家各户已经都将灯点起来了。连通两栋老楼的是镂空的之字形楼梯，扶手锈迹斑斑，台风席卷过的湿痕还未干，姜蝶小心翼翼地拾级而上，怕滑跤。上下这种旧楼梯，最不能掉以轻心。

因为提前给她妈打过电话报备，这会儿还没进门，饭菜的味道就从门缝里飘了出来。

"妈,我回来了。"

她推门朝屋里大喊,厨房里应声道:"最后一个菜马上就好,你先洗手。"

姜蝶脱力地往沙发上一瘫,滚了几滚。

真好,二手的破沙发,不用担心侧漏漏到上面。

楼宇间最后一丝昏黄落下,姜雪梅正好端着芹菜炒肉出来。

"就刮了这么几天台风,菜价就涨了。"她碎碎念,招呼姜蝶过来吃饭,"要不我还是出去找个工作吧。"

"用不着啊,我现在能赚到钱。"姜蝶把盛好的饭推到她面前,"你别忘了你的老毛病,别瞎折腾。当然如果你是觉得生活无聊,真的想找点事做,我还是支持你的。"

姜雪梅不认同地皱起眉:"大学生还是应该好好学习,少操心赚钱的事。我如果出去工作,能帮你分担一点也好。就这房子,居然还给我们涨价。"

又是老生常谈的话题。

姜蝶耐着性子:"不是跟你说了嘛,学校里的宿舍床位我租给一个研究生了,她每月也会给我点钱,能抵点房租。你自己一个人不也是租房,不如我们俩一起住。"

"我一个人找个地下室……"

"打住!"姜蝶夹了一口芹菜塞进她的嘴里,"你去住地下室,我去住宿舍。那我毕业回来怎么办?我们不是还得继续找房子,多折腾。就干脆住这里挺好啊,都住好些年了,东西还一大堆。"

姜雪梅嘴里塞着菜,含含糊糊道:"你毕业还回来这里干吗?妈攒钱送你出国,虽然现在肯定还不够……"

姜蝶一愣,心里动容。

她故作轻松道:"妈,那个我早就没再想了。"

姜雪梅神色严肃:"怎么不想?不要担心钱的问题!"

姜蝶抚上她拧着的眉心:"我最近知道我们学院有交换生的名额,

可以免费去国外学一年。我想争取下这个,所以你真的别瞎操心了。"

姜蝶感觉到手下的眉心更紧地纠在一起。

"那这个名额得多难得啊!不花钱的好事,谁不想要?"

"对,谁不想要呢。"姜蝶深吸一口气,"但世上无难事,只怕有心人。"

她就要做那个有心人。

当天夜里,姜蝶忍住腹中翻江倒海的不适,翻开设计手账审视之前的设计草稿。彼时她没想好人选,凭空设计了几款,想用衣服去套人,现在回过头再看,形都有,但没有神——衣服和人一样,没了神,那就是致命的平庸。

拿这样的作品去比赛,就算饶以蓝不从中作梗,她也不能赢。

姜蝶眼也不眨地把那几页统统撕下来,揉成一团丢进纸篓。她咬着笔杆望向窗外,视线被对面的矮楼阻隔,掺着杂乱的电线杆,往下滴水的湿漉漉的被罩,还有用矿泉水塑料瓶插着的夜来香——逼仄、拥挤、粗糙。

但她一抬头,还是能看到月亮。

姜蝶的耳边忽然响起了那名为"蝴蝶"的台风去而复返的声响,很重,如风如雨,又很轻,如蝴蝶振翅。

她着手在速写本上画草图,原本没有五官的模特,不自觉地添上了眉眼。笔触完全不受自己控制似的:毛流分明的眉毛,深陷的眼窝,一双如冰川一般透明的眼睛寒气凛然,冻结着冰冷的裂痕,活脱脱就是蒋阁。

姜蝶以他为模特再画下去,思路瞬间点亮,姨妈期的疼痛也逐渐感知不到。她全神贯注地伏在桌上,一笔一线地画着衣服的草稿。灵感如喷泉涌动,她像是攥着笔尖跳舞,月光轻盈地从手腕的黑色发圈拂过。一晚,仅仅这一晚,姜蝶设计出了自己迄今最满意的一件衣服——一件花衬衫,深蓝的缎面上大朵大朵的夜间睡莲,有一种妖异和圣洁的对撞,掀起一场亚热带风暴。

她将之命名为——"风眼"。

而可以完美诠释这件衣服的人，只能是蒋阖。

即便他的衣服从来都是黑白灰，款式单调利落，很难让人想象他穿上这件衣服的样子。但正因如此，姜蝶笃定他才是最合适的那个人，解开他一丝不苟扣起的衣领，才能让摧枯拉朽的惊艳释放出笼。

台风过境后，花都大学又恢复了上课。姜蝶有早课，从鸳鸯楼去学校不远，骑着自行车很快就到了。早课是和专业无关的公选课，翘课的人很多，大多直接拜托去的同学帮忙点名。而姜蝶如果没有特殊情况，为了学分不会冒险旷课。她踩着点到教室，驾轻就熟地坐到最后一排，微信里收到同院系好友卢靖雯的点到请求，这姑娘又起不来。

姜蝶只好捏着嗓子，埋下头在老师点到时伪装声音，帮她蒙混过关。老师在讲台上开始讲授枯燥的理论，姜蝶掏出手机，点开蒋阖的黑白头像，斟酌着新一轮的开场白。

小福蝶：师哥，打扰了……我好像有个饰品落在你的别墅了。不知道你什么时候会在？我想过去找一下，麻烦啦

这条微信，他总不至于不回吧？

一直到下课，姜蝶终于盼到黑白的头像旁亮起小红点。

wasteland：我不确定。盛子煜还没还我钥匙，你可以和他要，直接去别墅找。

wasteland：还有，你句末漏了个句号。

"……"

姜蝶看到消息的一刹那，差点把手机捏碎。我要找的根本不是饰品！是你啊大哥！漏了个句号是什么鬼？你的强迫症已经到这个地步了吗？她气得直翻白眼，垂死挣扎着回复。

小福蝶：啊？这样会不会不太好，我这个不着急，还是等你在的时候过去找吧。

这回她仔细检查了一下标点，按出发送，对面没有动静。

姜蝶平均十分钟刷一次手机，连骑自行车等红灯那几秒都要掏出来看一下他回没回。

直到她发现蒋阎在三分钟前又发了一条朋友圈，是关于学生会十一假期团建的公告——看来又已读不回了，行，真行。

姜蝶气笑，把蒋阎的微信名改了个备注——"衣架"。

你等着，迟早把你拿下，让你挂上我的衣服！

最后姜蝶没去找盛子煜拿钥匙，如果蒋阎不在别墅，她压根不打算过去，上完课后就直接回家开始从相机里导出素材，准备把盛子煜生日的 vlog 剪出来。剪片前她得把所有拍的素材先过一遍，挑出可用的，把无趣的段落和拍摄角度太丑的全部剔除。

翻阅在别墅第一天的素材时，姜蝶看到某个片段顿时愣怔住。她记得当时自己正在调试镜头，在镜头里发现了蒋阎的现身。但早于她发现之时，镜头已经悄无声息地捕捉到了被大家忽略的、蒋阎出来的那一幕。虽然由于高度问题，画幅只框到了蒋阎的腰，显露出一双又长又直的腿，走动的频率像老挂钟下摆动的长发条。姜蝶好奇地从他出房间的节点看起，将屏幕调到最亮，诧异地发现，他并没有第一时间出声，而是单手扶着栏杆，静静地站了一会儿。他是在看什么，还是在犹豫要不要出声？

无从猜测。

姜蝶悻悻地把这段素材拖进了垃圾箱。

剪辑是个很耗时的活儿，她在电脑前一坐，回过神来几近傍晚，抽空看了眼手机，一条意外的未读消息惊得姜蝶大腿一麻——救命，蒋阎居然主动给她发来消息！

衣架：你丢的饰品长什么样？

姜蝶忙不迭回复。

小福蝶：一条银色的腿链哈。

蒋阎又不回复了，姜蝶也是头一次碰到有人发微信是"诈尸"型。无可奈何，她只好再仔细揣摩蒋阎刚才发来的话：他之所以会问饰品的样子肯定是想帮她找，这么说，他现在人就在别墅？

姜蝶当机立断，抄起桌边的速写本塞进帆布包，蹬上单鞋，三步并作两步冲下鸳鸯楼，一边按着手机发消息。

小福蝶：师哥现在在别墅吗？

小福蝶：我现在正好有空，已经坐船过来啦。你如果找到的话麻烦等我一下，没找到的话就不用找了，一会儿我自己找就行！

她气喘吁吁地来到码头，坐上日落前开往盐南岛的最后一班船，屁股刚挨下座位，一直没动静的微信"叮"了一下，终于响了。

衣架：我没在。

衣架：但有别人在，你可以去。

姜蝶眼角一抽。她判断得没有错，他确实想帮她找，可没说要亲自找啊。重点是，怎么又有人在他不在的时候进他的别墅了？！

她深吸口气，郁闷又好奇。

小福蝶：……谁啊？我认识吗？

对面很快回复。

衣架：上门回收沙发的。

"……"

姜蝶已经坐上"贼船"，回不了岸，满肚子窝火地来到盐南岛。她来到蒋阁的别墅一看，好家伙，两个师傅正在吭哧吭哧搬那张沙发，罪魁祸首心虚地摸了把鼻子。

他们把沙发搬了出去，客厅空了一大片。其中一个师傅从外头进来，把那条熟悉的银链子递到姜蝶跟前，暧昧一笑："大妹子，这是不是你落下的啊？刚找了好久帮你找到的。"

姜蝶接过来，从牙缝里挤出笑："谢谢师傅。"

她无奈地看着手中的腿链，又看了一眼沙发空掉的位置，不禁深感真是道高一尺，魔高一丈，蒋阁根本油盐不进。

如果是以往，也许姜蝶就放弃了，但……她的目光聚集到帆布包里的速写本中，那件已经设计出雏形的"凤眼"。八字已经有了一撇，姜蝶不愿意在自己的作品上将就。可还能有什么办法呢？她现在连私下接触蒋阁的机会都没有，如果她是学生会的人倒还好办些。

等等，学生会？

姜蝶福至心灵，连忙点开朋友圈，打开了刚才等红灯时刷到的学生会团建公告。她粗粗扫了一眼，学生会为了迎新，以及犒劳去年成员为学校做出的贡献，决定在国庆假期组织一次团建活动，飞往泰国。

姜蝶思索片刻，主意打到了盛子煜身上。

她把这条消息转发给他，开始试探。

小福蝶：学校对你们也太大方了，我现在加入学生会还来得及吗?!

玩摄影穷三代：嘻，这根本不是学校给拨的款，是会长自掏腰包的。

小福蝶：……他真的对你们好照顾。

小福蝶：你打算去吗?

对面沉默了好一会儿，慢吞吞地发来一个"不占便宜是傻子"的表情包。

小福蝶：那你们部还招新吗?

玩摄影穷三代：招啊，但一般就招大一的。

小福蝶：你不是晋升副部长了吗，招大一大二还不是你定。

玩摄影穷三代：我上头还有部长呢。

玩摄影穷三代：不是，你认真的?

小福蝶：[我看起来像开玩笑的样子吗 .jpg]

小福蝶：想蹭个免费游嘛。

玩摄影穷三代：你不知道多少人看了这个公告来找我，都是倒贴钱想跟着来，你还想免费蹭?

小福蝶：……

小福蝶：你难道以为我是真的想去玩的吗!

玩摄影穷三代：不然你也是奔着会长? [奸笑 .jpg]

姜蝶心头一惊，涌上一股心虚。

小福蝶：怎么敢，我有"亲亲男朋友"你啊!

盛子煜发了个狗翻白眼的表情。

玩摄影穷三代：私下就别恶心我了。

小福蝶：好吧，说正经的。

小福蝶：我们一直没去国外拍过度假 vlog，粉丝们一直私信问我什么时候安排呢，既然你这回也要去，不如内推一下我。

玩摄影穷三代：这不太好吧，假公济私。

姜蝶忍不住吃惊，这话一点都不像从盛子煜嘴里说出来的。

这么义正词严……倒像是为了什么在抗拒她，不愿让她参加到这次活动中。但是他说的也的确有道理，她应该走正规流程去参加面试的。可问题是今天刚好是学生会招新的最后一天。而她，现在，还在盐南岛。

她真的很无奈。

姜蝶捏紧银链子，没有犹豫多久，不再和盛子煜废话，拔脚气喘吁吁奔向码头。

姜蝶赶回学校时，已经过了晚上九点。额前的刘海湿漉漉地贴在脑门上，她双手抹了一把脖间流淌的汗，步履不停地向招新点冲去。她不抱希望地疾走至 A 教学楼，教室基本都下了晚课熄了灯，老旧的红砖墙在夜里聚拢了爬山虎的阴影。

在三楼的走廊尽头，居然还亮着白炽灯，那好像是招新的教室。姜蝶心跳加速，难道还能赶上？她激动地跑上楼，雀跃的心情在教室门前戛然而止。里面空无一人，只有三张面试的桌子上摆放着一沓资料，一支钢笔搁在上头，在灯下拉出一道浅浅的光影。姜蝶扶着门框平息呼吸，失望地转身，迎面对上一个人的胸膛，吓了她一大跳。她惊讶地抬起眼，蒋阎低下头，两人的视线撞个正着。

月光寂静，不远处小操场上凑堆打球的男生还在挥汗，球在地上撞出弹性的来回，砰砰砰砰，余音一直传到耳边，搅得她心里也七上八下的。

姜蝶按了按自己的胸口，平复呼吸，连忙将顺粘在一块儿的刘海，清了清嗓子："谢谢师哥帮忙，东西已经找到了。"

他点了下头，和她擦肩而过，往教室里走。

"那个沙发……还没告诉我多少钱。"

蒋阁终于回答道："我以为不回的态度很明显了。"

意思是与她无关，不用再提。

姜蝶哑然，多打两个字是会手折吗？！

蒋阁见她仍立在原地："还有事？"

姜蝶略一踌躇，还是开口问道："师哥也负责招新面试吗？"

他拿起钢笔清点资料，"嗯"了一声："已经结束了。"

姜蝶深吸口气，厚着脸皮突然站定到桌前，滔滔不绝道：

"我是来自服装艺术设计学院大二的姜蝶，这次希望能进入学生会的宣传部。我的优势如下：网上经营着一个有点流量的视频穿搭号，叫'小福蝶'，剪辑和内容都是我一人完成的，最火的一个视频播放量有近百万。如果我能进入宣传部，我对师哥组织的团建活动有点想法——我可以全程拍摄 vlog，作为我们花都大学学生会的宣传视频投放到网上，树立我们学生会团结、和谐、友爱、积极向上的氛围！"

她慷慨激扬地陈述完，感觉发挥得不赖，自己给自己鼓了个掌，结果瞧见蒋阁面无表情的脸，讪讪地把双手放下，拘谨地收在两侧。

"听上去是个人才。"他慢条斯理地回复，"但是宣传部的名额已经招满了。"

姜蝶紧绷的肩头刹那间垮下来，蒋阁垂下眼，手指点着桌上的资料，抽出几张来开始看。

姜蝶见他专注自己的事情，知道再纠缠下去不是明智的做法，于是礼貌地点了点头："谢谢师哥，打扰了。"

她心有不甘地转身，慢吞吞地走至教室门口时，他的声音突然又从背后传来："还有一个部门没有招满。如果你不是只想进宣传部，可以试一试。"

姜蝶诧异地转过身，蒋阁把刚才正在看的资料翻过来，是大一新生填的表格，想进的部门里端正地写着：秘书处。

只要能进学生会，进哪个部根本没差别，姜蝶当然想满口答应。但那样过于明显，她得表现出自己是很负责、很专业的，于是谦虚地提问说："请问这个部门的职责是……？"

蒋阎靠在桌边，手指在灯下无意识地转着钢笔，动作在墙面投下的光影像一只被捏住翅膀、正瑟瑟扑棱的蝴蝶。

姜蝶鬼使神差地盯着那片黑影，听见他轻描淡写道："主要的，就是协助学生会会长。"

07

花都大学后门的美食一条街，正值饭点，人群熙攘。

盛子煜和几个人坐在烧烤店内靠窗的长桌边，今晚是他们学生会宣传部内部的一次小小聚会。店门口传来自动门的开关声，随即进来一个棕色长鬈发的女生，出入间卷起的气流飘扬着一股野百合的香水味。盛子煜鼻子一抽，闻到这个味道，整个人瞬间直起身，朝门口招手。

"哟，就差你了！"

女生毫不在意地撩了一把头发，回应道："抱歉各位，我来晚了。"

明明是大一新生，让师哥师姐平白等她许久，语气听上去却没几分抱歉。

她笑道："是不是还得做下自我介绍？我是大一英语系的孟舒雅，除了部长和副部在面试上见过，其他人都是第一次见。"

她往场内扫视一圈，不知是有意还是无意，坐到了盛子煜对面。

两人不经意对视一眼，盛子煜摸了摸鼻子，举起啤酒说："都到齐了哈，欢迎我们的新部员。"

孟舒雅跟着拿起酒瓶，笑意盈盈地一饮而尽。她擦了擦嘴角，把瓶子倒扣在桌上，挑眉看向对面："我都干了，你是不是也得干一个？"

盛子煜挑眉，跟着把整瓶干了，气氛一下子被炒热，突然有人撞了撞他的胳膊说："嘿，这是不是你女朋友？我没看错吧？"

对方指了指手机里刚进学生会大群的一个头像，一只蓝色的蝴蝶。

盛子煜点开来确认，还真是姜蝶。

"她怎么突然进学生会了？"

"是进咱们宣传部了吗？小群里没她啊。"

"她改后缀了,是秘书处。"

"真假?秘书处?多少人挤破头想进都没给进啊。"有人咋舌,"而且会长不是说秘书处这次不再招女生了吗?"

孟舒雅不解地问:"会长性别歧视吗?"

"哪能啊,是她们醉翁之意不在酒,不好好干活,光想着怎么骚扰会长。"

"哦……"孟舒雅想了想说,"那光防女生也没用吧,男生也有可能馋会长呢。"

"啧——有道理!怪不得招姜蝶呢,有家室的用起来最放心。"

众人恍然大悟,冲盛子煜挤眉弄眼:"还有人比你俩更模范情侣的吗?"

孟舒雅附和着大家,皮笑肉不笑地同盛子煜碰杯:"真是,好羡慕你。"

盛子煜倒扣手机,不太自然地喝了一口啤酒。

姜蝶收到盛子煜给自己发的微信时,正在查询泰国办理落地签证需要的材料。蒋阎真的够狠,说现在只能算她的"试用期",能否成为正式部员全靠这个期间内她的表现。首先要完成的任务,就是统计团建可以参加的人员,收集签证材料。姜蝶怀疑秘书处还没招满就是因为太压榨人了,所以部员纷纷跑路了。她看了眼手机,盛子煜发了一连串问号的表情过来。

玩摄影穷三代:什么情况啊你?

小福蝶:如你所见,我去面试了。

小福蝶:正好,你统计下你们部去的人告诉我哦。

玩摄影穷三代:???

小福蝶:怎么了?

玩摄影穷三代:没……我就是觉得心累。

玩摄影穷三代:本来能好好玩儿的,现在还得假装秀,真累。

姜蝶看着这条消息,火一下子冒起。

小福蝶：我拜托你，虽然是我提议的，但你没吃到红利吗？放下碗骂娘是什么意思？你累我不比你更累吗？vlog都是我挑素材我剪，你出什么力了吗？

盛子煜顿时安静下来。姜蝶气得直想把他拉黑，同时内心那股异样感越发强烈。虽然盛子煜这人懒散，但该配合的地方总会配合，两人的合作还算愉快，这还是头一次盛子煜如此直白地表现出不乐意。那问题是出在哪儿呢？

姜蝶开始反省自己，在她眼里旅游这事儿毫无吸引力，旅游的附加效果才是她最看重的。无论是拉近和蒋阖的距离说服他当模特，还是借机作秀完成粉丝的心愿固一波粉，不好好利用不是傻子吗？但盛子煜不一定这么想，她不能强加自己的价值观到他人身上。毕竟他们是利益往来的合作关系，盛子煜确实没有必要每件事都配合她。难道就不允许人家想纯粹地享受一次旅行吗？

姜蝶无意识地抠着手心，那里仿佛还残留着盛子煜在黑暗里留下的余温，人家还挺关心她的，自己好像……太把他当赚钱工具人了。

她重新点开对话框，酝酿着发出一条消息。

小福蝶：对不起，这次没有和你商量好，我刚刚说的话也有点重了。但我去这件事已经定好了，那这次不拍vlog了可以吗？只是在大家面前还要辛苦你假装配合一下。

片刻后，盛子煜发了张照片过来，烟雾缭绕的烤肉店，一排空酒瓶、生菜和毛豆撒得满桌都是。

玩摄影穷三代：是我该说对不起，喝酒有点喝大了，你别往心里去。

玩摄影穷三代：vlog该拍还是拍吧。[击掌.jpg]

玩摄影穷三代：哦对，我们部门三个人去，除了我还有金乐池和孟舒雅。

金乐池是宣传部的部长，后面一个名字姜蝶没听说过，估计就是新招的吧。她回了个"OK"，松了口气，盘算着盛子煜的生日vlog必须得在去泰国前剪出来，堆在一起就剪不完了。

姜蝶捞起风油精往太阳穴抹了几下，查完资料后相继给各部门部长发去统计人员的微信。事情进行得很顺利，最后在饶以蓝这儿卡了壳。她是文艺部的部长，姜蝶免不了和她联系。

小福蝶：嗨，麻烦以蓝报给我一下你们部参加团建的人哦！［玫瑰.jpg］

Saphire：？

Saphire：我直接和会长说了。

小福蝶：呃，那麻烦你也和我再说一下吧，我这边要出个最终人员统计的。

饶以蓝直接不回了。

真是绝，在发微信的脑回路上，饶以蓝和蒋阁真是天造地设的一对。姜蝶突然好奇，如果蒋阁真的被饶以蓝追到手，他们聊微信会不会是南极撞上北极的冰冷画面？但大概率，一定是饶以蓝为爱化作火山。她为自己的脑补笑出声，也懒得再催饶以蓝，点开剪辑软件剪起上次剪到一半的 vlog。

明天就是周末，流量最大。她干脆咬咬牙，熬了一整晚将 vlog 剪出来，支着眼皮上传完毕后才倒头睡去。

睡梦里，姜蝶一直感觉到身下的床在轻微地震动。地震了？！她一个激灵弹起身，摔下床才发现是手机在振……姜蝶翻了个白眼，拿过手机一看，昨晚上传的视频已经审核通过。她都没来得及转到微博，点击量却不请自来，点赞投币的消息提示一直往外弹。

怎么回事？

姜蝶大感意外，草草地看了一眼弹幕池，弹幕也比以前多得多，都在刷"好帅""舔舔""这是哪位""姐妹们直接空降第七分钟"……

姜蝶拉到弹幕说的位置，是他们玩桌游那一段。她当时把相机放到了角落，一个能把大厅里的人们全框进去的位置，因此，也无意间拍到了从楼上下来接水的蒋阁。因为这里的下一秒就是关灯，她觉得这部分很适合当转场，天然黑场都不用加特效，而且她当时熬到后半夜非常困，剪完了也没有再细看。无心插柳，居然把蒋阁给剪进去了,虽然只有两三秒亮着的镜头。

看到这儿的粉丝对关灯非常气愤,黑色屏幕被白色弹幕遮得密密麻麻。

"我差这点流量吗?!"

"气死我了气死我了,难道这就是需要付费观看的内容吗?"

"绝了,我正凑近屏幕想看一看帅哥,下一秒屏幕一黑,出现我狞笑的猥琐大脸!"

"十秒钟内我要知道我这个未来老公的所有信息!"

弹幕哀号着,令姜蝶心惊胆战。播放量就在她睡着的这段时间已经破了十万次,上了网站的算法推荐。姜蝶连眼屎也来不及擦,打开剪辑软件火速将那两三秒剪掉,重新渲染出了一版,替代原有的视频放上去,但是网站还需要审核。

姜蝶双手合十,祈祷蒋阁不会看到这段视频。他素来低调,自己将他剪进去却没有经过他同意,即便并非故意,但被发现也一定会被讨厌。她先是弄脏了他的沙发,现在又搞了这出乌龙,简直是反复突破他的容忍底线……

审核的过程变得尤为漫长,姜蝶看到排队通道显示着"火爆"的字样,欲哭无泪地躺在床上装死,现在是周六下午,审核高峰,她就不该贪这点流量!

房门外姜雪梅扯着嗓子喊她赶紧起来吃饭,姜蝶一听,还是身残志坚地从床上爬起,无精打采地干完了一整碗饭加一个馒头,或许这就是最后的晚餐吧。

当她打着饱嗝,摸起手机,看到蒋阁发来的微信,确信世界在逐级崩塌。

衣架:[截图]

他发来的截图,正是她的视频里他走下来那一幕。只这一条,却胜过千言万语。那截图还截得恰到好处,有条弹幕正巧飘过蒋阁的脸,兴高采烈地写着——

"老公！！！"

呵呵，毁灭吧，累了。

08

衣架：别人发我的。这是我吧？

姜蝶颤颤巍巍地解释。

小福蝶：这是个意外……

等网站通过了新视频的审核，姜蝶准备好最卑微的道歉姿势，把链接甩了过去，表示自己已经第一时间替换，绝对不会再有这等乌龙发生，一直到晚上，蒋阁都没有回复。姜蝶战战兢兢，连零食都比以往少吃了一袋，一直到入睡前，手机终于提醒她来了消息。

姜蝶做足了心理建设，慢吞吞点开。

衣架：我出现的这个镜头，歪了。

姜蝶哭笑不得，心想蒋阁的强迫症真的病入膏肓了吧，关注点是这个吗？！但感谢他的强迫症，关注的重点跟着镜头歪到了十万八千里外，好歹没拿她做靶子再发作。

转眼，国庆假期来临。

这几天姜蝶一直忙着操办落地签的事情，总算在假期来临前顺利拿到了所有人的材料。蒋阁似乎对她的表现挺满意，在微信里发送了迄今为止的第一个表情：[拇指 .jpg]。

姜蝶嘴角一抽，回复了一个 [微笑 .jpg]，放下手机着手收拾明天飞往清迈的行李。

这是姜蝶有生以来第一次出国。

她密密麻麻地做了一堆攻略，虽然得跟着大部队行动，先去清迈，再转道普吉，最后从曼谷离境，但中间应该也会有自由活动的时间。她罗列了几家古着店，非常想去淘点衣服。除此之外，还有各种要带的东西，什么转接头、防蚊液、防晒霜，最重要的还有穿搭。她将衣柜里所有的衣服都一字排开，如同坐拥后宫的君王，不知该宠幸哪些。

虽是十一，花都已入秋，是需要穿针织开衫的时候了，但她查了查泰国，气温高到吓人。于是她将热裤、吊带背心、碎花连衣裙、人字拖和有的没的一气儿全放进行李箱，还有琳琅的耳环手镯，是夏日不可缺少的点睛之笔。

挑挑选选，全整理完已是后半夜，飞机是早上八点，她差点没能爬起来，最后是被姜雪梅火急火燎从床上拎起来的。姜雪梅准备了白煮蛋塞进姜蝶手心，叮嘱她要在路上吃掉，不要空着肚子上飞机，一边帮姜蝶检查行李，又碎碎念了一堆在异国要注意安全的话。

姜蝶小鸡啄米似的点头，匆匆打上出租赶往机场。

这次团建，抛去回家和已经有旅行计划的，最后去的总共有十来人，都是同一班飞机。大家统一约在登机口见。原本一切都该有条不紊地进行，然而还没出发多久，意外就发生了。鸳鸯楼那一带路况本身就不好，路面老旧，经常有载着两三人的摩托车横穿马路。这一大早，就有这样的小摩托为了赶在红灯前最后一刻冲过去，重心不稳，恶狠狠摔个底朝天。后来的车子没注意，有两辆撞到了一起。所幸没撞到人，惨的就是跟在后面的车辆，全堵死了。

姜蝶坐的出租车就是那倒霉的其中之一。

她原本就起得晚，路上顺利的话勉强还来得及，但经过这么一堵就难说了。

姜蝶如坐针毡地等了一会儿，问师傅："多久能开？"

司机摇头："这可说不好。"

"那直接在这里结吧。"

姜蝶当机立断，拉着行李下车狂奔向地铁。

地铁到鸳鸯楼这一带也有不小的距离，姜蝶推着28寸的箱子一路抄着近道，滚轮在布满凹坑的地面嘎吱作响，"哐当"一声，她就感觉手腕一麻，行李箱脱手飞出。姜蝶傻在原地，一时间蒙掉了。她回过神，扶起行李箱，发现左边的一个滚轮不知何时脱落……还去个屁。

姜蝶欲哭无泪，蹲在小路中央心如死灰。口袋里手机还在不停振动，团建的微信群里大家喜气洋洋地你一言我一语。

"我们都到登机口了。"

"你们快来呀。[拍床.jpg]"

"不用着急，飞机好像延误了，没有准点降落。"

看到最后一条消息，姜蝶揪紧的心稍微放松，赶紧斜拉着箱子往前跑，这样只用到两个轮子，不碍事。当她大汗淋漓地登上地铁，再辗转到机场，距离他们那班飞机关舱门的时间只剩五分钟，生死时速。

姜蝶连手机都没空看一眼，一路求爷爷告奶奶让人家放她先进安检。眼见成功在望，她的帆布包里被检出一把美工刀。

"这个东西我们不能带上飞机的，你得拿出来把包再过一遍。"

安检员面无表情地向她下达指令，嘀嗒，时钟指向了最后一分钟。

美工刀，该死的美工刀！她根本不记得自己有把它放进包啊？！说什么也没用，姜蝶只能灰溜溜地再过一遍安检。等她像条哈巴狗似的跑到登机口，已经空无一人。

"舱门已经关闭了。"

检票的工作人员非常遗憾地冲她摇头。

姜蝶一屁股瘫坐在椅子上，掏出一直疯狂振动的手机。

群里都在@她，盛子煜也私发问她人去哪里了怎么突然玩失踪，还有姜雪梅发过来的微信：你这孩子到机场没有啊？包里我给你塞了点防身的东西，外国多不安全啊，要时刻注意！

得，原来这美工刀是她妈塞进去的。姜蝶苦笑着想该怎么应付这一堆消息，硬着头皮回复。

小福蝶：真的对不起大家，出了点意外，我没赶上……[捂脸.jpg]

紧接着，下面一个黑白头像跳出来，她头皮不由得一麻，闭上眼不敢看。指不定要被怎么责问吧，她接连闯祸到自己都看不过去。做了下心理建设，她咬咬牙睁开眼睛，愣住了。

衣架：我和姜蝶坐下一班飞机过来。

衣架：你们到机场后先去民宿放行李。@玩摄影穷三代，你组织一下。

玩摄影穷三代：[OK.jpg]

手机的航旅应用此时蹦出提示，有了新的航程，四个小时后飞清迈。

谁买的……蒋阎吗？！

姜蝶一头雾水，连忙单敲盛子煜。

小福蝶：蒋阎发在群里的这啥意思啊？他也误机了吗？

玩摄影穷三代：会长第一个到的……

玩摄影穷三代：主要是你一直没消息，大家都怕你出事。先说好啊，我可是也说要留下来看看什么情况，但是会长说这算是他的责任，所以最后换他没登机。

玩摄影穷三代：他不在登机口吗？那可能去厕所了吧。

玩摄影穷三代：不说了，我们飞了，清迈见。

机场落地窗外，载着所有人的飞机轰鸣起飞，被遗落的她目送巨大的机身从视野里消失，一扭头，空落的登机口，蒋阎长身鹤立。一万米卷起的气流，那瞬间都往她的胸口呼啸。

姜蝶的呼吸轻轻一滞。

蒋阎穿着灰色的针织薄开衫，一手插着口袋，一手拎着两杯咖啡，见她回头，平淡道："拿着。"

姜蝶受宠若惊地起身接过："谢谢师哥……"

他把装着两杯咖啡的袋子直接递过来。

"……都给我？"

"困到能误机，两杯咖啡我看都不够你清醒的。"

冷嘲虽迟但到。

姜蝶缩了缩脖子，心想自己才不是睡过头导致误机，但个中缘由说了也无用，结果已经造成，还害得他为自己擦屁股。

她细声细气地低头说："对不起嘛。"

蒋阎："……"

"两杯咖啡我都会喝完的！一定不再犯困！"

049

蒋阖:"……"

他一言不发地坐到一边,从包里掏出书开始看,一副"从现在开始别来烦我"的模样。姜蝶和他隔了一个空位坐下,从袋子里拿出咖啡,还顺势带出来一个三明治……这也是给她买的吗?姜蝶诧异地瞥了眼蒋阖,顿了顿,还是什么都没问,默默咬了一口,焦糖的甜味在唇齿蔓延。

过了会儿,登机口陆陆续续地迎来下一拨起飞的人,座位也逐渐满当。

有女人婀娜地走到两人中间,侧身问蒋阖:"你好,这儿有人吗?"

蒋阖头也不抬:"有。"

那女人噎了一下,悻悻地转去别的座位。

姜蝶还在埋头干三明治,蒋阖瞥了她一眼,脸上闪过一丝无语。

"姜蝶。"

"啊?"

她茫然地侧起头,鼻尖还沾了一点三明治的夹酱。蒋阖的视线聚集到那一点,指关节紧了紧,深深吸了口气,赶紧从兜里飞出一包纸巾给她。

"擦掉,然后坐过来。"他翻过一页书,解释了一下,"免得总有人过来搭话。"

"哦,好。"

正中她下怀,姜蝶不着痕迹地勾起嘴角。之所以故意隔了一个空位,是因为这个场面她早有预测。要么他喊她坐过去,要么他坐过来,用不着她主动贴过去。因为他一定不愿意陌生人横插进来到他身边,再怎么着,她总比陌生人强点吧?有时候蒋阖的心思还挺好猜的,姜蝶有些得意,昂起头,像翘起小尾巴。

姜蝶坐到了他的旁边,也看清了他手上的书,对她而言非常无聊且枯燥的标题——《景观模型的创造与制作教范》。

姜蝶回想起盛子煜曾经提过,蒋阖喜欢制作微缩模型。

她本来完全不了解,盛子煜提了后就去搜了搜,知道是把某个现实的场景或人物按一定的比例缩小、还原出来，类似《格列佛游记》里写的小人国，需要极大的耐心和极巧的手艺。并且，在这个过程中，她通过盛子煜的关注意外搜到了蒋阁的社交账号，虽然号上没有蒋阁的照片，但头像和微信上的是一样的。上面发的图有微缩模型，姜蝶估计都是他的作品，寥寥几张图，风格很统一，全是废墟，对上了他的微信名，wasteland。除此之外就是废墟的实景。

废弃的教室、破败的教堂、被火烧过的居民楼……空无一人，只有残垣，充斥着一股死气沉沉的氛围。

这一回他们顺利登机，托蒋阁的福，她还蹭到了头等舱。这是姜蝶第一次坐头等舱，明明是很宽敞的位子，她坐得比经济舱还局促。蒋阁的位子在她旁边，上了飞机就戴起眼罩。注意到他视线受阻，姜蝶才慢慢松懈下来。她怕自己乡巴佬的一面被笑话。

空姐过来让她点餐的时候，她也很紧张。从来她只有二选一的份，一下子拿了本菜单过来，她反倒不知从何下手。

到清迈的过程中，蒋阁一直睡着，饭都没动。她看了一部电影，干了一顿饭，上了三趟厕所，一直闲不下来。

下飞机时，姜蝶总感觉蒋阁的脸似乎有点黑。

因为航空管制，他们这一班延误了许久，到达清迈时已是傍晚。姜蝶立刻给姜雪梅拍了一张飞机外的景色，虽然是根本看不出什么的停机坪。她压抑不住心里的兴奋，下了廊桥一直用余光四处乱瞟，看到那一个个蝌蚪形状的标识，终于有了一点点出国的实感。

她不太懂出海关这套流程，就一路乖乖地跟在蒋阁身后，依样画葫芦地跟着他做。出国对蒋阁来说应该是家常便饭了吧，想到这点，她更加不想露怯。

经过了烦琐的海关检查，他们终于可以拿行李走人。姜蝶突然意识到，自己那个箱子还是缺个轮子的残次品。蒋阁的黑色行李箱已经转到他跟前，他随口问道："你的箱子还没来？"

"嗯。"

"长什么样？"

姜蝶含糊道："长方形的。"

蒋阎："……"

交谈间，姜蝶就看到自己那个不争气的箱子从出口转出。

他随着她的视线看过去："是那个？"

姜蝶硬着头皮点头。

"坏了？"

强迫症迫使他一眼就看到缺了脚的轮子。

"还是可以用的，早上我就这么拖着过来的。"

蒋阎沉默了一会儿，姜蝶诧异地看着他将自己的28寸箱子从转盘上单手拎下来。他回头瞥了发愣的她一眼："走吧。"

大且沉的箱子在蒋阎手中，好像失去了重量的空壳，轻松得不可思议。这还是那个早上把她折磨到快要崩溃的行李箱？她简直要怀疑箱子成精了，在帅哥手里就老实了。

"谢谢……"

姜蝶赶紧追上他的长腿，两人走出清迈国际机场，自动门一开，扑面一股完全是属于夏日夜晚的热浪。没有了冷气，身上的长袖卫衣顿时闷出了姜蝶一身薄汗。她想着忍一忍到民宿再换，结果来接他们的车居然不开冷气！

司机也是中国人，抱歉地说："不好意思哈，车里空调昨天坏了，还没来得及修，两位忍忍，咱们很快到。"

蒋阎表示理解地点头，干脆把开衫一脱，率先坐进前座，里面是干净的白色短袖；姜蝶羡慕不已，她要是脱，就只有里头的紫色蕾丝细吊带衫，无奈下，只能汗流浃背地缩进后座。

司机熟练地把窗户打开，让晚风灌进车内。可对于姜蝶来说杯水车薪，解不了热。傍晚六点的清迈还堵车，忍到半路，姜蝶终于缴械投降。她偷偷瞄了一眼前面，心想司机和蒋阎都在前排，应该注意不到自己吧。打定主意，她偷摸地卷起衣摆，将卫衣脱了下来。

落日逐渐将这个热带城市笼罩，玫瑰色的晚霞比姜蝶那只快罢工的玫瑰色行李箱的颜色正上好几个度,在她掀起衣服的一刹那,余晖贴住腰际,往上顺着汗津津的皮肤窝进细瘦的锁骨,调和出一种更绮丽的色彩,晚风适时卷进车,颈侧被衣服揪起的碎发跳跃着慵懒的金色。细细的蕾丝肩带勒着骨感的肩头,也将整个人薄薄地压进四方的后车镜。也许昨晚清迈下过一场雨,镜面没擦干净,那身影看上去像一团紫色的雾,又鲜明得像一颗紫色的桑葚,稍微一捻就印下汁痕。

前排副驾驶座上,蒋阁手肘支着车窗,一歪头,无意瞥见了这团模糊的轮廓。他没什么表情地从后车镜中收回视线,撑着脸颊的指节不动声色地屈了一寸。

09

车子一路迎着风开到了他们事先订下的民宿,下车前姜蝶悄悄把卫衣又穿了回去。

整栋民宿坐落在夜市中央,两旁都是临街的咖啡店、摆满了热带水果的地摊,暮色下霓虹张灯结彩。两人一下车,就看到一张熟悉的面孔,正蹲在一个摊位前。那人穿着大裤衩花衬衫,额头还绑了一条荧光发带,装束和当地人无异。

"……子煜?"

姜蝶试探地叫了一声,盛子煜回过头,擎着大杧果的手挥舞着和他们打招呼。

"哟,你们俩可算来了!一路顺利吗?"

蒋阁点头:"其他人呢?"

"都在民宿里休息,等你们来了去吃晚饭呢。"他指着自己这身装扮看向姜蝶,"我下午去街上溜达一圈买的,怎么样,评价一下?"

说实话,搭配得意外还不错。

姜蝶肯定道:"还真可以。"说话间,余光看到街对面有个棕色长发的女生突然溜达着往他们这边走来。她穿着露脐的无袖背心、破洞的牛仔裤,走动间丰腴的大腿若隐若现。

"我就当师姐在夸我了。"来人笑眯眯地撩了一把头发,"毕竟这衣服是我给他挑的。"

盛子煜咳嗽了一声:"这是孟舒雅,我们部新来的师妹。"

姜蝶简单地和她打了个招呼。

蒋阎更简单,直接对孟舒雅点了下头就算,接着把手上的玫瑰色行李箱扔向盛子煜。

"你女朋友的箱子坏了,你帮她拿上去。"

盛子煜忙不迭地抱住行李箱,"嗷"地叫了一声。

"我的天哪,姜蝶,你装了什么这么沉!"

姜蝶嘴角一抽,不好意思说刚才蒋阎拿得有多轻松。

四人进到民宿,大家给蒋阎留了三楼的单独一间,而姜蝶和孟舒雅一间。孟舒雅靠在门边抱着手臂道:"知道师姐你来得晚挑不了房,副部就让我帮你先占上。"

姜蝶一听,心想还算盛子煜有点良心。

"需不需要我晚上去别的地方挤一挤?"孟舒雅暧昧地拉长语调,"给你们留出空间。"

姜蝶听出她话里的意思,摇头道:"不用。"

"真的吗?师姐不用跟我客气。"她手指卷着头发,笑着说,"泰国多适合蜜月。"

姜蝶正在脱卫衣,听到这句话,衣领卡住脖子,差点窒息,咳得双颊通红。孟舒雅转而大笑:"师姐真经不起逗啊。我先出去了,不打扰你换衣。"

姜蝶无语地望着孟舒雅离开的背影,蹙起眉,说不好这人给她的印象,像是带着一种试探和冒犯。她没有深究,拉开箱子着重挑选一会儿出去吃饭要穿的衣服。这次的行程攻略是秘书处出的,姜蝶也跟着出谋划策了一部分,今晚要去吃的千人火锅就是她的安排。为了一会儿能胡吃海喝,她特意挑了件不显肚子的松垮连衣裙穿上。

团建群里蒋阎发了条"十分钟后大厅集合出发"的消息,十分钟后，大家都准时出现。

蒋阎是踩着点下来的，姜蝶注意到他似乎冲了个澡，发梢还有点湿，换了另一件白色T恤，靠近的时候隐约有浴液的香味。那股味道很独特，比薄荷更凉，像是盐南和花都之间那片海域的冬天，气温零下，吸进一口冷空气浑身打战，又让人自虐似的欲罢不能。对于在鸳鸯楼里闻惯了杂七杂八味道的她而言，有一种致命的吸引力。

姜蝶视线一偏，饶以蓝跟在蒋阎身后下来，身上是一件白色的棉麻裙，很巧地和蒋阎像是穿了情侣装。众人免不了起哄，饶以蓝嘴上说着别乱开玩笑，满脑门子刻着"这趟团建结束我就让蒋阎和我真的穿上情侣装"的野心。

等全部到齐后，大家风风火火地朝着千人火锅出发，由姜蝶带路，因为是她找的地儿。这个所谓的千人火锅，确实非常庞大，可容纳千百人——因为它建在旧厂棚里。一列列木头长桌和长椅横亘在水泥地上，自助的食材大剌剌地搁置在日光灯下，拳头大的螃蟹、生蚝、青虾摞在一起，像贩卖的菜市场，一切都很粗糙，一切都很随意。最前头还搭着一个乡村大舞台，滑稽地挂着几个红色纸灯笼，有两个人在上头调试麦克风，因为底下还没多少食客，他们也就没打算开唱。

姜蝶已经食指大动，回头兴奋地说："好像就是这里。"

大家都饥肠辘辘，跃跃欲试准备冲上去，除了两个人。

一个是饶以蓝，另一个是蒋阎。

饶以蓝瞪大眼，难以置信道："你找的这是什么地方？"她用脚尖踢了踢被扔在地上的虾壳，"简直像垃圾场，哪吃得下去？"

蒋阎没有说话，但那表情也有几分为难。顿时，好像有一盆冷水，向姜蝶兜头浇去，在接收到这个神色之前，她还未意识到有哪里不对。垃圾场？这个词语尖锐得过分。在她贫穷的二十年中，接触过无数的苍蝇馆子，丝毫不觉得环境会影响食欲，有饭吃就不错了。

物美、价廉，又能容纳多人，还有表演，气氛一流，网上力推。她综合了方方面面，因此把晚餐安排在这里。但她眼里的好地方，原来是他们这种"上等人"绝不屑去的"垃圾场"。

这种从潜意识里流露出来的割裂，让姜蝶萌生难以言喻的、被俯视的感觉，就好像那个台风天，蒋阁始终高高在上地站在二楼，楼上楼下是两个世界。她心里有一种无可奈何的委屈，但这种委屈是最无用的，帮不了任何忙。没有任性的资本，就得习惯压抑这种情绪去摆平局面，姜蝶只能露出抱歉的笑容。

"对不起啊以蓝，没想到这一层，就觉得来泰国了得吃点接地气的，是我太想当然了。"她对着众人意有所指地说，"其他人不想吃的也可以不吃，不勉强哈。"

她这话其实是说给蒋阁听的，这个地方肯定也不如他的意，她寄希望于自己递过去的台阶能让他顺着下。毕竟她还指望着找他合作，千万不能再把人得罪了。

饶以蓝轻轻拉了一把蒋阁的胳膊："会长，我刚搜了下附近有家西餐，还是你有别的想吃的？"

她甚至没问他要不要留下来，因为她笃定蒋阁不会接受这样的环境。

蒋阁顿了两秒，转头叮嘱大家："这里很大，尽量坐一起，别三两分散。"他再看向饶以蓝，声音小了些，用几乎是他们两人才能听见的音量说："团建之所以是团建，就是团体行动，不搞特殊。而且，我希望你尊重别人的工作成果。别人不是导游，不必忍受你的脾气。"

话毕，他第一个拉开塑料椅子坐下。蒋阁一入座，所有人都以他为圆心呼啦地散开坐下。姜蝶愕然，饶以蓝比她更惊愕，面上闪过一丝尴尬，却只是很快装作若无其事地坐下，眼神冷冷地扫过坐在盛子煜身边的姜蝶。

盛子煜此时正在捏姜蝶的后颈，小声吐槽："饶以蓝真是太难伺候，你别往心里去，赶紧开吃。"

姜蝶玩笑地斜睨他："刚刚怎么没见你说？"

盛子煜噎了一下："……我不跟她一般见识。"他撸起袖子，又说，"我去拿菜了。"

姜蝶坐在椅子上消化了片刻，对刚才蒋阁的选择并不感到意外。

他不是在维护她,而是在维护学生会的秩序。如果谁都可以因为对行程有异议而公然离场,特别是会长带头,那么这次团建在开场就注定成为一盘散沙。为此他可以强迫自己忍耐,但也许心底里正在对她猛翻白眼。

她必须得做点什么挽回下好感度才行。

姜蝶忐忑地拿起餐盘,跟上蒋阎去自助区取餐,细数他拿了哪些菜品,默默地将那些又拿了一遍,悄悄塞到蒋阎面前的桌上,这样他就不必重复地去拿。蒋阎回到位子,看到桌上那堆食材一愣,扭头看了一圈,一直暗中观察的姜蝶故意慢了半拍,缩回脑袋。这样他应该知道是自己放的了吧……姜蝶不想表现得过于明显,但又得透出点蛛丝马迹。做好事那必须得留名啊!她暗自帮蒋阎拿完才着手拿自己爱吃的,堆满了整个餐盘,回到位子上气势汹汹地开涮。

这里的锅底比不了国内的火锅,清汤寡水,全靠下锅的食材煮出一些味道,但大家吃得都尤为起劲,有时候吃的就是一股氛围,浓郁的烟火气容易引人开胃。

盛子煜将煮熟的红虾捞出来,第一个剥给了姜蝶,眼神里写满了"怎么样,我够敬业吧"。姜蝶配合地掏出相机记录下这一幕,恩恩爱爱地吃下那只虾,引得周围的一群人大呼:"我吃火锅还不够,怎么还被塞了一把狗粮?"坐对面的孟舒雅暗自翻了个白眼,走到一边往她本就装满的餐盘里继续加菜。这一桌声浪大得引起了蒋阎的注意。

他模糊地听到了"狗粮"两个字,皱眉道:"锅底里还有狗粮?"顿时不敢再动筷。

他旁边的人忍不住笑喷:"会长……你没和情侣一起吃过饭吧?"他努了努下巴,示意蒋阎向姜蝶和盛子煜的方向看去,正好捕捉到姜蝶投桃报李,给盛子煜剥虾的画面。

饶以蓝跟着看过去,看哪儿哪儿不爽,嗤笑道:"没手吗?"

蒋阎凑巧地从锅里夹上一只虾,收回视线,看向自己筷下的虾。

饶以蓝咳嗽两声:"但如果会长觉得麻烦我可以帮忙剥……"

两秒后,筷子一松,虾被重新撇回锅,咕噜咕噜地煮得通红。

蒋阎反手夹了一个鱿鱼上来，冷淡道："刚才夹错了。"

余晖落尽，夜幕已经完全降临。来吃火锅的人也越来越多，几乎将厂棚坐满。舞台上的霓虹也跟着适时亮起，有人抱着吉他上去，坐在高脚椅上，开始弹奏。那人唱的是一首他们听不懂的泰文歌，只不过这个泰国人居然会说普通话，结束的时候用磕巴的中文解释说这首歌叫《寓言》。他说，这是关于一个兔子仰望月亮的民谣。

他们大惊，好家伙，居然还会讲中文，便起哄道："来一首中文歌呗！"

歌手笑了笑，抱着吉他，真的弹起了《甜蜜蜜》。

众人立刻被吸引，全都跑到台下近距离地拍小视频。

姜蝶比起凑热闹更不舍得离开饭桌，一边吃一边刷着朋友圈，就刷到盛子煜火速发了一条，配文：泰国人都比我会唱。

一时间，桌上个只有寥寥几个人还坐在原位，有一搭没一搭地涮着海鲜。

姜蝶咬着筷子，不由自主地看向蒋阎的位置。歌声袅袅，白雾缭绕，背后霭霭人潮，他的坐姿非常放松，低头散漫地刷着手机，凌厉的线条在水雾里都被泅柔几分，看上去变得那么容易接近。但事实上，自己递过去的那盘菜，他几乎没动，尤其是虾，有一只下了锅都不愿捞出来。姜蝶收回目光，往嘴里放了一颗鱼丸，嚼了半天都没嚼出什么味儿……一定是偷工减料用面粉做的，可恶。

她扁着嘴将这家千人火锅拉入黑名单，发誓再也不来。

大家拖拖拉拉吃了很久的火锅才回到民宿，之后没有安排别的行程，因为第二天要起早出发去拜县。

姜蝶刚洗完澡躺下，就发现手机里多出了一个微信群——"不要告诉月亮"。

一看这个群名，姜蝶瞬间就懂了，这是背着蒋阎建的小群。

"会长睡了没有？"

"报告，刚侦查到已经进房关门了！"

"造起来啊!刚来的第一晚怎么能萎?!跟哥出门喝酒的发1111!"
"1111!"
"1111!"
"懒得出门了,来我房间看恐怖片的有没有?我这个房间有投影!"
"你自己看吧!"
"没有组团看动作片的吗?"
"注意点,群里还有新来的师妹呢!"
某某撤回了一条消息。
"有没有玩狼人杀的?我房间!!一楼左边第二个!!"

姜蝶默默窥屏,又点开群成员看了一眼,发现这个群里除了蒋阎没有被拉进来,饶以蓝也没有。似乎大家都默认高岭之花和月亮凑一对,拉了也没用,不会和他们凡夫俗子为伍。

姜蝶把手机扔到一边,看着旁边空掉的床铺,孟舒雅刚才出去没有回来,估计去哪个房间玩了吧。她胡思乱想着有的没的,在床上翻来覆去,东南亚的夜晚燥热得让人无法入睡。

拜县是距离清迈八十公里处的一个山上小镇,人少可以包车前往。他们人多,包车不划算,最后决定还是坐大巴。

昨夜直到凌晨两三点,关起门来热火朝天的一个个房间才终于平息,因此大家一个接一个上车的时候,都在彼此的脸上看到青色的眼圈。

姜蝶坐到盛子煜身边,他也哈欠连天的。

姜蝶瞥了他一眼:"这么困,昨晚去哪个房间浪了?"

盛子煜的哈欠噎了一下:"……没,我自己随便在外面逛了逛。"

她奇怪道:"你一个人?"

他含糊地点头。

姜蝶倒不关心他独自去了哪里闲逛,毕竟又不是真的男女朋友,她"哦"了一声就塞上耳机,里头播放着法语的听力课程。她在为自己之后能做交换生做准备,如果最后真的失败拿不到名额,熟练掌握一门语言也不是坏事。

听力材料正念到一首小诗,她跟着无声复述。

L'apparition de ces visages dans la foule.（人流中,面孔如幻景般闪现。）

姜蝶漫不经心地望向车窗外,日光烈烈,蒋阁正准备上车,插着兜,恰巧经过她的窗前。

Pétales sur des branches noires humides.（潮湿的,黑色树枝上的花瓣。）

姜蝶怔了片刻,视线跟着他,仿佛真的看见花瓣飘下,脑袋酥麻。怎么办,大巴还没开,她就好像已经晕车了。

10

姜蝶是真的晕车了。她一向自诩生命力顽强,结果车子开到山路上后就到处找塑料袋,把脸伸进去狂吐。下车后她一查,发现清迈到拜县的山路有762个急转弯——绝了。

拜县的民宿房东是个中国人,特地开了车来巴士站接他们。

因为拜县不像清迈,就是山野,某种程度上来说比较原始,缺乏便捷的交通。当地人往来几乎都靠摩托,鲜少能看到汽车。如果有,那也几乎都是外来客包的。

"景点和景点之间都隔老远了,你们最好也租辆车。"房东一边开车一边热情地跟他们介绍,"但你们人多,租车也不方便,我建议还是租摩托吧,一带一,划算。"

大家决定采纳他的意见,在民宿休整后一齐来到附近的租摩托店,会骑的分一拨,不会骑的就像地里小白菜,乖乖等着被会骑的一一领走。姜蝶属于会骑的那一拨,盛子煜也会骑,两人就地分开,各带一个,这样出发去下一个景点。她特意挑了一辆薄荷蓝的小摩托,因为今天穿了薄荷绿的雪纺连衣裙,这样搭配视觉上比较舒服。

戴上圆滚滚的头盔,视野一下子没那么开阔,姜蝶笨拙地转了下头,看见盛子煜的后座载着孟舒雅,两人有说有笑地直接开了出去,姜蝶隐在头盔下的眉头微皱。

其他人都纷纷上车,搭配好的人都陆续出发,她的后座还空着。没人需要她带了吗?姜蝶环顾了一圈,饶以蓝还站在原地。嗯……估计是等着蒋阎来载她。他还没来得及挑车,正在给商家缴纳租金。

姜蝶眉毛一挑,转动手柄,稳稳当当地停在饶以蓝跟前:"以蓝,我载你吧。昨晚真的很抱歉,就当我向你赔罪了。"

她的语气非常诚恳,饶以蓝面露惊讶,不太自然地回她:"没事,还挺好吃的。载我就不必了。"

"看样子你还没原谅我……"姜蝶露出非常失落的神色,内心的小恶魔却笑翻天。她不就是想让蒋阎载她吗?姜蝶偏不让她如意。饶以蓝闪过一丝不耐烦的神色,刚要开口,蒋阎付好租金出来,见原地还剩下她们两人:"怎么还没走?"

姜蝶语带三分无奈三分自责四分惶惑,先发制人道:"我一直喊以蓝上车呢,但她好像还是有点生我的气,要不还是师哥带她吧。"

她以退为进,做作得水到渠成,无形中把饶以蓝架了上去。如果她真的上了蒋阎的车,不就代表她如同自己所说,还在因为昨晚的事斤斤计较?

果然,饶以蓝咬着牙笑道:"我从来没生你气,是你想太多。"
姜蝶笑眯眯:"那就上来吧。"
饶以蓝:"……"
最后,姜蝶如愿以偿地载着黑脸的饶以蓝"突突"地向前开去。

由于她们磨蹭了一会儿才上路,沿路已经看不见其他人。姜蝶一边看着手机导航上的路线,一边透过后视镜观察到饶以蓝频频转头往后看,她还不死心地等着蒋阎追上来。

"姜蝶,你开太快了!"
眼见后头空落落的,她忍不住出声制止。
"你说什么?我听不清!"
其实姜蝶听得一清二楚,也知道那话里藏着的心思。虽说她也挺

061

想等蒋阁追上来,但那是只有她一个人的情况下。载着饶以蓝还等蒋阁,那不就等于主动给他们制造甜甜蜜蜜聊天的机会,她倒成了为他人做嫁衣的司机。

姜蝶不慢反快,嘴上还假惺惺地说:"哎,怎么还没看到他们啊,不会他们都到了吧?我们得再快点了。"

饶以蓝:"……"

姜蝶见她吃瘪,费了好大劲才压住上扬的嘴角,然而似乎有点得意忘形过头了,耳边传来奇怪的声响,摩托像被人暗中踩了刹车,越开越慢,接着停滞不动了。

"怎么回事?"

饶以蓝跳下车,和姜蝶面面相觑。

姜蝶此时也一头雾水,跟着下车检查一番,不清楚是不是自己刚才突然加速的原因,引擎正悠悠地往外冒白烟——一言以蔽之,坏了。前不着村后不着店,这下子该怎么办?仿若听到两人的哀号,解救她们的神明开着一辆银灰色的摩托,终于在道路后方现身。

"蒋阁!"

饶以蓝眼睛一亮,激动地朝他挥手。

蒋阁一个急刹车,长腿落地。

"……怎么回事?"

饶以蓝终于能出口恶气,不管是不是,先安下罪名:"姜蝶开太猛,车子出问题了。"

姜蝶无语凝噎:"……我就是正常开啊。"

蒋阁的脸上没有任何犯难和焦躁,拍了一下出问题的摩托车照片存证,三下五除二就解决了:"联系上商家了,他们会来取回车。不过他们店里没有多余的摩托了,都被租完了。"

饶以蓝的眼神突然流露出期待:"那现在……?"

"我载你们过去。"蒋阁安排道,"一个先留在这里看车,一个我载过去,再返回来载剩下的那位。至于谁留下你们自己定。"

姜蝶立刻举手道:"我留下吧。"

这么一个绝佳刷好感度的时机，能树立自己谦让无私的一面，傻子都知道该怎么选！饶以蓝虽然不是傻子，但是骄傲的公主，不甘愿做将就等待的那个人，因此对姜蝶的选择很满意，觉得她终于有点眼色，丝毫没有异议地斜坐上蒋阎的摩托："那就辛苦你了。"

饶以蓝终于扬起今天最真心实意的笑容，打算伸手去抱蒋阎的腰，手刚伸到一半，蒋阎快一步开口："自己抓紧后座。"如同那个台风天，他给了把伞，只说自己抓好，不愿为之挡风。

饶以蓝的手僵在一半，讪讪收回，不敢逾矩地转去抓住座位两边。

引擎启动，蒋阎绝尘而去前瞥了姜蝶一眼，说了两个字——等我。

姜蝶百无聊赖地等在原地，顺道给盛子煜发微信吐槽自己的坏运气。但他估计还在开车，没有回。

笔直的乡村公路上什么都没有，两旁除了绿油油的稻田就是不知名的野草，没有可以荫蔽的树木。但好在天气阴沉，热辣的光都被乌云吞没，倒也没那么晒。

这条路上偶尔有骑着摩托驶过的外国友人，热心地停下来问姜蝶需不需要载一程，她倚着摩托，鼓着脸颊笑："谢谢！不用啦，有人会来载我！"

那人遗憾地耸肩，一溜烟儿就开出去不见了，空荡荡的路上又只剩下热浪、蝉鸣，还有即将被玩到没电的手机。就在自动关机的那一刻，黑下去的屏幕上溅了一颗水滴。

下雨了？姜蝶愕然，雨势瞬间变大，来势汹汹地直往下落。她傻站在原地，无处可躲，压在头盔下的刘海被斜吹来的雨丝沾在眼皮上，底妆全花，雪纺连衣裙皱巴巴地贴着皮肤——精心打扮的小蝴蝶顿时被浇成一只羽毛湿透的落汤鸡。

她望了望左边，说要来拉摩托的人没来。

她又望了望右边，说要来接自己的人也没来。

姜蝶不抱希望地想，遇上大风大雨，他们估计不会来了，要来也是等雨停吧。

她最后抬头望了望天，心想老天是不是把她的小九九尽收眼底，所以才落一场雨打算治治她。世上没有十全十美的事，既然要耍心眼就要付出代价。

田间起了一圈一圈的水烟，好似把世界封闭，除了雨，只剩下她，却有一道隆隆的轰鸣破开雨声，闯到跟前。黑衣黑裤的人浑身湿透，骑着银灰色的摩托，摘下头盔，拢了一把湿发："上来。"

他的声音混合在雨里，滴滴答答的，溅出了涟漪。姜蝶呆愣地看着居然真的返回来接她的蒋阎，突然好紧张："……这么大雨，你怎么还过来？"

蒋阎甩掉了头盔中的积水："不是约好的吗？"

姜蝶一会儿捣鼓头发，一会儿拉拉衣服，无措道："那车子怎么办？"

"先放着。"

"……噢，好。"姜蝶脚步一顿，"那等一等！"

"？"

她可怜兮兮地看着蒋阎："我有个不情之请……能不能用你手机帮我拍张照？我手机没电了……"

他一愣："拍照？"

"对，拍我和这个摩托。"

这是她当博主以来养成的习惯。除了编造和盛子煜的"恋爱纪事"，若生活中真的有什么出其不意的经历，无论是糗事或者幸事，她都会记录下来当成素材和喜欢她的粉丝分享，不然每天的阅读量目标没法儿完成。

蒋阎不明所以地点头："可以。"

他掏出手机，非常严谨地摆正摄影中线，对准姜蝶。她靠在故障的摩托旁比小树杈，眼睛被雨水冲刷得睁不开，干脆眯起两道笑眼。拍摄的人愣怔片刻，貌似随意地"咔嚓"按下快门。

姜蝶看蒋阎帮自己拍照时那副心不在焉的样子，心里犯嘀咕也不敢说什么，心想：难道树人设没起什么效果吗？

习惯是真的，但没必要非拍这一张。

她故意想给蒋阎展现一下自己在逆境中乐观向上的一面,身为好学生这一挂的蒋阎,应该会青睐这种做法,从而更欣赏自己才对嘛。

姜蝶满肚子算盘地攀上摩托的后座,抓紧两边:"谢谢师哥,我坐好了!"

蒋阎不着痕迹地注视着后视镜,"嗯"了一声,收起手机,摩托往反方向开去。

姜蝶迟疑道:"这个,方向好像不对……"

他语气一顿:"你打算穿着这身参观?"

她这才反应过来,他开的方向是民宿。姜蝶低头一看自己的衣服,脸色涨红。雨水透过雪纺裙子将内衣打湿,勾勒出分明的轮廓,甚至内衣上的蝴蝶花纹都像浸了水一般,扑腾着却飞不起来……天哪天哪天哪,太丢人了!

蒋阎从后视镜里看到姜蝶石化的脸,勾了下嘴角。那笑容很轻,被迎面的风一下就吹散了。他仍是古井无波的样子,说:"就算你可以,我不行。"

"啊?!"

"我不能穿着湿衣服。"

吓死了,姜蝶差点以为他在说,就算她可以接受自己穿这身,但他不能让她这样出去,原来是说他自己的衣服啊……自己都在乱七八糟地想什么!老天你直接下成雷雨劈死我算了。

他们回去的路不太顺,绕了一段才到民宿。整栋山间别墅静悄悄的,雨势渐小,藤制的秋千随着风在院子里摆荡。

摩托停在这座摇摆不定的秋千前,蒋阎解下头盔,轻轻甩着头发,小部分雨丝扑到姜蝶的面上,痒痒的。

"谢谢师哥。"姜蝶捂住胸口别扭地下车,"我们是不是要等雨停再过去?"

"不用。"蒋阎把头盔留在了把手上,"拜县的景点都是露天,不知道雨下多久,我让大家自由活动了。"

姜蝶心头一酸，心想好倒霉，自己都还没去到景点。她也不好意思提出让蒋阎等雨停再载自己过去的话，琢磨着一会儿让盛子煜过来载自己得了。快走到房门口，她忽然意识到，自己的钥匙在孟舒雅那里。大家为了便捷，房间的分配就按照在清迈时的来，因此她还是和孟舒雅一间。刚才行李放下得匆忙，孟舒雅说钥匙放在自己那里保管，她就同意了。这下想洗个澡都洗不成，连充电器都还在行李箱里，只能想办法先联系上孟舒雅，麻烦她回一趟民宿了。

姜蝶的脚步一顿，转向走廊另一头，来到蒋阎的房门口。她的手刚伸出去要叩，房门从里侧打开了——蒋阎怎么没穿上衣就出来了？！

姜蝶视线定格在那淌水的肌肤上，大脑霎时间被烟花冲击，张嘴就像吃了跳跳糖，字词在嘴巴里横冲直撞，组不出一句完整的句子。蒋阎也吓了一跳，脸上流露出难得的不知所措。

空气沉默了一秒，打破了这份死寂的是走廊左侧传来的开门声。

姜蝶一惊，居然还有别人在？！如果被人看见她现在穿着能透出内衣的连衣裙站在裸着上身的蒋阎面前……大脑电光石火间拉响危险信号，姜蝶头皮一紧，伸手一把将蒋阎推进去。她紧接着欺身而上，在其他人撞破这幕前，麻溜地钻进了他的房间，更准确地说，是钻进了他的怀里。

姜蝶发誓这真的不是她故意的。

蒋阎的身形摆在那儿，她一只细瘦胳膊哪推得动？因此他只是踉跄往后几步，她紧接而上，动作太急太猛，刚好就撞进了他怀里。湿衣和他赤裸的皮肤相贴，她的鼻尖几乎碰到他的锁骨，动作间呼出的热气惹得他脖间青色的血管跳动。

东南亚闷热的潮湿雨天，无须触手也可及的距离，蒋阎身上那股残留的薄荷沐浴露香味就这么缠上她的嗅觉。关门间掀起的气流扑向后背，穿过交错的空隙，卷着下沉的风从打开的窗子里扑出，压上院子里栽种的黄钟花。

他的喉头一滚，花叶上，一滴残留的雨水颤巍巍地渗入泥土。

11

撞进他怀中的须臾，姜蝶怔了一瞬，记忆深处一种完全反其道的、灼热浑浊的味道随着这个意外的动作涌上阀门。蒋阎眉间一跳，刚想后退时，却发现姜蝶更快一步地退开了。她脸色不大好看，好像被冒犯的人不是自己，而是她。蒋阎垂下眼，感觉到眼前的人似乎很抗拒同别人有这么亲密的肢体接触，这个别人自然也包括他。

姜蝶收回略显失态的表情，小小声地双手合十道歉："对不起对不起，刚怕被别人误会，给师哥你带来不好的风评就糟糕了。"她尴尬地笑，"真没想到有人已经回来了。"

蒋阎平静道："我知道，没关系。"

姜蝶忐忑地抬起眼，端详着他的神色，确认他似乎真的并不介意，才缓缓松口气。

蒋阎捡起刚才滑落在地的毛巾，叠好，又从行李箱里拿了一块新的出来，开口问："你有事找我？"

"哦，对。"姜蝶差点把正事儿忘了，"能不能借下师哥的充电器？我进不去房间，钥匙在孟舒雅那里。"

蒋阎顺势从箱子里拿出充电器，放在桌上，说着"我去洗澡你自便"直接出了房门。这是……允许她待在他房间的意思吗？姜蝶微怔。

她举棋不定，只好先给孟舒雅发了条求救微信。对方没动静，姜蝶放下手机，默默观察了一圈房间。这个房间和她们的房间没有区别，都是一样的陈设，其实没什么好看的，毕竟不是他真实生活的卧室，没有什么窥伺感，不然他也不会准许她待在这里吧。

床边搁着蒋阎的黑色行李箱，已经规整地合上，她也看不见里头。姜蝶心里闪过"要不要在这个房间留下什么东西？"的想法，但这招已经用过一次，再用一次就显得自己太爱丢三落四，会适得其反，还是算了。她叹了口气，忽然听见客厅里传来噼里啪啦的动静。估计是刚才从房间里出来的人吧，也不知道是谁，居然冒着雨从景点跑回民宿。她想出去看看又怕被对方看见而误解，还是作罢。手机里此时传来孟舒雅的微信，发了个"OK"的表情。

姜蝶听到客厅里的动静平息下来，心生一计，抱着充电器转移到了客厅。

这样就有理由把充电器借走，还不显得自己死皮赖脸地待在人家男生房间，之后还能找个机会再还，有来有往。

我怎么这么聪明呢！姜蝶美滋滋地想。

雨势平息后，盛子煜载着孟舒雅居然很快回来了。

两人身上都湿漉漉的。

姜蝶没想到他们会为了自己冒雨回来送钥匙，不禁有点不好意思，之前对孟舒雅那点古怪的不适感也随之淡去。可能她就是口无遮拦吧，但心肠不坏。

为了感谢他们特地跑这一趟，晚饭聚餐时姜蝶特地把自己杧果饭中的杧果拨给他们几片。孟舒雅笑着说："谢谢，但我不喜欢吃别人碗里的。而且，我也不大喜欢杧果。"

因为这句话，大家莫名其妙地聊开了，开始讨论泰国的饮食，喜欢什么不喜欢什么。

姜蝶想了想说："我比较喜欢杧果糯米饭、菠萝饭、炒河粉吧……"她喜欢一切能填饱肚子的食物。

饶以蓝听后撇嘴："全是碳水化合物，粗糙。"她优雅地夹了一口面前的青木瓜沙拉，继续说，"我觉得泰国也就这个比较爽口。"

姜蝶呵呵一笑："我不怕碳水，我吃不胖。"

饶以蓝："……"

再度看着饶以蓝吃瘪的脸，姜蝶心情大好，虽然她一点都不喜欢自己的这个体质。所谓的吃不胖完全是饿出来的，小时候总是东饿一顿西饿一顿，坏了肠胃，一直吸收都不太好，她宁愿和饶以蓝矜贵的身子换一换，也好过以后做饿死鬼。

众人说了一圈，唯独蒋阁还在默默地吃，大家掏出手机，"不要告诉月亮"的微信小群疯狂活跃,组织这个群的群主丁弘率先发起一条消息。

"来下注了,会长在这一桌上最喜欢吃什么!"

"赢了有啥奖励?"

"会长亲自喂你一口。"

"哈哈哈哈哈哈不了吧,我无福消受。"

"我赌咖喱虾,会长第一筷就夹了这个!"

"+1。"

"明明是冬阴功汤,会长喝了好几口!"

姜蝶也凑个热闹,赌是第一下筷的咖喱虾。

"买定离手啊,我准备去试探了同志们!"

"[拇指.jpg] [拇指.jpg] [拇指.jpg]"

丁弘放下手机,在众望所归的眼神中清了清嗓子,非常刻意地拿起咖喱虾摆到了蒋阁面前。

"老大,你是不是喜欢吃这个啊?太远了我给你挪近点。"

"谢谢。"蒋阁摇头,"但不用,我不喜欢这个。"

丁弘再接再厉,又端了呼声第二高的冬阴功汤过来:"我知道了,那是这个!"

蒋阁反应过来:"你们是在猜我喜欢吃什么?"

众人心虚地嘿嘿笑:"对啊!难道冬阴功汤也不是吗?"

蒋阁提起筷,夹了一口离他不远的青柠鲈鱼,直接用行动回答。他们都惊掉下巴,根本没有人猜这道。因为自蒋阁坐下后,就一次都没动过这道菜。

盛子煜咋舌:"会长你早点说啊,我刚夹了好一些呢,你吃不到咋办?"

可惜他没能占到好位置,离鲈鱼有些远了。要是他坐在蒋阁那个位置,和鲈鱼离得那么近,可能早就把鱼肉都夹光了。这么说来,会长坐的位置是随意的吗,还是……?

盛子煜蓦地一愣。

"没关系,只是我个人习惯。"蒋阎慢条斯理地吞下,"最喜欢的放在最后品尝,漂亮的收尾。"

姜蝶听着他的言论,暗自腹诽:最喜欢的放在最后,只有被抢光的份。他一定没尝过争抢的滋味吧,真是不食人间烟火的公子哥。

她随手拿出之前一直未再更新的备忘录,怕忘记似的赶紧写道——

6. 衣架的吃饭习惯和樱桃小丸子有的一拼——把最喜欢的留在最后。

吃过晚饭,照例是自由活动。

拜县的夜晚没有什么夜生活,只有一条小窄街,几家清吧,露天景点都关闭了,不如回到民宿自娱自乐。大家不约而同聚在院子里聊天喝酒,在人堆里却没看到盛子煜。姜蝶碰到宣传部的部长金乐池,随口问了句有没有见到人,他摇头说不知道。姜蝶耸肩,本来还想拉着他拍点做作的秀恩爱素材,这两天互动太少都不够剪,干脆拍点空镜得了,夜色如诗,不拍可惜。

姜蝶坐上晃荡的秋千,手持镜头随着秋千一起一落。

山里的夜晚本就清朗,下过雨后星子更加分明,天上宛如悬挂了一条银河。银河的倒影落在大地上,整片草丛覆上它光辉的影子。油光水滑的叶尖尖,将坠未坠的露珠是游走的恒星。在秋千荡到最高点时,镜头拍到了最夺目的星体——月亮。

——蒋阎从屋内出来了。

"会长,一起来玩啊!"

也许此刻的夜景清明得让人心醉,蒋阎没有拒绝,在木头长椅上坐下:"玩什么?"

"真心话大冒险吧!"丁弘鼓动着气氛,"大家OK吗?"

姜蝶自然没有异议,从秋千换到了长椅边的角落。看到饶以蓝又坐到蒋阎对面,她忍不住翻了个白眼。

大家准备好真心话和大冒险的签筒,丁弘提议道:"先来最简单的'7的倍数'吧,谁要是把7的倍数喊出来了就算输,要选真心话或者大冒险!"

他随机挑了个数字开头:"27。"

丁弘叫得太快,在他后面的金乐池措手不及,跟着念道:"28。"

"哈哈哈哈,开门红啊你!"

大家哄笑,28是7的倍数,他直接喊出来了。

"啊……"金乐池挠头,"我选真心话吧。"

他从签筒里抽到问题:在场所有人里面如果可以选个能亲吻的人,你选谁?

金乐池支支吾吾,红了脸:"……饶、饶以蓝师妹。"

被突然点到的饶以蓝比金乐池脸色更红,不知是羞的还是气的,直接冷声:"痴人说梦。"

场面的气氛倏然僵硬。

丁弘连忙打哈哈:"哎哟,玩游戏嘛,不要在意。"

"你们私底下怎么想的随便,不要当我的面说出来。"饶以蓝急于撇清关系,"没有自知之明。"

金乐池脸上此时血色尽褪,白着脸,小声地说了句"对不起"。

饶以蓝直接当作没听见,转而去关心蒋阁的表情,见他对那出可笑的表白没有任何反应,稍稍放下心,又有点失落。她心不在焉的,下轮游戏已经开始都没反应过来,直接中招。

"到我了?"饶以蓝想了想,"那就大冒险吧。"

姜蝶离签筒近,顺手拿起来递给她。饶以蓝看了一眼,有一张签正对着自己,想也没想顺势抽了出来,上面潦草的两个英文单词:say sorry。

饶以蓝表情一僵,展开字条:"这是谁写的?"

无人应答。

姜蝶探过头去看,皱起眉:"啊这,谁写的这么无聊的大冒险?不过以蓝你运气算不错了,这么水的大冒险都被你抽到了。"

她无辜得让人看不出,这张字条根本就是出自她之手,就是瞬息间,拿出刚才记备忘录的笔,隐在桌下匆忙写下的。在清迈的千人火锅时，饶以蓝的那番姿态都没让人看着那么生气，毕竟饮食习惯摆在那儿，姜蝶可以当她自我中心，但刚才那四个字，自我得过了头。

她不想和饶以蓝起正面冲突，但也不想让这事儿就这么翻篇。

该道歉的不该是金乐池，而是饶以蓝。

餐厅也许有米其林定级，有大众点评指手画脚，可以分为三六九等，但人的喜欢凭什么被定级呢？它是一种纯粹的、即便隔着天堑沟壑也可以用力奔赴的情感。

饶以蓝又被姜蝶架上去，这一回她却不上套了。在她顺风顺水的人生中，从没有过低头道歉的时候。哪怕这次只是游戏，她都觉得很可笑，没有人可以逼迫她做不想做的事。

饶以蓝把纸条揉成一团，往草丛上一扔，说："刚才不算，我再抽一次。"

众人面面相觑，还能这样玩？

姜蝶看着滚落的纸团心里硌硬，又觉得要计较起来该没完没了了，就没有再动作。

忽然，有一双手将纸团从草丛上捡起，将它重新摊开，展平。蒋阎修长的手指点着上面的字，在这种紧绷的氛围里，他居然难得地在笑。

"不好意思，突然想起了家里来做客的小朋友。我陪她玩游戏，她奶声奶气地警告我说不许耍赖。"他语气随意，"她七岁。"

饶以蓝登时要转去抽签的手顿在半空。一旁的姜蝶恨不能起立鼓掌，深感蒋阎的话术厉害。他没有指责饶以蓝一句话，甚至语气还很温和，要笑不笑的，说出的话却能让人颜面尽失，话里话外，都暗含着一个成年人居然可以不如七岁的小女孩的意味。

饶以蓝这回真是被高高架起、下不来台，架她的又是人群里她最在意的人。她长长地深呼吸一口气，愤而起身："我累了，你们玩儿吧。"

椅子和地面摩擦出短促刺耳的声响，饶以蓝最后咬着唇欲言又止地看了蒋阎一眼，蒋阎却连头也没抬一下。她气到扭头径直冲向别墅，迎面同刚出来的盛子煜和孟舒雅撞上。

两人被当场甩了个冷脸，一头雾水："这……怎么回事？"

"没事没事，玩真心话大冒险呢。"丁弘打圆场，"倒是你们俩跑哪儿去了？"

盛子煜语焉不详："聊了点部里的事。刚刚我们还在找部长呢，他这脸色怎么回事？"

哪壶不开提哪壶，丁弘连忙扯开话题："来来来，你们赶紧过来。"

盛子煜点点头，自然地坐到姜蝶身边，游戏再度开始了。

"我们这回击鼓传花吧。全凭运气！"

丁弘拿起一个空的酒瓶，从他开始传递。背景音乐挑了个随机的试听段落，戛然而止时，酒瓶落在了孟舒雅手中。

她散漫地笑了笑："运气不错呢。"

"师妹选一个吧？真心话还是大冒险。"

"真心话。"她毫不迟疑地从签筒中抽了问题出来，"……在感情上做过最出格的事是什么？"

她沉吟片刻："和别人的男朋友偷偷约会，事后发现其实他女朋友也在。"

一片惊叹。

"女朋友发现了吗？"

"你没被打吗？"

"小师妹真行啊。"

盛子煜正在喝酒，闻言呛得咳嗽连连。

姜蝶看了他一眼，奇怪道："你这么激动干什么？"

啤酒流得满手都是，姜蝶正想找纸巾给他，从侧边适时递过来一包。

"喝得太不小心了。"伸手的人是蒋阁，"到处都是痕迹。"

"谢谢会长！"盛子煜忙不迭接过，赶紧上下胡噜了一把。

如果说孟舒雅的真心话重新点燃了原本有些僵的氛围，那么下一轮击鼓传花，酒瓶落在了蒋阁手里，则将一切推向高潮。他大概是所有人都巴不得落网的对象，不亚于期待神龛倒塌。蒋阁的指尖在大冒险和真心话的签筒中来回游移，最后落在大冒险这儿，抽出了一张签。

"出示手机相册里的最近一张照片。"

他念出要求,众人神情一震,从桌下掏出手机狂按键盘,微信小群内顿时沸反盈天。

"会长的私人相册!!"

"别期待了,我打赌拍的肯定是什么废墟风景照。"

"不会看到什么艳照吧?人设崩塌与否在此一举了。"

"艳照也没事吧?血气方刚的年纪存点美女照片也很正常啊。就是别太过火……"

"[互联网并非法外之地.jpg]"

蒋阎不知底下暗流涌动,神色如常地解开密码,调出了相册,让大家看见了最近的一张照片。刚才还在微信群里吵闹的众人目瞪口呆,没有想到会一语成谶。

从某种意义上来说,真的是一张"艳照"。

第二篇章

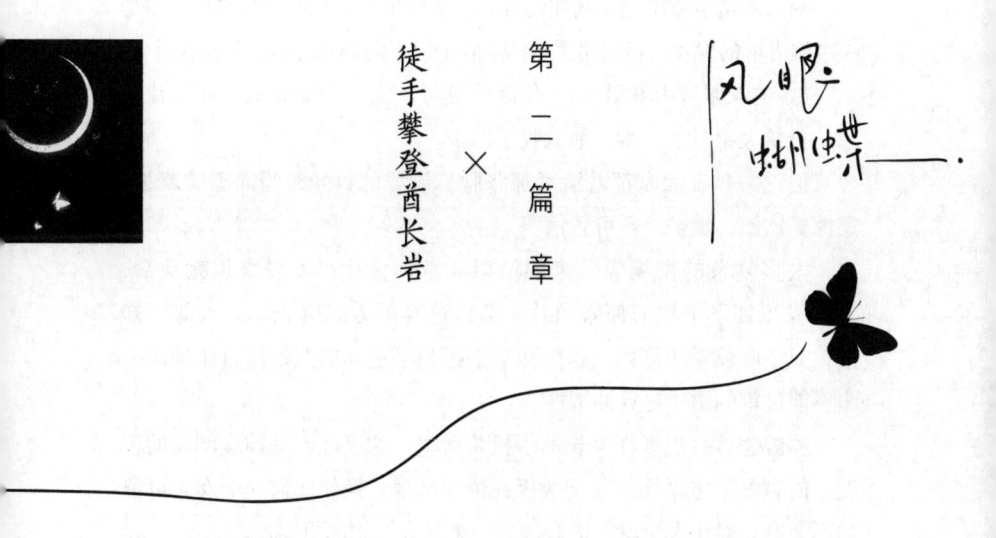

风眼蝴蝶

徒手攀登酋长岩

12

对人间情事似乎毫无兴趣的月亮，手机里存的最近一张照片，却是一个湿淋淋的少女。蒋阎用手掌挡着脖子以下的部分，不让其他人看。

"她的衣服被雨淋湿了。"他简单说明，"总之就是这么一张照片。"

只给大家看了一秒，他就收了回来。

但这一秒，大家都看清了那张脸，诡异的目光纷纷向姜蝶飘去，震惊、钦佩、嫉妒、不可置信。

太多复杂的视线像飞来的箭射满草船，扎得姜蝶直想喊救命，万万没想到下午拍的那张照片，会以这样的方式曝光。众人并不知情，只一眼就浮想联翩，这半张犹抱琵琶半遮面的照片简直比翻出一张不能过审的图片更具冲击性。

姜蝶怎么会出现在会长的手机相册里？这已经不是神龛倒塌的程度，简直是宇宙爆炸，原子毁灭，惊天动地。换作任何一个女生可能都不会有姜蝶让人惊讶，毕竟她有一个尽人皆知的男朋友。

姜蝶见蒋阎非常坦然，根本没有往下开口解释的意思，连忙亲自上阵，把前因后果说了一下。

听完后的众人：就这？

一个个等着惊天八卦的人顿时觉得索然无味，骂骂咧咧地翻白眼。

"我就说嘛，怎么可能。"

"嘁，溜了溜了。"

盛子煜表情复杂地跟着大家笑："差点以为爱是一道光，绿到我心发慌。"

丁弘损道:"能被会长绿也是你的荣幸了。"

"找死吧你。"

有胆子大的女生开玩笑道:"不公平嘛,我也想在会长手机里留下痕迹。我直接摔坏手机行不行?"

"对啊会长,我手机也没电了!"

"对对,我镜头坏了!"

蒋阎冷淡道:"你们可以真的摔坏试一试。"

众靓女语塞。

姜蝶听见他拒绝,心里不由得浮现出一种隐秘的雀跃。

人总是会对自己成为那个破例的唯一沾沾自喜。

她还没高兴超过一分钟,就感到手机一振。

衣架:[图片]

衣架:下午忘发你了,我删了。

姜蝶的偷笑僵在嘴角。

接着,又是一条消息。

衣架:英文字体该练练了。

……被他看出来,那张字条是她写的了?!

姜蝶抬头去看蒋阎,他若无其事地把刚才抽到的字条,连着上一张饶以蓝抽到的,一起揉了丢进垃圾桶。

他们的下一站是普吉岛,但得先从拜县坐大巴回清迈,再从清迈转道。

为了避免接连赶路太累,这一次预定的出发时间是下午,上午自由活动,大部分人直接选择睡到自然醒。姜蝶没有睡懒觉,但也没有出民宿,起来就开始编脏辫。这是一个大工程,耗时耗力,姜蝶也是第一次编,但仗着手巧,照着教程编得还算顺利。为了搭配脏辫,她换上西海岸风的翘臀破洞牛仔裤,上身是千禧风的条纹背心,妆容也有所改变,她在眼角处特意贴了亮晶晶的人鱼姬闪片——大半天过去,一个酷女孩终于出炉。

前两日她都打扮得比较单调,因为不习惯一来就很扎眼,加上清迈和拜县都是山林城市,天然朴素的装扮能更好地与之融合。但普吉不一样,那是一个热情、骚动、暧昧的岛屿,这样的装扮正合适。

全都收拾完毕,自觉很满意的姜蝶做作地对镜自拍了一些新发型,挑出一张发给姜雪梅。

小福蝶:[图片]

小福蝶:[得意.jpg]

泰国和中国只有一个小时的时差,姜雪梅不一会儿便回复。

暗香:你怎么和非洲小孩儿似的?

小福蝶:……?

暗香:[微笑.jpg]挺好看的。

姜蝶无语地退出微信,打算发一条微博获得点信心,想了想,又打开不常用的社交软件。她一打开界面,正好跳出蒋阎三分钟前刚发的新动态。他拍了一张风景图:绿色的桥体,漆面有些剥落,桥上的木板磨损严重,是拜县那座有名的、已被废弃的二战桥。

看来他早上去逛了这儿,还真是对废墟情有独钟。愿意保存这么多废墟照也不保存她的美照……好吧,她单方面认为的美照。

思及此,姜蝶有点受打击。

到了集中出发的时间,姜蝶的露面让大家小小意外了一下。

"嚯,东南亚辣妹。"

"你这脏辫怎么编的,能不能教我?!"

"哇,这装扮必须今晚去蹦迪啊!据说泰国酒吧帅哥美女超级多。"

"真的,泰国的帅哥美女都好有混血感,超精致。"

话题渐渐走偏,开始讨论到美色上。

有人见到蒋阎过来,狗腿地补充一句:"当然再好看也没有我们会长拿得出手。"

蒋阎当耳旁风,直接说正事:"这个时间点大巴挺挤,估计不能让全部人都上一辆车。分两辆吧。"

大家自觉听令，有说有笑地排成队等巴士来。

蒋阁没有到队伍里，估计是想在最后上车。盛子煜排到了前头，姜蝶不得不跟着被挟裹到前排。这样看，他们就得分成两辆车离开了。

远处隐隐能看见柠檬黄的大巴驶来，姜蝶突然神色懊恼地对着盛子煜道："我忘记买晕车药了，去对面便利店看一下，你们先上车。"

盛子煜回想起她来时吐得昏天黑地的样子，赶紧说："你快去买吧。"

大巴晃晃悠悠停下，姜蝶跑出人群。她包里其实放了晕车药，出门前也已经吃过了，只是想找个借口打乱秩序，排到队尾。如果是同一辆车，她没办法坐到蒋阁身边。但如果分两辆车，她和盛子煜分开，那就有可能。尤其饶以蓝似乎还在置气，故意排到前头，清冷地只留下一个背影。她不来抢位置，那剩下的就简单很多。

几个小时的漫长车程，天赐之机，怎么能不趁机多聊点人生梦想，引起共鸣，顺势再抛出邀请他当模特的橄榄枝？嗯，非常顺理成章。

姜蝶走进便利店，在货架前来回走动，瞥到车身离开，巴士站的人堆瞬时少掉大半。他们的人只剩下蒋阁和另一个男生。她等了片刻，回到队伍里，落在蒋阁身后。蒋阁感知到，回头看了她一眼。姜蝶装模作样地掏出水和晕车药，当着他面咕咚咚又吞下一粒。

"你排到我前面。"

他收回视线，和她换了个位置。

大巴在不久后再度来了一班，姜蝶被蒋阁拎到前面，只能先上车。

这班人少，空位很多。她找了靠窗的位置坐下，眼睁睁地看着后上车的蒋阁越过她坐到了后排。姜蝶早有预料，掏出之前借走的充电器，起身挪到了蒋阁的那一排："师哥，这个昨晚忘还你了。"

她将充电器递过去，顺势在他旁边的空位上坐下。蒋阁接过充电器，姜蝶正在脑子里搜刮开场白准备说点什么，然而，他没给她酝酿的机会，自顾自拿出耳机往耳朵里一塞，套上颈枕闭目休息……姜蝶的话卡在喉咙里，出师未捷身先死。她几番斟酌，怏怏地憋了回去，怕强行搭话适得其反。

下午两点的阳光烘得人昏昏欲睡，沿途一路蝉鸣，天高云淡。姜蝶感觉眼皮越来越沉，过量的晕车药副作用上来，困得她不知身在何处，直想栽倒。她放任自己往后靠上椅背，头一歪，在车轮的颠簸中不知不觉靠向身旁。

蒋阎感觉到肩膀一沉，睁开眼，一头脏辫窝在他的肩头。

她还无意识地蹭了两下，垂下的脏辫拂过他短袖下的皮肤，很痒。蒋阎不动声色地解下颈枕，单手撑起姜蝶的脑袋，将颈枕放到她肩头。他缩回手，她重新歪下头，落在了肩头的颈枕上，舒服地咕哝两声。

口袋里手机振动，蒋阎停驻在姜蝶脸上的视线转移到屏幕上，是有人点赞的提示。他点开来，随手散漫地刷着关注的摄影博主发的图片，耳机里循环播放着 *A Rocket To The Moon*，是今早在拜县的一家咖啡店里听到的，识曲完发现是泰国人唱的英文歌，意外地还不错。

吉他的和弦盖过嘈杂的引擎声，车窗外树影婆娑，金色的日光追着大巴，溜过树影间的缝隙，在挨得极近的两人身上流转。

日光没追上的须臾，车内暗下去，蒋阎偏过头，在昏暗中再度看向姜蝶。

他的目光瞥过那藏在破洞里的、露出半边翅膀的文身——一只蝴蝶。

清迈巴士站，先前的一班车已经到达。

大家直接坐在巴士站聊天等落在后头的三人，饶以蓝独自远离人群，低着头刷手机。

她看到刷新出来的内容一怔：蒋阎发布了新动态，发了一张图，一只湿漉漉的、翅膀带着水珠、栖息在泥潭里的蝴蝶。看背景，应该是摄于昨日的山间民宿。在他一水儿暗色调的废墟和冰冷的微缩模型中，这么一只楚楚可怜的生物分外扎眼。

配文写着——

弥漫着海藻气息的风中，一只蝴蝶翩然飞舞。仅仅一瞬间,他感觉到蝴蝶的翅膀碰到了自己干涩的嘴唇。可是,蹭在他唇上的蝴蝶的翅粉,数年后依然闪闪发光。

饶以蓝仔细地回忆这段话,总觉得眼熟……好像是出自芥川龙之介的一本书。为什么他会引用这段话,是最近看了这本书很喜欢吗?总之,一点不像他的风格,饶以蓝暗自腹诽,差点怀疑他被盗号,再一刷新,照片却突然被删了。

蒋阎的社媒界面又恢复得干干净净,死气沉沉。

一切如昙花一现,仿佛是她眼花的错觉。

姜蝶这一路睡得死沉,最后是被蒋阎推醒的。

她模糊地抬头一看,才发现大巴已经到了清迈,不禁怀疑所谓的晕车药根本就是安眠药,把人直接迷晕了就不会吐了。活动了下脖子,奇怪,居然没有任何僵硬的酸痛感,她侧头看了眼蒋阎,发现他脸色不是很好。

"师哥,你不会晕车了吧?"姜蝶当即感同身受,"没吐吧?"

蒋阎没回答,拎起沾着肉色粉底液和亮晶晶闪片的颈枕一脸萧索地下了车。

━━13━━

一行人从清迈坐亚航的飞机到达普吉时又近傍晚。

普吉的傍晚最为漂亮,油画一般的昏黄和深蓝,翡翠绿的透明海水因光线暗下逐渐深沉,芭东海滩边的露天酒吧却越发喧闹,吧台上搁着还未送出的鸡尾酒,调制的颜色比落日更复杂。

姜蝶和众人一起坐在临街的餐厅,商量着等会儿一起去夜店。

丁弘狗腿地看了一眼蒋阎:"老大,你觉得 OK 吗?"

蒋阎问:"为什么不?难道我真的很像教导主任?"

丁弘心虚:"没没没,只是感觉那种地方和老大你差太远了,没法想象。"

"我确实没去过。"蒋阎十分坦然,"但可以去看一下。"

"别怕会长,我们带你飞!"

大家扬眉吐气,好像终于找到一点比蒋阎强的地方,那就是在玩乐这一方面。姜蝶虽然之前去过夜店,但只有一次,感受过里头的氛围之后就不想再去。她讨厌和他人过近的肢体接触。但姜蝶没有提出反对,她识人眼色惯了,从不会主动搅兴。

本希冀于蒋阎提出不去,那她就顺势提出不去。但既然大家达成了共识,连一向难伺候的饶以蓝都没异议,她也只能不动神色地摁住心底的烦闷,笑着说"好期待"。

Bangla Road 酒吧街上已经人头攒动,并不算宽阔的街道被两边的酒吧、夜店夹击,面对面轰着震耳欲聋的音乐。

他们挑了一家顺眼的进去,没有穿着火辣的钢管舞女郎,也没有远近闻名的人妖秀。大家一致认为存在上述元素的都是宰客的黑店,专供游客。既然要去,还是得去当地高人气的原生态夜店。

他们进的这家就属于这类,满场摇头晃脑的年轻男女,各色肌肤,女人直接外穿的胸罩,男人满臂的文身,酒精、打火机、迷幻镭射灯、Post Malone 的 *Circles*。空气里尽是烟味与香水交织的荷尔蒙。

因此,蒋阎的进场就显得异常突兀。

来蹦迪居然将黑色衬衫的袖口和领口都扣得严丝合缝,任谁看都会觉得是个土鳖,懒得搭理,偏他生有一张吸睛的脸。不少人的目光在他身上来回打转,蠢蠢欲动。

店里没有常见的沙发卡座,只有一张张高脚桌,所有人都得靠桌站着,手持啤酒,肩头挨着肩头,想蹦就能随时蹦。这可苦了姜蝶。她小心翼翼地抵着桌脚,以一种非常僵硬的姿势保持着原地不动。

盛子煜圈着她的肩头问:"你不去跟着我们蹦?"

"你说什么?"

周围太吵,她根本听不清。

盛子煜凑近她的耳朵，大声吼："我问你，跟不跟我们去蹦？！"

"我夜盲啊！"

姜蝶也揪着他的耳朵吼回去。夜盲这个时候成了她最好的借口，虽然这也是实话。别人听不清对话，在外人眼里，他们勾肩搭背的样子还挺亲密。

丁弘酸酸地说："啧啧真羡慕，我今晚也要勾一个妞回去。"

孟舒雅含了一口酒，笑着拍了下他的肩头："那还不赶紧去蹦？"

眼见两个人都出去了，盛子煜急促道："哦对，差点忘了这茬。那我先过去了啊。"

姜蝶目视着他匆匆跑开的背影，突然又想起之前黑暗中他伸过来的手分明带给过她一种似是而非的悸动，她真的很难把那只手跟眼前连自己夜盲都忘记的人联系起来。

姜蝶下意识地摸索着掌心，抿下一大口啤酒。他们这一桌人去了大半，还有几个人留下来，除了她，剩蒋阖、饶以蓝以及一男一女，但并不冷清，因为很快有三个女生围了过来，直冲着蒋阖。

她们张口说泰语，见他听不懂，换成结巴的英语问要不要去她们桌喝一杯。

蒋阖还没回答，饶以蓝连忙放下还在置气的姿态，靠近他，说自己好像有点醉了，请蒋阖帮忙送她回民宿。

他们的住处就在芭东海滩边上，离这儿不远，但终究是异国，路上三教九流的人都有，放女孩子深夜独自回去总归不安全。

蒋阖稍作犹豫，放下啤酒，对着那三个女孩说了声"sorry"，看着饶以蓝道："还能自己走吧？"

饶以蓝"嗯"了一声，没再得寸进尺地让蒋阖扶抱，两人并肩出了酒吧。

围观的姜蝶不禁感叹饶以蓝这招厉害，本来还纳闷饶以蓝怎么也这么配合地来夜店，原来早就盘算好金蝉脱壳。如果蒋阖不喜欢那个环境，自然会和她一起离开。如果蒋阖并不讨厌，他也会出于安全考虑答应她。

083

姜蝶恨自己没有先下手为强,她才是真的非常急迫地想离开此地的那个人。

桌边的另外一男一女不知何时也去了舞池,姜蝶走着神,没注意到这里只剩下她。

"Hey girl, alone?"

一个金发碧眼的老外从不远处的桌边挪到她这儿,挨得很近,姜蝶能感受到他手臂上过长的、卷曲的手毛。她顿时捏紧啤酒罐,摇着头说"没有,我去找朋友了",说完脚步不稳地冲向没有什么人的厕所,心脏一时间还在高速跳动,刚才那毛骨悚然的触感清晰地残留在皮肤上。

姜蝶掏出手机,实在撑不住,在团建的大群里发了句"我先回去了"。

没人回复,估计都忙着蹦迪。

她仔仔细细地用冷水反复冲了几遍胳膊,裤袋里手机在振,姜蝶甩着湿漉漉的手掏出来一看,居然是蒋阎的私信。

衣架:盛子煜送你吗?

小福蝶:没,我自己回。

衣架:在酒吧等我,很快到。

小福蝶:你来送我回去吗?

衣架:嗯。

姜蝶怔怔地看着这简单的一个"嗯"字,奇怪,怎么急促的心跳一直慢不下来,反而更快了?她又在厕所里待了一会儿,直到他发来微信让她出来,结果刚出厕所没走两步路,又有烦人的"苍蝇"缠上来。她想假装自己听不懂,对方直接用中文开口。

"嘿,中国人吗?"

姜蝶一愣,短暂的犹豫暴露了她。

男人笑道:"没别的意思,就是想交个朋友。要不要一起喝一杯?"

说话的态度还挺绅士,姜蝶顿了顿,礼貌回答他:"不好意思,我得走了。"

男人却直接上前一步拦住去路:"出来玩干吗这么早回去,数绵羊?"语气里多了几分进攻性的玩味。

姜蝶冷冷地瞥了他一眼,不再答话,绕身过去。

男人紧跟上来:"是觉得无聊?那你更应该和我待一会儿。"他喷着热气跟在她身后,"不喝酒也成,要不去舞池蹦?"

姜蝶低着头加快脚步,心里直骂脏话。这一带灯光很暗,夜盲使她看不分明,走路跌跌撞撞,疾步中踢到了掷在地上的酒瓶。男人发现姜蝶身影一晃,有栽倒的趋势,心想机会来了,连忙要拉她进自己怀里,黑暗里却有人更快伸手,将姜蝶拢进怀中。对方的脸一半没在阴影里,只隐约露出极好的轮廓,他的胸膛还在微微起伏,低喘着气说:"滚。"

这一声声线锋利,像是金属被切割后撞击在脆板上,凶狠又带着点利落的迷人。男人不爽地抬起头,射灯照过来,点亮对方的另外半边脸……他突然语塞。

"滚,她有男朋友。"

青年加重语气重复了一遍。

听见这句话,男人没有再纠缠,转身走了。

喊,和长成那样的人抢真是自讨没趣。

姜蝶在被拉住的那一刹那,就从味道上认出了人。乌烟瘴气中,他身上的味道是那么独树一帜——蒋阎的味道。她因此没有挣扎,知道他是在帮她解围,也听见了那一句"她有男朋友"。

男人肯定误解了蒋阎是她的男朋友才走开,但姜蝶知道他说的是盛子煜。

"谢谢师哥,总是麻烦你……"

她赶紧从他怀中退开,连声道谢。

蒋阎低头盯着她:"所以——你的男朋友呢?"

姜蝶无法解释他们根本不是男女朋友,所以盛子煜没有护送她回去的义务,她也就没有打扰人家蹦迪。她含糊道:"他还想玩一会儿,这么点路我想着自己回去没问题。"

"这么点路，就发生了刚才的意外。"

蒋阎的语气很平和，但让姜蝶一阵阵发虚。

"是我带你们出来的。如果谁出了意外，我的责任最大。"他显得有些困扰，"所以你即便不为自己考虑，也为我考虑一下，好吗？"

姜蝶讷讷地点头："对不起。"

原来是这样，他才会发那两条微信。

枉她刚才还异想天开地以为，自己是不是和他亲近了那么一点。蒋阎把刚才绊倒她的酒瓶捡起，放在一旁的空桌上，还和中线对齐了一下："走吧。"

他放缓脚步，让她走在前面。姜蝶默默地往前，即将转过拐角，隐隐听见舞池里传来了很熟悉的前奏。

电吉他的两三下拨弦，一秒让人起鸡皮疙瘩，居然是《拥抱》。这夜店也太国际范儿了，英文泰文歌各轮了一遍后，居然开始放中文歌。

　　脱下长日的假面
　　奔向梦幻的疆界……

店内闹哄哄的气氛被唱柔了几分，灯光跟着音乐换成了浮动的幽蓝，照亮拐角尽头正在尽情拥抱的两个人。姜蝶不知不觉停下脚步，身后的蒋阎也随之停下。

　　晚风吻尽荷花叶
　　任我醉倒在池边……

气氛太好，他们跟着音乐吻得尤为起劲。男帅女也美，这一幕算得上赏心悦目——假如其中一人不是她"男朋友"的话。女生虽背对着她，但那大波浪，已经昭示了答案：孟舒雅。姜蝶看得愣神，眼前蓦地被背后伸过来的一只手遮住了——世界一片漆黑，只有耳边，背景音乐的鼓点越来越热烈,1999年的阿信青涩地拉长嗓子唱着——

  那一个人……爱我
  将我的手……紧握

  与之相比也很青涩,但更加沉稳的嗓音传来:"不要看脏东西。"是蒋阁弯下腰,轻轻附在她耳边。

14

  姜蝶和盛子煜两人之间有过一个约定,在伪装情侣期内,不准谈恋爱。如果一方有恋人,情况就会变得相当复杂,到底是该委屈恋人继续营业,还是为了感情直接让营业崩盘?因此姜蝶就干脆提出不许谈恋爱。她觉得这不难做到,舍不得孩子套不着狼,想拥有什么就得付出什么样的代价。再说他们的营业期也是计划好的,又不真让盛子煜打整个大学的光棍。她的计划是无论她是否能争取到国外交换生的名额,他们之间的合作关系就到大二学年结束,也就是说,只剩下不到一年的时间,他还非得给自己整出个幺蛾子。因此,此时此刻,当场"抓奸"的姜蝶心头涌现的是无奈,一种期末联合作业明明说好了分工,却碰上坑人队友的无奈。还有一种滑稽:她怎么会真的对盛子煜有过一刹那的悸动?
  被遮住眼睛的这个时刻,复杂的思绪从脑海里呼啸而过。蒋阁放下了手,不远处吻得难分难舍的两人也放开了彼此。他们扭过头,看见了姜蝶和蒋阁。
  孟舒雅淡定地反靠在墙上,盛子煜一脸尴尬,对着姜蝶道:"……你刚刚不是在微信里说你回去了吗?"
  姜蝶扔下四个字:"出来谈谈。"

  便利店的对面,姜蝶等着盛子煜买完烟出来。

他推开店门，把玩着火机过马路，来到姜蝶跟前。

两人都没开口，盛子煜拆开刚买的烟盒，抽出一支咬在唇边，手指在火机上摁了两下，屡屡失败，半天才摁出一簇火焰。烟头在黑暗的街角亮起，显出两张沉默的脸。

"泰国这个烟盒真吓人。"盛子煜清了清嗓子，指着烟盒包装上烂掉的肺，终于先挑起话头。

"那你不还是买了吗？"姜蝶双手插着兜，瞥了一眼烟盒，"明知不可为而为之。"

盛子煜郁闷地吐出一口烟："不是，我说，你这样搞得我真的有出轨的愧疚感。"

"你难道不该有愧疚感吗？对同事的愧疚。"姜蝶也不藏着掖着了，"我就觉得很奇怪，为什么我当初提起要来泰国你不愿意。其实你早就对孟舒雅有意思吧？觉得我来是个麻烦。"

盛子煜无言地吸了一口烟，默认了她的猜测。

"你们那时候就好上了吗？"

"没。我确实见她第一面就有点好感。"他沉默了一会儿，不情愿地回答，"但有接触是来泰国以后。"

姜蝶的脑海中一道清明的闪电劈过，愕然地说："那天在拜县的民宿，淋了雨比我们先回来的人，是不是你和孟舒雅？"

孟舒雅在真心话里吐露的那件事，现在想起来，难道不就是对她的暗示？看着盛子煜的表情，姜蝶已经确认，胃里泛上一股无比恶心的感觉。

"她故意拿这个来激我，难道以为真的能伤到我？她是真的以为我们俩是男女朋友？"姜蝶匪夷所思，"你没告诉她我们的真实关系？"

"嗯……她不知道。"

姜蝶皱起眉："哈？"

"其实……其实她是我们俩的粉丝，把我们上传的视频都看了，说羡慕我和你之间的感情。"盛子煜露出困惑的表情，"这让她觉得我是个很有魅力的人。"

"所以你不敢说了？"

他点了点头，快速地抽完一支烟，在垃圾桶上熄灭。

"这样的情况下你们还能搞到一起。"姜蝶冷笑，"真是什么锅配什么盖，天生一对。"

"所以其实，我和她都没认真，只是玩玩而已。"盛子煜心烦地抓了一把头发，"我没和你说，也是想，这次旅行结束完了就完了，没必要为了一时的激情损伤我们的合作关系。"

"大哥，这种事情你得和我商量好吗？谁给你的自信可以两手抓两手硬？万一你们的事情被别人撞破了发到网上呢？我也得受牵连！"

"这不还没人发现嘛。"

"蒋阁刚才也看见了。"

他摆手："会长看见没事，他不会对这种事情在意的。"

听见他这么说，姜蝶心里微妙地想：是啊，他应该不会在意的。

盛子煜深呼吸道："我保证会解决这件事。咱们是一根绳上的蚂蚱，别冲动嘛，对不对？"

姜蝶径直扭头走了。

她现在脑子里很乱，只想独自冷静一下。她以为目睹偷吃现场，自己应该不会有任何失落的情绪，本来就是逢场作戏的关系。但记忆里他伸过来的、在黑暗里握住她的手，像一段胶片被插播进坏掉的放映机，反复循环。彼时风雨交加，那个手心的温度让人心安，好像沉沉的黑里就那么生出了火光，治愈了她的夜盲。就是那么一个简单的动作，让姜蝶觉得，他们之间也许并不是单纯的交易关系，确实还存在些许温情。可他这一路背着她做出来的事，只能证明是她想太多。什么温情？这场交易就只是交易而已，甚至连同事情都那么"塑料"。

她低头沉思，边走边踢着地上不知是谁扔下来的烟头。四周人烟逐渐稀少，除了自己的脚步声，她仿佛还听见了另一个人的——很轻，从她身后传来。姜蝶顿时脚步微滞，手心发麻……有人在跟踪她？

姜蝶不敢回头，继续向前走，步伐越来越快。她竖起耳朵，听见身后那个脚步声还在，对方也跟着加快了，真的在跟着她！

姜蝶的脚步一下子变成乱弹的琴弦,快得散乱,又忍着不敢跑起来,怕一跑惊动后面的变态被追上来,到时候自己不一定能跑过,可就遭殃了。她此时万分后悔,不该任性地独自在夜里行动。偏偏夜盲此时又出来捣乱,她没看清路面,脚尖猛地踢到了一个什么东西。

"啊!"脚趾迅速麻痹,姜蝶吃痛地蹲下身,瞬间额头冒起冷汗。她绝望地想,这会儿别说跑,走道都走不动了……姜蝶慌张又防备地回头看,几米开外,果真有一个高挑的身影立在那儿,背着光,影子拉得老长。

那人影居高临下地走过来,脸庞逐渐清晰。

他垂下眼,望着她:"你真的很不听话。"

"师哥……"

瞬间,姜蝶全身跟着脚趾瘫软,哭丧着脸,仰面望向蒋阎。

兜兜转转,姜蝶又回到了便利店。

她刚刚踢上的是块砖头,穿着人字拖,大拇指直接撞上,指甲盖冒出半面的黑血,拇指头还破了点皮。蒋阎递过来一包创可贴,示意她自己贴上。

姜蝶想感谢他,转念一想觉得不对,害她走那么快无端踢到砖头的始作俑者不也是他吗?!

"师哥……你为什么不出声跟在我后头啊?很吓人。"

"因为知道你不听话。"蒋阎瞥了她一眼,"果然又一个人回去。"

虽是这么说,姜蝶却听出话里没有多少谴责的意味。她这才确认,蒋阎是担心她的安全,却又理解她此时只想孤身一人的心情,才远远地、安静地跟随在她身后。如果她没有敏锐地察觉,没有那块砖绊到她,也许今晚就会这么沉默地翻页。那她就永远不会知道,那样遥远的、永远被人凝视的月亮,居然也会沉默地围绕着她转。而她算得了什么呢?连太阳黑子都算不上,只是沾了学生会的光。

蒋阎见她情绪骤然低落,沉默半晌说:"如果心情不好,就去做点让自己开心的事。"

姜蝶毫不犹豫:"那我肯定会选择去吃很多好吃的。尤其是甜食!"

"现在太晚了,不行。"蒋阁看了眼时间,"不利于消化。"

"……我就随口一说。"毕竟她也没真的伤心,"那师哥呢?你会做什么?"

蒋阁伸出两截长手指框住远处的酒吧,慢慢捻于掌心,说:"像这样将它缩小。"

见她一头雾水,他又解释一遍:"就是做微缩模型的过程,很令人专注,足以忘记一些东西。"

"那你会复刻这家酒吧吗?"

"我只是给你打个比方。"他失笑,"也许我会复刻它,在几十年后。"

"为什么?"

"那时它也许才会成为废墟。"

姜蝶没有深入追问,例如:为什么你只做废墟?那是更隐蔽的私人地带。倒不如说,蒋阁今晚能同她聊这些已经出乎她的意料。或许要感谢这场"失恋",他全程目睹却无能为力,只好敞开自己的一小部分用来安慰她。

"总之,伤心和愤怒都是一时的,只要你找到问题的最优解。"

姜蝶不由得认真问:"那什么是最优解?"

蒋阁没有回答,随手买了一把挂在便利店入口处的透明雨伞,递给她。

"啊?外面下雨了吗?"

他看着姜蝶凑近玻璃橱窗往外张望,忽然眉眼一弯,依旧没有回答。姜蝶看着外面夜空晴朗,摸着伞柄,终于反应过来。

伞,离散。

分手吧,这是他未言明的台词。

当天晚上回到民宿时孟舒雅还没回来,姜蝶直接把行李一提,想换到别的房间。然而,他们当时是按人数订的民宿,没有空房,唯独饶以蓝那间还有床位,当初安排时就她要求独自一间。一边是刀山,一边是火海,姜蝶咬咬牙,叩开了饶以蓝的房门,说明来意。

饶以蓝眼也不眨道:"不行。"

姜蝶早有预料,胡扯道:"孟舒雅晚上会磨牙,我这几天都没睡好,实在没办法了。"

饶以蓝冷声:"那关我什么事?"

"当然是你人美心善,肯定会出手帮忙。"

"呵。"她冷笑一声,"你可以去找你男朋友睡。"

真是哪壶不开提哪壶。

姜蝶摊手:"那他的室友怎么办,来跟你睡吗?"

眼见饶以蓝直接冷脸要甩门,姜蝶连忙上前一推行李箱抵住门缝。

"等等等等。"姜蝶突然警惕,"你这么不乐意不会是……晚上也磨牙吧?"

"你乱说什么,别损坏我形象!"饶以蓝被这么一激,又上了套,"行!你要睡也行,但你绝对不能吵到我。"

"你放心。"

姜蝶保证完,蹑手蹑脚地踏进房间,挪到空着的床铺。

饶以蓝回到床上,旁若无人地开始大声公放视频。

姜蝶一边拉开行李箱一边翻了个白眼,突然听到视频声戛然而止,还以为是饶以蓝良心发现,就听见她问:"下午你是不是和蒋阎一辆车?"

"嗯,怎么了?"

"他那个时候在干吗?"

姜蝶摇头:"不知道,我睡着了。"

饶以蓝咕哝:"好奇怪。"

"怎么了?"

"不关你事。"

饶以蓝重新点开视频,姜蝶隐约听到她自言自语,似乎在说"为什么会发一只蝴蝶"。

但姜蝶管不着她,整理箱子到一半,开始席地坐下发呆。

手机里姜雪梅发来微信，嘱咐她要注意安全，早点睡觉。姜蝶深吸口气，逼迫自己躺到床上，却睡不着，心里的天平在权衡利弊，逐渐倒向冷静。

第二日依然在普吉，白日里大家自行散开，晚上为了安全起见要集合一起去海滩。

姜蝶背上相机准备出门时，盛子煜冷不丁地出现，不自然地问："去哪儿？"

她头也不回地下楼梯："随便转转。"

"那个。"盛子煜指了指她的相机，"我们今天要不多拍一点素材吧。"

姜蝶没应声，他兀自跟了上来。

两人一前一后地出了门，日光强烈，姜蝶盯着身前人的头发，风摇过头顶，像一丛杂草歪七扭八。盛子煜烦躁地在脑袋上揉一把，杂草就瘪了下去。

移动的杂草忽然停下脚步，回过头，指着路边的小摊说："吃不吃冰？给你朶果的？"

姜蝶还是没出声，不一会儿盛子煜端着两碗刨冰过来，将黄澄澄的一碗冰推到她跟前。

"昨晚的事，没提前和你说真的对不起。"盛子煜表情严肃，"后来我又去找孟舒雅，已经说清楚了，我和她就退回朋友关系。"

姜蝶有一搭没一搭地戳着冰，沉默的表情看得他非常忐忑。

盛子煜清了清嗓子："不要让一个小师妹破坏我俩的革命友谊，你说是吧？"

什么革命友谊？说难听点无非就是为了赚钱。

姜蝶舀了一整块吞下去，冰凉的触感冷得她抖了一下脸。她漫不经心地打开手机，像是没听见他说的话，自顾自地刷着微博。

"如果你决定结束我们的关系，我也尊重你。"盛子煜微微叹气，"就是可惜了我们一路到现在攒下的粉丝。"

姜蝶看着私信箱里他口中的粉丝塞满的消息，这些很可爱的人祝福他们的感情，从他们的感情里获得力量。当然，还有她最喜闻乐见的，合作方抛过来的橄榄枝。

海市蜃楼虽然是假的，但远远看去，依然漂亮。一旦她点头，这些东西都会被她摧毁。明明做错事的人不是她，为什么轮到她来煎熬地做这个抉择？其实也没什么好煎熬的，只不过就是上班遇到了恶心同事，但这份工作薪水很好，同事自己补上了窟窿，那她就装作无事发生，忍着恶心继续干呗。钱才是第一生产力，其他都靠边站。争气有什么用？人想活得好得先争馒头。因此，她也不知道自己现在在犹豫些什么。

碎冰融化于舌苔，冰冰凉凉的，拖着她回到昨天半夜十二点的便利店。白晃晃的灯下，蒋阁递伞时碰到她的指尖，同样的凉，还有他身上的气味——高级的，永远不会存在于鸳鸯楼的清冽气味。姜蝶默不作声地埋头吃完了柉果冰，按开相机，将镜头对准盛子煜。

她调笑的声音从相机后传来："你点的是草莓味吗？给我吃一口！"

盛子煜微怔，回过神，看着镜头宠溺地笑道："你别吃那么多凉的，大姨妈来了又要喊痛。"

两人心照不宣地达成了和解。

姜蝶抿下挖来的草莓刨冰，酸大过于甜，她并不爱吃，但还是一口吞下。心里想，蒋阁说的最优解并不对。

对于贫瘠的人生来说，这才是最优解。

夜晚在海滩边集合时，盛子煜是搂着姜蝶的肩头过去的。

丁弘吸着椰子汁调侃："唉，手中的椰子突然不甜了，好酸。"

盛子煜轻踢了他一脚："不是昨晚勾了一个妹子走吗？"

"嘻，别提了，是酒托。我赶紧溜了。"他骂骂咧咧，"害我今天只能和大老爷们儿浪游普吉。"

沙滩边又有三两人走过来，领头的孟舒雅和姜蝶是昨晚过后第一次碰面，两人猛地对视上，孟舒雅脸上表情沉郁，转开头，什么都没表示。最后到达的人是蒋阁，踩着点到，手上拎着个黑色袋子，即便是来沙滩，身上也裹得严实，一水儿的黑，唯露出一张冷白的脸，如鬼魅夜行。

姜蝶不自觉联想到那个台风天，那声浅淡的"聂小倩"。

其实他这模样更适当妖怪，还是光看一眼就能索人命的级别。

蒋阁用目光在清点人数，视线掠过盛子煜放在姜蝶腰上的手，多停滞了两秒。

他收回视线，问："都到齐了？"

"报告会长，人没少！"有人故意敬了个军礼，大家哄笑。

霓虹混合着高密度的深蓝，夜幕下的海滩被割裂成两半，一半喧闹，一半安静。他们围坐在安静的这一半，背光的棕榈树下，只有远处海潮声声。姜蝶贴着盛子煜，大家挤在一起，他沙滩裤下的肌肤不经意间碰到她的，她因不习惯而下意识弹开，理智回笼又贴了回去，落在某些人眼里，这却是昨晚事件后的即时反应和妥协的过程。

不多时，安静的海滩上除了潮声、海风声，又萦绕着他们叽叽喳喳的谈话声，还有啤酒瓶碰撞的声音。

坐在姜蝶旁边的女生拍了拍她："你相机带闪光灯吧？拍我帮几张照呗。"

她举起酒瓶，嘟着嘴贴在瓶子上，摆了很造作的姿势。

姜蝶从各种角度给她来了一遍，那女生连声道谢，要了相机过去翻看刚才的照片，不小心按过头，姜蝶和盛子煜下午拍的视频自动播放出声。

"我来大姨妈也能吃冰，看姨妈先死还是我先死。"

"恐怕你们会同归于尽。"

"那我也会拉着你垫背的，亲爱的。"

"你这话说得——"盛子煜笑了笑，"难道我还能独活吗？"

等女生找到关闭的按键，视频里播出的内容已经肉麻倒一票人。丁弘假装呕吐，孟舒雅却喉咙一紧，真的吐了出来。她才喝了两瓶啤酒，醉不至此，估计来前又喝了洋酒，至于为什么喝成这样，他们几个心知肚明。姜蝶一言难尽地瞥了盛子煜一眼，他心虚地别过脸。

孟舒雅这一吐引发了多米诺骨牌效应，旁边的人大惊失色地后退两步，踉跄着踩到地上的酒瓶，手上的啤酒顺势洒出去，完美抛物线，溅到就近的蒋阎的衣角。

"……"

众人大惊，一片鸡飞狗跳。蒋阎脸色难看，比当初在别墅看到乱象时更甚。

他拒绝了递过来的纸巾，说要回去换衣服，拎起黑色袋子迅速起身离开。走到闪烁的街灯下，他瞥见敞开的垃圾桶，手一松，袋子垂直落入狼藉的桶内。青年渐行渐远，海风吹晃棕榈叶，也吹开了黑色袋子的一角。

甜酸角、杧果干、烤椰子片……满满的，满满的全是当地特色的零食甜点。

孟舒雅一吐，蒋阎一走，大家的玩心也随之冷却，今晚就草草地各自散开。

次日，他们从普吉出发去曼谷，这也是旅途的最后一站。

刚落地曼谷时，给人的感觉和之前大不一样，这里比清迈更繁华，比普吉更灯红酒绿，是一座无比热情的城市，尤其是它的温度，十月天的傍晚，32摄氏度。

来往的车辆烟尘像灶台下的柴火，加剧了这股热气。

"到底夏天是用什么来计算的啊？气温还是月份？我现在一点也不觉得我在秋天。"

姜蝶也热得不行，后悔把脏辫拆开，绑了几天的头发比之前更蓬松、卷曲，不用烫就成了天然羊毛卷，扎出一脖子汗。身边适时地递过来一张纸巾，姜蝶抬眼一看，居然是盛子煜。他语气殷勤："你看你，背后都湿了一大块。赶紧擦擦。"

姜蝶晾了他半晌，在盛子煜的笑容无法维持下去的前一秒，接过了他的纸巾，转脸时，却无意挨上蒋阎的目光。她微微一怔，不自觉揣测他会怎么看待她的选择。她没有采用他给的建议，反而还是和盛子煜"和好",这在不知情的人眼里,是包容"渣男"的错误,大概很自轻。而他并没有流出任何审视的意味,只是平淡地交错了视线,就像在看曼谷街头随处可见的路人,没必要投入多余的情感。

姜蝶低下头,拿出纸巾擦着手心里突然间冒出的汗水,心想自己真是好笑,琢磨这些有什么必要吗?就像盛子煜说的,蒋阎根本不会关心乱七八糟的纠葛。他对她的安慰只是刚好撞上了,换作别人,他也会那么说,点到即止,不会深究。

姜蝶把纸巾揉成一团,若无其事地塞进掌心,只是萦绕在念头下的失落像曼谷沉闷的潮气,蒸发不掉,低低地盘旋着。

他们在曼谷的第一站是安帕瓦水上市场,狭窄的湄南河道上数条长尾船,船上卖各种美食杂货,甚至还架着铁网烧烤海鲜。

袅袅炊烟伴着日落消失在地平线,整座渐黑下去的水上市场由岸上摊位的灯火接管,一处接着一处蔓延开去。

大家先在岸上简单逛逛,等天完全黑下来,再坐船去湄南河深处看萤火虫。

人流密集的缘故,蒋阎表示还是一起行动,走散了不安全。因此如果有人在哪个摊前停下来,所有人都壮阔地一起停下。得亏了丁弘,停在夜市一家卖衣服的摊位前,拉出一件虎头T恤,在自己身上比画:"怎么样,有没有热血高校的感觉?"

"挺有。"盛子煜鼓掌,"片头一秒被揍翻的那个炮灰就是你。"

金乐池看了眼标签上挂着的价格,眼珠一瞪:"100泰铢……换算下是差不多20元人民币,没错吧?!"

"真的好便宜欸。"其他人也闲得无聊,跟着翻一排衣架上的衣服,"国内奶茶都比这贵。"

原本不耐烦想快点离开的人,都被这个价格所打动,一头扎进这个简陋的摊位里。

丁弘又抽出一件豹纹衬衫,询问意见道:"怎么样,够骚吗?"

有女生扶额:"要不说人靠衣装呢,我劝你还是别在地摊买了,本来就像天桥底下贴膜的,这衣服一穿就更难看了。"

"过分了啊,过分了啊!"丁弘脸红脖子粗,但也没真的生气,嚷嚷着,"明明是这衣服的问题!要是让老大来穿,他也撑不住!"

大家的目光随着这句话,不约而同飘向站在最边缘的蒋阎身上。那女生拿过衬衫远远地在蒋阎身上比画:"我怎么觉得这衬衫一下子有质感了?"

"不过说起来,从来没看到过会长穿除了黑白灰以外的衣服欸……"

"会长,你有没有穿过稍微夸张一点的衣服啊?"

话题就这么围绕着蒋阎的私服展开,本以为蒋阎不会有什么反应,结果他随手抽出距离自己最近的一件衣服,是一件花衬衫,风格竟和姜蝶设计的"风眼"有一点点相似。下一秒令人大跌眼镜,蒋阎对着老板说要买下。姜蝶呼吸轻轻一滞,他难道其实还挺喜欢这类衣服的?

其他人激动大呼:"会长,择日不如撞日,直接穿上吧!"接着,他们一个个都拿出手机蠢蠢欲动,就连饶以蓝也调出摄影模式准备偷拍。

蒋阎微笑:"我说要买,没说是给我自己穿的。"他把衣服飞给丁弘:"送你的。"

众人这才明白过来被蒋阎给耍了一道。

姜蝶却不死心,看蒋阎还有和大家开玩笑的心情,天时地利人和,决定顺水推舟。

"师哥,其实你真的蛮适合穿艳一点的衣服的。"她走到他身边,把自己的速写本不动声色地从包里掏出,"如果你喜欢这一类的衣服,我推荐你另外一件。"

蒋阎看着她默默伸过来的本子,正翻到某一页,左下角两个娟秀的小字——

风眼

"这是什么?"

姜蝶没第一时间透底,满怀期待地问:"你客观评价一下,这件衣服怎么样?"

"你设计的?"

然而,他一眼看穿。姜蝶的笑容僵住,忐忑地点下头。蒋阎没有给出点评,捉摸不定,她也只能继续硬着头皮说下去。

"不知道师哥你听说过我们学院的设计比赛吗?很重要的一次比赛。我想,这件衣服没有人比你更能够展示它。"

事实上,这件衣服就是为他量身打造的,姜蝶继续说:"不需要当众走台步啊什么的,只是穿着它拍照就可以了。"

沉默,沉默。

姜蝶能清晰地听到铁板上炙烤的冒油声,小贩挽留过路客的叫卖声,唯独听不到她最想要的那句答复。

蒋阎在漫长的沉默后终于开口。

"你为什么不找盛子煜?"

"他不合适的。"姜蝶以为有转机,语气都激动起来,"这件衣服非你不可!"

"所以你这几天老围着我转,是为了这个。"他像是终于想明白,笃定道。

姜蝶被说中心思,支支吾吾,他紧接着来了一句:"你还是慎重考虑吧,我觉得我也不合适。"

非常委婉的拒绝,姜蝶垮下肩头,她心里对这个结果并不是没有预料。蒋阎不是邀请一次就能攻略到的普通角色,放在角色扮演游戏里,他绝对是游戏奸商钓着玩家的一张究极底牌,得通关所有线才露尖尖角的隐藏人物。

她看着蒋阎的背影,把速写本收入怀中,安慰自己只是暂时打出一条不太理想的剧情线而已,没关系。

夜幕完全降临,湄南河上的船只越漂越多,到了可以去看萤火虫的时候。

他们人多，分成两条船。盛子煜眼巴巴地跟着姜蝶上了第一条船，船尾三个人，还剩最后一个位置，紧接着上船的人居然是孟舒雅。姜蝶没想到她还能安之若素地在盛子煜身边坐下来，这脸皮无人能敌，倒是盛子煜表情不自然地咳嗽两声。

姜蝶实在不想惹一身骚，干脆起身想换位置时，长尾船在艄公熟练的操作下开出，忙碌的河水又被割出数道裂痕。

姜蝶悻悻地往后看还在陆续上人的第二条船，蒋阁已经在船头坐下，身边坐着饶以蓝，两人交头接耳。蒋阁居然在笑。姜蝶忍不住翻了个白眼，怎么前后左右都这么闹心呢？！

船从狭窄的河道开出，来到宽阔的湄南河流域。两岸越拉越宽，岸上集市摊位不见了，居民的角楼取而代之，影影绰绰两三点昏黄，倒映在河流里成了破碎的星星。喧闹的叫卖声也逐渐消失，四周只余涌动的水流，还有蝉鸣。开到一半时，尽管还有微弱的灯火，姜蝶已经看不太清周遭。她连忙打开手电。

等船再往枝丫嶙峋处开时，艄公关掉了引擎，也不再划桨，他用手势示意众人把所有光源关闭。原来他们观赏萤火虫的地方到了，这一片就是萤火虫栖息的海桑，有很多的萤火虫密布在这儿。

不得已，姜蝶只能按掉手电，周围的亮色荧幕也相继暗下去，惊叹声却跟着起来。

"哇，真的有亮。"

"我是穿越到动画里了吗？"

"啊啊啊啊好浪漫，如果此时我有个男朋友坐我旁边就好了！"

姜蝶听着耳边此起彼伏的感想，茫然地往四处望了一圈，哪儿呢？萤火虫在哪儿呢？明明眼前只有一片落寞的黑。又是这样，她的世界从她出生开始，只被悬挂了一盏低瓦数的老旧灯泡，也许是被人遗弃的一盏灯，发不出光。因此经历的黑夜也总是伸手不见五指，比别人繁星满布的天空黑上许多。

孟舒雅注意到姜蝶看不清周围的样子，突然抓起盛子煜的手，和他十指交缠。盛子煜一惊，双目瞪大地看向她，本想甩开，却在接触到对方水波粼粼的眼睛时软下力道。姜蝶只听到旁边传来一点点动静，偏过头，又毫无反应地掠过。

后来的长尾船上，蒋阁看到的就是这样一幅画面——

前面那艘船的船尾，三个人，盛子煜坐在中间，手臂和孟舒雅挨得过分接近。也许别人不会在意，但曾撞破过他们私情的蒋阁，却完全猜到他们隐下去的手在做什么。而另一个人，端坐泊在满树流萤旁的船边缘，还傻乎乎地转着脑袋，看向和其他人截然不同的方向，凝视着一片光秃秃的夜幕。

身旁的饶以蓝领略着这份静谧的浪漫，眼前是星河，身边是月亮，生在最高岭上的花都在此刻自愿离根坠落。她沉醉地歪向蒋阁，却发现他并未在看萤火虫，而是注视着一片什么都没有的河面。

她奇怪地问："你不喜欢萤火虫吗？"

蒋阁闻言回过头："还可以。"

"那你怎么不看呢？"

他说："我在看。这里面混入了一只蝴蝶，刚往那边飞了。"

蝴蝶，又是蝴蝶。

饶以蓝一怔，想起了被秒删的那条博文。

事出反常必有妖，女性的第六感昭示着某种不对劲。

她咕哝："那个东西有什么好看的。"

"不好看吗？"蒋阁的眼睛在无光的夜幕下更显深邃，"也许是你没看过蝴蝶最迷人的时候。"

"哪个时候？"饶以蓝惯性回答，"破茧吗？"

他沉默很久，才说："没到，是最接近破茧的那个瞬间。"

一直被困在蛹里，已经筋疲力尽，不知道能不能活下去，翅膀还未长成，但仍是微微振翅想要冲破的那个瞬间，也是他永远都无法抵达的那个瞬间。

饶以蓝似懂非懂，只好转移话题道："你能帮我拍张照吗？这儿很适合合影留念。"她特地补充："用你的手机。"

在拜县那个玩真心话大冒险的夜晚，虽然她提前离场，但蒋阁相册里有姜蝶照片的八卦是那两日大家孜孜不倦提及的谈资，她也难免知道，并对此耿耿于怀。既然姜蝶都可以曾经留在他的手机里，那么她更可以，但说出口的试探还是带着几分怕被拂面子的紧张，万幸的是，蒋阆并没有表现出任何不乐意。

他按开闪光灯，对上笑容满面的饶以蓝。

他们在水面上晃悠了一个小时，长尾船在夜风中返航，灯火现世，重返人间。姜蝶松了口气，这黑灯瞎火的行程总算结束了。他们率先下船，在岸上等着。很快，后一条船也慢悠悠漂至。当姜蝶看清船上的情形时，原本有些无精打采的神色突然惊醒——蒋阆居然在给饶以蓝拍照，而且不是那种敷衍式的拍！饶以蓝换了好多种姿势，他便跟着调整，一连拍了一路，拍下的照片多到微信传图都传不完，以至于蒋阆直接说：“太多了，我隔空投送给你。”

姜蝶在心底暗自呵呵。

当时借他手机拍个照，他只是随手一拍，还忘把照片发给她。轮到拍饶以蓝了，却毫不吝啬，及时反馈，这中间也不过差了今晚漆黑的河道。到底这湄南河有什么魔力，是里头撒了迷药吗？姜蝶百思不得其解。手机微微一振，她随手一瞥，瞪大眼，跳出来一条请求："wasteland"想要共享 34 张照片……这个用户名，是蒋阆吧？他不是应该发给饶以蓝吗，手滑了？

她偷偷瞥了眼正在下船的蒋阆，他神色如常，好像还没意识到自己发错了。她心一横，点了同意。好奇心害死猫，她倒要看看有什么好拍的，能拍这么多。

手指一张一张滑过去，虽然不想承认，但蒋阆确实很会拍，也许是面对着喜欢的人的镜头，饶以蓝的神态都比以往可爱三分。

翻到在萤火虫和海桑那片区域拍下的照片时，姜蝶手指一顿。闪光灯下，饶以蓝得意又惊喜地盯着镜头，背后带到了另一条船的船尾。那两个熟悉的背影过分亲密地挨在一起，双手的姿势完全可以想象到是什么走向。而自己居然也入镜了，毫不知情地坐在一边，活脱脱一个被愚弄的傻子，姜蝶气得手机差点摔下河，无关感情，完全是被那两人当二傻子愚弄的愤怒。

另一边的饶以蓝刷着手机，迟迟没有等到隔空投送的请求，疑惑道："是手机出问题了吗？我还没收到……"

蒋阎垂着眼，确认手机上"butterfly"那个小人头旁边显示"已接收"的字样。

他这才道："抱歉，没怎么用过这个功能。好像发错了。"

15

"butterfly 是你吗？"

姜蝶还在气得发抖，蒋阎捏着手机过来，指着上面"已接收"的用户。她瞬间冷静，心虚地摸摸鼻子："是我。我刚没看清呢就不小心点到了。"

"发错了。"他抱歉道，"麻烦删一下。"

"等等！"姜蝶突然想起，"那是不是还没发给饶以蓝？"

"正要发。"

"呼……"姜蝶拧起眉，短短叹了口气，咬着牙说，"这一张照片，你别发给她。"

她调出的正是那张令她火大的照片。气归气，下意识里，她还是冷静地保持着理智，告诉自己得控制事态。无论她怎么做选择，这件事最好别再扩大给其他人知道，避免没有退路。

蒋阎微微一愣："为什么？"

他定睛看了一眼那照片，显得像是才发现上面耐人寻味的地方，也许他觉得这一幕很匪夷所思，才难得八卦地停驻脚步，忍不住问她："这样还想着维护他？"

我维护的是流量……姜蝶情不自禁地流露出一种无法解释的为难。从蒋阎低头的角度，看见的却是她晃荡的睫毛在轻轻抖着，在背光的位置瑟缩出一种为情所困的哀婉。他点开手机操作，眸色渐暗，像海桑上停歇的萤火虫，手机屏幕亮起，荧光就灭了。

"不用担心。"蒋阎恢复波澜不惊的面色，"我已经删了。"

不知为何，蒋阎离开后，姜蝶突然失去了情绪，懒得去计较那张照片，所有的感官只够用来反复品味蒋阎前后两句语气的差别。最后的那句"删了"，好像把他对她所有的情绪都跟着一键删除，冰冷到令人发指。为了验证不是错觉，在回曼谷的汽车上，姜蝶径直走到最后一排，这是蒋阎习惯坐的位置。

盛子煜已经坐下，疑惑地目送着姜蝶目不斜视地擦过自己，忍不住想：难道是船上的事情被发现了？他心虚地踌躇间，已经错失了开口的机会。孟舒雅见状，已经坐下的屁股一抬，挪到了本该属于姜蝶的空位上，还自觉打了胜仗似的，回头看向她，可惜姜蝶的心压根就没在战场过。

姜蝶一味看着车窗外，余光跟着上车的队伍移动，落在最后上车的那个人身上。汽车未坐满，蒋阎最后上来，扫了整个车厢，破天荒地坐到了前排。这一瞬间，姜蝶确认，她可能被讨厌了。她不知道自己戳到了他的哪个"雷点"，也许是因为模特的事情蓄意接近他，或许是对渣男的包容让他深觉这种女人不可理喻。

蒋阎环视车厢时两人的视线不经意对上，他瞳色很浅，车窗外街灯流过，像照亮一颗玻璃弹珠。但对视上时，弹珠滚入深渊，变成深黑的，被层层叠叠的情绪包裹着，让姜蝶捉摸不透。譬如此刻，她也捉摸不透自己为什么会如此心烦意乱。她模糊地归结于，只是预见打好的如意算盘要成一场空的无力感。

从安帕瓦返程的一截小车厢里，所有人几乎都在小憩，只有寥寥几个人还清醒着，蒋阎就是其中之一。他随身携带的颈枕消失了，因此睁着眼，戴着耳机靠在座椅上，神色有几分倦怠地望着街景流逝。随着两旁景色变幻，他的神色变得越来越古怪。

车窗外，车开进曼谷某条街道后人流明显增多，他们手上举着写满了红色感叹号的声明板，还不停传递着安全帽。短短几小时，在他们去安帕瓦的半天时间，曼谷城内就翻了天。

蒋阁敏锐地掏出手机搜索，国内的新闻还没那么迅速，但外网上已有相关报道：泰国人近日不满的呼声愈演愈烈，为此组织了大规模的游行示威。

"起来，别睡了！"随着蒋阁这一声，车厢内霎时间乱成一团。全是涉世未深的大学生，哪见过这种场面？瞬间以为是恐怖分子围追。

"没事的！"蒋阁一把掐灭了惊惶的火苗，"只是泰国人在示威游行，应该不会有太大的安全问题。我们先下车。"

汽车被堵在人民胜利碑这一带开不进去，前头是一溜熄火的车流。从这儿到民宿其实还有很长一段距离，但在这里等候不知道何时能疏通的马路实在太冒险，有游行示威的街道和平时完全是两个世界，必须尽快远离。大家互相推搡着，争先恐后下车。姜蝶因为坐在车尾的位子，被挤到了最后。她迷糊地醒过后来，第一反应也是害怕。人对未知总是充满恐惧，尤其是传说中的游行示威，在寥寥的道听途说中，它总难免和流血挂钩。

那些上街的人是真的怀抱着斗争的信念，为此不惜以自己的生命为筹码，和警察和军队拼个你死我活。

她没有那种高于个体的理想，只是个贪生怕死的普通人，更不愿意因为一场他国的祸乱成为被殃及的池鱼。等下了汽车，声浪扑面而来，他们被陌生的人潮挟裹，那种完全浸入的恐惧感就更强烈了。

蒋阁打开手机手电，高举手臂："你们注意这灯光，跟着我，不要走散！"

经过短暂骚动，他们发现四周的人好像只是在街上聚众走着，虽然喊着口号、挥舞着声明板，但并没有额外过激的动作，也没有对他们这些外来客表示出攻击的意思，又稍稍安下心来。

"我们别跟着人群走，想办法走出这片区域，再看怎么到民宿。"

蒋阁三言两语决定去向，用手机地图导航出了一条路。他从头至尾的平静神色，比世界上所有的镇静剂都管用，至少在这一刻，稳定了众人的情绪。就在他们跟着蒋阁即将走出拥挤人潮，以为能平安无事地回去时,变故突至。对面街道拥入了一群穿着黄色衣服的人,高举旗帜,一下子就冲散了原本井然有序的示威队伍。

后来姜蝶才知道,这批人和那些示威者的立场完全背道,也更激进。但在当时,她什么都不知道,只是茫然地看着他们凶猛地横插过来。看似温和的油锅里冷不丁冲下满溢的水,于是瞬间炸了。他们扭打在一起,气势很凶,她此时还有不着边际的玩笑心思,下一刻,一声从天空传来的枪响遏制了她的所有思绪……那是枪吗?她不确定。

人生中第一次如此近距离地感受到枪声,不是看电影电视剧时从混合音响中传过来的,而是切切实实震耳欲聋的枪声。那声音比她二十年来听到的所有声音都来得尖锐,撕破了所有人绷着的假面。

整片人海都跟着死寂了一秒,接着是波涛汹涌的激愤、惊恐、失措,层层叠叠地沿着这片街道弥漫开。不知道还会不会有下一枪,也不知道下一枪从哪个方向开过来。生命岌岌可危,死亡突然变得触手可及,又让人觉得荒谬,怀疑这一切的真实性。

枪声落下的那一刻,学生会的众人都遵循着求生本能,有的就地蹲下,有的疯狂逃窜,大难临头各自飞。

蒋阎一直勉力维持的秩序刹那坍塌。

姜蝶跟在队伍的末尾,眼睁睁地看着整个队伍散掉,三三两两地携手跑开。而她在最后落了单,不知道该往哪个方向继续走。

四面楚歌,求生欲驱使着她也仓皇地抱头躲到人稍微稀疏的路边,那里有一家已经关门的饰品店。姜蝶颤巍巍地抵上瓷砖墙,背部触碰到东西的感觉让人很安心,仿佛抵达了庇护所,她稍微喘了一口气,然而下一秒。

"砰——"

又一道声音近在咫尺,轰在耳膜,她身后正上方的橱窗随之绽开成一片蛛网。姜蝶吓蒙了,以为是第二枪朝这边开了过来,心脏在刹那间经历了一次剧烈地震,震到大脑发麻,两脚瘫软,连呼吸都开始困难。同一时间,一道字正腔圆的中文夹在一片叽里呱啦的混乱声浪中,吸引了她的注意力。

"——不要躲在这里！"

姜蝶还没反应过来这话是在对着她说，眼前一晃，整个人就被拉了起来。而刚才栖身的区域，一块巨大的石头落在离她不远处的位置。原来，刚才击碎橱窗，发出巨大的声响的并不是枪，但也好不到哪里去。有人在这个节骨眼袭击橱窗，想趁机偷抢。差一点点，那石头就会落到她脑门上。她的手被前头的人握紧，跌跌撞撞地往另一个方向走，交合的手心湿漉漉的，湿滑得快抓不住彼此。姜蝶的视线从手心往前移，飘摇的街头，挡在她前头的人，一向平整的肩头乱出了褶皱。

他冷静地同她说："脚步稳住，不要跑。这个时候要保持冷静。"

"嗯……好，好的。"

她语无伦次地答应，心跳超速，即将开始飙到危险地带。不知道是因为害怕这场混乱的示威，还是因为刚才电光石火间发生的意外，抑或是……此刻抓住自己手的人是他，是蒋阎。

他是唯一那个没有忘记她的人，是在所有人都向前冲的时候，回过头，从最前面也要逆着人群走到末尾，来带走她的人。

他没有独自逃亡，也没有抓住别人，偏偏来带走她。

或许是因为这一路从头开始她就没有让他省过心吧，他已经给她贴上了"麻烦精"的标签，最后也格外关照她这个麻烦精。照这么说，她这一路的小手段也算起了点作用。姜蝶忍不住自嘲地想。

蒋阎带着她鬼使神差地绕开了刚才两拨人的中心冲突区，但因为是走路，并没有走出太远。很快，有一拨准备来平息镇压的当地警察赶到。他们手上拿着高压水枪，不分青红地就往街道上扫射。原本已经冷却的场面又开始失控。

这不是被路边的洒水车溅到那么简单，被压力很强的高压水枪射到虽不至死，但也无法安然无恙。而且水枪的扫射面积大，躲避起来很困难，中招的人倒了一大片，叫声不绝于耳，姜蝶条件反射地捂住一边耳朵。

"这下我们得跑起来了。"蒋阎观察了一条逼仄的小巷，"从这儿绕出去。"

姜蝶放下手,咬咬牙,提步就要跑,蒋阆仓促撂下一句"等等",摘下他的两只耳机,匆忙塞入她的双耳。嘈杂的兵荒马乱声忽而落潮,吉他和弦跟着小巷里倾斜的月光,将世界清洗一空,这个曲子似乎蒋阆一直在听,此时到她耳中,已经播了一半,正是歌曲的高潮——

  So their's one last chance
  (这是我们最后的机会)
  Lets get on a rocket ship and ride to the moon
  (让我们搭一艘火箭,奔向月亮吧)

他用温柔到死的情歌堵住她的耳朵,遮挡子弹、水枪和惊叫,拉着她,轰轰烈烈地穿越堆满杂物的逼仄小巷,开始向前奔跑,将这出惊悚逃亡改写成最浪漫的故事。只可惜,火箭没有,但他们仍是万幸地搭上了一辆双条车,上面已经载满同样惊慌的外国游客。

蒋阆揽住姜蝶的腰,一提臂,将她先送上去,紧接着自己抓着双条栏杆,轻松地一跃而上。其他人也没有计较,勉强再给他们俩分出两个座位。

两人面对面坐下,在动荡的曼谷街头沉默地凝视对方的脸。奔跑后的呼吸还未平复,灼热的气息在沉闷的双条车上交缠,混合着闷热的晚风,好烫。

双条车拐进一条窄道,是即将收摊的花街,卷帘门落到一半,从早放到晚没卖出去的兰花悬于门口。原本车是不便进来的,但街头已经杂乱无章,为了尽快远离动乱区,司机师傅只能不走寻常路。于是,双条车擦着兰花而过,卷起的气流将花叶吹落,好几瓣纷纷坠地,还有一瓣,擦过蒋阆的眼皮,伶仃在他的肩头。

他取下花瓣,看了看,突然抬眼又望向她,带着微微的喘气声,说:"伸手。"

姜蝶很蒙地伸出汗津津的手,这一路,他的指令已经成了她遵循的本能。

"今晚表现得很勇敢。"他把花瓣轻摁进她的手心,"这是学生会给你的荣誉徽章。"

耳边的音乐还在继续。

> Lost in stars reaching for who we are
> (迷失在星河中,寻找真正的我们)
> Lost in Mars never going down for awhile
> (迷失在火星上,永远不坠落)
> Won't you follow me my dear
> (亲爱的,你能跟随我吗)

姜蝶在这个泰国男人的歌声里,恍惚地回忆起他们刚刚到达曼谷时,迎着32摄氏度的热浪,有人抱怨问,夏日到底是用什么来计算的,是月份、气温,还是蝉鸣、啤酒、烟头、海潮、霓虹……这些东西闪烁的无数个瞬间?

若是让她来回答,此时此刻,她一定会说——

是心动。

16

那一晚,他们接近凌晨才有惊无险地回到民宿。多亏他们人多,能容纳多人的独栋民宿在比较偏远的位置,远离市中心,不在示威范围内。大家陆陆续续地回来,不幸中的万幸,没有人受伤。

姜蝶和蒋阆是最后两个回来的人。她一进客厅,盛子煜就迎上来,支支吾吾了半天,只憋出一句话:"幸好你没事。"

姜蝶此时毫无力气,平静地"嗯"了一声。动乱发生时,她可是亲眼见证他不顾三七二十一赶紧跑的。她决定正式将别墅里停电的那段回忆从脑海里删掉,这样多少好过让盛子煜一次一次地亲手毁灭那一点温情，就当它从没存在过好了。

他们之间就是非常单纯的商业合作伙伴，但经过今夜，她对这个关系的定义也要画上一个句号。

众人聚在大厅里，蒋阎对大家致歉道："团建是为了给大家留下一次愉快体验，但没想到会有这么危险的事情发生……我有很大责任。"

"不啊会长，你又不是神，哪能面面俱到都算得准？"

"就是，这关会长你什么事，你又出钱又出力的，怎么还自责上了。"

"其实还挺酷的不是吗？我们可能一辈子都遇不到这么刺激的事。我还觉得赚了！"

劫后余生的他们面面相觑，相视一笑，互相打趣着说彼此都是生死之交。

除了蒋阎和饶以蓝，谁都没有上楼回房间，检查好民宿大门，转移到花园里的泳池旁，开了一地啤酒，推杯换盏，试图用这样的方式平息过量的肾上腺素。

十多公里之外的街道逐渐平息，这方圆之地却开始喧闹，有的人喝疯了，直接开了啤酒把它倒入泳池，一罐又一罐，深蓝的池水除了消毒水的味道就剩下酒精，但很好闻。姜蝶赤着脚坐在冰凉的泳池边沿，拿起滚落的空酒罐，上面是看不懂的泰文，但凭着图案上的三只西柚，她辨认出这是西柚味的酒，好独特的味道。

"扑通——"泳池边，一个男生大呼小叫地栽进水中，开始朝岸上的人泼水，一场莫名其妙的泼水大战就这么开始了。

少年人可能就是这样，能将所有极端压抑的情绪放大，却也能一瞬间瓦解，忘掉忧愁，忘掉惊恐，不在意示威者谁占据上风，却会耿耿于怀躲闪不及的我被你泼水泼了满怀。

姜蝶从岸边起身，免得再被混战波及。但是她的夜盲又拉了后腿，昏暗的光线下她踩中了满地的啤酒罐。

"扑通——"视线倾斜，左耳跟着浸入冰凉的水，她被泳池抱了满怀。盛子煜见她落水，有几分讨好意味地在岸上撩水来泼她，反正她已经湿了不用怕，意在让她回泼。姜蝶懒懒地瞥他一眼，没有动，游到了安静的一角,仰躺其上,和水流一起静止。

盛子煜愣愣地注视着,直到她闭上眼睛,就这么浮在夜晚的泳池里,白色罩衫被水流揉开,托着她的身体,就像月光下的一朵睡莲,看上去那么平静,睡着了一般,可平静之下皆是暗涌。

姜蝶手心里紧紧攥着那枚兰花瓣,不得不向自己承认一件事——自己好像对蒋阆动心了。她很确认,这并不是吊桥效应所激发的错觉。

其实在别墅的那个台风夜,或者是更早之前,她第一次见到蒋阆的时候,就已经方寸大乱了。她清晰地记得,第一次见到蒋阆,是大一第一学期的期末——十二月二十四日,平安夜。

那天天气非常冷,海边城市很少下雪,但天气预报一早播报,当日有强烈的冷气团南下,也许今夜会落雪。

姜蝶和系里玩得好的朋友卢靖雯特意约了有落地窗的餐厅吃饭,吃到一半,窗外的确飘起了似雨非雨的雪片,在空中是晶莹的白色,到了地上就成了雨,转瞬即逝,并不壮阔,但足以让几乎没见过雪的人痴迷地盯了好久。

卢靖雯打趣说:"这么浪漫的初雪,你居然跑来和我看,你男朋友不会吃醋吗?"

"他今天有学生会的期末聚餐。"

卢靖雯拉长声音调侃:"嚯——原来我是替补。感谢你关爱单身狗,还想着我。"

手机骤然响起,说曹操曹操就到,打来的电话备注上显示的是"男朋友"。

他们之前刚录过一期互相查看对方手机的 vlog,为避免露馅把该改的都改了。因为有人在,她接起的语气也格外温柔:"喂,子煜。"

对面传来的男声却不是盛子煜。

"你是他的女朋友吗?"

一个非常冷静的、很陌生的声音。

"……是,你是?"

"我们正在聚餐,他喝醉了。"对面直接说,"据说他不住宿舍,可能得麻烦你来接他一下。"

他报了一个地址，就在附近不远的街区。姜蝶无奈，说了声"就来"，匆匆地和卢靖雯道歉完赶过去。对方说的聚餐地点是在一家日料店，她在打车软件里输入地址，车子在薄薄的风雪里前行，停在一个樱花形状的灯笼前，灯笼下的招牌刻着日文——はつこい。正好有人推门出来，撞动风铃和夜色，她刚好下车，转头对上青年，黑色大衣，白色的高领羊毛衫，脸颊因为喝过清酒而微红。

也许因为见到他的第一面是雪天，寒气让她误以为撞上了一座冰川。

后来姜蝶才知道，那天出来透气的人，就是给她打电话的人，他叫蒋阁，一个活在别人口中的人物。而那天她去的日料店店名，翻译成中文，叫"初恋"。

姜蝶一直以为自己是个很坦诚的人，想要什么，就想方设法地去争取。无论是想要获得成绩，还是受人关注，她从不遮掩自己内心的声音。蒋阁却是她第一个，潜意识里想要逃避的欲望。

从见第一面开始，到别墅的台风天，不长不短的时间内，她都只是远远观赏，抬头看一眼月亮，感叹一句"今晚月色真美"。直到在曼谷的市场上，她假公济私地决定邀约他当自己的模特。其实，那个人选并不是非蒋阁不可，只是可以让她有一个心安理得、自己可以接受的借口去靠近他，催眠自己——我不是喜欢他，我和其他想要靠近他的女孩子不一样。越要彰显独特的人，其实越对自己捉襟见肘，所以，连最纯粹的心动都要拙劣地藏起来。

泳池里不知道从何时起，已经安静了，只剩她还孤零零地躺在泳池里，和几个空的易拉罐为伴。姜蝶睁开眼睛，一道颀长的身影站在岸边，就算是这么从下往上看的刁钻角度，也过分迷人。

"再泡下去，就要皱了。"蒋阁皱着眉，"刚才我说的话有听见吗？"

"啊，你刚才有说话？"

她甚至都不知道他是什么时候下来的，也不知道泳池里的这些人是什么时候离开的。她没听见任何动静,已经完全浸入了自己的世界。

"……我刚刚把大家的机票改签了,明天就回国。"他意有所指,"尤其是你,需要早点回房睡。"重点误机对象。

"我腿好像有点抽筋。"她将湿漉漉的手伸向他,"能不能拉我一把起来,蒋阁?"

他听到她的改口神色微怔,因此搭向她的手毫无防备地被攻陷。姜蝶眼神闪烁,借着力道,猛地往下一沉。

泳池躁动,倒映着下弦月的水面被跌入的月亮打破。

蒋阁惊愕地从水里浮起,连刚才在逃亡中都无比镇定的神情出现一丝裂痕,落在姜蝶眼里,有几分可爱的傻气。

"刚才我们在打水仗。"她笑嘻嘻地说,"现在我已经赢下一局了。"

她湿漉漉地泡在泳池里,而他那么干净,刚洗过澡,身上是一件松垮的白色T恤,倒映着池水粼粼的波光,无端就看得人手痒,想把他拉下来,拉到自己身边。

反正已经被讨厌了,不差再加上这一条罪状,就让她"麻烦精"的印象在他心里留得再深刻一点。总好过像一粒沙子,被风吹走后什么都留不下。

蒋阁的脸庞向下滴水,眼色清亮,没说话,定定地看了姜蝶好一会儿。她被看得忐忑,刚鼓起的勇气尿下去,拍着水往岸边游去,一声不吭地选择了逃跑,结果她还没游两下,领子就被揪住。蒋阁很高,瞬间的失重后就稳稳站在泳池里,轻松地将她拦在池边缘:"做了坏事就要跑?"他的声音很轻很慢,听不出是不是真的生气。

"……对不起嘛。"

"下不……"

他的"为例"两字还未脱口,姜蝶侧过身,斜挑着眼睛向上看着蒋阁,快速地说:"下次还敢!"

人生中会有许许多多个周而复始的夜晚,它们的存在其实只是为了证明,有那样一个夜晚前所未有。一旦经历,也许毕生都走不出那个良夜。

离开曼谷的前夜，就是这样的一个夜晚，让姜蝶不得不向它投降，向自己藏无可藏的喜欢投降。

从曼谷回来后的一阵子，姜蝶收到了无数粉丝的催更私信。

她去泰国之前就在微博发布过预告，说会很快更新 vlog，然而早已经过了约定的那个期限。她发微博说旅途中遇上意外，相机在慌乱中丢失了，素材没来得及备份。粉丝们纷纷安慰平安就好，不奢求其他，但一部分嗅觉敏锐的粉丝开始私信追问她和盛子煜是不是分手了，恳求他们如果出了问题要好好沟通，不要意气用事。盛子煜也收到了粉丝的类似私信，却不敢直接来找姜蝶问怎么了。他以为姜蝶只是短时间的置气，毕竟这事儿确实是他做得不地道，然而几天之后，他在微博上刷到了姜蝶的"分手"视频。

视频的内容很短，只有几分钟，姜蝶素面朝天地坐在镜头前，很平静地宣布她和盛子煜因为这趟旅行发现彼此性格不合，所以和平分手。她还奉劝各位粉丝谈恋爱一定要去旅行，这是检测你和伴侣适不适合长久走下去的试金石，说得有鼻子有眼，好像真是那么回事儿似的。姜蝶将视频发出去之后不出一小时，一直在微信里装死的盛子煜就诈尸了。

他说"我们见一面，谈一谈"。

姜蝶回复"可以"，直接给他发了"繁花"的定位，这是学校内一处还比较优雅的西餐厅，因为价格高昂，去的人很少，很适合谈事。十分钟后，盛子煜气喘吁吁从东边的教学楼赶到，课上到一半还没点名就溜了。还未到饭点，一看四处无人，他把手机往桌上一拍，粗声说："你解释一下。"

"怎么了？不然要让我说不是和平分手而是你'劈腿出轨'吗？"

盛子煜咬着牙："不是说好了到大二学年结束吗？你发这个之前不应该和我商量一下？我们又不是真的分手，提前停止合作难道不该事先告知？"

"那你和孟舒雅决定搞到一起，是不是也应该事先告知？"姜蝶笑得无比温和,"我只是以其人之道还治其人之身。"

盛子煜还想说什么,上菜的服务员打断了他的慷慨陈词。他沉默了一会儿,姜蝶慢条斯理地吃着菜,语气特别平静。

"盛子煜,我自问没有比我更靠谱的合作伙伴了,哪怕分开我也给你体面,这点你必须得承认,不然我有很多种方式让你惨淡收场。"

姜蝶耸了耸肩,其实她倒不是真的善良,只是习惯做人留一线,日后好相见。毕竟她如果真的做绝,盛子煜反咬一口,伤敌一千自损八百,终究还是会反噬到她自己,所以,倒不如说点漂亮话,卖他个人情。

盛子煜见她神色和气,自以为还有挽回的余地,反而更加来劲。

"你不能这么单方面武断。如果你很生气,我向你郑重道歉。"他殷切地说,"只是希望你能再理智考虑一下,我都处理完我这边的状况了,共赢的局面为什么不要?"

姜蝶早已开始专心吃菜,剩他一人喋喋不休,说到后来完全把姜蝶惹烦了。

她不耐烦地撇出一句:"你那叫处理吗?非要我直白说出来,在船上萤火虫那儿!"

他脸色一白:"那是个意外。真的,我下回一定可以处理好的。"

"即便如此,但我处理不了我的。"

"……什么意思?"

姜蝶快速地解决完一份意大利肉酱面,放下叉子,擦擦嘴,背上帆布包,起身居高临下地对着他:"吃这么慢,这顿散伙饭就你买单哦,谢谢请客。"

"喂!"盛子煜恼怒地叫住已经离席的姜蝶,"你最后把话说清楚!"

她顿住脚步,叹口气,无奈地回身说:"我的话那么难以理解吗?我处理不了我的,意思就是——

"我和你不一样,我是真的有喜欢的人了。"

17

她和盛子煜分手的事情很快沸沸扬扬地传遍校园，成为食堂饭后和宿舍楼夜间的谈资。毕竟他们是网红情侣，看戏"吃瓜"的人少不了。分手的理由被私下编派了好几轮，所谓的性格不合说出去谁都不信。只是姜蝶不住宿舍，也就不知道这些风言风语。她知道这些，还是和卢靖雯约饭的时候。

卢靖雯气愤不过地说："男人真的都是狗东西。想当初我还感叹你们真的是神仙爱情。"

姜蝶疑惑道："怎么突然骂他？"

"你就别帮着他说话了，我们俩关系这么见外吗？真正的分手理由到现在都瞒着我。"

卢靖雯爱吃，经常能挖掘到一些不错的餐厅。姜蝶偶尔会和她约饭，一来一去，两人在院里成了关系最近的朋友。但即便如此，关于和盛子煜是契约情侣的事情，她也没有跟卢靖雯透露过。这种弄虚作假的事情，多一个人知道就多一分翻车的风险，所以她谁都没透露。哪怕现在合作已经破裂，她也得粉饰太平——管杀也得管埋，就让真相烂在地底下吧。

姜蝶只好继续打哈哈："哎呀，真的就是我视频里说的那样，旅游一趟发现哪儿哪儿都不合，干吗继续浪费彼此时间？"

"你别强颜欢笑了。"卢靖雯终于忍不住说，"我都听说了，在泰国的时候盛子煜背着你和一个学妹好上，给你送了顶大绿帽。渣男贱女，呸！"

姜蝶有些许惊讶，这件事除了他们三个人，知情的也就是蒋阎，但他是绝对不可能把事情抖搂出去的。

"这你从哪儿听说的？"

卢靖雯看到她的神色，顿时觉得事情板上钉钉，果然和流言一致。

"他俩现在走得很近你不知道吗？男人能无缝衔接肯定是事先出

轨了啊！"她更加来气，"明明你是受害人，那帮八婆还说是你魅力不如那个学妹，看不住男人，你说是不是有病？"

姜蝶握紧筷子，一瞬间怒火冲上天灵盖，深呼吸一口气，将饮料连冰块一起喝到嘴里。她从来不是个潇洒的人，在面对这些恶评时总是无法做到无动于衷。她死要面子，她承认，但今天约卢靖雯出来可不是来听卢靖雯帮自己痛骂出气的，有更重要的目的。

姜蝶把冰块在嘴巴里嘎嘣嘎嘣嚼碎，才冷静下来，平和地说：

"不要因为盛子煜'地图炮'男人嘛，男人也有好的，比如你新交往的那个文飞白就不错啊。"她状似努力回忆，"我记得好像是大三建筑学院的？"

"嘁，他也是狗男人。"卢靖雯一下一下戳着碗里的饭，"这才刚交往多久，天天说自己忙，没空陪我。"

姜蝶拉长语调："怪不得今天约你你马上就出来了，看来我就是个替补——"

"这话我好像在哪儿听过……"

姜蝶继续循循善诱："建筑学院大三真的这么忙吗？他们一周有多少课啊？"

"那我不知道欸。"

"你居然没要来他的课表看吗？这不是给他撒谎的空间吗？"姜蝶一脸严肃，"男人还是要适当管一管的，血泪教训。"

卢靖雯一听就慌了，低头掏出手机啪啪打字："你说的对，我现在就问他！"

不一会儿，对面回了一张课表，卢靖雯比对之前的聊天记录，松了一口气。

"幸好他没撒谎，不然我打断他狗腿！"

姜蝶不经意道："是吗？真有这么忙啊？"

卢靖雯把手机转给姜蝶看，上面是详细的课表内容。文飞白的课表，也就差不多是蒋阁的课表。姜蝶不动声色地记下来。到了结账时，她抢着买单，卢靖雯不同意。

"你都失恋了,这顿该我请你!"

姜蝶此时郁结的心已经舒畅,乐呵呵地说:"不不不,我来。"

姜蝶打定主意要正式吹响攻略蒋阎的号角,不仅是邀请他当模特这件事,更是邀请他当自己男朋友。如果说前者的难度是带着缆绳攀登,那么后者就是徒手攀登酋长岩——令无数攀登者痴迷却又坠落的死亡之峰。姜蝶觉得用它来比喻蒋阎再合适不过,但她并不畏惧。既然已经坦然承认这份喜欢,她就会去争取。

喜欢不分资格,她始终认为它就是一种纯粹的、即便隔着天堑沟壑,也可以用力奔赴的情感。

因此她走出了第一步,和盛子煜划清界限。

虽然这一步她很难评价自己走得对不对,宣布分手的那一拨高峰流量过去之后,粉丝掉了很多,一些原本想找她合作推广的商家也纷纷没了音信。但她奇迹般地,反而松了一口气。对于那些取关的粉丝,她感到很抱歉,但同时终于没有了自己还要再欺骗他们的愧疚。以这样忍下恶心的方式结束,大概也算一种自我惩罚。她欺骗了别人,就该受到点苦头。至于谁去惩罚恶人,那关她屁事?恶人自有恶人磨,但她不会去做那个恶人。

钱肯定赚得不会如之前多了,不然就得接更多的广告,但是对应的就是会流失粉丝,恶性循环。

但也许这也是跳出舒适圈的一个契机,割舍和机遇总是连在一起的。再怎么说她还是有粉丝基础,趁机逼迫自己再努力地策划新的卖点吸引新粉丝,总比小透明时期来得容易些。第二步她也走完了,掌握蒋阎同系同学的课表,就大致知道他在校园里的动向,现在就是学以致用的时候了!

她特意挑了他没上课的时间,发了一条微信过去。

小福蝶:师哥,请问下奥川泰弘的这本《景观模型的创造与制作教范》你有吗?

小福蝶:淘宝和当当我都搜遍了,这本书缺货

"你撤回了一条消息。"

小福蝶：淘宝和当当我都搜遍了，这本书缺货。

她当然知道他有这本书，当时在机场他还拿着看。也许因为她问的是微缩模型相关内容，消息没有石沉大海，而且他还回复得挺快。

衣架：为什么问起本书？

小福蝶：你不是说失恋就需要转移注意力吗？我想学学你的方法。

她这话潜藏着三层意思：一、我现在单身；二、你的话我都有认真听；三、我想研究你的兴趣爱好。

对方迟迟不回消息，姜蝶照例很不爽，她暗暗发誓自己要学习蒋阎，晾他个一天半天再回复，让他体会一下坐等的滋味。等她上完课，吃完饭，回到家，洗完澡，躺上床。

叮——

手机才振动，属于蒋阎的微信发来。

衣架：我有。

小福蝶：方便借我看看吗？

手指快于意识，看到消息的三秒内啪唧几下就打完回复了，姜蝶猛地捶了下床——自己真是出息啊！

看着又冷下来的聊天界面，她决定不等蒋阎的信息直接睡觉，估计睡醒他都还没回呢，她才不要傻傻地捧着手机当"舔狗"。姜蝶预料得非常准确，直到第二天中午她才再次收到返信。

她欢天喜地打开手机，笑意凝固。

衣架：不方便。

？？？

这人怎么不按常理出牌的？！

姜蝶自以为微缩模型是个很好的突破口，男生都很容易在自己感兴趣的方面自满，只可惜蒋阎不是常人，她暂时黔驴技穷，走到了死胡同。

但天无绝人之路，时间不知不觉到了花都大学的秋季运动会，其中少不了学生会操刀。

蒋阁在群里发了条消息,让大家晚上开会,讨论秋季运动会的相关事宜,其中当然少不了协助学生会长的秘书处。说来心酸,这还是从曼谷回来以后,她第一次有机会见蒋阁。姜蝶算了一下,下午上完课,和卢靖雯一起去食堂吃完晚饭,就到开会的时间,分不出多余的时间回家整理收拾。因此她出门前就化了精致全妆,衣服也和平常上课随便套的不同。卢靖雯一见她这副模样,嗅到了异样的气息。

"老实交代,是不是晚上有约会?"

她端着餐盘在姜蝶对面坐下,终于忍不住开始八卦。

姜蝶一本正经:"没有啊,晚上学生会开会。"

"学生会……"卢靖雯"啊"了一声,"我知道了,那对狗男女也会去!"

她显然误解为姜蝶是不想被比下去,不争馒头争口气。姜蝶也没纠正她,大口吃完,掏镜子开始补脱妆的地方,身后有人端着吃完的餐盘过来,刚好她抬着手臂在擦晕妆的眼尾,支出去的胳膊碰到对方,那人身子一抖,姜蝶头顶的小天空下起了一小片酸汤肥牛雨。

三张脸全部傻住。

姜蝶终于回神,从位子上跳起来,那人忙不迭地说"对不起",卢靖雯手忙脚乱地递过来纸巾,一片鸡飞狗跳。还好那人已经吃完,酸汤肥牛已经凉了,不至于烫伤,只是黄色的油混着剩下的粉条沿着头发滑落,姜蝶窒息地一眨眼,睫毛上还飞下一小片泡椒。

"靖雯,借我下你的澡卡……"

这下好了,妆全白化,衣服也白搭,她冲锋陷阵用的装扮毁于一旦。

干脆别去的念头一闪而过,但是……

很想见他。

距离开会仅剩二十分钟,姜蝶迅速冲到澡堂收拾,卢靖雯则从宿舍里帮着拿来新的衣服——一件看着就是要去夜店蹦迪到天明的紧身低胸连衣裙。

风眼蝴蝶

"……这不合适吧？"

姜蝶裹着浴巾和卢靖雯大眼瞪小眼。

"你不是要去压制那对狗男女吗，这可是我最厉害的战袍了！"

"……不不不，我驾驭不来，最好是比这低调点的衣服，但也别太普通了。"

"就眼前一亮的低调呗，放心。我明白。"

卢靖雯噔噔噔跑回宿舍，重新拿了一件回来。

"这是我新入手还没穿的，给你了，够意思吧！"

她晃了晃袖子，上面四个刺绣大字：国民女神。

姜蝶不太好意思穿："这有点自恋吧？"

"不会，我说了是眼前一亮的低调，你看——"卢靖雯接着把卫衣整个一展开，露出胸口的老干妈贴画。得，敢情这国民女神说的是老干妈。姜蝶无语。

眼见就要到开会时间，没时间再挑剔，她无奈把卫衣往身上一套，草草地吹完头发，素面朝天地冲向开会地点。她努力踩着点还迟了一分钟，迎着众人的目光走进会议室，发现长桌已经快坐满，剩下的唯一位置，实在歹毒，就在孟舒雅旁边。对方妆容得体，一身露脐薄毛衣和紧身牛仔裤，烫好的大波浪别在耳后，露出坠下来的长耳环。众人纷纷露出看戏的目光，比较遗憾的是少了下酒菜——盛子煜今天没来。

姜蝶若无其事地顶着"国民女神"往孟舒雅身边一坐，脸上的黑眼圈因为最近熬夜剪广告片子往下耷得老长。她表面淡定，桌下的脚焦虑地轻点着地，虽然不稀得和孟舒雅斗艳，但这样真的很丢面儿，尤其是在蒋阎面前。

蒋阎却压根不在意，坐在主位，眼神都没看过来，确认人到齐后便道："长话短说，我把每个部门这次运动会主要的负责事项和你们简单说一下。"

大家点头，一边听一边在桌下打开微信。

丁弘起头拉了个小群，屏蔽了姜蝶三人开始八卦，好度过无聊的工作会议。

"姜蝶也太自暴自弃了，这穿的什么玩意儿，妆也没化……"

"人失恋的时候都是这样的啦，要我失恋我连会都不来开。"

"那她今天干吗来？"

"孟舒雅都有脸来，凭啥姜蝶不能来？"

"但她这来得太没气势了，看那黑眼圈，也太憔悴了，这是几天没睡好觉了吧。"

"我之前看过他俩的视频，真的挺甜。过去的糖都是现在的刀，想想确实很难承受。盛子煜真不是男人！"

"欸？你们有没有发现这个群人数好像不太对劲儿？"

"啥？"

聊得正欢的众人忽然手指一顿，面面相觑。

丁弘战战兢兢地点开群头像一看——只顾着不要拉那三个，没想到不小心把会长也拉进来了！常在河边走，一不小心就湿鞋了。他想赶紧解散群，蒋阎早就注意到手机嗡嗡振个不停，一边说一边垂下眼，手指划着屏幕。

大家心里一咯噔，完了。

姜蝶不知道这个会议开得暗潮汹涌，只是奇怪地发现开着开着其他人突然面如土色。蒋阎抬起头，语气一顿。就在众人以为他要点名爆发之时，他却云淡风轻地继续讲起刚才的内容，末了道："有个岗位比较辛苦，就是服务站。需要负责桌椅展板和水的搬运，还有结束后的全场卫生打扫工作。"

底下的人纷纷把头埋下去，暗自祈求不要点到自己。蒋阎的视线扫过丁弘，叫了他的名字，微微一笑："这么能组织，重任就交给你了。"

丁弘嗷地惨叫出声。

"散会。"

杀鸡儆猴，刚才使劲八卦的众人心有余悸，一说散会全都溜得飞快，生怕谁又被他点到。

姜蝶穿着这身"国民女神"也没心思再逗留，拉开椅子准备走，就听见背后传来蒋阁的声音:"姜蝶。"

她一愣,没想到下一个被点到的人会是她。

他叩了叩桌子说:"你等一下。"

18

姜蝶忐忑又期待地回头,不知道这等一下的意味是要分配个麻烦的任务给她,还是说有别的私事。蒋阁仿佛才注意到这一身造型,微微皱起眉:"……上次说的奥川泰弘的书,我可以借你。"

"啊?真的吗?"

"嗯,但是学这个东西,真的需要很稳定的注意力。"他整理完东西,和她擦肩而过,"希望你能坚持下去。"

姜蝶当即把头点得快断了,心里忍不住扬扬得意。蒋阁也是男生,不能免俗,大概反射弧比别人长一点,但好歹也是借给她了!他说明天会把书带来学校,让姜蝶来会议室找他拿。

第二天出门时她誓要一雪前耻,打扮得比昨天还要用力,临了还对着穿衣镜照了半天,问姜雪梅:"这样好看吗?"

姜雪梅眉头一皱:"你脖子上怎么戴根狗链子?奇奇怪怪。"

"妈,这叫 choker。"姜蝶哭笑不得,"我出门啦!"

"好,路上小心,骑车别骑太快!"

姜雪梅走到窗边,看着姜蝶蹦跶地走下楼梯,消失在拐角,才捶了下腰。她慢吞吞地把散开的头发盘起,换了件耐脏的黑衣服,紧接着离开了家。

老式的鸳鸯楼里,只有未记得关的窗还吱嘎吱嘎地随风摇晃。

姜蝶今天没课,特意为了拿书来学校,美滋滋地给蒋阁发微信说"我到了"。

十分钟后等来蒋阁回复,不是让她去拿书,而是……

衣架:抱歉,今天拿不了。

姜蝶看到消息的一瞬间目眦尽裂,真的很想砸手机。她今天特意戴了一副价格高昂的超自然大直径美瞳,十片160元,两片就是32元!就这么浪费了?!

微信上却温温柔柔地回复。

小福蝶:怎么啦?

衣架:身体不舒服。

姜蝶心头猛地一跳,瞬间原谅了蒋阊的善变。

小福蝶:去过医院了吗?

衣架:没必要。

也对……姜蝶问出口才觉得多余,蒋阊生病哪轮得到去挤挂号都艰难的医院,应该会有上门问诊的私人医生。

姜蝶:那师哥现在应该在家喽?方便把地址发我一下吗?我叫个闪送过去取书吧,不劳烦师哥亲自送书了。你这两天生病就还是好好在家休息。

她没有直接提要去看他,可想而知那样打直球的结果必然是被蒋阊拒绝。但闪送的这个要求非常合理,还显得自己挺贴心,她不信蒋阊会不同意。果然,蒋阊上钩了。他报了一串地址,是他平常在花都市内住的公寓,还把手机号也一起发了过来。

姜蝶喜上眉梢,笑嘻嘻地把号码存好,心想"塞翁失马,焉知非福",嘴里念叨:"等着吧,由小福蝶闪送员亲自为您服务!"

蒋阊摁下锁屏键,勉强起来倒了杯热水。他对自己的体质习以为常,健身并没有太大的用处,感冒发烧就像突如其来的雨天,烦人却无法避免,总归是小时候落下的病根。

他就着热水将药吞下,抽空又看了眼手机,丁弘在微信里汇报自己已经到会议室了,两人原本约好就运动会的事再聊一聊。

蒋阊将自己无法去的情况简单说了一下,丁弘立刻开始狗腿,说自己下午上完课就来上门慰问,问蒋阊能不能考虑把服务站的任务匀给别人做,他是真的一时鬼迷心窍,发誓绝对不再私下拉群八卦。

蒋阁回了两个字：免谈。

姜蝶提早晚饭点很多时间，打车去了流云轩。

这是一家老字号面店，金贵得很，叫不了外卖，要吃只能亲自去买，因为那样能最大限度地保证面的口感。不到饭点，排队等位的人就络绎不绝。尽管她去得早，也排了好长的队伍。她绝对不能再现煮粥被嫌弃的那一幕了。这次不打无准备的仗，流云轩的面，她相信蒋阁应该不会拒绝，毕竟口味绝不……寡淡。想起这俩字姜蝶就牙痒痒。

蒋阁的公寓在远离市中心的高级住宅区，她拎着打包好的面匆匆赶到，却被拦在楼下，差点忘了，这种高级公寓和鸳鸯楼哪能一样，不是可以随便进的。她编辑了一条取件短信发送给蒋阁，在微信上又像煞有介事地告诉他刚刚叫了闪送，对方已经过去了。

蒋阁回了个OK。

姜蝶在楼底下等了五分钟，按响呼叫器，低头只露出鸭舌帽顶，压着嗓子说："您好，闪送。"

楼门"咔嚓"一下，开了，一切进行得好顺利，蒋阁没做他想，真的把她当成了闪送员。姜蝶按了电梯到顶层，随着数字逐格上升，血压也跟着上升。不知不觉有些紧张，她有点担心蒋阁不会被惊喜到，反而会被惊吓，连门都不让她进。

"叮——"的一声，电梯停在25层。

姜蝶走出来，楼层的结构是一梯两户，左手边就是蒋阁的公寓。她走到门前，忐忑地犹豫一下，按响门铃，隔音好得听不见任何动静。姜蝶无意识地抠着包装好的食袋，仿佛即将向自己打开的不是公寓大门，而是潘多拉的魔盒，里头住着因虚弱而跌落凡尘的大天使长。

心中默数到十时，盒子打开了，门后探出一张恹恹的脸，无精打采的，看到门外的人是她后明显一愣。姜蝶掏出早就备好的说辞。

"我刚好下午在这附近办事，之前麻烦师哥这么多次，心想着应该过来看看你。"她吐舌，"其实是闪送的价格太贵啦——"

蒋阁反应倒很平淡，没有惊喜也没有惊吓，干脆地把书递过来，说了一串数字。她反应过来是刚才她胡乱编的发给他的闪送密码。好家伙，不会真直接把她当闪送员处理了吧？她生怕蒋阎直接关门，赶紧呈上面，却瞥见他脸上转瞬即逝的笑意，太快，让她疑心自己只是花了眼。

"这是流云轩的爆鱼苏面，我刚才路过顺便打包的。"

他沉默片刻，接过面说了句"谢谢"，态度很温和，但也完全没有让姜蝶进去的意思。

他以为这样她就会知难而退吗？可笑。

姜蝶应对自如道："我也还没吃晚饭，所以打包了两份。"嗓音带上了点委屈，"难道师哥让我提着面再回家吃吗？离这儿很远的，面都凉了坨了……"

经过这些天的相处，姜蝶也算摸清了蒋阎的一半性子，他虽冷淡，但不冷酷。不过也说不好，这里不像盐南岛的别墅是他的工作室，可以随意借出；也不像拜县的那个房间，这毕竟是他真正私密的生活地带，蒋阎不一定会让她进来。

她在赌，在冒犯。

"进来吧。"

最后，是他妥协了。

姜蝶心里百花齐放锣鼓喧天，绷着脸，把锣声悄悄地压下去，怕吵到对方。

走进蒋阎的公寓，风格和盐南岛的那座别墅很像，都是黑白灰三色，灰色的墙壁，白色的家具，黑色的窗帘，此时窗帘向两边拉开，露出高视角下窗外的万家星火。其余的两个房间紧闭，客厅乏善可陈，没有什么让姜蝶感觉意外的东西。

蒋阎把面放到开放厨房的岛台上，回身说："你吃吧。"

"师哥不吃吗？"

他轻轻摇头："现在没什么胃口。"

姜蝶做了一个自己都觉得大胆的动作。她上前两步走近他，伸手去够他饱满的额头，非常亲昵的一个动作。她很快做贼心虚地把手缩回,感受着手心里过高的温度,吃惊道:"医生没来看吗?好像烧起来了。"

空气凝结,蒋阎避而不答:"吃完就回去吧。"

他走到客厅把窗户打开,接着回房关门,一气呵成。

完了,是不是这个动作太过逾矩,惹到他了?

姜蝶面对着紧闭的房门哪还有心思吃面?她不确定蒋阎吃药了没有,先赶紧下单了退烧药,还顺带买了个西瓜。没过多久西瓜送上门,姜蝶掂着手里的西瓜,拍拍它圆溜溜的瓜皮,嘟囔道:"委屈你献身了。"

不夸张地说,西瓜是她发烧时的灵丹妙药。记忆里烧得最严重的一次,是很小的时候酷暑的一个夜晚。那天西川市的气温有 30 摄氏度,夜半暑气暴涨,她从大通铺上醒来,像被人闷在火锅底料里涮过,从头到脚都冒着热气。

她起初惴惴不安地想,是不是今天表现得不好,所以睡着的时候,喉咙里被偷灌了厂房的水泥作为惩罚?她扒开嘴往喉咙里抠了抠,什么都没有,冲着地面一顿干呕,喉咙里那种黏腻的厚重感更强烈了,好像要喷出火。

四周其余的孩子睡得很安静,只有郊外的蝉鸣嘶声。她连忙捂住嘴,害怕吵醒大家,软着手脚爬到外面,在布满尘土的水泥地上划出一条湿痕。

大门口的破沙发上守着一个男人,歪着头睡得正好,发出很低的鼾声,身子在头顶的吊灯下拉出凶神恶煞般的巨大投影。她瞥着那影子,头晕目眩。

他面前的桌上放着今夜的夜宵——一瓶酒,一碟花生米,两瓣西瓜。西瓜啃得很潦草,青绿色的瓜皮上还有红色的瓤肉。她像快死于荒漠之人找到水源,痴痴地盯着那两瓣西瓜残骸,双手不听使唤地攀上去,摸到滑滑的瓜皮边缘,缓慢地够下来。要偷两块大剌剌放着的西瓜皮不是难事,她已经很擅长做这些。但眼前的人是经常打骂她的人,幼小的她还是心生怯意,加上身体发软,男人突然翻了个身,她就下意识地手抖,打翻了装着瓜皮的铁盆——丁零当啷,在夜色里宛如雷雨轰轰。她吓得魂飞魄散,立刻缩到桌子背面捂住耳朵,瑟瑟发抖。那袭巨大的投影在地面上咂吧了下嘴巴,沉睡的恶龙没有醒来。

她在背面瑟缩许久,这才大着胆子探出小脑袋,把地上已经沾灰的西瓜皮捡起,小心翼翼地拍干净,嗅了嗅,好甜啊。剧烈地吞咽了一下口水,她埋下头,狼虎吞咽地把仅剩的瓜瓤吃下肚,连瓜皮都吃到了底。她怕自己偷吃被发现,又摸着黑跑到厂房后面的小树林。她什么都看不见,汗流浃背地花费巨大的工夫,刨开泥土把罪证埋进去。

西瓜献出自己的生命,被埋葬地底,作为交换,挽救了她的生命。

说起来也很神奇,自那次之后,她发现她的后脖子多出了一颗很小的宛如西瓜子般的色素痣。不知道是一直就在那儿只是她没发现,还是突然长出来的,也不知道还会不会继续变大,看上去特别丑。

从来被耳提面命"所有的东西都不是无偿,需要等价交换"的小孩恐慌地想:这就是偷杀西瓜的代价吗?

姜蝶在厨房把西瓜切好,端过去轻轻叩响紧闭的房门。

"师哥,你睡着了吗?"

里面毫无动静,就在她转身的刹那,房门被拉开一条缝隙。姜蝶看着他扣到顶的衬衫,不禁无语,原来这悄无声息的工夫是在换衣服。

她晃了晃西瓜:"我切好的,你吃一点?发烧吃这个很很很管用。"

"……你怎么还没回去?"

"你生病了呀。换作是你,你会放着病人袖手旁观走人吗?"

"我会。"

"骗人……你明明很热心的。"

"我的多管闲事仅限在泰国。"

姜蝶被噎得哑口无言。

蒋阆还是接过了她的餐盘,带上身后的门,走向餐桌。

"我现在吃完,然后你就可以走了吧?"

姜蝶对他的反应非常不爽,好像自己是什么脏东西,得赶紧从家里驱逐。她从鼻腔里"嗯"了一声，把面挪到他对面，沉默地坐下。

他忽然出声："你别坐我对面。"

姜蝶握着勺子的手指一紧——也未免欺人太甚了吧！她刚才为他切西瓜切得急还差点切到手指！见她脸色僵硬地坐着没动，蒋阆微蹙着眉，发出一声伤脑筋的叹息。

"姜蝶，我在感冒。"

"……？"

"很容易传染给你，懂吗？"

她愣了半晌，忽然被打通任督二脉，茅塞顿开。突然打开的窗户，马上就躲回的房间，让她赶紧回去的言辞，包括现在不要面对面，都是……担心把感冒传染给她。是这样吗？姜蝶用力地捏住勺子，低下头快速地送了口面，堵住自己的嘴巴，不然她怕自己忍不住想要亲他。

她默默地往旁边挪了两个空位，两人互不打扰地吃着东西。她扭头故意不看他，假装看窗外夜色，实则盯着玻璃上映出的他的剪影。他正在慢条斯理地吃着她切的西瓜，吃相怎么会那么可爱？居然都要从两边最不甜的地方啃起，最后留出中间最甜的瓜瓤一口吃掉。

她歪着头，不知不觉笑眼弯弯地看入迷，因此他猝不及防地瞥向玻璃，抓住她投在上面的眼神时，她感到心脏悬停。

"丁零零——"

客厅骤然响起铃声，姜蝶一激灵，顺势跳起来，含糊道："啊！应该是药送到了。"

她背过蒋阆走向呼叫器，捂着自己的胸口，深呼吸，点开屏幕通话，屏幕上显形的却不是送药小哥——丁弘的大脸突兀地撑上来，憨笑道："老大！我说好的来探望你啦！"

姜蝶无措地转头看向蒋阆，他起身过来，站到她身后，抬手摁了下通话键，很微妙地，将她覆住又留出一尺的距离。

姜蝶被他拢住，屏住呼吸，听着他的声音从头顶传来："不用，回去吧。"

"我可不是一个人来的！"

丁弘说着双手一摊，身后突然冒出四张面孔，有男有女，都是学生会的人。

"大家知道你生病都超级担心，说一起来看你，你要轰我一个人就算了，大家你都要轰走吗老大！"

"……"

姜蝶扭身抬头，用口型问道："现在……怎么办？"

楼下来的不是别人，偏偏是一群大嘴叭叭、最爱私下议论的八卦爱好者。

蒋阁眉头一跳，无声指了指他的房间，眼神示意姜蝶进去。

19

姜蝶前脚刚进蒋阁房间，后脚就听到门口闹哄哄的一阵声响，无缝衔接得非常完美，她可不想让他们把她和蒋阁的流言散播出去。流言又不能变现，不是对外宣布蒋阁是她的，他就真的会变成她的，反而会弄巧成拙，换来蒋阁的厌恶。所以她乖乖地带上包和鞋，藏匿到他的房间。这是唯一他们应该不会贸然进来的地方。

姜蝶贴着门板，环顾四周：衣柜，铺得齐整的床，排列得当的书桌，除了专业和微缩模型相关的书，还摆放着唱片机。

原来他除了微缩模型外还真的挺喜欢听音乐——意外和理性冲突的、感性的一面。

她散漫地回想起曼谷的街头他塞到她耳中的耳机播放的歌，后来她记下歌词去搜了搜，发现是一个叫 Gavin.D 的泰国歌手唱的，*A Rocket To The Moon*。

搭一艘火箭去到月亮上。

她下载下来，耳机里播放的听力材料之中，就此突兀地多出了这么一首歌。这样他们的共同爱好又多了一项。除了唱片机，最让姜蝶感到意外的是他桌上居然还放着一个烟灰缸。他会抽烟吗？可是从没见蒋阁抽过,他身上也从来闻不到难闻的烟味。

缸面干净得一尘不染,看不见任何烟灰,似乎主人并不在用它,但就是无端放在那里,无法让人忽视它的存在……蒋阁到底是个什么样的人呢?

姜蝶因为这只烟灰缸陡生困惑,虽然对于其他关起来的角落充满好奇,比如他的衣柜里挂着什么衣服,抽屉里又放了什么物件,但出于尊重,强忍住了窥探的欲望。

姜蝶拿出备忘录,写道——

    7. 衣架喜欢听音乐。
    8. 衣架会抽烟(?)

她重新抬起头,房间里满是蒋阁身上的那股薄荷味道,轻吸一口气就能闻到。姜蝶出门前也喷了香水,但到晚上已经淡了,根本无法在这个房间留下痕迹。她想,自己都那么乖了,作为奖励,无伤大雅地留下味道,应该不过分吧?

姜蝶将指尖溜进包,犹豫片刻,把随身携带的香水抽了出来。

虽然并不是什么昂贵的味道,几百块钱的人工流水线产品,出现在这个房间或许是一种污染,但越是这样,她越是叛逆地希望蒋阁能在今夜枕着这个味道入睡,说不定会梦见她。

姜蝶在掏包去拿香水的这一刻,忽然想起了小时候看见过的一只流落街头的小狗。当时她需要花很长时间待在街头观察人群,但总会走神,看着看着眼光就飘到了那只毛色发灰的小野狗身上。它原来是什么颜色呢?如果洗干净应该是白的吧。

那一刻姜蝶觉得它和自己好像,脏兮兮的,都看不出原本的样子。于是她好奇地注视着它,看着它从街的尽头出现,摇摇晃晃跑来,停在一块被丢弃的废毯前。它停在那儿,抬脚留下了它的气味。那是世界上并不漂亮的角落,却是小狗最喜欢的港湾,所以它把它的气味留下来。

而眼前的这个房间,也是她喜欢的地方,她也想像那只小狗一样标记这里。尽管这里和小狗的破窝有云泥之别,它高筑在顶层,高耸入云,因此她也无法像小狗那样理直气壮。

姜蝶胡思乱想着,心虚地掏出香水,动作一松,包里的手机被连带着抽出来掉在地板上。

"咚——"一声很清脆的、不容被忽视的声响。

姜蝶的动作整个顿住。

门外丁弘大嗓门叽里呱啦讲个不停,向蒋阁彰显自己改邪归正的决心,表示绝不再背后拉小群议论,其余人也纷纷跟着附和。正当他说累了,停下来喝口水的工夫,那声手机落地的声音隐隐从房里传了出来,众人一惊。

"老大……你房里有人吗?!"

目光胶着到门板上,他们已经闻到了惊天八卦的气息。

蒋阁淡定地瞥了一眼:"那是我的猫。"

丁弘等人惊讶又失望地别眼。

"老大……你居然会养猫哈。"

"我可以看一看吗?"某爱猫人士倒是眼前一亮。

"小猫怕生。"蒋阁摇头,语气里透着一股纵容,"屋子里进了陌生人也会感觉到气味。"好像真有这么一只猫似的。

"所以会长的猫是在对我们下逐客令吗……"

"哈哈……那我们是该走了,不打扰会长和会长的猫了!"

姜蝶握着捡起来的手机,脸贴在门板上,隐约能听见对话声,具体没听清,但似乎是圆过去了。

危机解除!

她松了口气,没承想一波刚平,一波又起。

握在手里的手机突然放声高歌——电话打进来,是送药小哥,她怕自己刚才接不到正好把静音关了,离门还死近。

一门之隔的众人自然听到,但还没意识到不对,顺嘴说:"会长,

风眼蝴蝶

你房里的手机好像响了诶。"结果一看,不太对劲。蒋阆的手机不正在他手边摆着吗?!

丁弘和其他几人眼观鼻鼻观心,很有默契地不再说话,装作什么也不知道地挥手和蒋阆告别,临走时他皮痒地留下一句:"老大,你的猫公的母的?"

蒋阆砰地关上门。

吃了闭门羹的丁弘丝毫不介意,火速点开了"不要告诉月亮"的微信群。他的确是在会长面前发誓不再拉群,但这个是以前拉的,不算在内。

他真是机智啊。

"特大瓜,特大瓜,老大在家里养猫了——"

"有图吗?看看。"

"嘁,这也能算特大瓜?"

"那如果是猫女郎呢?"丁弘故作神秘地问道。

"啥啥啥啥?"

"?????"

"别卖关子!搞快点!!"

"我们今天拜访老大,发现了一个很惊恐的事实!"

"他的卧室里,百分之九十九的可能性,藏了个人。"

"还有百分之一呢?"

"那就是他真的养了只猫,那猫成精了。[微笑.jpg]"

姜蝶心惊胆战地待在房里一动不敢动,直到外面的大门关上,紧接着,她面前的门也被打开了,门外出现蒋阆面无表情的脸。

姜蝶故作轻松地打着哈哈:"这个……药好像送过来了,就在楼下。师哥帮忙开一下门吧,我先走了!"

她不敢看他脸色,识趣地赶紧逃之夭夭。

第二天一早的专业课,她无精打采地趴在桌子上,知道自己又捅娄子了。昨晚回去她就发现微信小群聊得火热,全在讨论蒋阆的那只

133

"猫"。她心虚得一声不吭，却又莫名……怎么说呢，感到不合时宜的得意，好像自己真是一只捣乱的小猫咪，知道这样做会惹主人生气，但祸已经闯下，又正好可以以此宣誓别人都不知道的主权。

快到上课的时间点，门口饶以蓝低气压地走进来，卢靖雯紧跟在后，坐到姜蝶旁边，迫不及待道："绝了，新瓜你听说了没有？"

"什么？"

"蒋阁金屋藏娇！你快去看论坛！"

姜蝶预感到什么，点开来一看，果然是有关"猫"的事件。

流言就是星火，一旦点起来，势必燎原。

卢靖雯八卦道："我看到帖子的时候还在猜这个'猫'会不会是饶以蓝，以为她真追到手了，结果在路上看到她那脸色就知道不可能。"

姜蝶跟着又瞥了一眼，饶以蓝正在桌底下如临大敌似的划着手机，估计还在论坛里"冲浪"。

"我觉得只有那只'猫'真的是只猫，饶以蓝才能接受，不然她也太丢人了。"卢靖雯托腮碎碎念，"说实话我也比较希望真的是只猫，这样我能接受。"

姜蝶一惊："哈？你不是都有文飞白了吗？"

"哎哟，我这意思不是喜欢蒋阁。"她慌忙摆手，"我的想法是……就是你懂吧，谁都得不到的人，凭什么她可以？"

姜蝶含糊地应了声："是哦。"

"欸，你不是进学生会了吗，没有听到什么内部八卦？"

岂止内部八卦，真相我都知道。

坐在你面前的就是那只位于流言中心的"猫"。

"我能知道什么……"姜蝶盯着投影幕布上的课件，板着脸，故作无所谓。

"……失恋真可怕，连这么大的八卦都激不起你兴趣。"

卢靖雯感慨地拍了拍她的肩。

捕风捉影的事儿喧闹了一阵很快就过去了，因为运动会来临了。

姜蝶被分配到的任务还算轻松，负责运动员的项目签到和收发号码布。运动会总共持续了三天，总算圆满落幕，没有出现什么岔子。蒋阆没在群里说什么感谢的话，直接在群里不声不响地甩了个大红包，姜蝶赶紧用手指一戳——52。

真是个美丽的数字，她真想手动贴个0上去，就变成了蒋阆发给自己的520红包。

她情不自禁笑出声，笑着笑着又觉得自己好傻，表情一敛。

红包十秒内被抢光，平常一直当甩手掌柜的副会长在群里冒头："以上抢红包的今天都得来唱歌啊！我定了通宵大包，辛苦大家连续工作好多天，都来放松放松！"

要换以往姜蝶肯定推拒，但他俩这个操作的时间点配合得天衣无缝，让人疑心蒋阆跟副会长是一伙的。也就是说，他也会去？见其他人纷纷在群里回了"OK"，姜蝶也回了个"好"。

娱乐场所大概是世界上最鼓励迟到的地方，除了组局者，踩着点到的一看就是老实孩子，迟到反而意味着夜生活丰富，是个不断赶场的"能人"。所以很多人即便有时间也拖拖拉拉，故意摆谱迟到。姜蝶明白这个道理，但还是踩着点来，在晚上九点赶到包厢。

因为她知道蒋阆不在上述人群中，他若是来，一定会准点。她怕自己迟一两分钟，蒋阆兴许就走了，然而到场的寥寥数人里，并没有他的身影，那估计就是不会来了。估算错误，姜蝶不免心生失望，情绪也跟着低落。

来都来了，坐到凌晨再走吧，不然面子上过不去。姜蝶做好打算，缩到角落开始扮演得心应手的捧场王，帮大家切歌点歌。

人还是少，场面有点冷，副会长低头猛按手机，顺手按了通知铃，让服务员再上一打啤酒。

"别叫了吧，刚点的还没喝完呢。"

有人劝阻，他不甚在意地摆手："我还叫了别校的朋友过来，别担心。到时候酒只少不多。"

他嘴里的朋友还没来，紧接着来的却是姜蝶目前最不想看见人，盛子煜和孟舒雅。两人是一块儿到的，一起进门的姿势，就暧昧地昭示了什么，但没有人上前问他俩现在是什么关系，碍于姜蝶在这儿，怕场面尴尬。

姜蝶早对他们的到来有预判，没什么特别的反应，让她装介意还真挺考验演技的。

孟舒雅却似乎觉得她的反应不够有趣，偏要来招惹她，一双化了烟熏妆的眼睛在光里照过来，大红唇一张一合。

"师姐坐得近，能麻烦帮忙点首歌吗？"她笑道，"《广岛之恋》。"

她拿了两个麦克风，其中一个麦克风递给了盛子煜。

他犹豫了一下，有些无奈地接过。

姜蝶听到盛子煜唱着那句"越过道德的边境，我们走过爱的禁区"时很想笑，孟舒雅特意点了这首情歌对唱，是觉得这句歌词会刺伤她吗？

她忍不住觉得孟舒雅好可怜，像《楚门的世界》的主角般被蒙在鼓里，还觉得自己很有魅力，殊不知自己争抢的"宝贝"根本就是她眼中的不可回收垃圾。

"作男"和"痴女"款款深情对唱，包厢门再次被推动，一个从未见过的陌生面孔站在门外，戴着鸭舌帽，脸藏在阴影里，耳钉却很闪。姜蝶回头，见不是蒋阎，不感兴趣地收回视线。那个身影走过来，停在她跟前，说了句"让让"。明明还有另一条路可走……是有多懒，非往这儿挤？姜蝶腹诽，腿往回一缩，让出通行的空间。

他穿过腿和茶几之间的微小空隙，牛仔裤的粗糙布料避无可避地擦过她的膝盖。

那人在黑暗的光线下依然轻车熟路，坐到副会长身边，搭着他的肩道："Sorry，刚结束那边的局，没来晚吧？"

一听语气就是混迹夜场惯了的人，如果他迟到，估计不是装模作样，而是叫他的人真的太多。姜蝶终于在包厢的霓虹光照过来时看清他的脸，得出以上结论。

副会长跟大家简单介绍说："这是我科大的朋友，邵千河。"

《广岛之恋》也唱到了尾声，邵千河笑着说："你们怎么唱这首歌，这不是情侣必备分手曲目吗？"

见两人脸色异样，他又恍然："哦，还是说你们不是情侣？"

"……"

一个突如其来的外人，打破了似是而非的和谐，终于问出了他们不敢问的问题。下一首的前奏响起，要唱的人压根没心思唱了，搓手等待着盛子煜和孟舒雅发话。孟舒雅只是笑笑没说话，转脸去看盛子煜。盛子煜迎着众人的眼神，迟疑片刻，牵起孟舒雅的手。

"她是我女朋友啊。"他语气不太爽，"哥们儿你说唱个歌就要分手，不合适吧？"

孟舒雅眼里的笑意一点一点爬上来，似有若无地扫过姜蝶。姜蝶却懒懒地打了个哈欠，看了眼手机时间——距离零点还有一个小时，太无聊了，要不提前走了吧？

"Sorry，那我唱首歌赔罪？"邵千河扭头突然对着她，"小福蝶，帮我点首歌可以吗？"

突然被叫到网名的姜蝶一愣，她下意识地脱口道："你要点什么？"

"《你知道我在等你们分手吗》。卫兰的。"

这话一出，包厢里所有人的脸色都变得相当微妙。

━━20━━

邵千河点了这首很意味不明的歌，但又似乎没别的含义，只是因为他擅长唱这首。只不过这个歌唱得盛子煜十分不舒服，一边的孟舒雅也敛去了笑意，带着几分探究的神色在姜蝶和邵千河两人之间打转。

天地良心，姜蝶压根不认识他。

她又坐了半小时，发现副会长说的果然没错，酒只少不多，光邵千河一人就包揽了大半打。他饮酒如喝水，脸上没任何异色，不像蒋阎，半杯清酒就红了脸。任何微末的联结，都能令姜蝶想到他，却无法见到他。姜蝶顿时觉得索然，再也坐不住，起身和大家告别。

同一时间,邵千河也准备离开,貌似还有下一场要赶。

两人一前一后走出包厢,姜蝶听到他在身后叫她的名字:"所以你的本名叫姜蝶吗?"

姜蝶脚步一顿,邵千河就从身后赶上,和她并肩走到一起。

"对。你知道我的网名,是在网上有关注我?"

"我可经常给你一键三连。"

"真的假的……"姜蝶吃惊,"我的粉丝里很少有男粉,尤其是你这样的男粉。"

他笑道:"我这样的是怎样的男粉?"

"……就,你自己绝对不会缺'狗粮'的那种。"

他不置可否。

"事实上,的确一开始不是我自愿看你的视频,而是某个前女友逼我看的。"他模仿着那个前女友的语气,"你看看人家小情侣,看看人家男朋友,多甜啊,你快点学学人家!"

姜蝶被他生动的演绎逗笑出声。

邵千河耸肩:"谁能想到那个女友我都不喜欢了,视频却还在追呢。"他看向姜蝶,"我觉得你很有趣。"

姜蝶一时有些摸不清他的来意,含糊道:"不敢当。"

两人边说边走到门口,姜蝶打的车已经驶来。

"我的车到了,你的呢?"

"一会儿有朋友来接,我来门口先抽支烟。"他掏出口袋里的烟盒示意。

"哦……行,那我先走一步。"

她冲邵千河挥手,他目送她拉开车门,忽然报了一串号码:"137××××××××。"

姜蝶茫然地看向他。

邵千河点燃烟,在空中吐出袅袅烟圈,眼睛藏在烟雾和霓虹里凝视她,笑着解释:"这是我的电话号码。你的紧急联系人应该空出来了吧?可以填我的。"他夹着烟的手轻轻一挥,又说,"路上注意安全。"

姜蝶没有把邵千河的话放心上,她绝对不是这位玩咖今夜自报号码的第一位姑娘,也不会是最后一位。

时间已到凌晨,车窗外很安静,高架桥上已看不到成群结队的车流,只有一盏又一盏的昏黄路灯让人觉得寂寥。

姜蝶戴上耳机,单曲循环那首 *A Rocket To The Moon*,一边随手刷着朋友圈。他们留在KTV的人发了之前拍的小视频,姜蝶在角落看到了自己的脸,木木地坐在那儿,镜头一晃,拍到了对面的盛子煜和孟舒雅。

这人是故意的吧?!姜蝶翻着白眼刚想摁锁屏,突然有微信跳进来。

衣架:还没散吗?

姜蝶的心突突地狂跳。

骤然收到他的私信,就好像困倦一整个夜晚后突然喝到了一杯摩卡咖啡,虽然漫长的等待很苦,但到最后令人精神一振,又尝到了甜。

小福蝶:他们应该会玩到很晚。

小福蝶:师哥你要现在过去吗?

如果他回复"是"的话,她立刻让师傅掉头。

衣架:不是。你提醒下常乐看手机。

常乐就是那位副会长,车窗里倒映出姜蝶一瞬间从振奋耷拉下来的脸。她还想蒋阁为什么会找她……原来是微信找不到人,估计看到别人的朋友圈,以为她还在包厢,顺手拿她当通信工具人。

小福蝶:不好意思师哥,我刚走。

她气鼓鼓地摁下发送。

一般这个时候,蒋阁都不会再回,大概会再去私信别人。

但令她意外的是,他又秒回了一条——

衣架:上车了吗?

姜蝶怔怔地捧着手机,回过神来有种喝醉的眩晕感,兴奋得想在车后座打滚。他是在关心她吗?她按捺住心脏的狂跳,一个音节一个音节地回复。

小福蝶:嗯,叫了车,已经上车了。

她突然想起邵千河在 KTV 门口说的话，打算学以致用，得寸进尺地套到蒋阎身上。

小福蝶：现在好晚哦，我是不是填一下紧急联系人那栏比较好？

小福蝶：我妈这个点肯定睡了……

她扭扭捏捏地就想听蒋阎说"那你填我的吧"，仿佛这样他们就可以建立一种私密联系。

然而……

衣架：填那个有什么用？

不——解——风——情——为什么他总能完美剪掉她的钓线！姜蝶的手指在打字框游移，不知道该回些什么时，蒋阎又发来消息。

衣架：发车牌号给我。

姜蝶打字的手指僵在 X 字母上，拼音自动跳出"喜欢"。她心头一颤，赶紧按下删除，输入了车牌号发送，蒋阎回了一个"OK"。

接下来姜蝶选择不再回，没话找话不如适度的矜持，甚至下车、上楼、洗脸、刷牙……都没再看一眼微信——她故意的。

直到上床前，姜蝶才摁开手机，微信里有一条未读消息——

衣架：还没有到家？

姜蝶瞬间满脸荡开笑意，钻进被窝，终于放肆地滚了几个来回。

十月的尾巴，花都逐渐有了冬天的影子，刮的风又湿又冷。

姜蝶却在这一天大无畏地穿上了一件黑蜘蛛纹路的改良短旗袍，胸口画着鲜红的蛛网，上面粘着一颗爱人的心脏。这是她为万圣节设计的衣服，弥补去年没有好好打扮的遗憾。

当时她刚入学不久，对万圣节没有概念，因此万圣节那天只是正常地上完晚课准备回家。穿过一条路灯暗淡的小路时，突然有一个穿红色夹克的男人手握着斧子从旁闪现，向她伸出手，嘴上低沉地说："我要……"

"变态啊！"

姜蝶吓得魂飞魄散，抬手就把帆布包往他脸上扔，拔脚往回跑，大惊失色地喊:"有变态!救命!"

斧子男接住书包,跟在她身后猛追:"别跑!我是……"

姜蝶反应尤为大,他还没说完人就迅速地跑出去十米远,无头苍蝇似的乱转,迎面终于看到两个背影,她看得模模糊糊,不管三七二十一冲上去跟他们求救。那两人一齐转过身,惨白的路灯下是裂开的两张脸和裂开的血盆大口:"Trick or treat(不招待就使坏)?"

姜蝶腿一软。

斧子男也终于追上来,妖魔鬼怪前后夹击,姜蝶终于意识到哪里不太对劲。

"……你们这是在玩 cosplay(角色扮演)吗?"

"今天是万圣节啊大姐!"斧子男委委屈屈地说,"我 cos(扮演)的是闪灵啊,太逼真了吗?"他挥了下斧子,"这个是泡沫塑料呢!"

那两张丧尸脸知道前因后果,哈哈大笑。姜蝶讪讪地抱回自己的包,连声道歉。她这才知道花都大学有过万圣节的习惯,学生们会自发地准备各种惊悚恐怖装扮,跟过路的人捣蛋要糖,总之,就是"百鬼夜行"的一晚。

姜蝶今年打算参与,还有一个重要原因是蒋阎今晚有课,他会在学校。她铆足了劲发誓今晚要做一只真正的艳鬼,去勾世人不敢亵渎的佛子。

姜蝶和卢靖雯约好了在学校碰头,两人结伴去捣乱。

她们约好在此之前不透露各自打扮,一碰面,姜蝶发现卢靖雯今夜是人间南瓜精——戴着南瓜头套,下身是南瓜灯笼裤,耳坠都是可爱的小南瓜。

卢靖雯看到她,却直呼一句:"我后悔穿这身了。"

姜蝶一身深黑旗袍,紧扣到脖子,一点不露,往下却宽松,一双白皙的腿蹬着镂空的小猫跟鞋,走起来踢踢踏踏。脸上更吸睛,妆面是幽魂般的苍白感,眼尾用红色的眼线笔勾出了一只破碎的蝴蝶。

姜蝶拨动卢靖雯的南瓜耳坠,倾身靠近:"我们只是风格不一样。"

"……别来,我感觉要被你吸魂了。"

两人笑作一团,偌大的校园快到了下晚课的时间,流窜的妖魔鬼怪越来越多。

卢靖雯道:"飞白快下课了,我们去找他讨糖吧。"

姜蝶面上摆出被酸到的柠檬样,心里却暗喜,这不正中下怀?

她们走向建筑学院的教学楼,还未走近就面面相觑。楼下简直成了盘丝洞,围了一圈古今中外的女鬼。其中居然还有穿着护士装身材火辣的妹子,姜蝶低头看了看自己的胸,虽然不至于一马平川,但和人家相比……还是逊色了点。

卢靖雯开始还没反应过来,接着恍然道:"这是冲着蒋阆来的吧?"

姜蝶咬着牙往外蹦字:"是吧。"

"幸好我男朋友没那么受欢迎……"卢靖雯瞥了一眼花枝招展的人群,"这是什么选妃现场吗?给颗糖就跟抛绣球一样了。"

姜蝶苦不堪言:他不是你男朋友,但他是我单方面钦定的未来男朋友啊。她本来还想在楼下等蒋阆出来,看到这个场面就打消了心里的念头。这么多人,他很难注意到自己,要吸引他的注意力,只能是另辟蹊径。姜蝶转瞬间改了主意,决定去学校的车库蹲一下,因为蒋阆是开车来学校的。

"欸,飞白下来了!我们去向他讨糖!"

姜蝶还在脑子里盘算,就被卢靖雯拉着上前。几乎同时,蒋阆也出现在文飞白身后。妹子们蜂拥向蒋阆而去,空出了康庄大道,原本混迹在人群里的姜蝶两人鲜明地抽离出来。

姜蝶犹豫片刻,决定不跟人群去堵蒋阆,她和卢靖雯一起摆出讨糖的姿势,顺利地来到文飞白面前,异口同声:"Trick or treat?"

文飞白早有准备地从口袋里掏出两粒大白兔奶糖,还有额外给卢靖雯的。姜蝶笑着收下糖果,识趣地和臭情侣挥手:"你们恩爱去吧,我再去找别人讨!"

她向后张望,发现蒋阆还被困在盘丝洞里,但脸上没有被围住的不耐烦,只是没什么表情地说着"借过",连拒绝人不发糖的样子都这么优雅,虽然冷淡却不是令人讨厌的高傲,这大概是最高级的拒人于千里之外。姜蝶看得有些许愣神，蒋阎忽然转过脸，隔了几米，和她遥遥对上了一眼。她呼吸一滞，率先移开目光，扭头踢踢踏踏地离开。不能再沉迷美色了，穿着这破鞋得抓紧才能比蒋阎先一步到！

这个猫跟鞋她买来后就没怎么穿，并不是很适应，走起来很费劲，但好在还是没耽误，蒋阎的车还在。她猫在一边，没等太久，车库的拐角就映出一抹斜长瘦削的影子，是蒋阎过来了。

姜蝶摩拳擦掌地准备冲出去，寂静的车库里突然有人按了一下喇叭，声音刺耳。她看过去，某辆白色轿车车门打开，细长的鞋跟落地，往上是繁复华美的哥特式裙摆，一看就价格不菲。饶以蓝宛如刚从南瓜马车下来的哥特公主，向她的王子挥手："Trick or treat?"

她率先一步开了口，姜蝶已经迈出的步伐往回一缩，探出暗中观察的脑袋。饶以蓝三两步走到蒋阎跟前，笑着说："Happy Halloween."

蒋阎微微点头："万圣节快乐。"

姜蝶见饶以蓝从包里拿出了一盒包装精美的巧克力。

"一直都是别人向你讨糖，都没见你向别人讨过。"她递到蒋阎跟前，"来，这是我给你的糖。"

姜蝶捏着帆布包，心里猛地一抽。她的包里，此时也装着一袋糖果——几块钱的雪丽糍棉花糖，草莓味的。她知道以蒋阎的性子不会准备糖，但是没关系，她可以为他准备。在挑糖果上她犹豫了很久，饶以蓝递出去的昂贵巧克力，咬咬牙她也可以送出手，但之所以挑了雪丽糍，是因为这是她的认知里这世界上独一无二的糖果，降临于那一年人潮汹涌的街头。

她高烧好了没多久，就被再度拎上街头干活儿，在一家大型超市门口蹲了大半天，汗流浃背，终于看到一辆车标是蓝白色的圆形格纹的车。她不知道那意味着什么，但记得那帮人一边抽打他们一边告诉他们说，记住这个形状，哪个车子上贴着这个，就代表有钱人来了，是可以下手的大肥鱼。

除了这个标志，还有好几个，她都得学会辨认。起初总是忘，但多挨打几次，她就牢牢记住了。车门一开，一个打扮得体的女人牵着小女孩下来，两人身上透着一股养尊处优的白净。她那时候还不理解自卑是什么感受，身体本能地往阴影里瑟缩了半步。等两人进了超市，她看向蹲在旁边的另一个男孩，两人眼神一交流，迅速跟了上去。

他们习惯了这样的分工，其中一人吸引对方的注意力，另一人就趁机下手，这一次负责吸引注意力的人是她。

她迈开小短腿绕着跑了一大圈，从尾随变成迎面向母女俩跑去，自然而然地因为刹车不及，撞上和她差不多年纪的女孩子。两个人都摔倒在地，场面骚乱，她在龇牙咧嘴中不忘记确认另一位同伴有没有行动。

女人慌张地把她的孩子扶起来，而她故作惊慌地从地上爬起，忙不迭道歉："对不起，我在找我妈妈，跑得着急了，真的对不起。"

以往她都会面临狂风骤雨一般的责骂，或者对方会不耐烦地挥手让她滚，但这一次，她接收到的是一双柔嫩的手，抚上她头顶的、无比温柔的手："没关系的，你有没有哪儿撞痛了？"

她垂下头，眼眶突然泛酸，吓了自己一跳。

这点程度的摔倒算什么痛？她每隔几天可能都要摔一次，比起那帮男人的打骂，这已经是很微不足道的伤痛。最危险的一次，是他们要惩罚她认不出车标，同时瞄上了一辆车，觉得可以"碰瓷"大赚一笔，要真的把她碰死了，也无所谓。于是在车子急速开过来时，他们一把将她推到车前，一边说："这回车标看清楚了吧？"那一刻，她觉得自己应该是要死了。

她偷了那么多东西，那帮人说："如果被警察叔叔知道，你会被关进牢里一辈子，所以这天底下除了我们身边，没有你的容身之处。"

那么死后的世界呢，会有她的容身之处吗？

当时的她无法验证这一点，因为她没死成。

车子在最后关头堪堪停下，惯性仍将她蹭伤。他们借此讹了那车主一大笔钱，却不屑分出一点钱用来治疗她。但那个时候，她都没掉过一滴眼泪。所以她不太明白，为什么只是最无足轻重的摔倒，被陌生的女人轻柔地问了一句，自己居然会无法自抑地泪如雨下？女人也吓了一大跳，有些无措，最后从包里拿出了一颗雪丽糍，放进她脏兮兮的口袋："吃颗糖，不哭了啊。"

她抽噎着抠紧手心，泪眼迷蒙中看着口袋里的塑料糖纸，上面画着软软的、像包子一样的棉花糖，切开半面，流出粉红色的夹心，就好像把她的心脏也跟着劈开，流出温热的血液。

她忽然抬起头，指着正把手伸进拉开的包里的同伴，大声地说："他在偷东西！"

同伴呆住，没想到她居然会背叛。

"你疯了吗！"他大喊一句，转头就跑，边跑边扭头怨毒地说，"她也是小偷，我们是一伙的！"

她想，她这么做是同归于尽。

她完全可以收下那颗糖，转身悄无声息地离开，再回到超市门口蹲着，运气好再干一票，这样晚上回去那帮人高兴的话，也许会赏她吃饱一点。但永远不会再有人来给她一颗糖，问她"疼吗"。她吃过痛，吃过苦，但从来没有吃过甜。

为了这一点甜，她愿意颠覆自己无处容身的世界。

她不再害怕了。

而也是她鼓起勇气置自己于死地的这一天，她终于有机会获得新生。

姜蝶看了眼包里的雪丽糍，它虽然对自己有很独特的意义，但在外人看来，是难与造价高昂的巧克力相提并论的。她只是千算万算，没算到饶以蓝和自己想到了一起去。如果知道饶以蓝也选择了反套路，那姜蝶一定会选个不那么相形见绌的。

不远处，蒋阁没有伸手接巧克力，只说："谢谢。"

饶以蓝脸上的笑容僵住："你不收下吗？"

"我不爱吃甜食。"蒋阁越过她头也不回地说，"送给喜欢它的人更能物尽其用。"

姜蝶脸色一白，突然庆幸自己晚了一步，要不现在尴尬的就是她了。

她赶紧调出备忘录,补充道——

9.【!】衣架不爱吃甜食。

饶以蓝捏着巧克力的手一紧,愤愤地跑向自己的车,啪地开合车门驱车离开,以一种非常赌气的姿态离场。姜蝶见蒋阁也即将拉开车门,不管三七二十一先从角落里走出来。蒋阁似早有所觉,居然头都没回一下,长腿一迈跨进了车,比刚刚面对饶以蓝那副模样还要冷淡。

姜蝶硬着头皮敲了敲他的车窗,他慢慢把窗户放了下来,无言地瞥向她。

"Hi,晚上好。我知道你没糖。"姜蝶此时不便再送糖,灵机一动换了种方式,"没糖的人要接受捣乱,这是万圣节的规矩,你是学生会长,不能带头破坏规则吧?"

他却说:"你怎么知道我没糖?"

姜蝶微怔:"你刚才在教学楼下……什么都没掏出来啊。"

蒋阁干脆道:"伸手。"

"……?"

她伸出双手,手腕上还扎着一根黑色皮筋,蒋阁的视线定格在这根不起眼的皮筋上。昏暗的车库,他握着什么东西的手伸过来,悬于她的手心上方,忽而松手,食指不经意勾了一下她的手心。那触感如过电一般,激起了一种似是而非的熟悉感,下一刻,姜蝶的手中多出了一颗塑料包装的糖果。上面是熟悉的,像包子一样雪白的棉花糖,切开一半,露出粉红色的流心。

蒋阁递过来的糖果,居然是她最爱的草莓味雪丽糍,姜蝶很难描述自己在手心里看到它时的震惊。他应该不会知道自己最爱这个而故意准备，那只有可能……是他也喜欢，这种冥冥之中意想不到的玄妙令姜蝶浑身起了鸡皮疙瘩。最重要的是，这颗糖果没有给别人，蒋阎只给了她。

姜蝶的人生中，极少受过这样的偏爱。

虽然她并不清楚蒋阎为什么会突然给出这颗糖，也许他打发了一圈人，只剩下她，这是给坚持到最后的人的奖励；或者是她挑的时机太好，周围没有别人，他觉得给她一颗也无妨；那还有没有可能是别的呢？比如……

姜蝶踩在路上的小猫跟轻盈地变成真猫爪，脚下粗糙的水泥路铺成一条通往丘比特之门的红毯。而她狂奔而去，准备迎接直穿心脏的圣箭。

刚和文飞白看完万圣节电影的卢靖雯刷着朋友圈，就发现姜蝶更新了一张照片，图上，她的手拿着一粒糖，对着月亮，旁边贴了小恶魔的贴纸。

配文——

今晚讨到了一颗好甜的糖，Happy Halloween!

她点赞评论："呵，大白兔没有姓名吗？！"
姜蝶秒回："无可比性。"
"嚯哟，老实交代是不是从哪个野男人身上要到的！"
"秘密。[调皮 .jpg]"

卢靖雯自然不会这么简单放过她，她被那个语焉不详的朋友圈吊足了胃口，作为八卦爱好者，自然对姜蝶好一通威逼利诱。

"你请我这顿饭，我就告诉你。"

最终姜蝶招架不住，退后了一步。她自然不是馋这一顿饭，只是需要一个顺势和卢靖雯讨论的契机。毕竟当局者迷，旁观者清。她对蒋阎的反应完全捉摸不透，明明她觉得自己已经被蒋阎讨厌了，可是他会把一颗糖发给讨厌的人吗？甚至他连饶以蓝都没有给。她想不通，太需要借助另外的视角来揣测蒋阎的态度。

卢靖雯随口道："请请请，赶紧的，快说！"

"你保证不能说出去。"

卢靖雯两眼一瞪："好家伙，不会是我们教授之类的吧？！"

"我谢谢你。"

"客气。"

姜蝶见她把手中的奶茶喝下肚，才开口："那颗糖是蒋阎给我的。"

"咳、咳。"

卢靖雯还是硬生生被这个答案呛到了。

"真的吗？"她满脸"你别跟我开玩笑"的表情，"别提早过愚人节，说正经的呢。你说谁我都信，但唯独蒋阎……"

"不仅给糖的是他，论坛里说的也是真的，确实有只猫在他房间。"姜蝶喝了口水，慢吞吞道，"因为那只猫其实就是我。"

"……"

"我真没跟你开玩笑。"

"……"

卢靖雯沉默半晌，对姜蝶伸出拇指："牛啊你，阿基米德一个支点撬起地球，你一颗糖撬走了一个月亮。我万万没想到高人竟在我身边……"

"打住打住，你误会了！"姜蝶这才发现自己讲得过于简单，听上去就显得暧昧，于是又把来龙去脉仔细复述了一遍。

卢靖雯终于听明白了："所以其实是你想勾搭蒋阎，但还没勾搭上，正在勾搭的进程中。"

姜蝶乖巧点头。

"虽然我很高兴你从失恋里这么快走出来了，但你这坠入爱河的对象……"卢靖雯忽然不着调地哼了一句《暧昧》，"从来未热恋已失恋……"

姜蝶不服气："可是你不觉得蒋阎的行为，有点矛盾吗？就让我感觉，好像……我在他心里其实和别人都不一样。"

"那确实不一样。换作一般的男人,我肯定会说他对你有意思。"

"蒋阎不算男人吗?"

"他算男神,不能用常理去判断他。如果他真那么容易拿下,怎么还会是大家口中不可摘的月亮呢。"

姜蝶小脸一垮。

卢靖雯见状赶紧找补:"但这点不一样对于蒋阎来说也很难能可贵了。"

姜蝶又精神一振。

"其实这都不是重点。"卢靖雯一打响指,"管他现在有没有心动,我们干就完事了。双十一之前赶紧脱单!我帮你!"

"双十一啊……"姜蝶扯了下嘴角,"真是个讨厌的日子。"

"风水轮流转,让你往年秀恩爱。"

"我只是讨厌这个数字。"她眼带嘲讽,"一个十一就够讨厌了,还有一个。"

姜蝶没把卢靖雯说的帮忙放在心上,只是没想到,第二天她直接甩了一个盐南音乐节的宣传链接过来。

Lulu:[链接]

Lulu:票你得自己买啊,我的飞白已经帮我买了。

这个音乐节是官方为了拉动盐南岛的旅游开发特别支持举行的,因此请了大大小小国内外的乐队,已经举办了三届,人气一直很火爆。

而荒凉的盐南岛也多亏了这个音乐节,从"死火山"变成一座"活火山",热闹尽数在这两天爆发。音乐节从白天开到晚上,重量级嘉宾都放在压轴,届时码头都歇船了,只能住下来。岛上的那些别墅旅馆就是为此纷纷建起来的。

只是姜蝶是音乐白痴,对音乐节也压根不感兴趣。

小福蝶:我买这个干啥?

Lulu:你猜谁还买了这个票?

小福蝶:……蒋阎?

Lulu：Bingo，飞白当时也想买但抢不到了，在班级群里哭，结果你男神推了一个自用黄牛给他。[笑哭.jpg]

Lulu：因为买黄牛票花太多钱了……岛上住宿还巨贵，飞白之前就问你男神能不能借别墅空房住一住。当时他说OK。

Lulu：我昨晚又让他再去问了一嘴，你懂我意思了吧？[挑眉.jpg]

Lulu：[截图]

小福蝶：！！！我现在就去买！把那个黄牛也推给我！

卢靖雯发过来的截图，正是文飞白和蒋阁的私聊——

阿飞飞飞：爸爸！有个不情之请！

阿飞飞飞：我女朋友一个姐们也挺想来音乐节的，是她同班同学，你看方便和我们住一起吗？不然女孩子一个人住外面也挺不安全的。

隔了一个晚上，蒋阁回了个"好"。

音乐节开场的这天是十一月的第一个星期末，大家各自前往，约好开场前半小时在盐南海岸景区门口集合。

姜蝶一上岛就感到心旷神怡，也许是知道这次要见到的人和上次截然不同，或许是今日是个晴天，终于能看见澄蓝的海水，阳光透亮，将沙子照成金矿。

以往清冷的小路上走满了青年男女，背着大包小包，里面装着帐篷。原先他们带着帐篷是方便直接过夜，但后来音乐节有了新规范，到了点就结束清场。在这之后，大家带帐篷的习惯依然保留，为的是蹦累了就在沙滩上支起来，躲进里面休息，还可以防晒。姜蝶在大门口和卢靖雯两个人碰头时，发现他们也很老到地带了一顶大帐篷。她左看看右看看，蒋阁不在，顿时心也不旷神也不怡，还觉得阳光过分刺眼。

"蒋阁不和我们一起吗？"

文飞白挠头："他就说有缘分里头见。不过结束的时候他会来我们的帐篷会合，带我们回家的。"

"那就太浪费了。"姜蝶暗自握拳，"鲁迅说过，哪有什么缘分，都是事在人为。"

卢靖雯一脸蒙："这是鲁迅说的吗？"

姜蝶撺掇文飞白道："我觉得咱们应该拉一个微信四人小群，里头这么挤，随时有可能走散，对吧？"

卢靖雯反应过来："没错没错，赶紧拉。"

迫于两人给的压力，文飞白颤颤巍巍地把蒋阎拉进了群聊。

阿飞飞飞：@wasteland，我们到了，你到了没？

Lulu：会长好，今天麻烦你啦！

小福蝶：[开心转圈.jpg]

而回应三人的，是蒋阎的迷之沉默。

过了十分钟，他才慢吞吞回道：嗯，已经进场了。

进场前文飞白联系上了他的黄牛取到了票，而姜蝶还苦苦等着她的黄牛。因为她加上文飞白的黄牛时，对方已经没票了，她只好大浪淘沙，去网上找到了一个据说还有票的。

只是那人到现在还未出现，姜蝶怀疑自己被骗了。她不好意思让卢靖雯和文飞白陪自己干等，让他们先进去抢个好点的位置。离开场大约还有十分钟的时候，谢天谢地，黄牛总算联系她了。

"你是那个胸口带望远镜的吧？来来来，你看你七点钟方向。"

微信里黄牛发了一串语音，姜蝶闻声望去，一个穿红色夹克四十来岁的大姐站在那儿。

姜蝶狐疑地走过去："'幸福女人'是你吗？"

她连连点头："你要取票是吧？跟我来！"

姜蝶顿时心生警惕："票呢？不能直接在这里给？"

大姐支吾道："我老实跟你说吧，你这么晚来找我，票早就卖光了。"

"哈？你当时不是承诺一定有票吗？"

"有票不就是为了进去吗？"大姐打包票，"我带你走员工通道。他们留了个特殊的小门儿，一样都能进。"

姜蝶踌躇地站在原地，那大姐见她不动，忙说："你要不去我这定金也不退的哦,我和人家都说好了的。"

微信里卢靖雯在小群里@她。

Lulu:快开始啦,你怎么还没进来?

阿飞飞飞:是不是那个黄牛不靠谱?

小福蝶:她说没票了,但是可以带我走特殊通道……

这个时候,又有一对情侣朝姜蝶和大姐走来,问了和她一样的问题。

只不过那男的大概是没长眼,居然对着她问:"'幸福女人'是你吗?"

姜蝶猛翻一个白眼:"我是幸福少女,谢谢。"

"我才是幸福女人!"大姐探出头,又重复了一遍刚才的说辞。

那男的一看就是老手,随即回道:"可以是可以,但尾款我们就不交了,你这也是在骗我们。"

言谈间又有一个女生过来要票,这"幸福女人"居然还忽悠了不少人。

见有其他人同行,姜蝶的戒心降低不少。

她在群里回复。

小福蝶:我打算跟过去看看,安全起见我现在就打开位置共享了,正好一会儿按着里面的位置过去找你们。

黄牛带着姜蝶四人兜兜转转,最后停在一个写着"禁止入内"的景区栏杆前。

她把一根栏杆从中取下来,原本狭窄的缝隙变成勉强可以容纳一人通过的小入口。

众人面面相觑。

"这就是你说的……特殊通道?"

大姐呵呵一笑:"昨晚刚锯的,热乎着呢。"

简直和狗洞没什么区别了,事已至此,大家都明白自己完全被这黄牛涮了。音乐节到了开场时间,已经能遥遥听到电吉他的声浪。那个男生咬咬牙,率先挤进去,女生却痛骂男生不靠谱,这样进去丢死人,死活不愿意,两人隔着栏杆对骂起来。

而"幸福女人"不知不觉已经溜之大吉。

姜蝶硬着头皮说:"你俩挪个位置吵呗?"

她也无奈,但怎么办呢,还是得挤。人生的路口有时候比这道缝隙都狭窄得多。

女生瞪了姜蝶一眼,扭头就要走,忽然愣住。

姜蝶顺着她的视线看过去,摇晃的芭蕉树下,穿着一水儿白色运动套装的青年疾步走来。乱花渐欲迷人眼,他却比一切的潮间带植物都鲜明,吸走所有的光,叫人只能看向他——蒋阎。

……他不是早就进场了吗?

她匆忙点开小群一看,蒋阎不知何时悄悄加入了位置共享。那个黑白的头像慢慢靠近她的蝴蝶头像,像台风登陆时的气象图,带着一种不可抗力,令两个头像重叠。

风平浪静的天气,一场台风就这么席卷了一只蝴蝶。

22

此时此刻,这只蝴蝶正撸起袖子,半条腿已经伸进"狗洞"。

四目相对,姜蝶想一头撞死。

"你这样进去违规,手上不会有印章。"蒋阎开口道,"我带你从正门进。"说话间带着跑动过后才有的微喘。

"可是票……"

蒋阎从他口袋里抽出一张全新的:"我刚好有。本来给我朋友买的,他临时有事来不了。你不用它也是张废纸了。"他指了指姜蝶身后的窄缝:"还是你要真做一只猫,从这里钻过去?"

"哦……那太谢谢师哥的朋友了!"

姜蝶万幸地撤回脚,听见身旁那女生转回身继续大骂道:"你看看人家!说了这样进去不行的!"

姜蝶不由自主地就生出了几分窃喜,觉得自己就像是被挪亚方舟最后挑中入船的人。

"那我这票钱要不要转给你朋友呢？"

其实她拐弯抹角地想问：你到底还约了哪个朋友来？这个人居然还敢放你鸽子。

"不需要。"

蒋阁走得很快，毕竟已经开场。姜蝶带着几分尴尬，亦步亦趋地跟在蒋阁身后，重新绕回景区大门，还有一些没票的游客和黄牛聚集在这儿。

有贼眉鼠眼的男人突然凑到他们跟前："我手上还有票，这回算你……"

他还没说完，蒋阁立刻打断："不用。"接着加快脚步往前走。

姜蝶有些疑惑地看了黄牛一眼，一回头，蒋阁已经走出老远。

"欸，等等我——"

姜蝶终于进了场，在群里发消息，卢靖雯两人都没动静，只能看到两个头像大致在哪片区域，隔得还挺远，姜蝶在心里给卢靖雯点赞。

她试探地对着蒋阁道："师哥，他们俩估计玩开心了，都没回。我能先和你一起吗？反正你朋友也没来。"

"随你。"

他很冷静地站到主舞台的人群边缘，因为身高，就算站在后排也没有什么阻碍，但是姜蝶几乎就被遮得什么都看不见了。他抽空将眼神从台上收回，瞥了她一眼。

"我建议你还是站前面去。"

"不用啦。"姜蝶摇头，"我已经找到了最心仪的位置。"

别人是来看演出，而她是来看他，因此，他的身边就是全场最佳席位。这一点，他懂不懂呢？蒋阁微微一怔，不再说话了。姜蝶其实根本分不清舞台上在唱什么，觉得每一首歌好像都差不多，反而是此起彼伏的尖叫和口哨声近在咫尺，特别吵，但她还是装出很开心的样子，奋力地摆着双手摇晃呐喊。相比之下，蒋阁好像才是陪同她来、兴致缺缺的那个人，手插在裤兜里，全程都没怎么动弹。

姜蝶脸上笑嘻嘻，心里苦哈哈。她原本设想得太美丽，大型海滩蹦野迪现场，难免会摩肩接踵，气氛那么好，小手一碰，很多故事就这么发生了。她都已经做好了心理准备，但现实是，周边的粉丝全挤去了前头，周围只有冷静的蒋阁做参照，实在显得她很二。

她摇着摇着就收起双手，两个人客气地站了一下午，直到日落。

微信里卢靖雯发来私信八卦。

Lulu：你们怎么样？

小福蝶：挺好的，保安大哥刚过来问我俩，怎么站得比他们还标准。[微笑.jpg]

音乐节进入短暂的中场休息，人群散去准备吃饭。风景区内有海鲜大排档，文飞白在群里直接找蒋阁，为了答谢住宿要请他吃饭。蒋阁说算了，但姜蝶的旧手机耗了一下午已经没电。她声称自己没带充电宝，怂恿蒋阁带着她去找另外两人。

大家在帐篷集合，帐篷外面就是海鲜排档，蒋阁也懒得折腾，最后同意了一起吃晚饭。

点菜的时候蒋阁很随意，让他们点就行，文飞白脸一皱："哎，我也不知道吃啥，雯雯来吧。"

"这事儿我拿手！"卢靖雯掀过菜单，顺嘴问姜蝶，"你想吃啥说啊。"

姜蝶便道："那我可以点一条鲈鱼吗？"

蒋阁低头正在划屏幕的手指一顿。

卢靖雯奇怪地看了她一眼："我之前出去和你吃饭你都不爱吃鱼啊。"

确实，她不爱吃鱼，但并不是讨厌它的味道，这要追溯到那一次她在超市外近乎英勇地背叛加自曝。在那之后她被送到了派出所，警察叔叔没有凶神恶煞，反而慈眉善目，用一种很复杂的目光盯着她看，长大后姜蝶才知道那种目光意味着怜悯。她弱弱地问："我是不是要被关起来，一辈子都在牢里呢？"

他们失笑，继而那目光更加怜悯，告诉她说："你很勇敢，做了正确的决定。我们不会把你关起来，我们要关的是逼迫你的那些大人。"

她这才知道，自己一直生活在被构筑出来的恐吓谎言中，并非真实的世界。

真实的世界里，原来是有她的容身之处的。

逼迫她偷盗的坏人在她提供的信息下落网，他们谁都没有想到会被自己驯养多年的狗反咬一口。她亲手粉碎了困住她的囚牢，接着被送往福利院。她并没有关于亲生父母的记忆，打她记事起，过的就是那样朝不保夕的日子。警方核实了这些年间失踪儿童的登记备案，没有人在找她，也就是说，她极有可能是被遗弃的小孩。因此，福利院是她唯一的去处。

来到福利院的第一天是夏末的傍晚，葱郁的树梢上有昆虫在叫，比她还小的孩子们在院子里收起皮筋，大喊道"开饭啦"。她生怕没有自己的那份，跑得比谁都快，吃饭时也比谁都猛，毕竟在她从前生存的世界，吃饭就是一场角斗。

她甚至总结出了一套吃饭的"格斗"技巧：一定要挑馒头和米饭，先把最能果腹的吃进去，没空细嚼，赶紧生吞，这样消化下来能撑好久。于是在来福利院的第一天，她生怕别人抢吃的，把自己餐盘的食物不要命地往自己嘴巴里塞。其中有一条小鱼，她从没吃过，觉得好稀奇，更着急一口吞下。抢到食物的幸福感仓皇过去，喉咙像吞下了一柄刀子，随着吞咽切割她的喉壁，这比她生吞馒头时痛多了。

那次之后，姜蝶就发誓，她再也不要"自杀"，以后见着鱼就绕道走，绝不会主动点它。但是今晚，姜蝶破例了，因为她还记得，那是蒋阆在泰国时说过最爱吃的菜。

她想了解他的喜好，也愿意去尝试他爱吃的食物。

等菜的工夫，几乎都是卢靖雯和文飞白还有姜蝶在聊，姜蝶一直用余光偷瞄蒋阆，觉得他越发捉摸不定。如果他真对自己有稍微一点的动心，不该从下午到现在都这么爱搭不理；可他又特意在进场后跑出来带自己进去，虽然是因为有一张多余的票……

这人怎么这样啊？姜蝶恶狠狠地撕开竹筷——如果它是蒋阆的内心，能这么简单粗暴撕开就好了，一览无余，不用再东猜西猜。

夕阳沉坠,夜色笼罩。排挡沿路灯火亮起来,越来越多的人入座吃饭,位置显得不太够,几乎每桌都在拼桌。姜蝶他们那桌也没能幸免。

老板又带着三人走过来,问能不能拼一下。大家本来不太愿意,结果发现打头的男生是副会长常乐。其余两个女孩都面生,应该是他外校的朋友。

常乐惊呼:"哇会长,文飞白!太巧了!"

蒋阁点头打招呼。文飞白和常乐不是一个院系,但两人也认识,文飞白冲着常乐挤挤眼睛,是男生间不需多言就能懂的调侃,仿佛在说"一下子带俩妹来蹦野迪,够可以的啊哥们"。姜蝶却在心里翻白眼,因为一眼就瞧见那两人的眼睛黏在了蒋阁身上。

服务员搬来塑料椅子,本来松散的布局因为插入了另外三人变得拥挤,姜蝶骤然屏住呼吸,她的椅子和他的椅子,在调整位置过后突然紧密地靠在一起,而她稍一动作,裸露的膝头就碰到了他的运动裤。两者轻轻一撞,她僵硬地停在原地不敢动,就这么若即若离地靠在他的腿侧。这样意外的触碰是生活里常见的组成部分,搭一辆晚高峰的地铁,挤到音乐节的前排,或者像之前在KTV里给人让路,普通得就像自己的左手摸到了右手,世界照常往前进行。

可偏偏有那样特定的一个人,即便只是隔着布料、转瞬即逝的触碰,都能让人感觉上帝凭空按下了休止符,将那短暂的两秒不停地放大重演,但有一种无奈是,世界被静止的只有你自己。

他的世界依然一切如常。

姜蝶用余光注意着蒋阁始终平静的神色,沮丧地想:他就是这样的吧。

常乐三人入座,对面还空了一把椅子。

"我有个朋友在小舞台看,马上过来。"说着他回头,"嘿,就过来了……这儿!"

那人插着兜慢悠悠走过来,从鸭舌帽换成了渔夫帽,银色耳钉也换了单只黑色的骷髅头,是那个有过一面之缘的邵千河。

卢靖雯暗自拉扯了下姜蝶的胳膊,语气带着激动:"这人好痞帅啊,是我的菜。"

"文飞白就在边上,省省吧你。"

两人小声耳语间,邵千河拉开椅子坐下,扫了一眼大家,调笑道:"老乐,你拼到了不错的桌。"

"那可不,都是老熟人。我给大家介绍一下,这位叫邵千河,是我们隔壁科大的,应该也是我们这里年纪最大的吧,大四大前辈喽。"

常乐作为两方唯一的交叉人,主动当起了润滑剂。

介绍到姜蝶时,邵千河出声打断道:"她,我已经认识了。"他盯住她的眼睛:"我们算认识了吧?"

姜蝶一怔,点头:"当然。"

他嘴角微扬。

一边的卢靖雯又在狂拉她的胳膊,低声嚷嚷:"我去,什么意思?你俩原来还有交情?"

常乐恍然道:"哦对,你们上次在KTV见过。"

"但那次忘记加微信了。"邵千河送手机到姜蝶面前,上面是他的二维码,笑着说,"得让我们的认识更完整一点。"

坐在姜蝶身旁的蒋阆忽然抬起眼,说了他落座后的第二句话。

"她手机没电。"

第三篇章

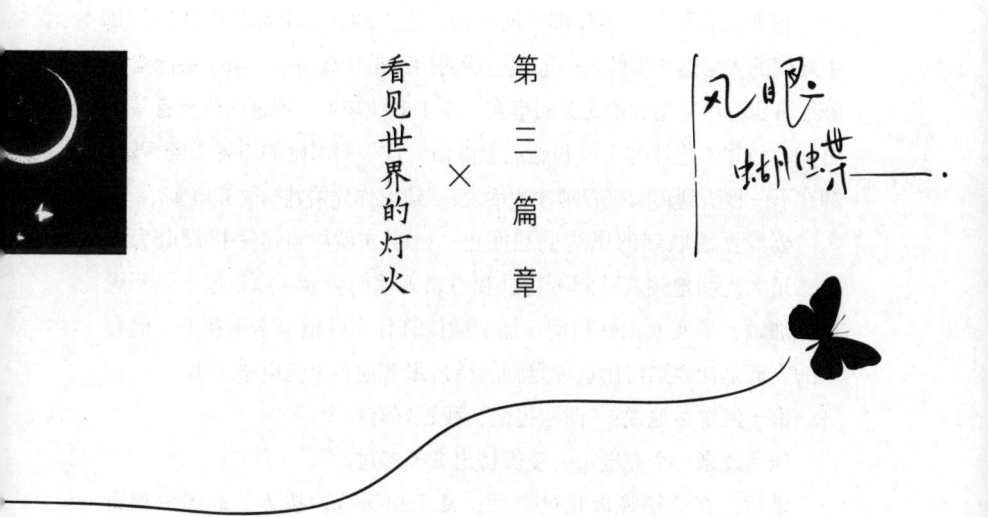

×

看见世界的灯火

风眼蝴蝶

23

蒋阎话音刚落，不仅邵千河一愣，桌上的几位全都脸色各异，其中最蒙的人必然是姜蝶——他说这话的用意是什么……？看上去确实在陈述事实，可这是和他无关的事实，用不着他来说，那这么说只有一个可能，他并不想让邵千河和她加上微信。这一刹那她的心思千回百转，却在下一秒听到蒋阎接着刚才的话说："建议你先给她一个充电宝。"

姜蝶浮想联翩的思绪戛然而止。她刚才就以自己手机没电为理由，正大光明地赖着蒋阎帮自己和卢靖雯他们会合。原来他不是不想让人加她，事实上正好相反。加个微信算什么？他根本不在乎。他在乎的大概是让她别再用这种蹩脚的借口跟着他，早充电早了事。

邵千河恍然地说："谢谢提醒，我正好有一个。"

他递过来一个充电宝，姜蝶挤出微笑接过。

果然，在这顿晚饭吃过之后，常乐想撮合两拨人一起去主舞台蹦，蒋阎表示自己想去其他的小舞台，就不和他们一起了。姜蝶没再贴上去，有一点赌气，也有一点灰心。理智上她也知道不跟上去才是最好的，死缠烂打不是她的行事风格。

卢靖雯看着蒋阎头也不回的背影，凑到姜蝶身边耳语："今天见过你们互动的我可以很客观地给你建议——你死心吧。"

姜蝶扁起嘴："他给过我糖。"

"你都追到停车场了，肯定比那些围在楼下的女人难搞。不给颗糖不好打发。"

"他给的糖是我最喜欢的。"

"巧合。"

"他今天还特意出来接我。"

"他也不缺钱转票,与其砸手里不如帮你个忙,挺正常。"

姜蝶悲从中来:"你可以不要说话了吗?"

卢靖雯揉她的肩:"水里怎么可能捞得起来月亮呢?你还是换个目标吧。"她指了指不远处的邵千河,"我觉得他不错,感觉有戏。"

"你别乱点鸳鸯谱了。"姜蝶撇了撇嘴,"我不喜欢这种轻浮的。"

她兴致缺缺地跟着大流走到主舞台,上面已经有乐队登场,正在调试设备。

底下的人陆续变多,之前和蒋阁站在边缘没觉得有什么,和大家挤到前排才感觉出音乐节的气氛。虽说没有夜店那么夸张,但也够人挤人的,足以让姜蝶束手束脚。

时针走向晚上八点整,夜色尽黑,随着海风刮向面门的是舞台腾空的火焰。

"哇!"

底下的人潮爆发出热烈的尖叫,舞台上电吉他噼里啪啦,鼓手摇头晃脑隆隆拍响开场信号,主唱爆裂开嗓,混合着红蓝相间的电光,拉起了晚场的序幕。瞬间,姜蝶就感觉海水涨了潮,肆无忌惮地漫至身后,推着她不断向前。她抱着臂,尽量不和别人有肢体接触。

主唱唱到副歌部分,脚踩着音箱向看台下嘶吼时,气氛被推至高潮。

姜蝶眼前,常乐和他带来的女生兴之所起地抱在一起,手还不合规矩地摩挲着女生的腰。

她挠了挠额头转过脸,又撞见卢靖雯向着文飞白撒娇,他直接将人公主抱起来,大声道:"能看见了吧我的祖宗?"

卢靖雯吧唧一口亲在他脸颊上。

姜蝶只好尴尬地再转头,却看见常乐带来的另一个女生踮着脚在和旁边的人舌吻……这是邵千河?果然玩得够野。姜蝶正在腹诽,面前伸过来一瓶啤酒。

"喝吗?看你老绷着,喝点会更放松。"

她一扭头,才发现真正的邵千河正在自己的左手边。

刚还把舌吻的那位错认成他,姜蝶心虚地摇了摇头:"不了,谢谢。"

她拒绝了他的啤酒,不动声色地拉远距离,总觉得他的靠近也目的不纯。姜蝶刚往边上走了两步,台上换了人,底下的呼声更大。新上台的似乎是一个很受欢迎的乐队,不断有人往前挤,想离舞台更近一些。身后有热气贴上来,那感觉很不对劲,姜蝶的鸡皮疙瘩瞬间从脚心底泛到天灵盖,只是那股热气很快就消失了。

她诧异地回头,邵千河拨开挤上来的男人,语气散漫地说:"往哪儿挤呢?"

"谁规定不能挤了?"

邵千河冷笑:"你这是往舞台前挤的吗?再挤我打得你妈都不认识你。"

那男人一愣,嘴里骂着脏话扭头走向了另外一边。姜蝶有些愣,忽然就想到了在普吉那个昏暗的酒吧,蒋阎从黑暗里现身,也是这样帮她解围。

"姜蝶,小福蝶。"邵千河在她呆滞的眼前伸手摇晃,"不会被吓傻了吧?"

姜蝶开始痛恨自己不分场合地点,思绪总是拼命涌向同一个人。

她回过神,讷讷地跟他说"谢谢"。

"你好像心不在焉。"他指着舞台,"不感兴趣吗?"

姜蝶忽然无法克制自己去往蒋阎身边的渴望。

她顺势点头:"这里人太挤了,我还是去小舞台舒服点。"她笑着感谢他,"刚才谢谢你,你们继续好好玩儿。"

她一转身,邵千河倏然拉住她的胳膊。

"我跟你一起过去吧,这儿确实躁得慌。"

姜蝶下意识想拒绝,但转念一想,如果带着邵千河过去,可能会比自己一个人过去要好。她心里打起了小算盘,于是点头道:"行。"

邵千河走到她身边,两人准备从层层叠叠的人群中突围。他忽然毫无预兆地伸手过来,姜蝶一惊,他的手却稳稳停在离她肩头一寸距

风眼蝴蝶

离处,悬空着隔开人群。姜蝶不自然地抿唇,为之前自己私下评判他轻浮而感到不好意思。

两人走到小舞台,那儿果然人少了一大圈,姜蝶一眼就看见了站在最边缘的蒋阎。他在一片声色里,气质清淡得像水墨,五官却是浓烈的工笔画。

"看到你们的蒋会长了。"邵千河自然也看到,挑眉道,"果然和传言一样高冷。"

姜蝶假装才看到,装模作样道:"你也听说过?"

"他也是我们学校的大红人。"邵千河懒洋洋地随口一提,"很多女生喜欢他。"

"这样……"姜蝶笑不出来。

她像是对这个话题缺乏兴趣似的,转而说:"我们再往前走一点吧。"

她直接越过了蒋阎。

邵千河略惊讶:"你不和他打招呼?"

"有什么好打的?别打扰他就是最好的招呼了。"

姜蝶只是言语上不打扰,视觉上却骚扰着他,不经意地和别人在他面前晃悠。

蒋阎既然已经摆出疏离的姿态,那么她欲擒,只有故纵。你道高一尺,我魔高一丈。假装姐不稀罕你,才不是单冲你去,只是好像有点对不起被自己利用的邵千河,不过说到底,也是他自愿提出过来的。姜蝶停在蒋阎身前几米的位置,一个不会太近但又不容易被忽视的位置。她假装自己完全没注意到他,故意拉近和邵千河的距离,还时不时主动挑起话头,因为周边吵闹,需要凑近耳朵说话。姜蝶只恨自己后脑勺没有长眼睛,不能实时观察蒋阎的反应。他会反过来在意吗?会把眼神从舞台上分出一点点,给到她吗?姜蝶心如擂鼓,想出一个观察的办法。她点开前置镜头,对准自己,借着自拍的姿势,不断调整着角度,试图捕捉身后的蒋阎。奇怪……人已经走了吗?她换了几个角度,都没看到他,心中不免浮现自己好像小丑般的失落,穿上戏服,竟演给了瞎子看。

"女孩子自拍真的很费劲欸。"邵千河在一旁失笑,凑过来道,"要不要我们俩一起合拍一张,纪念一下?"

姜蝶已经没了心情,但也不想扫他的兴,随口道:"好啊。"

"我来拿吧,角度保证显你脸小。"

他很懂地拿过她的手机,高高举起,姜蝶凑过去比小树杈,那一刹那,在镜头里看见了插着兜的蒋阎……啊,原来是身高导致的角度问题,蒋阎一直在那儿,并且从镜头里看,好像还比之前的位置近了两步。

姜蝶情不自禁地盯着画面里蒋阎的微小侧脸,在邵千河按下拍摄的须臾,他冷不丁地微侧过脸,她的视线和他的目光似乎相逢,被压缩在前置镜头里,宛如夜色下的噪点,模糊又粗糙。或许这只是毫无意义的一眼,却在接下来的后半程中让姜蝶一直心神不宁。

音乐节开至凌晨,两边的大小舞台节目都进行到了最后。

姜蝶还记着一会儿要去帐篷集合,想先一步走,不然等会儿就是人挤人的可怕场面。她回头时,发现蒋阎果然已经离开了——够狠,明明都是要去帐篷的,叫都不叫她一下……虽然是她没打招呼在先,那也是他先嫌弃她的!总结下来,还是蒋阎的错。

姜蝶和邵千河在小舞台告别,内心愤愤地往帐篷的位置走去。

夜色下的帐篷比之前日落时更难分辨,黑黢黢的海滩边尽是一顶又一顶相似的帐篷。好在他们的搭在排档边,借着那一串闪亮的霓虹灯泡,终于勉强找到。卢靖雯和文飞白还未从主舞台出来,帐篷里只有蒋阎。他站了许久估计有点累,此时正坐着,手指插在陷下去的细沙中,漫不经心地把玩着从指缝溜走的沙子。她犹豫片刻,坐到他身边,隔了一点距离,沉默了一会儿,还是她最先败下阵来,没话找话:"没想到师哥还会像个小屁孩一样玩沙子。"

他不甚在意她的调侃:"都说沙子难握,我在尝试怎么留下它。"

"……很难吗?"

她也伸手,将半截手掌埋入沙滩,再收起五指用力捏紧。无论多紧，沙子依然从缝隙里四面八方地流回沙滩。两个人就这么无言地坐着，捏着流沙，像在比试谁握得更多。

漆黑的海面上有巡航灯寂寞地滑过。

他们的背后是即将散场的舞台，但在这时，还有未尽的音乐当作天地的背景。排档边还有人在点鱿鱼烧烤，蜿蜒的香气顺着咸湿的海风飘到鼻尖。沙滩和海水交界的岸边还有亮起的仙女棒，微小的焰火像是从夜空里掉下来的星子，没找准降落的位置，被凡夫俗子抓在手中。

那么月亮可不可以也掉下来呢？

她悄悄地，悄悄地侧过头，蒋阊却也在看她。

她心虚地立刻伸手摸了摸鼻子，眼神逃开，以她的视力，其实此刻看不大清楚蒋阊的表情，只能依稀感觉他还在看她。

舞台的方向飘荡着返场歌曲，温柔地唱着——

> 天色将晚，人潮渐散，你伸出手，目光柔软……

在吉他落下最后一个休止符时，他伸出干净的手，捻了下她的鼻子，帮她拍掉了沾上去的小沙子。

稍硌的沙粒从鼻尖滚落，他指腹的温热却还残留，没有离开。

—24—

卢靖雯他们回到帐篷时，发现姜蝶和蒋阊都已经到齐，两个人没说话，看上去古古怪怪。尤其姜蝶，表情醉醺醺的，像是喝酒喝大了，但凑近一闻，又没有酒味。

他们把帐篷收起来，由蒋阊带着走向别墅。

卢靖雯和文飞白都是第一次来，瞠目结舌地看着夜幕下静谧的花园洋房。蒋阊简单介绍道："客房都在一楼，你们随便挑。"说完他便径直上了二楼，一如之前那样。

卢靖雯在客厅里转了一圈，停在对着海岸的落地窗前感叹："蒋阁可真是少爷啊,这种房子就这么空着,也不拿来好好开发利用。"

文飞白挠头:"人家有钱呗,你的一万块在人家眼里就是一块。"

"所以他家到底是做什么的啊,这么有钱?"卢靖雯好奇,"你们都同班三年了,应该知道点什么吧?"

姜蝶闻言,终于从刚才的帐篷里回神,从旁探出一张好奇的脸。

"我哪儿知道?蒋阁从来不炫他的家底。"

"搞什么?这么神秘。"

对话在好奇中无疾而终。

姜蝶又陷入刚才的帐篷里,那大约只有两秒的触碰——帮人擦掉鼻子上的沙粒,太暧昧了,虽然蒋阁轻描淡写地收回手,说那粒沙子很碍眼,好像只是因为强迫症看不下去才这么做。

但对比那时在机场,她吃三明治时酱沾到鼻子,同样是看不下去,他却只递过来纸巾让她自己擦。这微妙的转变,让姜蝶在那瞬间灌下了从沙地里挖出来的陈年女儿红,醉醺醺的,无限雀跃。

即便在几小时前,她还在犹疑。

单恋怎么会这么折磨人?一点一滴的风吹草动都是千军万马过境,而她想征服的君王甚至未登上城墙。他随便的一个号令都能令她紧张万分,解读出三十六计。

就在这个别墅,饶以蓝曾经好几次主动敲响他的房门。她当时还嘲笑她不懂进退,时至今日才明白,是自己天真。

喜欢这场战争,先发动的人注定难以全身而退。

第二天,姜蝶被一阵闹铃声吵醒,窗外天甚至还没亮。

换平常没有课时,她会放任自己自然醒,但现在可是在蒋阁的别墅,这是难能可贵的机会,起得晚了也许蒋阁影都没了。虽然昨天胡思乱想到凌晨三点才睡着,但她还是咬咬牙爬起来化妆。

如果不遮瑕,黑眼圈和熬夜刚冒出的痘实在太碍眼,她费了半天工夫化了裸妆,营造出自己只是洗了把脸,但皮肤依然吹弹可破的美好错觉。姜蝶不免嫉妒起蒋阁的肤质,为什么他的素颜能好到看不见毛孔？老天是不是太偏心了一点！

姜蝶走到客厅，静悄悄的，太阳在落地窗外探头探脑，和海岸线难舍难分。

她迎着金光出发去便利店，买了四份三明治和牛奶，当时台风天见到的那个便利店小哥已经换人，店里头也不再播放那首《龙卷风》。姜蝶下意识地看了眼手上的皮筋，从泰国回来后就被她当作手链一直环在手腕，此时皮筋有些松了。她回到别墅，在四人小群里把其余三人都@了一遍，问有没有人起来，她买来了早餐。借着其余两个烟幕弹，她光明正大地把炮弹轰向蒋阁，并且获得了他的回音。他回了条"谢谢"。

不一会儿，二楼就传来开关门的动静，蒋阁下楼了。

姜蝶坐在餐桌边，咬着三明治含糊地打招呼："早桑吼！"

她故意想借此营造出一种可爱的嗓音，但某人没有买账，反而还皱了下眉，似乎担心她把嘴里的食物喷出来。姜蝶只好默默地快速嚼动，把嘴里的食物吞了下去，才继续开口说话："师哥今天回花都吗？"

他拉开椅子坐下，这回倒是坐到了她的对面。

"不了，要留下来做微缩。"

姜蝶眼睛一亮："我可以留下来观摩吗？"

蒋阁看了她一眼："你真的感兴趣？"

当然感兴趣啊，对你。

所以对待与你有关的事情，我也会格外认真。

姜蝶推开椅子，噔噔跑进房间，从帆布包里掏出了随身携带的那本《景观模型的创造与制作教范》。她跑回餐桌，把书摊开来给蒋阁看。

他垂下眼，这一页夹着书签。

"我都认认真真看了！伊藤康治做的这个铃木车行，和我之前看过的一个剧——《三丁目的夕阳》里的那个取景，一模一样！"姜蝶发自内心地感叹，"原来微缩真的能把活生生的东西浓缩成那么迷你的东西啊。"

之前蒋阁发的那些模型图，因为没见过原形，感触也就不深。但这个铃木车行是她见过的，惊讶感就实在了许多。

"微缩不仅能还原现实世界。"蒋阎脸上难得浮现出微笑,"再进一步,就是创造一个新的世界。"

"这是什么意思?"

"不是凭空创造,也是基于某种凭证。比方说,一本小说里的场景,一句歌词里的描述,一部电影里的画面,等等。"

姜蝶若有所思。

"那你有创造过吗?"

蒋阎身体力行地回答了这个问题——吃完早饭后,他居然带她上了二楼,那个让他总是把自己关在里面,一待就是很久的房间。姜蝶上楼梯时小腿肚轻微打战,不断在想,自己会是第一个走进这房间的人吗?那她真是投其所好正中红心了。

蒋阎停下脚步,推开门,姜蝶小心翼翼地往里探进脑袋。说实话,比想象中无聊很多,完全就是手工工作室,各式各样的道具井井有条地排列着,每一个角落都透着规整,同时就显得冰冷。其中最引人注目的就是墙边的柜子,上面陈列的皆是制作完成的微缩废墟,和他发的图片一样。姜蝶凑近了看,那些细节的逼真和细腻度更让人佩服,但也无端让气氛变得压抑,仿佛整座房间就是一个巨大的废墟容器。

他的工作台上,有一件模型正制作到一半,姜蝶"啊"了一声,指着它说:"我知道,是那个二战桥!"

拜县的那座桥,他还拍了照的。

它和柜子里陈列的东西也有个共同点,都是已经被废弃的遗迹。

"我有个问题……"姜蝶终于说出很早就想问的,"这些遗迹是什么独特的美学流派吗?"

蒋阎靠在门边摇头:"它们只是单纯的废墟。"

"所以……你就是单纯地喜欢废墟?"

他却说:"谁会喜欢废墟呢?"

姜蝶不解地微微皱眉,没有接话。

蒋阎走到工作台边,将纯黑的手套一点点拉上手腕,又说了句她听不懂的话:"只是没有办法灾后重建,就这样了。"

他拿起一把刻刀，开始手下的工作，似乎默许了她在旁边看着。

姜蝶内心窃喜，顿时把刚才那段意味不明的对话抛到脑后，蹑手蹑脚地搬来了一把闲置的椅子，坐到工作台的角落，撑着脸看他——都说认真的男人最有魅力，那么此时的蒋阎一定有核弹级别的杀伤力，会让人情愿肝脑涂地，觉得变成他手中一团无机的滴胶也没关系，只为了能被他一瞬不瞬地注视，小心翼翼地触碰。

他开始调制滴胶的颜色，使它看上去像混沌的河水。蒋阎耐心调试了好几版才最终确定，居然和照片里河水的颜色分毫不差。再接着是桥边的河草，他用静电植草机在已经有雏形的地皮上轻轻抖动，光秃的黄土地像被植发的光头，密密麻麻地长出草的"毛囊"。有些地方他还特意用镊子夹着不知怎么做的小小花朵，放到一片野草中。然后他又将树皮用榨汁机榨碎，撒到了草皮和未被遮盖的黄土上，看上去就像细碎的石块。仅仅是桥下的一小片草丛和河岸，他就事无巨细地制作了好久。

起初姜蝶还看得津津有味，到后来眼皮越来越沉，物体之间细微的摩擦声听得人全身发软。后背的窗户阳光暖融，她从撑着脸慢慢变成趴着，最后整张脸都埋进了胳膊底下，再次醒来时，窗户外的日头还是很偏，只不过方位从东挪到了西，已是夕阳。她的胳膊和脑袋之间垫了一个小枕头，中间还垫了一张……纸巾？

姜蝶抬起眼，蒋阎还在和桌上的二战桥较劲，他棱角分明的侧脸落在一片橘黄色的晕影里，看一眼就像喝了一口橘子汽水，那份悸动让人忍不住想打嗝。

"嗝！"姜蝶胸口一抽，真的打出声。

她立刻觉得丢脸地捂住嘴，结果接二连三地打。

"对不、嗝、起。"

"没事。"蒋阎见怪不怪，"你睡着的时候还打呼，比这还吵。"

"真的假的？！"

"假的。"

其实是很宁静的一个下午。

"……枕头是你帮我垫的吗?谢谢!"

"随手而已。"蒋阊抽空看了她一眼,"你再不走,就赶不上最后一班船了。"

无意赖到这个点,确实该离开了。

姜蝶临出门时,觉得还是该为自己辩解一下:"我不是因为觉得无聊才睡着!我就是……昨晚睡眠不足……"

"觉得无聊也很正常。"

"真的不无聊。"姜蝶着急,"我还是学到了很多的!回去我就开始动手试试!"

"哦?"蒋阊的表情多出了一点兴趣,"那你想做什么?"

这个问题问住了她。

"如果是我的话,可能会喜欢创造吧。"

她思索了一会儿,目光正对上窗外浮起来的柳梢月。

蒋阊之前说的那句话穿过脑海:创造也是基于现实,也许是一本小说、一部电影、一句歌词……一刹那福至心灵,她转过视线,慢慢移至蒋阊的脸上。

姜蝶说:"如果我真的做出来了,并且得到你的认可,你能不能答应我,做我的模特?"

短期内男朋友做不成,模特总得拿下吧!不忘初心!

蒋阊垂下眼,语气逐渐冷淡道:"我记得这个话题已经探讨过,你还没死心?"

也许是窗外的天色过于晦暗不明,容易叫人滋生侥幸,似乎夜色能将那些黏稠的情愫笼罩,言辞大胆些也没关系。

于是她一语双关地反问:"那你希望我死心吗?"

25

在她抛出这个反问后,空气沉默了片刻……这就有点尴尬了。

姜蝶清了清嗓子,装作无所谓地自问自答。

"如果是的话，那师哥你得失望了。"她呵呵一笑，"我是个不会轻易放弃的人。"

无论是比赛这件大事，还是喜欢这件小事。

姜蝶想做模型不是空穴来风。

十二月三十日，那天是蒋阖的生日。如果说要送什么礼物，没有什么能比微缩模型更能对他胃口，所以她生出了亲手做微缩模型送给他的念头。

时间紧迫，隔天姜蝶就跑去小商品市场把有的没的材料都买上。她设想中的那个微缩模型并不复杂，自觉可以一试。除此之外还有一堆正事要做，专业课、拍视频，还有做衣服，她之前只是画了草图，具体的细节还有真正呈现出来的效果，有很多需要调整的地方。

如果能拿到蒋阖的身材资料，应该会更妥帖，但万一他最后不答应，那这件衣服别人就很难再穿，为了保险起见，姜蝶还是先按均码做。

时间被各种各样的事情塞满，她不但没能完成在双十一前脱单的雄心壮志，而且这几天过得要多糙有多糙——房间里一半布料和针线齐飞，另一半是木头、石块、美工刀，还有一小角贴着北欧贴画，铺了地毯，布置得岁月静好。她不断地在纺织女工、搬砖女工和后期女工中切换，头发三天没洗，都可以拧出油来炒个小菜。

姜雪梅每次打开她房间都要大呼小叫，但姜蝶坚决不允许姜雪梅收拾，房间虽乱，但乱中有序，变干净对她而言才是一种真的乱。仿佛还嫌她不够忙似的，在月中她突然收到了一张邀请函。邀请函来自她驻扎发视频的网站，通知她的作品入围了最受欢迎的日常类 vlog 视频，邀请她务必参加这一届的红人盛典。而她入围的那一支视频，恰巧就是之前和盛子煜拍的秀恩爱视频，意味着盛子煜也收到了邀请。

不清楚他会不会去，但姜蝶决定参加。

上一届，她根本没有去的资格，只能参加花都举办的线下聚会，还是非官方的那种。能够出席这个盛典就是对博主的一个肯定，不同于之前镶边的博主线下聚会，这个很正式，据说还会邀请一些知名艺人来。自从宣布"分手"之后，她的视频点击和互动率都不太理想，如果这次能蹭到就是赚到。

典礼安排在十二月中旬，在西川市举行。

西川市，看到这个地点，姜蝶愣了会儿神，终究还是要回到这个地方。

没什么，都已经过去了，姜蝶把邀请函一合，却抑制不住心里的紧张。她安慰自己，只是因为这是人生中第一次出席这种大场面，所以才会不安。该挑选什么样的衣服才不露怯，她心里完全没底。现有的衣服不太能拿得出手，至少得是牌子货，但牌子货没有人脉也租不来，只能去买。

因此，这笔钱得花得很慎重，一个人拿不定主意，但一群人应该可以，正好可以趁机出一期视频。

她拿上老家伙——相机，抽出周末的时间，逛遍了花都的高端商场，又去了一些有名的独立设计师的店铺，把自己试衣服的过程拍了下来，打算连夜赶出一期 vlog 和粉丝们分享，听听他们的意见。实际上，在试衣服的过程中她已经有了一见倾心的衣服，那是在最后一家独立设计师的店里发现的。一家她收藏了很久的店，之前一直没勇气进去逛，只敢在橱窗外看看。这家店她实在没底气进去，随便一件配饰丝巾都是四位数，当季的设计新款全是五位数起。它的创始人春尾衣良，一个日本人，是时尚圈目前最火的设计师之一。也许是名字里带了"衣"字，老天爷赏了她这碗饭吃，她第一次在巴黎时装展举行发布会就一炮而红，从此一发不可收。

她的设计风格独树一帜，与当下流行的前卫、极简唱反调，彰显复古、华丽，每一件衣服，毫不夸张地说，都是艺术品。姜蝶之所以那么想交换去巴黎的设计学院，很大程度上也是因为仰慕她，想有机会与她近距离交流。

而花都的这家店是春尾衣良唯一开在中国的店铺，因为她喜欢海，任性地要求所有的店铺必须开在海边。

姜蝶在这家店铺开设的街道上流连过很多次，除了第一次被好奇心驱使着进去看了个爽，这是第二次敢昂首挺胸地进去逛。一进去，她就完蛋了。

　　店铺的尽头，悬挂着一件红丝绒的法式长裙，两根细细的带子，裙摆一长一短，层层叠叠，形状似两片薄薄的羽翼，最底下缀着一圈细碎的琉璃。整件衣服像蝴蝶破茧时脱下的那层皮，仅是挂在那儿，就有一种撕裂的张扬。

　　姜蝶被惊艳到无法呼吸。

　　她甚至没有上身穿，只是取下来在镜前比画，就觉得身体在裙下燃烧。

　　旁边的店员惊叹道："这件衣服和你气质很合。喜欢就考虑下吧，这是国内唯一的现货了，这件卖完了就没了。"

　　姜蝶对着镜子微微叹气，后悔自己进来逛，倒不是难堪或是自卑，而是无力。那种眼见了喜欢的东西，却又放任其溜走的无力，就算以后买得起，也无法弥补这一时候的遗憾。仅有一次的人生，那个点过去了就过去了，不会再来。

　　姜蝶没有把这段试穿剪进正片，一晚上挑挑拣拣，把觉得还过得去的试穿片段放进去，最后想了想，还是忍不住把那件衣服放进片尾。

　　实在太喜欢，就当彩蛋吧，她就算买不起，留下这一小段影像当作念想也好。结果没想到，视频上传后，五花八门的弹幕在看到最后的红裙时清一色叛变。

　　姜蝶哭笑不得，只好发微博澄清。

　　　　@小福蝶：宝贝们，那件红裙子太贵了ＴＴ所以不纳入考虑范围。虽然它真的是我的梦中情裙，发出来就是不能让我一个人眼馋！视频里其他出现过的裙子，你们觉得可以的在评论里留言吧，比心！

　　撇开红裙，剩下的呼声都比较均匀，最后还是得姜蝶自己来做决定。她一时间拿不定主意，近日又忙，就这么一直拖到了出发前两天，才勉强定下要穿的裙子，心里却还一直痒痒地想着那条红裙，收

173

拾衣服的时候，姜雪梅得知她要去西川，整个人如临大敌。

"去那鬼地方干什么？！"

她若无其事地说："没关系，这是工作需要。"

"如果非要去，我陪你去。"

"我知道你在担心什么。"姜蝶沉默半晌，"那个人算个什么东西？西川那么大，总不能因为这么一个人就成禁地了。"

姜雪梅缄默。

最终两人也没谈拢，她谎报了出发时间，才不至于让姜雪梅真的陪她来。

出发前姜蝶还在想盛子煜会不会去，结果一上飞机就见到了人——主办方给他们俩买了邻座的机票。

姜蝶若无其事地打了声招呼："你和孟舒雅最近还不错吧？"

"她？"盛子煜冷笑了下，"分了。"

姜蝶很不合时宜地想笑，咬住嘴唇咳嗽了一声。

"不会是被绿了吧？"

"……怎么可能！就是性格不合分了。"

"是吗？我怎么觉得你们天造地设登对得很。"

"……我谢谢你。"他话锋一转，"你呢？怎么还是单身？不是说有喜欢的人了吗？"

盛子煜一句话终结了她的幸灾乐祸，反插了她一刀。

姜蝶拉下脸："这和你没关系吧。"

"怎么没关系？"他悠悠地说，"既然我们现在都是单身，不如考虑'再续前缘'？"

姜蝶做了呕吐的表情，懒得再和他多嘴，戴上眼罩，将头往机窗的方向侧去。

盛子煜反倒来劲了："你老实跟我说，上次提到的有喜欢的人，其实根本是假的吧？"

姜蝶在眼罩下翻了个白眼："我骗你干什么？"

"当然是死要面子呗，跟我怄气。"

姜蝶垂死病中惊坐起。

她猛地拉下眼罩，双眼痴呆地看向他："是你疯了还是我疯了？"

盛子煜语重心长："上次开会虽然我没去，但我都听到你失恋后神情萎靡的流言了……还有上次在KTV，你表现得也很失落。"

姜蝶摸了摸脖子，感觉血压要上来了。

"我们搭档了这么久，又是假扮情侣，有点感情也挺正常。"盛子煜越说越自信，"虽然我对你没那方面……"

"你停一下，我有点晕。"

"晕机了？"

"没，晕傻子。"

"……"

沉默了一会儿，盛子煜干笑两声："刚才我讲笑话呢，活跃气氛。"

姜蝶呵呵两声："你从北极学来的笑话吧，真冷啊。"

盛子煜终于识趣地闭嘴了，机舱里只剩下无聊的广播声，很催眠。

姜蝶迷迷糊糊地快睡过去时，忽然又听到盛子煜的疑问："既然你真的有喜欢的人，却又还没在一起，那个人，是还不知道你喜欢他吗？"

盛子煜突然问出了一个直击灵魂的问题。

姜蝶一愣，反问道："这和知不知道有什么关系？"

"一般男生感受到女生的信号，又正好对你有点意思的话，早就主动拿下了。我当初和孟舒雅就这么搞上的。"盛子煜头头是道地说，"没有进一步只有两种可能，要么是他还不知道，要么是对你压根没兴趣，那也就无所谓知不知道了。"

姜蝶的胸口随着一万米高的气流震荡。

她仔细审视了自己的所作所为，虽然频繁地蓄意接近，但都有附加的正当理由，生怕被看出来那点小心思，藏一半披一半。因此她也不确定给出的那点信号，算不算被蒋阎知晓。他会不会还在以为，自己只是因为模特的事情在讨好他啊？！

姜蝶猛地直起身："这么说，你也是先感受到孟舒雅给你的信号了？她给了你什么信号？"

盛子煜很不想回忆地指了指嘴唇:"她直接亲过来了。"

姜蝶瞪大眼:"需要给这么明显的信号吗?那样不会很……"

盛子煜摆手:"我们男人巴不得你们投怀送抱,好不好?"

姜蝶若有所思地听着盛子煜的回答。原来男生的视角是这样的,难道说,蒋阁也在揣测着她的想法吗?那些她一直无法判断的似是而非的举动,其实是他的一种试探和回馈?

那她知道下一步要怎么办了——需要越界。

飞机降落西川市已是夜晚,平台派了车来接机,把他们一齐送到了酒店。

时隔数年再次回到这座城市,一路上浮光掠影地扫过霓虹和高楼,到处是急匆匆的——急匆匆的人流,急匆匆的信号灯。一切都变了好多,她曾经守株待兔的那条马路多出了拔地而起的高楼,曾经下手过的超市开成了大型连锁,随处可见。可它又几乎没变,依然堂皇到容不下一只蝼蚁,干净的街角下全是肮脏的下水道。

他们下榻的酒店就在繁华的中心商业区,对面写字楼灯火通明。这会儿正是堵车的点,离酒店不到一千米的距离堵得水泄不通。

盛子煜玩手机玩到快要没电,凑过来找姜蝶说话。

"西川也太堵了吧。"

姜蝶不接他的话,他有几分尴尬,凑近道:"你好歹给我点面子,别一点互动没有啊。"

"好吧。"

姜蝶也觉得自己有点小家子气,好歹盛子煜刚才还帮她打通了任督二脉。

"你之前来过西川没有?"

她不假思索:"没。"

"我也没,要不等会儿晚上找个酒吧什么的?不要浪费机票啊。"

姜蝶摇头:"不想去酒吧。"

"那你想去哪儿？"

哪儿都不想去。姜蝶默念。

"我想想谁是西川的，直接问问哪儿有好玩的。"说着他点开了微信，浏览了一圈。

姜蝶漫不经心地扫了眼他的手机，看着盛子煜点开了某个熟悉的头像。

"……蒋阁？"她反应过来，"他是西川人吗？"

"好像是，有次我们聊天他提了一嘴。"

姜蝶微微一怔，继而盖住他手机："那我来问吧。"

盛子煜："？"

姜蝶拍了一张窗外的风景，戳了蒋阁的头像发送。

小福蝶：猜猜我在哪儿！

蒋阁还未回，车子已经停在了酒店门口。

工作人员带着两人到前台登记入住，姜蝶出示身份证后，前台忽然道："姜小姐，礼宾部有一份您的快递，麻烦您签收一下。"

"我的快递？"

姜蝶疑惑，她这两天可没有买东西寄到这儿，难道是主办方？

礼宾部的服务员在她签字后，随即拿出了一份方方正正的快递盒。

她看了眼一旁刚办理完入住手续的盛子煜："没有通知你有快递吗？"

他茫然道："没有啊。"

"奇怪……"

姜蝶好奇难耐，直接坐到休息区的沙发上，迫不及待地开始拆快递，略显粗暴的动作在看到露出的一角时停住。

这个盒子……不会吧？！姜蝶屏住呼吸，拆的动作缓慢下来，小心翼翼地撕掉余下包装——精美的盒子现出原形，花里胡哨的复古波点包围着一个 logo——独属于春尾衣良的标志。

姜蝶的手有些抖，难以置信地盯着盒子半晌后，缓慢地打开它——里面静静地陈列着那袭红色丝绒长裙。

大堂的水晶吊灯投射在下摆的那圈琉璃上，璀璨得让人睁不开眼睛。盒子的左上角，摆放着一张花香馥郁的小卡片，其上一行简短的机打文字——

To The Butterfly And Only.（献给唯一的蝴蝶。）

26

盛子煜好奇地看着姜蝶从快递中拆出一件裙子来。

虽然两人已经结束合作，但因为对外宣称和平"分手"，所以彼此并没有取消关注，他还是能刷到姜蝶发布的视频，也经常习惯性地点开来看她单独一人都拍些什么。因此她挑裙子的这期视频他也看了，自然知道这件红裙子是姜蝶的梦中情裙，价格不菲。

他咋舌："这是谁送你的啊？"

姜蝶自己也是一头雾水。似乎谁都有可能送，只要是看过她的视频，打听一下主办方下榻的酒店，就能把这份东西送到她手中。是哪个"土豪"粉吗？除了这张卡片，没有留下任何彰显身份的痕迹。就连卡片上的字也是机打的。

不远处的电梯间门一开，两三个打扮时髦的姑娘结伴出来，其中一个人经过前台，忽然停住脚步。

"小福蝶？"

姜蝶闻声扭头，叫她的人也是一个博主，网名蘑菇，也做穿搭类的视频号，因此两人互关了一阵子，但私下里没见过。这还是第一次看见本人，姜蝶愣了一会儿才认出来。

对方一下子看到她手里的红裙："天哪，春尾大师当季新款！这是你明天要穿的吗？"

"不是……"姜蝶把盒子一盖，转移话题道，"好巧，你们也刚来？"

蘑菇点头道："要不要一起去吃饭？我知道有家做私房菜特别好

吃的店。"

在美食的诱惑下,姜蝶没多想她怎么这么热情就同意了,最后盛子煜也跟了过来,被拉来当作给她们拍照的工具人。

一行人坐在一家特色私房菜馆里,在上菜前一个个低着头手指翻飞,无比熟练地修着刚才盛子煜给她们拍的合照。

姜蝶却无心修图,正在发微博询问是不是有粉丝寄了东西给她,见微博没人认领,又去朋友圈发了一条。

"问你个事儿呀。"

姜蝶抬起脸:"什么?"

"你还记不记得你没分手那会儿,发了一个庆祝生日的 vlog?"

她点点头:"那个视频怎么了吗?"

"我想向你打听视频里的一个人……"

看着蘑菇的神情,作为女生的某种第六感涌上心头,该不会是……

蘑菇顺着她的思绪开口道:"那个在关灯前两三秒从楼梯上下来的人,你应该认识吧?"

姜蝶心虚地犹豫了一秒:"不熟呢。"

"这样啊,那我问问盛子煜吧,应该是他请的人。"

眼见蘑菇要转向他,姜蝶连忙说:"等等,虽然不熟,但我听说这人风评……不太好,劝你谨慎。"

蘑菇好奇道:"怎么个不好?"

姜蝶更心虚:"据说是个海王,中央空调,来者不拒,还非常抠门……"

张口就来的每一个形容词都和蒋阎相反。

蘑菇却无所谓道:"这有什么?帅哥播撒爱意那叫普度众生。"她继而转向盛子煜:"视频里那个很帅的小哥哥应该是你朋友吧?那你总该有他微信!"

盛子煜意味深长地瞥了姜蝶一眼:"我也不熟。"

听到他的回答,姜蝶意外地和他对视了一眼,不自然地转开视线。手心里手机振动了一下,微信来了一条消息,姜蝶心跳加速地打开来，黑白头像旁多出一个小红点——

衣架：问句后面应该跟问号而不是叹号。

她心头涌上一股拉黑的冲动，但手上还是乖乖修改了标点符号。

小福蝶：猜猜我在哪儿？

十分钟过去了，微信直接冷场。

她只好尴尬地自问自答。

小福蝶：这是西川呀，你不是西川人吗？居然没看出来！[猪头.jpg]

蒋阆终于又回复了。

衣架：你怎么知道我是西川人？

她想也不想地回答。

小福蝶：盛子煜提起来的。

微信那头沉默。

姜蝶特别坦荡地发送完才觉得似乎有点不对劲，这么一提显得她和这位"前男友"藕断丝连。她擦了擦冷汗，飞快地又补充了一条。

小福蝶：我们都来西川参加红人节，偶然碰到的。

姜蝶发出去又觉得自己自作多情，赶紧撤回了。她索然地正想退出微信，聊天框又动了一下。

衣架：你的朋友圈是怎么回事？

姜蝶的低落突然又一扫而空，变得振奋——他居然在好奇她的事情。好奇往往是对一个人开始在意的最直接的情绪，于是她欢天喜地地发送回复。

小福蝶：不知道是谁送了我一件明天要穿的裙子，而且特别贵，我都不知道该怎么处理它……

衣架：如果很困扰，可以直接扔掉。

小福蝶：那不太好啊，毕竟也是别人的一份心意。重点是那裙子可是春尾衣良的作品，怎么能随便扔！

衣架：那穿吧。

小福蝶看到这三个字，不太高兴地噘起嘴。他就完全不关心是谁送的吗？鼓动她穿上这件裙子，不就是鼓动她对别人回应吗？

既然不关心，又何必要问？

姜蝶没有再回，这一次，率先结束了和蒋阎的对话。

那件红裙子，没有人认领，她在房间里试穿了许久过足干瘾，最终还是穿上自己买的那件裙子参加了红人节。无功不受禄，她纵然再喜欢，也不能穿那件来历不明的红裙。能够轻易到手的馈赠，就和口头上随便说的爱一样，都是虚假的甜蜜陷阱，真栽进去指不定会惹一身骚。

这一回出席活动，认识她的人已经有很多，虽然见到她都不免说一句"好可惜"，顺带问一句"你和盛子煜还可能复合吗？你们之前真的好甜"。

盛子煜这回倒挺出息，主动站出来说："我们现在就是好朋友。"

休场的间隙，姜蝶还是对他说了句"谢谢"。

"客气什么。"他耸肩，"我倒是真的确认你有喜欢的人了。"

"……这当然是真的。"

"而且那个人是会长，对吗？"

盛子煜突如其来地抛下了这么一句重磅炸弹，炸得她不知所措。

姜蝶干脆不回答，但等于变相地默认。

"怪不得呢。我劝你还是算了吧，不然得一直单下去。"

姜蝶撇嘴："你说得蒋阎好像皈依佛门了一样。"

"我这么说当然有我的理由。"

她皱起眉："别卖关子，有话就直说。"

盛子煜欲言又止，最后摇头道："算了，我就是觉得会长不会是爱人的人。你很难想象他喜欢一个人是什么样。"

这句话说到了点子上，姜蝶想起昨晚戛然而止的聊天，无法反驳他。

红人节结束后，主办方定了次日晚上返回花都的机票。

还剩下一个白天的时间，姜蝶在酒店房间里先挥霍了半天，犹豫到底要不要去那个地方。眼看时间越来越紧迫，她还是匆匆洗漱了一番，打车出了门。

车子开往远郊，沿路高楼大厦像被上帝推倒的积木，削去一层又一层，变成水泥砖瓦的破败矮楼，落魄地夹杂在光秃的枝头中间。华丽的城市被拆得七零八落，下午两点的阳光被灰云遮蔽，平整的马路开始坑洼，车子颠来晃去，慢悠悠地停在了终点。

姜蝶下车，望着眼前的儿童福利院出神。记忆中的大门、栅栏、印满了幼稚涂鸦的小白楼、楼前的跷跷板……一切都还在，但一切也都变了样子。

门口挂着的福利院招牌已经被拆下，取而代之的是一把铁锁。栅栏上的尖头都起了锈，姜蝶搬来几块砖头，轻而易举地就翻过墙，跳进静寂无人的院落。

院里的杂草快把跷跷板淹没，姜蝶抚摸其上的灰尘，那个时候，她总是独自坐在这个位置。因为无人坐到她对面，她总是坐在最低点仰望天空，幻想自己一飞冲天的瞬间。

小白楼的墙面被大片爬山虎侵占，姜蝶一片一片耐心剥开，终于在一片叶子下找到了两个歪扭的数字。尽管是用颜料涂上去的，经这些年风吹雨打，也只能勉强辨认出痕迹：1、11。

尤其是数字 11 上，还被打了个大大的红叉。姜蝶面无表情地盯着那两个数字，耳边响起了跨越时光的遥远女声——

"大家集合一下，我们又来新人啦。"

她闻声回头，院子里已无杂草，紧锁的破旧大门敞开了，十多年前的日光泛着陈旧的敞亮。宋老师牵着一个小男孩背光走来，院子里的小孩们自觉地挤成一窝，唯独她依旧孤零零地坐在跷跷板上，不抱什么期待地在刺目的阳光里仰头起来。

男孩越走越近，现出身影，他瘦得吓人，短刺的平头，一只眼睛戴着黑色眼罩，另一只眼睛泛着淤青，漠然地瞥过她，垂下脸，露出平头侧边一块狰狞的、不知是什么原因留下的伤疤。

宋老师介绍说："欢迎我们的新伙伴，他是十一。"

这里的大家都没有名字，皆用序号。

因为这所福利院收养的孩子们身体都没有大的缺陷，很容易被领养，取了名字反而是累赘。她在福利院里的序号是一，小一，并不代表第一，而是排在她前面的人全都被领走了，只剩下她，就像琼楼玉宇包围下的钉子户，顽固地留在这里。在她成为姜蝶之前，这是陪她最久的名字。

原因很简单，没人愿意领走一个小偷，同样，也没有孩子愿意和小偷玩，因此她对这个新来的十一，依旧不抱有期待。她还是独自吃饭，独自坐跷跷板，独自完成拆字作业。只是这个十一比她还酷，或许是比她多一个一的原因，他更独来独往。她偶尔会在走廊上和他碰见，他喜欢睁着那只淤青不退的眼睛，站在高处看着连向大门口的破公路，这个位置最容易观察到是不是有车来。如果有车来，意味着被收养的机会就来了。

她失望过太多次，早已对等待倦怠。

本想一声不吭地走过去，但擦身而过时，她对着空气自言自语了一句："要挑就挑蓝白色的圆形格纹。"

她本不该说这句话，也许是他太瘦小了，比自己还矮半截，以那样守望的姿态在她眼前晃，让人心烦。

十一耳尖一动。

她视若无睹地走过去，并不打算多做解释。

谁能想到呢，当初因为毒打而牢牢记住的符号，到今天有了更重要的用武之地——看准好车标，知道是有钱人来领养，再努力表现自己，是二次投胎的法宝。整个福利院里，只有她知道这个法宝，都是被一耳光一耳光甩出来的。可她虽然有照妖镜，没有七十二变，依然逃不出五指山，那不如帮别人一把，或许他会有机会。

只是很长的一段时间内，都没有车子来。

最后来了辆大巴，一拨大学生志愿者从大巴里下来，给他们上了一天的课。走之前，每人都分到了小礼物，也许是一本书、一颗糖果，或者是一枚胸针，而她分到了一本书——《夏洛的网》。

给她书的大学生，怕她看不懂，还和她大致讲了这个故事："一只名叫夏洛的蜘蛛，和叫威尔伯的小猪是好朋友。"

说到这里时她忍不住想：为什么蜘蛛和猪的名字都比我的好听呢？

大学生毫无所觉地继续说："可是威尔伯面临被做成火腿的命运，夏洛为了救他，拼命地织网，织出奇妙的文字，只为了让人们相信威尔伯是一只神奇的小猪。威尔伯终于不用死了，可是夏洛为了织网，耗尽了所有的力气。"

"所以结尾反而是夏洛死了吗？"她问。

"对。"

她撇嘴："我不喜欢这个故事。"

"如果你是夏洛，你会选择不帮你的朋友，见死不救吗？"

她不假思索："我没有朋友。"

对方语塞。

"等你有了朋友，你再看看这个故事。"那人临走时把书塞进她的手心，"帮助是一件非常让人快乐的事情。"

她想起曾经在走廊里自己心血来潮的点拨没有得到任何的回应……一点都不觉得快乐。但无论如何，这是她第一次收到礼物。于是她噔噔噔地跑回宿舍，把书珍而重之地压在枕头下面。走回活动室时，一群孩子正无头苍蝇似的四处乱转，她没搭理，旁若无人地坐到角落的位置开始拆字认字。

宋老师教过他们，把春字拆开，就是三、人、日，去掉三，把其中的人和日重新一拼，就变成了因字。她现在手上有个全新的字，器，该怎么拆解重组呢？

她皱紧眉头心无旁骛，其中乱转的一人忽然走到她桌前，指着她鼻子大喊："我知道了，是你偷了小五的胸针！"

一石激起千层浪。

另外一个孩子也摇着手臂说："肯定是她这个小偷，狗改不了吃屎，偷到我们头上来！坏蛋！"

"刚刚就她跑到宿舍去了，肯定是把偷到的东西藏起来了！我们去找！"

她莫名其妙被指着鼻子骂，还没搞清楚什么事，他们就风风火火地冲了出去。过了片刻，他们重新跑了回来，还带回了她的那本《夏洛的网》。

"小偷，快把人家给小五的胸针拿出来，不然我们就撕你的书！"

"还给我！"她气得浑身发抖，一字一顿，"我没有偷任何东西。我没有！"

"撒谎精！"

他们压根不相信，粗暴地翻开黄色书封，刺啦，扉页被撕下。她的喉头登时哽住，一股热气压得鼻头发酸。

"别动我的书！"她像头红眼的小牛从椅子上跳起，拱着头大叫着往前冲，却猛然扎进一个硌人的怀抱。她错愕地抬起头，被她撞到的十一颤巍巍地摇晃半步，手上是从他们手里拦截来的《夏洛的网》。他一言不发地拿出那枚胸针，在所有人反应过来之前，走到窗边，眼也不眨地把胸针扔下去。

"原来你们是一伙的！"小五大声尖叫，"你居然还敢扔我的东西！"

"这是在楼下捡的。"十一冷睨，"后悔捡了，就扔回原位。"

他们一愣，被他的冷脸噎住，气势虚下来，推搡着跑下楼去捡胸针。活动室风卷残云过后，只剩下她和十一。她一声不吭地坐回角落，眼眶通红地盯着"器"字发呆。他也一言不发，拿着《夏洛的网》过来，坐到她对面，瞥了一眼她面前的字，将白纸拿过来，把器字拆开——四个口，一个犬。

他不假思索地划掉两个口，"器"字就变成了"哭"字。

十一忽然抬起眼，看了她半晌，又低下头，在哭字前面加上一个字，这才把白纸推回到她面前——

别哭

她出神地盯着那两个字，拼命咬住的嘴唇越发颤抖。

临近深冬，天地肃穆。窗外听不见一声鸟鸣，冷风刮着活动室的窗棂，吱嘎吱嘎。

一片萧索里，突然就汹涌地响起了孩子止不住的抽泣。

27

在回程的飞机上，盛子煜发现姜蝶的情绪莫名其妙地很低落，具体体现在，之前和她说话还会回自己一两句，这次干脆一句都没回，戴着眼罩也不知道睡着没有，空姐端来的餐食也没有吃。这实在太罕见，和她认识这么久，就没怎么见过有饭端到她跟前她却不吃的情况，他试探地伸出手戳了戳姜蝶的胳膊。

"不饿吗？"

她毫无反应。

盛子煜悻悻地缩回手，戴上耳机继续看电影。

后半段的航程并不太平，遇到了强烈气流，主办方抠门，买的是经济舱，这会儿又晃又挤。盛子煜感觉自己有点晕机，电影也没心思看下去，干脆把耳机一摘，闭上眼深呼吸，身体像一卷弹簧，被气压摁在椅子上来回揉捏，实在不好受。他掀开一只眼皮，有点羡慕姜蝶一动不动的姿势，睡着了真是好，不用体会这讨厌的气流。结果下一秒，姜蝶诈尸似的弹起身，把眼罩一摘，底下的一张脸白得可怕。

她鼓动脸颊，那姿势盛子煜非常熟悉。

人喝酒喝大的时候想吐通常都是这个姿势。

"你等等等……"

他连忙伸手去抠椅背上的呕吐袋，该死，怎么没有？！

姜蝶已经等不到他有所反应，喉咙一滚，低下头，哇哇哇，伴随着猛烈的气流，一泻千里。

这下轮到盛子煜脸色惨白。

姜蝶到现在才确认自己真是不适合交通工具的体质。

当时去拜县，上个山路只有她吐得昏天黑地，她以为只是路太绕的原因。现在这架飞机，虽然大家好像都脸色不太好，但绷不住吐出来的只有她一人。

姜蝶感到分外不好意思，尤其还吐脏了盛子煜的衣服。

他的衣服都在托运的行李箱里，里面也都是穿过的脏衣服，不方便再换。一下飞机两人就兵分两路，姜蝶冲去即将闭店的机场衣服店里随便挑件给他换，盛子煜则躲到了卫生间把呕吐物冲掉。

姜蝶提着新衣服气喘吁吁地跑回来，在卫生间外探头探脑："在里面吗？我买回来了。你出来拿啊。"

"我在。"随即传来盛子煜的声音，"外面没人了吧？"

"没了啊，怎么了？"

同一班航班的人都已经离开抵达口了，深夜的机场走廊空无一人。

"那正好，里面也没人了。"他语气一顿，"其实我裤子都脱了，你直接进来吧！"

这段对话听着好像有哪里不对劲。

他刚喊完——

有人一脸诡异地从女卫生间出来，和姜蝶四目相对。

"……"

"……"

姜蝶没把这个小插曲放在心上，只不过是路人而已。她这三天电话被姜雪梅打爆了，心里只想着一会儿该怎么面对狂风暴雨。结果回到家，出乎意料，姜雪梅非常平静。

"吃过饭了没？"

姜蝶一愣："嗯，飞机上吃过了。"

她坐在沙发上打毛线，头也不抬地问："这三天还顺利吧？"

"挺顺利的。"姜蝶语气轻松，"我不是和你说过嘛，不会有什么事，根本没可能见到。就算见到也是两个陌生人，谁能认得出谁？"

"不管怎么样，下次别再随便去了。"姜雪梅斩钉截铁，"晦气。"

姜蝶连声应下，姜雪梅拍着沙发让她坐过去，拿着正在打的毛衣往她身上比画。

她每年都会织一件样式差不多的毛衣，颜色也都不是时下流行的新色，尤其是以姜蝶的专业审美眼光来看根本就是灾难。但姜蝶没法儿挑剔，因为知道这些毛衣并不算织给她的。

姜雪梅收回比画的手，自言自语道："我看看，这个长度应该够了。"

"那我到时候等着穿啦。"姜蝶熟练地绽出一抹期待的笑，"毕竟买再多新衣都比不上妈亲手织的。"

接连几天学校都没课，姜蝶又恢复到之前闭门不出的生活，继续在录、剪视频，做衣服和微缩模型三者之间反复横跳。尤其是微缩模型，她做得磕磕碰碰，但也即将完工了。而中间短暂的空隙，她用来想念蒋阎。

自从音乐节之后，他们就没再见过面，聊天更是屈指可数。

她遏制住自己总是想要找他聊天的欲望，用翻他的朋友圈来代替。但是他的朋友圈依旧那么无聊，没有任何私人动态分享，只是转发一些学校的规章、活动。除此之外，社交媒体也没有更新。

久而久之，她的手机搜索记录被各种无聊的问题塞满。

"怎么扒一个人的微博账号？"

"该怎么下手才能套路摩羯男？"

"男生如果喜欢一个人一定会主动吗？"

但好在，难挨的时光很快过去。

手机里的提醒事项弹出今天是十二月二十四日，平安夜。

而这一天，是学生会惯例聚餐的日子。

是夜，"初恋"居酒屋内。

之所以聚餐又定在这家店，是因为蒋阎上次来时说，这家店内的刺身切得特别到位，每一块的大小都正好。因此提议时，饶以蓝便说再来这家。她特意早到了十分钟，经过上次聚餐的经验，她知道蒋阎通常也会早到。

果然，她到时，蒋阎已经入座，翻看着菜单帮众人点菜。居酒屋里的榻榻米开了地暖，非常温暖，她脱掉外套，露出里面小香风的套裙。她今夜特意没有穿打底的连裤袜，套裙下就是裸露的腿，只可惜某人的视线依然盘踞在菜单上。

饶以蓝对自己今天的装扮还是挺有自信的，只要他抬起眼……然而，蒋阎的视线始终盘踞在菜单上，仿佛她的腿还比不上一只蟹脚……有眼无珠。

其他人也陆续到场，饶以蓝的对面位子被一个姑娘坐下，她瞥了一眼，记得这人是大一的师妹，好像叫什么孟舒雅，之前和姜蝶还有盛子煜的狗血三角恋闹得沸沸扬扬，所以饶以蓝有点印象。只要不对蒋阎出手，她就无所谓，因此不甚在意地收回目光。

但这桌的丁弘一看到孟舒雅就来劲了，挪近两个位子，揶揄道："你怎么没和盛子煜一起过来呢？"

孟舒雅的大波浪换了个发色，斜睨了他一眼，笑道："怎么？这么关心我，是要排队追我？"

丁弘被噎了一下，干笑道："我哪敢追姑奶奶您。"

"要追也不是不行啊。"

"原来你们真的分手了啊……"丁弘啧啧称奇，"那看来那个离谱的传言也是真的了！"

他神神秘秘的一番话，让桌上所有人的目光都不由自主看向他，除了依旧在低头翻菜单的蒋阎。

"真假不保证啊，我从我朋友那儿听来的。"丁弘特别享受众人期盼的目光，故意拖长语调，"之前盛子煜和姜蝶不是一起去参加红人节了嘛，我一个朋友认识的人和他们一班飞机回来的。那班飞机很晃，她就晕机了，憋了一路下飞机后在厕所吐了好久。结果出来的时候，你猜她听到看到了什么？"

"什么什么——？"

"你别卖关子了，赶紧的！"

孟舒雅也吊起眼睛。

丁弘趁着当事人都还没到，慷慨激昂地添油加醋："外面站着一脸娇羞的姜蝶。盛子煜那小子特猴急地喊——我裤子都脱了，里面没人，你赶紧进来。"

"真的假的？"

"骗人的吧……"

丁弘哧声："我造谣有奖金拿吗？人家姑娘亲耳亲眼见证的！"

"真玩这么野啊？！"

"所以他们俩这么快旧情复燃啦？"

孟舒雅听后嗤笑一声，脸色却明显拉下来。

饶以蓝跟着皱眉："好恶心。"

原本有些冷清的场面因为这个八卦而盘活，又因为蒋阁指节敲击桌面的声音冷却。他环视了一圈场内，冷声道："丁弘，还记得你上次保证的什么？"

"老大，你说不准私下拉微信群聊八卦，我牢牢记着。"他委屈，"所以我改正大光明地聊了！"

"可以。"蒋阁笑了下，"那今天你买单吧。"

丁弘立刻一声不吭地起身滚到了离蒋阁最远的那桌。饶以蓝挪动身体给丁弘让出走道的空间时，桌下的腿意外碰到了什么，好像是蒋阁的腿。饶以蓝心头猛地一跳，在还没反应过来时，他已经不着痕迹地将腿往里收了一寸。她一愣，脸色难看下来，不太爽地对着蒋阁出声："我要喝酒，你有点酒吗。"

蒋阁这才看了她一眼，客客气气地问："你要喝哪种酒？"

看着他的脸，听着他的声音，饶以蓝刚才一下蹿上来的委屈和恼怒都落潮，她别别扭扭地回答："随便。"

他继续翻看菜单："没有随便这种酒。"

饶以蓝气道："那我不喝了。"

以往她这么赌气，早有大把男生来哄她，只是她现在面对的人是蒋阁，他眼皮都不抬一下，说："嗯，随便。"

送回她的话，堵得她无言以对。

蒋阁将菜单推给她，手臂挂上白色大衣道："或许你可以自己看，我出去透个气。"

姜蝶今天出门比预计晚了点,本想修个眉,却死活找不见修眉刀——姜雪梅同志在她出门的这三天时间把她的房间整理了一通,导致很多东西都乾坤大挪移。

车子比原定时间晚了十分钟停在"初恋"门口,她下车掏出化妆镜做最后的审视,忽然在镜面里瞥见不远的暗处有烟头的星火。她合上镜子看向那儿,隐约亮起来的瞬间,蒋阎的侧脸像寂灭的流星,一闪而过……他居然真的在抽烟?这个发现着实让姜蝶怔在原地。

虽然在他的房间里看到烟灰缸的那个时候,她就在心底有所揣测,但亲眼证实这个猜测,还是觉得很异样,总觉得尼古丁和他并不相称。他应该是克制的,对这种有害物质敬而远之才对。

姜蝶赶紧掏出备忘录,把第八条"衣架会抽烟(?)"后面的括号划掉。她下车小步走过去,还未靠近就闻到了他身上飘散的味道,不再纯粹,除了薄荷,还多了难闻的烟草味。

"抽烟不好哦。"

她冷不丁地在他身侧出声。蒋阎的指尖一顿,微微扭过身,正面朝向她。他的眼神让姜蝶一下子忘了自己接下来的台词。暗夜里那双眼睛很亮,即便夜盲也足够看清水润的瞳孔,可又似乎很暗,像台风来临前的海岸,涨水太满,很多情绪因此被卷到了最底下,藏住了。

她愣怔片刻,蒋阎也没说话,指尖夹着的烟头长长地燃出一截灰烬,啪地落在他的手背。

"你没烫到吧!"姜蝶刚好目睹烟灰烫到他手的瞬间,惊得瞪大眼睛,脱口而出。

他轻巧地掸掉,冷白的皮肤上起了两点红疙瘩,他却仿佛感觉不到,从兜里掏出便携烟盒将剩余的烟捻灭。

"有事?"他抬手挥散烟雾,问出口的语气过分冷淡。

"……你还是去冲下冷水比较好。"

他随口应了声,越过她就往店内走。

姜蝶热脸贴了个冷屁股，讪讪地跟在他身后，心里暗自琢磨：难道他是烦自己多管闲事？不然为什么态度这么差劲？

两人一前一后地进了店内，姜蝶一走进去，就感觉到大家看向她的目光不太对劲。她环视一圈，蒋阎那一桌已经没座，只剩下靠近门口这桌还有空位……离他也太远了。

姜蝶不甘心地坐下，身旁是正在同人插科打诨的丁弘，见她落座，不时瞟她两眼，却什么都没说。

她蹙起眉，主动问起："你老看我干什么？"

丁弘咳嗽两声："哦，那个，就好奇盛子煜今天来不来。"

"这你得问他。"

"你们不是复……"他欲言又止。

"复什么？"姜蝶自己回味过来，皱起眉，"复合？"

"哎哟，其实大家都知道了，别装啦。"

"哈？知道什么……？"

在姜蝶再三拷问之下，丁弘才吞吞吐吐地把刚才的八卦又说了一遍。她听完直接气笑，刚想掐着丁弘的脖子让他解释，忽然之间，一个匪夷所思的猜想悄悄爬上心头，塞满姜蝶的思绪。她呼吸微滞，开始频频扭头望向蒋阎的位置，他正在慢条斯理地吃着烤秋刀鱼。

姜蝶四肢百骸的血液都因为这个猜测而奔流，在这个冬夜逐渐上头。为了验证这个猜测，她举手叫来服务员："要一瓶花琥珀！"

丁弘吓得脸色发青："你不会要我喝完一整瓶向你赔罪吧？一会儿还有一摊呢，姑奶奶，饶了我！我再也不会随便外传！"

他双手合十，姜蝶懒得搭理他："我是自己喝。"

"度数这么高，你能喝？！"

姜蝶呵呵道："这不听说你今晚买单嘛，不点白不点。"

"不会真要我买吧！"

梅酒上桌，姜蝶拿过喝啤酒的扎杯，往里倒酒，那架势吓死一桌人，随即她灌下一大口，嘶——好冲。

她喝酒是极其容易上脸的体质，很容易让别人产生她柔柔弱弱不禁灌的错觉，但她其实还算能喝，曾经在KTV啤酒、洋酒混着喝也没倒。因此区区梅酒，就算度数略高她也能勉强自如地应付。但此时，她已经软绵绵地趴在桌上，一双眼睛迷瞪瞪地望着梁柱上的黄色灯笼，不是真醉，装的。

大家即将收摊准备去往下一场，看姜蝶这样子还得有人送她回家。

"这两口子绝了，一个去年醉得不成样子，一个今年醉得不成样子。"

"她也不住宿舍的吧？"

"打电话叫盛子煜来接人呗。"

丁弘赶紧拨通他的电话："你人哪儿呢？聚餐也不来，姜蝶都喝醉了没人送，赶紧过来，老地方啊。"

盛子煜不慌不忙道："你打开免提。"

"啥？"

丁弘莫名其妙，还是依言按开免提。

盛子煜的声音透过免提传出："我和姜蝶已经分手八百年了，她上次在飞机上晕机吐我一身，害我大晚上差点没衣服穿躲厕所半天就算了，这回再叫我去接人让她吐我一身吗？放过我吧！！"

啪的一下，电话断得十分无情，姜蝶包里的手机接着振动了一下。

玩摄影穷三代：按你说的做了，记得请我吃饭。[抠鼻.jpg]

上一条正是姜蝶发给他的消息——

"我等会儿要装醉，如果有人给你打电话要你接人，你一定要解释清楚我们机场洗手间那回事！记得要对方开免提。"

免提里剩下被挂断的忙音，众人面面相觑，盯向丁弘。

丁弘一脸尴尬，哈哈干笑道："这样吧……我去买单……"赶紧溜之大吉。

大家只能试探着推姜蝶："醒醒，还能自己回家吗？"

她迷迷糊糊地抬起脸："嗯？我可以！"

随即她脚步虚浮地起身，把外套反穿在身上，从兜里掏出粉饼瞎按，一边嘟囔："我手机怎么不亮哇？"

众人："……"

姜蝶把粉饼往包里一扔，重新拿出手机，对着大家傻笑道："跟你们开玩笑的，我才没醉！"

笑嘻嘻地说完，在出门的时候，她找准那道穿白色大衣的背影，一头栽了上去。如果蒋阆就此避开，她的酒和梦，大概就会在这一瞬间摔醒。沉坠的这一秒，她心脏失重，闭着眼睛，接着就被托着卷进一个薄荷香味的怀抱，尼古丁早已混合进冬夜肃冷的空气，消失得一干二净。

姜蝶抖着睫毛，听到头顶那个清冷的声音在说：

"我送她回去吧。"

有人出声反对，也许是饶以蓝的声音，她管不着了，只知道抓紧他的白色大衣，紧紧闭着眼睛，将自己醉醺醺的姿态扮演得一览无余。代驾开着蒋阆的车子过来，姜蝶感觉自己被扔进了后座，接着是车门开关的声音。她在倾斜的视线中掀开眼皮，蒋阆坐到前排，白色大衣映照着车窗外霓虹灯五光十色的影子。

他对司机说"等一下"，接着瞥了眼后排问："醒着吗？告诉我地址。"

她没回答，从口袋里摸出手机，给黑白头像发去了一条微信。白色大衣里的口袋一振，副驾驶座上的人低头，摁开屏幕，青白色的屏幕光驱散妖冶的霓虹光，打亮蒋阆漂亮的眼睛。

小福蝶：你刚才对我那么凶，怎么现在又要送我回家？

他微微一愣，抿起嘴唇，答非所问地敲下回复。

衣架：告诉我地址。

小福蝶：那你先回答我。

一边的司机犹犹豫豫地说："改地址吗？还是照旧去井华大道？"

蒋阆蓦地抬起眼，看向后视镜，对上姜蝶因梅酒绯红的脸。

"不改了，开吧。"

车轮启动，驶向井华大道，他的公寓。

28

车子停在井华大道时，姜蝶真的感觉自己晕了。她怀疑自己已经喝醉，从被蒋阎扔上车的那一刻，到现在被带到他家，这一切都是她趴在居酒屋桌上小憩时的一场梦境，这一切都顺利得太不可思议。

她到现在大概可以确认那个匪夷所思的猜想——蒋阎的情绪转变是因为那则流言，也就是说，他不乐意看到她和盛子煜"复合"。不然实在无法解释，为什么短短时间内，这则流言被巧妙澄清后，他突然就从冷脸恢复成和颜悦色，还愿意送她回家。她正这么想，蒋阎径自下了车，啪一声车门关上，中断了她飘然的思绪。他留下一句冰冷的嘱咐："师傅，再送她回去，地址你自己问她。"

眼见司机要再次开动，姜蝶连忙摆手说"等一下"。她按下车窗，对着他的背影着急道："你不是说了要送我回家吗？"

他脚步一顿，微侧身看向她："我看你现在并不需要人送，很清醒。"

姜蝶把脑袋耷拉在车窗边缘："我是醒酒了，但晕车。"

"那你下车清醒一会儿。"

姜蝶气鼓鼓地："蒋阎！"

他又回过头。

她真的下了车，小跑到他跟前。

"走就走。但走之前，我想告诉你一个秘密。"

他这下完全地转过身子，正对着她。

姜蝶双手背在身后，轻轻绞着手指："我和盛子煜不可能复合，因为我和他从没开始过。"

蒋阎是多聪明的人，在这句话上却罕见地露出了不解的神色。

"什么意思？"

姜蝶笑道："这就是一种营业方式，就和演员里的某些荧幕情侣一样，凑在一起就有更大关注度。不然谁会注意到我呀？长得并不算多漂亮，不能靠脸吸粉无数，也没有百万衣柜做噱头夺人眼球。我要是想把视频号做起来,就得剑走偏锋。"

他终于明白过来,表情微妙,短促地"嗯"了一声:"……很聪明。"

"除了你,没有人知道这件事。"姜蝶仰起脸,"所以不要告诉别人我一直在骗人哦。"

姜蝶在帆布包里掏啊掏,掏出一只色泽鲜亮的大苹果,果皮红得像她醉酒的腮颊,她上前一步,拨开他的大衣口袋,将它塞进去:"这是贿赂你的赃物。"

她不容拒绝地把苹果塞完,扭身就跑回了车上,在车窗里挥手。

"今晚是平安夜,祝你岁岁平安。"

蒋阁手插进大衣口袋,轻抚着苹果没有洗过、还有点粗糙的表皮,略硌手,触感就像那天海岸边的沙滩,轻轻地将手陷进去,细小的沙粒从掌心流过,让人心痒。他站在原地,叫了一声她的名字:"姜蝶。"

"?"

"多对自己有些信心。"他在夜风中轻笑,"比如,你明明很漂亮。"

平安夜的第二日是圣诞节,姜蝶有课,她起了大早,在客厅和姜雪梅照面时吓了姜雪梅一大跳——双眼下挂着好大的黑眼圈,一张脸惨白惨白,一看就是熬夜了。

"怎么回事啊?又通宵剪东西了?"

她只知道姜蝶老对着电脑说是剪东西,但也没见她拿个剪刀。

姜蝶凑过来熊抱了姜雪梅一把:"妈,你今天真漂亮!"

姜雪梅赧然道:"说什么胡话呢。"

姜蝶傻笑了两声,骑车去学校的路上都分外心旷神怡,转角遇到汽车和她抢道,她主动停下,自言自语:"美女才不会和人一般见识。"

她一路哼着跑调的歌走向教室,其间收到卢靖雯的微信,号叫着实在起不来,让她帮忙点到。

她回复:OK,这是美女的义务。

卢靖雯：？

中午卢靖雯可算起来了，到食堂和姜蝶会合，就见她点好了菜，居然连卢靖雯那份都点了，卢靖雯啧啧称奇："你今天中彩票了？这么大方！"

姜蝶耸肩："美女就是这么大方。"

卢靖雯做呕吐状，揶揄道："抽什么风？今天一大早就开始喊自己美女。"

姜蝶笑眯眯地嚼着水煮牛肉，快乐得像只小仓鼠。

不论蒋阁夸她那句话背后的深意是什么，是真的觉得她漂亮，还是随口一提的场面话，她都在那一刻觉得很满足。像是在雨夜的公交亭，没有带伞，瑟缩着蹲在廊下，许久不来的车前灯终于照亮面门。

她正乐颠颠地陷在这种情绪里，一个身影忽而靠近，伸手将一罐酒精饮料递到姜蝶跟前。姜蝶顺着那只手抬眼看去，饶以蓝冰冷的眼睛居高临下地睥睨着她。

"看你酒量不太好还瞎喝，特意送你的。"饶以蓝嘴角挑起一抹笑，笑意丝毫不达眼底，"多练练。以后就不会喝醉了乱扒着别人不放。"

姜蝶面不改色地收下："多谢以蓝关心哦。我酒品的确不太好。"

一旁的卢靖雯大气也不敢出，一双眼睛滴溜溜地两边转。饶以蓝收回手，却没有收回视线，里面掺杂了几分打量。她突然话锋一转："你觉得盛子煜和蒋阁这两个人之间，有可比性吗？"

姜蝶的神色也冷淡下来，望着她："你想说什么？"

"以你的水准，撑死了就配和盛子煜在一起。"饶以蓝云淡风轻地说，"你昨晚扒着蒋阁不放的举动，让我想起在拜县那个跟我告白的男生，一样可笑。"

她直白地戳破了姜蝶的心事，姜蝶也不藏着掖着，反击道："你好像忘了那天蒋阁是怎么表现的吧？"

"这就是问题所在。"饶以蓝轻笑，"他不像我直来直往，顾及大家面子，这是他的温柔。但如果你把这种温柔当作别的，就太可怜了。"

她把饮料往姜蝶面前一推，转身离开。

卢靖雯听得眉头直皱,咕哝道:"她凭什么这么盛气凌人啊?"

美丽的心情被饶以蓝的最后一句话硌硬得不行,姜蝶面无表情地捏起饮料,往回收处一扔,眼不见为净。

姜蝶掰着手指头数着蒋阁的生日,为了微缩模型的收尾,她把圣诞节包括之后的邀约全部推掉,终于赶在蒋阁生日这一天大功告成。这一天蒋阁没有课,他也没有过生日的习惯,因此很难捕捉他的行踪,不过好在她早有准备。等到傍晚时,姜蝶发了一条微信给他,故意没有提有关生日的任何点滴。

小福蝶:师哥在家吗?那本景观的书我看完了,闪送还给你啊。

她想,蒋阁会回她的。她对此有一种莫名的预感。

果然,十分钟后,他回复道:我在工作室。闪送算了吧,明天我会来学校。

姜蝶二话不说,小心翼翼地捧起包装好的微缩模型,冲去码头,坐上了开往盐南岛的船只。

这个季节,这个时间,几乎没有人去往对岸。姜蝶捧着礼物独自坐在空荡的船中央,望着对岸的岛屿在暗下来的暮色中渐显,心脏就像嶙峋的石壁在柔软的体内横冲直撞。

船头靠岸,姜蝶深呼吸一口气,沿着海边小路一直往上,逐渐看到那栋熟悉的别墅。二楼和一楼的落地窗皆拉着窗帘,但有光从缝隙漏出。

别墅大门的围栏没有上锁,轻轻一推就能开,姜蝶像只翩跹的蝴蝶悄悄飞入花园,停在了玄关的门前。她按响门铃,比预想中反应了更久的时间之后,门口的对讲机传来蒋阁的声音。

"有什么事?"清淡的嗓音经过传导,变得更冰冷,有股不近人情的意味。

姜蝶一愣,没有想到他居然没有开门,而是用这样的方式和她对话。

"我……我来还你书。"

"放门口。"

"……"

姜蝶愕然。

她在脑海中不断设想他的反应,却没想到会是这一种。"放门口",冷峻的三个字让她的大脑瞬间失去一切条理和逻辑。似乎走在一片阴天里,后方的乌云眼看着就要吹散了,前方是一碧如洗的蓝天,她却走不过去,忽然被乌云追上,暴雨兜头而至。

姜蝶停顿片刻,僵硬地说:"其实我还有别的东西要亲手交给你,你方便出来一下吗?"

对讲机迎来短暂的沉默,接着是言简意赅的回答:"也一起放门口。"

姜蝶在门口兀自站了片刻,在这难挨的时间里,她没有感到任何难堪或者委屈,反而脑海中无端地闪过一些细枝末节。譬如最初学习微缩模型的日子,为了啃下无聊又乏味的制作视频,她故意穿着单薄的睡衣趴在窗台上看,任冷风灌满脖子,这样就不会犯困瞌睡;譬如上手的过程中,木板上的倒刺扎进手指心,她一开始没发觉,后来骑车时捏着龙头的手指生疼,摘下手套一看,大拇指一圈都发紫了;譬如此时此刻站在这里,其实她已经有三十六个小时没有睡觉了,只为了完成这个礼物。她困得两个眼皮上下打架,但因为希望看到蒋阎的动容还支撑着,尽量让自己显得神采奕奕。

它很不完美,很粗制滥造,也许就和她这个人一样,是残次品。难道残次品就没有登场的资格吗?

她的大脑像是一支故障的录音笔,不听使唤地抽取出一句高高在上又一针见血的刺耳话语,反复地在耳边盘旋——"如果你把这种温柔当作别的,就太可怜了。"

姜蝶在这一刻,横生了抱着礼物逃跑的冲动。

但她这人没什么优点,唯独这些年培养出了不浪费的意识和厚脸皮,这让她压下了冲动,倔强地把东西往地上轻轻一放,扭头消失在夜色中。

别墅内，蒋阎站在落地窗前，掀开纱窗一角，目视那道背影远去，脚步似有微微踉跄。他的神色一如窗外一眼可以眺望到的海岸，波澜不惊，单调又平直，可那双长睫毛下隐着的眼睛，也一如海岸下的深黑海面，无边无际，漩涡暗涌。他拂下纱窗，身后，一个中年男人正大剌剌坐在沙发上。

男人有着一张粗糙的、充满戾气的脸，年月刻在脸上的痕迹已经改变了他年轻时候的样貌，但如果细看，会发现眉眼和蒋阎仍有几分相似，残留着英俊的影子。

"真可以啊小子，住着这么大的好房子，身后那么多小姑娘追着，都追着跑到这里来了。我听说你现在被人崇拜得不得了呢。"他嗤笑，"虽然有你那有钱野爹的功劳，那还不得是老子赏你的这张脸？小时候还真看不出来，那鳖孙样，我以为一定是野种。"

蒋阎没有答话，依旧背对着他。

男人得不到回应，眼神阴鸷，语气也一转，从大剌剌突变为阴森。

"呵，不说话，又在想怎么阴老子了？"

蒋阎掸了掸纱窗上的灰尘，慢慢转回身，整个人笼在吊灯的阴影下，显得那平静的表情很模糊，透着几分捉摸不定的吊诡，他的视线聚焦在男人抖落在地毯上的烟灰。

"旁边有垃圾桶。"他说。

男人脸上又露出讽刺的神情："当了十几年小少爷，就真以为自己是少爷了？还垃圾桶，真讲究。小时候你像个垃圾一样跪在地上求老子给饭吃的时候，还记得吧？"

蒋阎盖在袖子里的手筋不着痕迹地暴起。

他还在喋喋不休："小子，是我生你养你，你才有的今天。你是怎么回报我的？啊？！"男人把烟往地上狠狠一弹，用开胶的运动鞋用力踩灭，骂道，"小畜生一个。"

蒋阎死死盯着那截烟屁股，半晌道："原本就计划你出狱那天去接你，只是没想到你提前出来了。"

"老子早几个月就出来了，特意挑这一天来找你，让你牢牢记住，谁是给你命的人。"男人冷笑，"还来接我？我们俩之间，就别装了吧。"

"我知道我当年不该这么做。"蒋阎的视线从烟直直落到男人的眼中，两人对峙了一秒钟，"再怎么说，你都曾经是我的……父亲。"

男人拍桌而起："老子现在也是！"

蒋阎似乎站累了，走到一边的椅子上坐下，与男人拉成对角线。他放松身体，靠在椅背，抬头望着精美的天花板。

"如果我是你的儿子，那么蒋家的钱就和我无关。"他语气微顿，又说，"自然，也就和你无关了。"

男人凶狠的表情僵住，半晌又恶声恶气道："说得好听，我才不信你会给老子钱。还是说封口费？呵，我告诉你，你流着老子的血，天王老子都改变不了。"

"张口闭口就是钱，看来这十多年的牢，也没改造你多少。"

"你还有脸提！要不是你这畜……"

男人脸色涨红地破口大骂，被蒋阎打断。

"但是在牢里这么多年，出来自力更生当然很困难。所以你想要钱，我很理解。我也希望你过得好，算为我当年的不懂事做出一点补偿。"他闭上眼，嘴角微勾地喊了一声，"可以吗，爸爸？"

不知是因为得到蒋阎给钱的肯定，还是因这一声久违的称呼，男人身上的戾气淡去，脸色好转："行，记住你说过的话，老子就等你信儿。不然，老子当年说过的话，一定会兑现。"

男人风风火火地离开，走出门口时瞥了眼地上的礼品袋，不屑地一脚踢开，嫌它挡路。空寂的玄关传来甩上门的动静，蒋阎慢悠悠地睁开眼，从口袋里摸出一根烟。他常年备着一包烟，以备不时之需，但之前一直没有意外，这包烟就和纽扣、拉链一样，是嵌在口袋里的装饰品，几乎不碰。他也料想不到，短短几天，这是抽的第二根。

人生的转折有时候来得就是这么突兀且汹涌。

青年懒散地半倚着，修长的手指夹着烟，任烟灰抖落在地毯上，是任谁看了都会大吃一惊的模样。蒋阎垂下眼，怠懒地看着一地烟灰，单手控制不住地解开黑色衬衣的袖扣，指尖描摹着手腕凸起的血管，那里面流着和那个男人相连的血。

  他深呼吸一口气，再一次牢牢地把袖口扣起，一丝不苟，似乎这样一叶障目地挡住皮肤和血管，就不用直视这个下等的身体。一根烟迅速变短，蒋阆对着空气笑了笑，蹲下身把地毯一卷，起身往门外一扔。目光所及地上被踢翻的盒子，他动作微滞，双手小心地将它拾到怀中。他带着它回到了二楼，关灭了灯，凝视很久，表情复杂地拆开——盒子里装着一件粗糙的微缩模型，一看就是出自新人之手：坑坑洼洼的月球表面上，有一艘小火箭，火箭旁边还站着一个小人儿，戴着像金鱼缸似的头盔，穿着宇航服，手里攥着一面表示自己占领此地的小旗帜。仔细看，旗帜上，细细地描了一只蝴蝶。除此之外，盒子里还装了一张贺卡。

  蒋阆翻过卡片，借着窗外的月色，看清了上面的文字。
  一笔一画，用黑色的水笔认真地写着——

    生日快乐！^0^

  他摩挲着这四个字，眼底有玫瑰色的流云。即便四下无人，这份欣喜也只是转瞬即逝，不敢表露太满。准备将卡片放回去时，他却发现背面还有一行小字——

    如果我搭一艘火箭，能够登上你这座月亮吗？

  蒋阆默念着这一行字，愣怔许久。
  ——怎么办呢？如果我根本不是月亮，而是一颗伪装成月亮的、被称为"宇宙垃圾"的人造卫星。那么，你还愿意登上来吗？毕竟，我的人造月亮上没有桂花，没有玉兔，没有任何风花雪月，只是一片废墟。

29

姜蝶回去后就开始补觉，这一觉一直睡到了第二天的傍晚。

她第一时间去翻看手机，朋友圈里热热闹闹的，给她发消息的人也不少，都是喊她出去跨年的，她却觉得空旷——没有来自那个人的任何消息。

她想，也许那个礼物都没被拆过就被扔进了垃圾场，就像当初被拖走的沙发。他的东西无论多昂贵都可以说扔就扔，更何况她做的不值钱的玩意儿？

姜蝶偏头看向窗外，很暗，窗户没关严，有雨丝的冷意飘进来。

一个落雨的摇摇欲坠的黄昏，沾湿了睡梦里被搁浅的情绪，就那么毫无征兆地泛上来。姜蝶抽了抽鼻子，雨意从鼻腔里裹进，从眼眶里逼出去。她用力地一眨眼睛，视线飘至乱糟糟的桌台，上面散着无数张小卡片，全是同样的一句话——

如果我搭一艘火箭，能够登上你这座月亮吗？

有的她嫌弃字写大了，有的她嫌弃间距太空了，练了将近百张，才挑出一张最满意的送出去。她信心满满，自以为真能登上月亮，事实上，或许连寄送一张卡片的资格都难有。也许是她没有经验，从没喜欢过谁，也没有被谁真的喜欢过，因此容易将一些似是而非的温柔误以为是喜欢。

陷在单恋中的傻瓜，总是容易拿自己对号入座。

人家说一句"漂亮"，其实就和说一句"今天天气真好"一样，是体面的客套话；心情不好，也许是被别的事情影响，和流言无关；突然愿意送她回家，也只是因为她借着酒意厚着脸皮扒着他没放。

明明还有那么多种反向的、和自己无关的解读，但她就像个费劲巴拉做阅读理解的死脑筋，只要拐着弯能凑到"他其实也喜欢我"的核心思想上，就觉得那是正解，到最后胸有成竹地上交试卷，被他判了不及格。而这种巨大的失落，比真正的考试失利还要滂沱。

姜蝶从床头抓起备忘录，在关于蒋阆的喜好信息里，补充上了第十条。

10. 衣架不会喜欢我。

姜蝶从床上六神无主地爬起，拿了一只大垃圾袋，把桌上零散的卡片全数扫进去，开始了一场整理心情的大扫除。今天正好是三十一日，一年到头了，适合扔掉所有异想天开和不快乐。花了将近一个小时，乱糟糟的房间才变得像样，姜蝶累得一头栽进懒人沙发里，气喘吁吁地着手回复微信里的消息。

Lulu：人呢人呢人呢？

小福蝶：我刚在大扫除。

Lulu：……那是够你打扫一天的。

Lulu：今晚跨年我们一起呀！

卢靖雯发了地址以及演出信息过来。文飞白净喜欢这些，连带着卢靖雯耳濡目染，也开始偏爱起这些音乐演出。姜蝶很理解这种感受，就像她受蒋阆影响，在一堆舌头打结似的法语听力里硬是插入一首无比缱绻的情歌，现在光是想到那个歌名，就有种自作多情的坐立难安。

小福蝶：我还是不去了吧，你们小情侣开心跨年。

Lulu：来呀，跨年人多热闹，飞白也叫了他的朋友。

小福蝶：那行吧，我陪我妈吃完晚饭过来。

话已至此，姜蝶干脆应下。今夜她确实需要一些别的东西，让自己不那么沉溺于胡思乱想。陪姜雪梅吃完晚饭，洗完澡，她擦着湿发回到房间，视线扫过一堆还没来得及安放好的零碎，停在其中的一个盒子上，是那件从西川带来的春尾衣良的小礼裙，不知道是谁送的，也就不知道该如何处置，最终束之高阁。想想只在酒店的试衣镜前穿过一次，就这么放着，确实有些可惜了。

送这份礼物的人一直杳无音信,到现在她只能认为是哪个深藏功与名的"土豪"粉送的。既然如此,她是不是可以私下穿一次?

昨夜过后,她深刻地明白一个道理:回馈给送礼者最好的心意,就是接纳。

你快乐,我也快乐。

也许这只是一个忍不住想穿而给自己找的冠冕堂皇的借口,但总之,她的心情又雀跃起来,小心翼翼地打开包装盒,华美的裙子静静躺在盒中,夺目的红色让这间暗淡的老房子都着了火。

姜蝶穿上它,吹了波浪卷,拉上长筒靴,涂上丝绒质感的口红,非常有仪式感地出了门。

车子停下,长筒靴落地,车内款款飞出一只火红的蝴蝶。

姜蝶鲜少有打扮得如此明艳的时候,虽然以往也会特意装扮自己,但都是点到即止,不想让人觉得她很用力,总之就是追求一种只是从椅子上捡起一件就穿上却又恰到好处的随意。当她不再收敛,就像搬出一坛去年夏季酿好的梅子酒,即便嗅觉再差劲的人也难免被吸引。从她一进大门,就有人频频看过来。

姜蝶一边去往二楼订好的卡座,一边脱掉外头的羽绒外套。她原以为这些过路人的目光会让她很受用,能抵过在蒋阎那儿被击溃的自信。但没有用,那区别就像波涛汹涌的大海和水龙头下渗出的水滴,根本不能相提并论。

卢靖雯一眼就瞧见姜蝶,招呼她过来坐到自己身边。

"这衣服真的好看,太惊艳了!"

两人早在微信上关于这件衣服有过讨论,因此卢靖雯并不意外,只是稍微有点惊讶姜蝶在今天穿了出来。

姜蝶耸肩:"可不是,不穿就是暴殄天物。"

卡座里已经坐了不少人,这次叫的人还真不少。有文飞白的朋友,也有朋友的朋友,就如卢靖雯所说的,跨年这种活动,必须人多凑一起才叫好玩。

可为什么有的人就喜欢孤独呢?

她不免又想起蒋阁,想他此时此刻在哪里,是不是一个人度过这一年的最后一个夜晚。

楼下有乐队登场,气氛开始燥热,大家都纷纷拥向一楼。卢靖雯知道姜蝶不喜欢去挤,便把自己的包往她旁边一放让她保管,拉着文飞白奔向舞台。卡座慢慢变得很空,姜蝶倒无所谓,看着底下人头攒动碰胳膊碰腿的就有点烦躁,越发觉得这个俯瞰的位置是最佳座位。

开场曲很活跃,一波热浪从一楼拍至二楼,姜蝶也跟着挥手摇晃,一个人兴之所起对着瓶吹,好像真的在梦游异境,短暂地忘记了伤春悲秋。

到了后面,换了支温柔的乐队上来,歌曲也跟着安静。

灯光变蓝,如海水一般的光线里,台上的人弹着吉他,敲着慢鼓,唱着——

　　好想把你,从身后焐热。却忘了你我,隔着山河……

姜蝶怔住,似乎真的被摁入海底,有一瞬间无法呼吸。歌词随着海水流入耳膜,海底的压力挤迫心脏,榨出一丝咸涩。

"喜欢这首歌吗?《红色的河》。"

身边的沙发陷下去,姜蝶回过神,看见鸭舌帽下一张熟悉的、玩世不恭的脸。

"好久不见。"邵千河笑着,眼神在她身上扫过,"这件红裙非常衬你。"

姜蝶不奇怪会在这种场合见到他,也笑道:"好巧啊。"

邵千河轻摇手指:"并不巧,我是飞白叫来的。"

"飞白?看来你们很熟了,很有本事噢。"

一次音乐节就能把陌生人变成哥们儿,邵千河不愧是混迹各种交际场的小王子。

邵千河不以为然:"可我最想熟起来的人,都见了两面了,甚至连微信都还没加上。"

姜蝶听着,觉得这话的矛头直指向她。上一回手机没电,她借了他的充电宝用,后来加微信的事糊里糊涂地就忘了,估计这事让社交达人很挫败吧。

姜蝶以为他在抱怨,赶紧打开微信说:"这回我扫你!"

邵千河眉头一挑,伸手将屏幕上的二维码伸过来。

姜蝶一扫,出现了"请输入付款金额"。

邵千河撑着脸:"加我微信要先付费。"

"……哈?"

"现在这表情多生动。"他笑起来,"比刚才听歌时一脸忧郁强多了。"

他递了真正的二维码到她跟前。姜蝶这才反应过来,邵千河在刚才居然洞悉了她情绪的低落,为此故意逗她,转移她的注意力。她已经完全扭转了初见时对邵千河留下的轻佻的印象,只觉得这人是个直率的情绪动物,难怪那么多人愿意亲近他,轻而易举地与他成为朋友。

"我没忧郁啊。"她支吾,"就是刚才……觉得这个歌的氛围比较低落,被影响了而已。"

她撒了一个笨拙的谎,可骗不到邵千河。

"我听说你们复合的消息了,看样子并没有?"

姜蝶无奈半晌。

原来扯半天,他也以为她在为盛子煜黯然神伤。不过也难怪,据他所说,他给她发布的秀恩爱视频一键三连过,理所当然会联想到盛子煜。

"当然没有,我和他已经是过去的过去式了。"

邵千河"哦"了一声,问:"那你现在,是在为谁难过呢?"

姜蝶拿起啤酒掩饰地喝了一口,转移话题:"你不下去吗?还是马上就要走?"

他微微一愣:"我为什么要走,我才刚来。"

她调侃:"今天这个日子,应该有很多场需要你去赶吧。"

邵千河失笑。

"……确实有很多。"他举起啤酒抿了一口,喉结滚动,"但如果场子里有有意思的人在,我干吗走呢?"

姜蝶直觉这话不能接。

正当气氛有些微的尴尬,卢靖雯和文飞白还有两三个人在中场间隙上来,其中一个女孩指着邵千河大呼小叫:"我刚刚一直在下面找你呢,居然偷偷躲在这儿!"

邵千河轻笑:"昨天熬夜了,挤不动,休息会儿。"

"你最好是在休息。"那女孩酸酸地撑了一句,视线在姜蝶身上逡巡,在看到她身上的裙子时停滞了一下,"啊啊啊,原来这最后一件被你买去了!"

姜蝶一头雾水:"你说……这个?"

她指了指身上的小礼裙。

"对啊!我当时被网图'种草',特意跑去店里,结果店员说我晚了一步,最后一件被买走了。"女孩气鼓鼓地嘟囔,疑惑道,"不对啊,我记得我当时打听了一下,店员说买的人是个男的。"

这句话忽然点醒了姜蝶。

对啊,当时她人在西川,回来后就忘了其实可以去店里套一下话。

那女孩也坐到她身边:"我可喜欢这件衣服了,你要不要忍痛割爱卖给我?我不介意二手的!"

邵千河打断她道:"行了你,你不介意人家还介意呢。"

"喊……"

卢靖雯坐到姜蝶对面,听到邵千河的话,打趣的眼神在姜蝶和他之间来回旋转,姜蝶送给她一个白眼。

时间在纷扰中即将转至十二点,所有人都回到了卡座,舞台上依旧有乐队在热场。

倒计时,音乐暂停,大家举起酒瓶,异口同声地念着"十、九、八、七……三、二、一!"

"新年快乐!"

丁零当啷的碰撞和呐喊开启了新一年的第一分钟。

跨年的零点过后，表演结束，一桌又一桌的人却还未散去，依旧有音乐在放，聊天喝酒，喧嚣吵闹，一切都和之前并无两样，如同她对蒋阎的妄想，不会因为翻过零点就即刻刷新。

元旦的三天假期，姜蝶忙着赶制那件"凤眼"，直到假期最后一天才出了门，还是被卢靖雯架出去的。卢靖雯是打定主意不参加比赛的人，临近提交作品的日子自然也没什么压力。

她说："要是真让我选上了，那岂不是要让我和飞白异地？"

姜蝶听后觉得匪夷所思："短暂分别一年而已，但这一年可能会是改变你人生的重要契机。"

"这一年也可能会让我们分手啊，那也是改变我的人生，失恋多痛啊！"

姜蝶语塞。

"你是站着说话不腰疼，要是真让你把到蒋阎，说不定你就后悔现在参加比赛了。"

"不会的。"

姜蝶毫不犹豫地脱口而出。

"如果我真的能和他在一起，我肯定会更加珍惜出国的机会。所以无论如何，我都要赢。"

卢靖雯似懂非懂地点头："那你现在做得怎么样了？"

"快了。"

"模特呢？你找谁？需不需要我帮忙？"

姜蝶哈哈一笑："谢了，不过我是做的男装啦。"

她表情诡异："你不会……是想找蒋阎吧？！"

姜蝶沉默了一下："现在考虑找别人了。"

卢靖雯想了想说："要我说，邵千河不错啊。"

"你忘了规则吗？不能选校外的。"

她挤眉弄眼："我的意思可不是模特。"

两人边走边聊地行至商业街，姜蝶惦记着跨年夜那姑娘无意提起的那句话，特意拐到了春尾衣良的店里。店内原本挂着那件红裙的位置已经挂上了新一季的作品，依然亮眼。

姜蝶指着那一处问道："之前挂在这里的那件红裙，是我托人买的，但是拉链好像有点坏了，可以拿来修一下吗？"

春尾衣良的每件衣服都有身份证，随盒附带，姜蝶此时把它的身份证也拿了过来。店员在电脑里输入上面的编号，笑容瞬时变得非常和蔼。

"当然可以。"

"那我明天拿过来吧，修好之后麻烦再寄给我。"

"好的，还是西川市Z酒店的那个地址吗？"

"不是，地址换了。"姜蝶一顿，"手机号麻烦您报一下，我看看是不是和我现在的一样。因为我手机号前阵子也换了。"

店员不做怀疑，报了一串数字，姜蝶按开手机录音把号码录了下来，接着不动声色地说："那我更新下号码吧，这个不用了。"

两人离开店铺，姜蝶立刻打开录音，把那串数字打下来。

"这应该就是'土豪'粉的号码……"她犹豫地看向卢靖雯，"我要不要发个短信说声谢谢啊？"

"如果这人真要你的感谢，早用微博联系你了。我看你还是装作不知道吧。"

她说得也有道理，姜蝶举棋不定，先把电话存下来再说。

两人又在街头溜达了一圈，逛了几家衣服店铺才各自回去。姜蝶在公交上又点开那个号码，决定在微信里搜一下，先看看是男是女。她快速地输入号码，按下搜索。屏幕跳转到下一个界面时，姜蝶原本漫不经心的视线被涂上了强力胶，死死盯着头像。公交到了她该下的站点，她却依然一动不动地坐在原位——屏幕上，黑白对半的画，人走在白色的画幅中，阴影藏在黑色的半面，乍看，还以为是蒋阁的头像，但是细看，又发现有一些不同——人和阴影都到了黑色的那面，白色处空无一人。

这不是蒋阁。

风 眼 蝴 蝶

但是，世界上不会有这么巧合又相似的事情。那么只剩下一个解释……

这是蒋阁不为人知的小号。

30

知道送裙子的人很有可能是蒋阁这件事，无疑给姜蝶带来巨大的冲击，眼前的世界都在瞬间倾倒，变得不是那么真实。

她反复地听着录音，确认号码，再三确认自己没有输错任何一个数字。这个号码的头像，怎么看都像是蒋阁的。谁会那么巧地和他用同一系列的那么特别的画呢？如果真的是他，那信息量就太大了。她无可避免地产生一个非常荒谬的念头——难道说，蒋阁其实是她的粉丝？这太吓人了。

她的视频怎么想都不会是蒋阁点进去看的类型，无论是穿搭，还是日常秀恩爱 vlog，都和他感兴趣的内容南辕北辙。更遑论他会成为谁的粉丝这件事本身就令人难以想象，除非是奥川泰弘那种响当当的微观模型大师。

可除此之外，无法解释他知道衣服这件事，还默默买下来送给她。虽然他的家境很富有，春尾衣良的价格对他来说不难下手，但她也不认为有钱人愿意花五位数买东西随便送人，吃饱了撑的吗？

姜蝶左思右想了一整晚，勉强得出了一个结论：无论是不是粉丝，自己对于他而言，应该是特殊的，前提是那个微信号所有者真的是蒋阁。

她将被子盖住脑袋，在窄窄的单人床上翻滚。尽管几天前，她还像条死狗般一动不动地躺在这张床上，双眼无神宛如灵魂出窍，好像自己身下的并不是一张床，而是一辆过山车，轰轰烈烈开向蒋阁心房，并不一定能到达终点，极有可能脱轨，摔得粉身碎骨。

刚经过了一个低的拐点，让她有瞬间的心如死灰。

但这一刻，她坐着它又攀上高峰。

心跳飞出胸腔，她睁开眼睛，看见了世界的灯火。

耳边刮过剧烈的风声，还有个声音在脑海里大叫——再赌一次！

她当然不会直接去质问蒋阎：衣服到底是不是你送的？为什么要送给我？

如果有万分之一的可能，那个微信号并不是他的，她就很尴尬；而且如果真的是他，都用上小号了，想必也不会干脆地承认。

在知道后的这一段时间内，她按兵不动，专心扑在"风眼"的制作上——衣服的打版、裁剪和缝合都已经完成，最后就剩下睡莲的纹样没有完成。数码印花、贴布、纯手工刺绣，这三种方式里她选择了最麻烦的最后一种，一针一线地亲手缝上去，因此才迟迟未完工。今晚只差最后一片叶子。

姜蝶认真地坐在桌台前，就着油黄的台灯光线细密地缝制。

想到衣服完工后即将实施的"计划"，她的心情忽然就膨胀起来，像炸开来的爆米花，扑哧扑哧地往外冒。

十一点三十三分，最后一片叶子绣完，姜蝶认真地熨烫了一遍衬衫。

她按捺不住地发了一条朋友圈：[胜利 .jpg] 睡莲开花，落在风眼。

卢靖雯闻风赶来，私信她。

Lulu：wow，衣服做完了？

小福蝶：没错！！！

Lulu：模特呢，定了吗？

小福蝶：定了。

Lulu：哪个野男人？

姜蝶故作神秘地回了一个表情包，转而打开和蒋阎的对话框。

小福蝶：师哥，可以麻烦你一件事情吗？

小福蝶：还是我们学院比赛那件事。你放心，我这回不是来勉强你做我模特的，我已经请别人了。

小福蝶：但现在场地还没定，我想明天下午去盐南岛拍，不知道能不能借一下你的工作室用？就在客厅，其他地方不碰。

小福蝶：[拜托.jpg] 如果时间不方便，我可以随时调整！

她守着微信的动静，趴在桌台上一觉睡到天明。

没拉上的窗帘间洒进清晨滚烫的阳光，姜蝶一激灵直起身，眼睛都睁不开，抓瞎地摸起手机看微信，确认对面已经回复，而且回复的是一个"好"字。

姜蝶闭上眼，眩晕在这片初阳里。

到了和蒋阎约定的时间，姜蝶带着"风眼"再次踏上了开往盐南岛的船只。她在微信里问怎么取钥匙，蒋阎回复道：直接过来。

姜蝶越发觉得，这次自己会赌成功的。

再走一遍相似的路线，没在别墅门口的地上发现她的礼物，姜蝶松了口气。如果它还一动不动地被扔在原地，她可能会心梗。

她按响门铃，对讲机里很快传来蒋阎的声音。

"姜蝶？"

"师哥晚上好。"

对讲机安静下来，片刻后，大门敞开。蒋阎站在门后，目光越过她跳向身后，语气有小小的疑惑："你一个人？"

姜蝶直视着他："他要很晚才能来。如果师哥不介意当模特的话，我就不麻烦对方了。"

蒋阎手中握着马克杯，轻轻晃着杯中的水，神色难辨："你还是进来等吧。"

短短几句话的交锋，这第一回合，姜蝶还是落败了。他绕到厨房接水，接着信步上了二楼，徒留她独自在一楼的客厅。她环顾四周，发现沙发又大换血，地毯也是，原先的被抽走，现在只剩下光滑的大理石地面……难道他有按一定频率更换家具的强迫症？这个癖好也太烧钱了。

姜蝶收回发散的思维，静静坐上崭新的沙发，开始了这场和蒋阎的拉锯战。如果，那个微信号真的是他的，那么她赌蒋阎最终会下楼，来到她面前，脱掉他身上的衣服，穿上她亲手缝制的"风眼"——这是最好的情况。

而最坏的情况是他依然不理不睬,那个微信号也与他无关。

为了应对这种情况,她给自己设了后路——真的叫人来帮忙。

墙板上的时钟静悄悄地转着,姜蝶克制自己不看向二楼紧闭的房门,竖起耳朵,听着任何会让她精神一振的细微的声响。这种感觉就像飘浮在寂静无声的宇宙里,隔着一段阶梯的距离遥望那个漂亮的球体。

她凝视着落地窗外的太阳一点一点落下去,心情从刚开始的淡定自若,到后来的慢慢失落,好像世界上的所有地心引力都拽住了她。

最后一点夕阳被海平线吞没的时候,她也跟着下沉,不断下沉。

终究还是她自作多情吗?

姜蝶看了看袋子里的衣服,给微信里的某个人发了消息,问他到哪里了。她已经和他打过招呼,预约了这一晚上的空当,对方回复"很快到"。

这是她准备的,最后的绝招了。

半个小时后,手机振动了一下,姜蝶拍了拍脸,将失魂落魄的表情隐去,起身去接人。她走前上楼叩了叩蒋阁的房门道:"师哥,我去接模特,麻烦你一会儿帮忙开下门。"

门内,他应了一声。

姜蝶离开别墅,朝着海滩的景区走去。邵千河插着兜站在大门口,无所事事地塞着耳机听歌。他一眼就看到她,扬手挥了挥。姜蝶也一边挥手,一边加快步伐来到他跟前。

"麻烦你了,一会儿结束请你吃饭。"

"客气什么?都是朋友。"邵千河随意道,"只是试一下衣服吗?"

两人并肩往回走,姜蝶点头:"我是很想请你做模特啦,但是比赛规定模特不能是外校的,所以就只能麻烦你试一下,我看看衣服上身效果,看看还要不要修改。"

"那为什么要特地来这里试?"

邵千河一下子就发出了灵魂拷问,逼得姜蝶卡壳。

"因为我之后就想找人在这里拍,所以,提前看看整体感觉。"

言谈间两人走到别墅前，姜蝶按下门铃，等着蒋阁过来开门。

邵千河打量了一眼："这是租的棚？"

"向一个师哥借的。"姜蝶状似才想起来，"哦对，那人你也认识，你们在音乐节见过。"

说曹操曹操就到，大门随即打开，蒋阁的视线落在邵千河身上。

邵千河也看向他，蒋阁点了点头打招呼，往后退了一步，让他们进来。

"麻烦师哥了。"姜蝶礼貌地说完，拉着邵千河往里走。

邵千河略感意外地扫了眼她缠上胳膊的手，似乎瞬间明白了什么，反客为主地搭上她的肩头，笑道："快让我看看你的大作。"

倒是姜蝶一怔，有些诧异地看了眼肩上的手，不知是不是错觉，好像同时有一道隐约的目光投了过来。接着，姜蝶听到脚步声响起，蒋阁置身事外般地返回二楼。余光里他的背影消失在房门后，姜蝶的内心已经毫无波澜，她早已预见了这个结局。

可能，那个微信号的确是他的，她也的确是特殊的，只不过特殊也分容量，往杯里倒上几滴水和倒满，是有区别的。她的特殊不足以使他解渴，所以他看了过来，却没有端起。或许，那个微信号根本不是他的，一切都是她自作多情。

姜蝶提起袋子，语气低落地说："就是这个。"

邵千河从中拿出花衬衫还有配套的黑色丝绸长裤，在沙发上摊开，评价道："我觉得已经很完美了。"

"真的吗？"姜蝶因为他这句话昂扬了几分，打起精神问，"那如果你在逛街的时候碰到这么一件衣服，你会买吗？"

他沉吟一会儿，摇头："估计不会吧。"

"啊……为什么？"

"太难驾驭了。"他斟酌着用词，"感觉像是，指向性特别强的衣服，一般人穿不了。"

就像一首特定的情歌，一本特定的传记，带有浓重的情感，如果去对号入座，会显得很傻。

邵千河又说:"其实你一开始就想好谁穿了,不是吗?这件衣服,没有必要再改的。"

他的眼睛太毒,让姜蝶哑口无言。

微滞的沉默中,整座别墅倏忽一暗。

变故来得猝不及防,他们都没有动,灯却平白灭了。

"停电了吗?"

姜蝶什么都看不见,只听见邵千河打趣了一句:"好像是,难道欠费了?这么大的房子很耗电吧。"

"不是电费的问题。"

二楼的黑暗处,忽然传来蒋阁的声音。

"上次台风过后电箱就出了问题,偶尔会断电。"他轻描淡写道,"看来今晚没办法继续提供场地给你们了,抱歉。"

邵千河摸黑把衣服塞进袋子,不以为意地说:"那我们走?你刚才不是还说要请我吃饭。"

姜蝶也不想继续待下去,点头说:"好。"

邵千河笑道:"你在往哪儿说好呢?"

她完全侧对着他,对着空气说了句"好",滑稽得可爱。

他也许很习惯这么和人说话,语气里带着不自觉的亲昵的促狭。

姜蝶尴尬地回道:"……我有夜盲。"她伸手去摸手机电筒照明,邵千河恍然地"哦"了一声,一把拉住她的胳膊。

"那你跟好我走啊。"

因为黑暗,姜蝶并未发现,二楼的蒋阁在说完送客的话后,并没有进去。他一直站在屋门外,看着底下的两个人。因此当他突然出声喊她的名字时,吓了她一跳。

"姜蝶。"

她顿住脚步,模糊地回过头,虽然什么都看不见。

"你能留下吗?"蒋阁语气非常诚恳,"帮我个忙。"

蒋阁说完,姜蝶没出息地就想答应。话到嘴边,她又迟疑地想,凭什么总是让他来轻易左右自己呢?

此时邵千河拉着她胳膊的手还没放开，晃了晃说："可是姜蝶已经答应陪我去吃饭了。蒋会长，是不是得讲究个先来后到？"

蒋阁不为所动："让姜蝶自己选吧。"

皮球又踢回到了她身上，姜蝶这一刹那真想痛快地离开。但这场角色扮演游戏，进度条或许走到了某个重要的分线节点，如果她选择了离开，可能系统就会将蒋阁的好感值清空，从她的主线中排出，这次无法重新读档，选错了可能就是永远错过了。

因此，她不能意气用事。

况且，她也不想意气用事。

在他出口挽留的那瞬间，她就愤恨地想，自己一定会留下来。这短暂的迟疑，大概只是为了让自己看上去没那么"舔狗"。

"抱歉啊……"姜蝶摸索着拍了拍邵千河，"我下回再请你吃大餐。师哥毕竟借了我场地，总得还这个人情。"

邵千河微微一顿，松开了手。

他调侃的声音传来："那你下回等着被我宰吧。"

邵千河离开后，别墅里又只剩下她和蒋阁。

她拿起手机的电筒晃了晃二楼："帮什么忙吗？需要我上去吗？"

晃动的光线下，蒋阁已不在原位。

姜蝶一愣，以为他进了房间，小心翼翼地往楼梯的方向摸索，迎面撞上一个薄荷味的怀抱。蒋阁不声不响地就下了楼，到她跟前。

"楼梯容易踩空，我带你上去。"

"哦……好。"

姜蝶试着去拉他的衣袖，还没摸到，被他反手抓住，他的指尖从她的手心滑过的电光石火间，一种非常古怪的、熟悉的触感从脊柱蹿上脑门——别墅，台风的停电夜。

这相似的气氛和动作，宛如那夜劈下来的一道雷电，照亮了当时谁都没能看见的场景，清晰地映出当时的真相——姜蝶在黑暗中瞪大了双眼，一个非常不可思议的念头像台风过境，突如其来，又来势汹汹地侵占她全部的思绪,所及之处,每一根神经都被吹得鼓胀。

她发现自己大错特错了。

难道,那一个夜晚,真正抓住她的人……并不是盛子煜?

而是,而是……

"是你吗?"她直接脱口而出。

31

面对她没头没尾的疑问,他不解地问:"什么是我?"

姜蝶踉跄了两下才站稳,在黑暗中垂下眼,手指头去勾了两下他的手心,用动作代替了语言的解释。这是当时,那双手对她所做的动作。她明显感觉到,蒋阁的脚步在这个勾手后顿了一下,而这微妙的卡顿,让姜蝶意识到,这个荒谬的念头很有可能是真的。她双颊滚烫,心脏直跳,这怎么可能呢?

明明热到烧身,一直在试图凿开冰川想要跳下去解火,却发现,冰川最脆弱的部分一直隐在她的脚底。现在毫无意识地跳了两下,冰川碎了,她猝不及防地浸入冰河,觑见藏在底下的,庞然的冰山。

她被震撼得说不出话。

然而,蒋阁不知是默认,还是在故意装傻,没有接着出声。

两个人沉默地上了楼梯,蒋阁在上了楼梯之后很快抽开手,推开房门,若无其事地转移话题说:"微缩正做到一个很关键的步骤,所以得麻烦你帮我打下光。"

姜蝶恍惚地应了声:"哦……哦,不麻烦。"

她跟着走进房间,将电筒的光线照到桌上,已经不是上次的二战桥,而是一个……怎么形容呢,小人模型?

蒋阁拿起它:"固定的光线不大看得清,你看着转。"

"嗯……好的。"她配合着他手上的动作转动角度,身影投在他身后的白色墙面,像一只正在翻飞的蝴蝶,"你现在,做的是人的模型吗?"

他应声。

"我记得你之前的作品从来不做人物。"

"废墟里如果有人存在，就不能叫作废墟。"

她惊讶："所以……这次你不做废墟了？"

蒋阁含糊道："算是吧。"

姜蝶看着他的动作出神，大脑逐渐被冰水灌满，无法启动，克制不住地想再次直白逼问他：那只手真的是你伸出来的吗？如果是这样，他关注她的时间点比她以为的还早。那件匿名送给她的衣服与之相比，都变得不那么令人惊讶，很顺理成章。

原来，一切都是有迹可循的。

她忍不住觉得，他们之间，冥冥之中绝对是有缘分的。如果不是因为这场突如其来的停电，她根本不会知道，他的这一份在意比她以为的要多、要久。

她认清的这一刻，冰水在脑海翻滚，烧成沸腾的水，蒸汽噗噗直冒，满溢出来。她说："其实你很早就很在意我了，对吗？蒋阁。"

在微缩模型上从来都精确到分毫不差的蒋阁，在她冷不丁出声的时候，第一次失了手，他的刻刀多刻进去两寸。无须回答，他的这个反应已经证实了这句话。

姜蝶愈加咄咄逼人："台风夜停电的时候，伸过手来的人是你。匿名送红裙的那个人，也是你。"

"你一直很在意我，对不对？"

蒋阁放下刻刀，抬起眼，神色在昏暗中并不明晰。

半晌，她听他平稳地承认："对。"

他终于承认，让姜蝶一时不知所措。

"师哥你……不会真的是喜欢看我穿搭视频的粉丝吧？"

她故作轻松地调侃，其实真正想问的是没说出来的：还是你对我有那方面的感觉？

"你的那些视频我确实都看过，很有审美。"

"你没有正面回答我。"

"如果让你知道这个问题的真正答案,和我做你的模特,这里面你只能选一个的话,你选哪个?"

"……狡猾。"

"这是唯一一次机会,看你怎么选。"

姜蝶定定地看着他,咬牙说:"模特。"

蒋阁似乎不意外她的选择,重新拿起刻刀:"明天下午六点,再来这里。"蒋阁下巴扬向她另一只手握着的袋子,"衣服就放在这儿。"

终于得到他的首肯,姜蝶宛如完成一场马拉松长跑,浑身弥漫着虚脱的喜悦。

但另一方面,又对他狡猾的逃脱感到无可奈何的牙痒,明明已经离真相一步之遥,他偏偏藏了这一手,不愿意示出真心。

他在怕什么呢?

雪白墙面上投射出她的黑色影子,宛如失控的皮影小人,手足无措地左右摇晃。

她并不知道他为什么依然选择隐藏,就像她不知道在她打完光离开后,整栋别墅又稀松平常地亮了起来。

次日傍晚,姜蝶怕自己迟到,提早了半个小时,带着相机来到盐南岛。玄关的门没有关,开着一条小缝隙,无声地以开放的姿态迎接着她的到来。姜蝶按下门铃后,迟迟没有人来,她只好推门而入。

一楼没有人,她对着二楼的方向喊道:"师哥?"

没有响应。

姜蝶感到些许奇怪,在客厅里转了一圈,犹豫着要不要上楼时,忽然一怔。

她不自觉地停在另一侧的落地窗前。

一楼大厅总共有两面落地窗,一面能一览无余地看见屋后的海水,另一面对着小径的花园。当时她从大门进来,被遍布栅栏两旁的绣球花高高挡住视线,看不见里面的模样,但在落地窗前,花园一览无余。里面栽种着大片的玫瑰海棠,黄昏也是它们一天中最美的时候,延绵成一片粉红花火。枝繁叶茂的尽头,悬挂着一张米色的吊床,托着一抹修长的身影。躺在上面的人穿着她亲手做的深蓝色缎面衬衫,扣子依然平整扣到头,但身体是懒散而放松的,一只冷白的手晃晃悠悠地垂下,触碰到吊床下开得正艳的一株海棠。不知道人是清醒着还是睡着,手指随着海风有一搭没一搭地微微弯曲,勾着花心。

他的脸上遮盖着一本书,未被挡住的黑发在海风里跃动,衬衫的一角跟着鼓胀,刺绣的茎叶便立了起来,跃于百花之上。

黑夜未至,睡莲正在惊艳地大杀四方。

姜蝶隔着玻璃、泥土、花朵、海风望着似在花园里沉睡的蒋阎,恍惚间觉得自己再次回到了曼谷,回到了那辆逃亡中遇到的双条车上,跳上去的那瞬间,他跟着从身后覆上来。

上帝摇晃着夕阳色的橘子汽水,拉开易拉罐,酸甜的汽儿冒着泡喷出来,每一滴都溅到她的心头。她承受不住,整个身体都紧绷着,微微颤抖。

"嘀嘀嘀——"

花园里响起手机的闹铃,只是隔音太好,姜蝶没听见,还傻傻地凝视着蒋阎。因此他突然撤掉书本起身时,把偷看的她抓个正着。他顿住动作,半倚在吊床边看过来,眉眼带着几分未完全苏醒的慵懒气——"过来",他用口型示意她。

姜蝶仿佛才是从梦里初醒的人,晕晕沉沉地被这两个字蛊惑到花园里。她被湿咸的海风一吹,回神几分,故作镇定地说:"怎么在这里睡觉?会感冒的。"

"不会,我只让自己眯十分钟。"

又是那副带着鼻音的未睡醒的嗓音,比起以往清冷的质感,像裹了一层薄膜,变钝了。

"让我过来,是在这里拍吗?会不会冷。"

"不冷。我睡了十分钟,已经适应了。"他不以为意,"这个场景更搭你的衣服。"

姜蝶内心震动,难道这就是他提前来到花园里挨冻的原因吗?为了呈现给她最好的效果。不然,只怕会在寒风中瑟瑟发抖。

姜蝶此时哪还敢辜负他的用心,认真道:"好的!那麻烦师哥摆个动作吧。"

他问:"就这样坐着可以吗?"

"可以。"

姜蝶收起了花痴的心思,开始仔细调试光圈。

等她抬起头时,发现蒋阎很板正地坐着,完全没有了刚才睡着时的那份怡然,这股反差让她忍不住想笑。

"师哥,你其实可以……稍微放松一点。"

似乎对任何事都游刃有余的蒋阎,露出了一丝无所适从的为难。

他沉默片刻,说:"我不是很擅长被别人拍。"

不擅长被别人拍,也不擅长穿花色的衬衫,还一板一眼地把衣服扣到最上面——这样的你,却答应了我的请求,姜蝶的心又意外地被触动了一下。

她心一横,说着:"我来帮你。"一边欺身上前,抓住他的衣领,一边将顶上的扣子解开,露出可以盛水的漂亮锁骨。她做这一下动作时还有点胆战心惊,生怕蒋阎觉得被冒犯。但是他好乖,没有反抗,真的像是一副只用来展示的衣架,任她为所欲为。于是她试探地解下了第二颗纽扣,他微微下陷的胸线和薄实的肌肉在丝滑的缎面下若隐若现。

姜蝶假公济私地多看了两眼,一本正经地严肃道:"这样穿的话,看上去就没那么规矩。应该会比刚才效果好。"

蒋阎问:"还要再解吗?"

不要用这副表情问我……

姜蝶不期然地抬眼,对上蒋阎毫无防备的眼神,感觉自己再次被会心一击,好像她是诱拐纯真少年的狼外婆。她摇摇头甩掉乱七八糟的想法,端起相机开始认真拍摄,但看着拍出来的照片,感觉还是欠缺了一点灵动。

问题就在于,蒋阎在镜头前还是太端着了,如果是平时的他,这么拍完全没有问题。只是他穿着身上这件浪荡的花衬衫,扣子又解开两颗，还那么清心寡欲，就显得有些违和。姜蝶不知道该怎么和蒋阁描述那一点微妙的区别，眼见光线逐渐被海平线吞没，她把相机往蒋阁怀里一推。

"我来示范下该怎么摆吧。"

其他地方她没资格指导蒋阁，但在镜头前，绝对是他的老师。

姜蝶脱掉大衣，里面正好也是一件烟灰色的衬衫。她同样解开两颗扣子——不比自己设计的衣服，这两颗扣子间隙很小，因此只露出一截锁骨。两人交换了位置，她坐到吊床上，蒋阁举起相机，将镜头对准她。姜蝶原本自信满满，在面向镜头后的人时，忽然也开始紧绷得有些失控。

蒋阁的眼睛一丝不苟地盯着镜头里的她，见她半天没动作，出声提醒："光快没了。"

姜蝶深呼吸，闭上眼，再睁开。她在吊床上翻了个身，变成了半趴的姿势，双臂支撑着上半身，足以展示衬衣的弧度，锁骨下方的一片幽深在松垮下来的衬衣中像一条秘密隧道。

吊床因为她的大动作左右摇晃，变成了花海里一艘航行的船，她伸下手，戏水般抚过花的海浪，指尖触上柔嫩的花瓣，还是刚才蒋阁睡着时拂过的那一株。这期间，她的动作都是漫不经心的，也不在意相机，直到她摘下那片花瓣，含在嘴里，那双剪水的眼眸同时上挑，直勾勾地看向镜头。蒋阁本不需要拍，只是要大致地通过镜头感受那种姿态。但那一瞬间，他极为准确地按下快门，并且将这一幕放大再放大。

相机的预览图上，对准的不是姜蝶欲语还羞的眼睛，也不是她夹着艳色花瓣的嘴唇，而是她藏在两束散下来的黑发之间，那点发红的耳尖，非常的……可爱。

姜蝶示范完，就火速从吊床上翻下来，差点脸着地。

"你刚刚……是不是拍我了？"

她有些不确定地问。

"对，这样比肉眼更准确。"蒋阁一脸淡然，视线还盯着相机上的显示屏，"就要这样摆是吗？"

223

她咳嗽两声，故作淡定道："对，总之……就是这个感觉。"

蒋阎点点头，抬起头把相机还了过来。她观察着他脸上并无异样的表情，尴尬的感觉消散许多，又生出一丝"他怎么这么无动于衷"的失落。他重新坐上吊床，学着她的姿势，半趴着，视线扫向镜头。这一刹那，姜蝶猛地感觉到，镜头后的蒋阎真的变了一个人，他的拘谨和板正完全不存在，伸手从口袋里掏出一支烟，说："能用烟代替花瓣吗。"

疑问的内容，陈述的语气，完全是一副已经知道该怎么拿捏的姿态。

姜蝶愣愣地："……好。"

蒋阎咬住烟，动作间带出一点软红的舌尖，好像盛夏时分果实累累的杏树，葱郁的枝条遮挡了已经成熟的果实，微风吹荡绿叶，杏子红透的果皮溢出香气。

姜蝶揉动鼻子，忘记光圈，忘记构图，只凭着直觉毫无章法地按下快门。

这次出片的效果非常完美，取次花丛懒回顾，半缘修道半缘君。众生美景都不在他眼里，能入得了他法眼的，似乎只有镜头后的她。

姜蝶不敢多看，局促地关掉相机，说："大功告成！谢谢师哥。我请你吃饭吧。"

蒋阎却道："不用了。"他从吊床上下来，"你现在欠的饭有点多。"

他这句话说得意味深长，姜蝶立刻想起昨天她还答应了邵千河要请人家吃饭。他这句话又是什么意思，吃醋吗？

姜蝶语气雀跃地勾起嘴角："别的也行，总之我是真心想感谢你！"她小心翼翼地试探，"看电影呢？我请你看电影。"

"《小岛惊魂》吗？"

趁着黑下去的天色，无人的盐南岛，他突然冷不丁地接了这么一句，吓了她一跳。蒋阎眼里浮现笑意，姜蝶才知道他在逗她。

喜悦像金鱼吐出的泡泡，从水面淡淡飘起。

那么冷淡又寡言的一个人，居然在和她开玩笑。

她正要回答，就见蒋阎的裤兜振了下，他抽出手机看了眼，那点微淡的笑意就被海浪冲得一点不剩。

姜蝶心一颤,预感到有什么事要发生,追问了一句:"那看吗?"

他把手机塞回兜里:"下回吧,衣服一并还你。"

姜蝶很不喜欢"下回"这两个字,因为惯常用这两个字搪塞别人。但这话从蒋阎嘴里说出来,她却知道,不一样——他会做到,不然他就不会说。

虽然不知道具体哪一天,但不会太久,毕竟比赛用的衣服要和照片一起交上去,截止日期就在期末考试之前,她把这个日期发给蒋阎,他简单地回复三个字:知道了。

于是姜蝶一边准备着期末考试,一边焦心地等待着这个"下回"的到来。

他来约她的那天,是一个周末的下午。姜蝶正在蓬头垢面地复习,接到微信的一刹那,迫不及待地就想回复一个"好"字,硬生生忍住了,火速冲到卫生间洗头洗澡,出来的第一时间又抓起手机,这才发送了一个"OK"的表情包过去。

他让她等这么些天,她以牙还牙,故意晾他几小时,仿佛这样做,能让自己在这场博弈里从容一些。但看到手机里很快发来的两条消息,姜蝶觉得自己刚才做了完全无用的较劲。

衣架:你住哪里?

衣架:我来接你。

姜蝶在椅子上跳了起来,差点撞翻一桌的瓶瓶罐罐。她已经把这次行程在心里偷摸定义为约会,但他的两句问话,好像真的也把她当作女朋友来对待。老旧的毛玻璃窗很破碎,遮挡不了姜蝶飞上天的嘴角,窗户虚虚地挂在风里,反向吹过来时,姜蝶抬头撞见窗户里的自己,笑容戛然而止。

她沉默了一会儿,回复。

小福蝶:不用啦,你告诉我地址,我自己过去就行。

衣架:我们去汽车电影院。

哦……所以，来接她是因为场所要求。

姜蝶明白了这一点，五味杂陈地回道"好"，然后把距离两千米外的一个咖啡店发了过去。那家咖啡店装潢不错，光滑的瓷砖地面，英文招牌，充满高级气息，不会让人联想到就在两千米之外，还有一栋这么破落的鸳鸯楼。接着，她用最快的速度洗漱化妆，在衣柜前挑挑选选，最后披上大衣，喷上香水，捏着两杯咖啡光鲜亮丽地出现在咖啡店门口。

她站在路边，看着蒋阎的车如期而至。

车门打开，黑色的大衣从车内泄出，他随即下来，帮她拉开副驾的车门。

姜蝶紧张地说了声"谢谢"，上了车后发现她的那件衬衫已经洗干净熨好，装在一个全新的袋子里，正放在后座。

蒋阎绕回去重新上了车，车门一关，溜进来的冷空气很快被暖气排挤得无处容身。姜蝶感觉到无比的燥热，手心里微微溢出些汗，但她知道，不是因为暖气。蒋阎发动引擎，一边按着车里的音响，一边问："听歌吗？"

她将头点得像只小弹簧。

蒋阎摁下播放键，那首在姜蝶耳边单曲循环了很久的 *A Rocket To The Moon* 就这么再次盘旋在耳侧。姜蝶条件反射地想跟着哼，想到自己的魔音及时闭上了嘴。

车子不一会儿便开到了汽车电影院，这还是姜蝶第一次来，心想看电影的门槛真是高，如果没有车怎么办呢？

这个念头转瞬即逝，没有车，那就去普通的电影院。每个处境都有每个处境的选择，这样的问题难免可笑。就像春尾衣良的衣服，知道买不起，就干脆别进去逛。

然而，人生的痛苦往往来自意外，内心已经被点燃的欲望是无法被平息的。它焦灼地烧着，要么把自己烧死，要么把窘迫的世界烧毁，构筑出一个崭新的天地来。

姜蝶用余光偷瞄身旁的人，她知道自己已经举起火把，无法停止。

蒋阎把车子停在一个车位上，姜蝶望向前方——露天的巨型银幕，四周还能看到许许多多的车辆，因为是周末，人非常多。但每个人都被包裹在各自的车壳里，他们也是，只有她和他的空间，如此隐秘。所以隔了好几米之外的电影放了些什么，她完全不在意。她在意的，是车内呼呼作响的暖气吹着后脖子的汗，是蒋阎被明灭光线切割出来的轮廓，是他搭在车挡位置的手臂。

车挡位置放着两杯咖啡，她不动声色地也把手搭了上去，假借着要拿饮料，挨近一些，再近一些，像夺宝贼小心翼翼地越过看不见的红外线。注意力全在不怀好意的地方上，因此当豆大的雨珠打下来，落在车身上发出沉闷的声响时，姜蝶浑身一激灵。

雨刷开始来回拨转，姜蝶傻眼，忍不住问："这还能看吗？"

蒋阎平静的脸上也露出一丝尴尬。

"……如果雨势不变大的话，就不会影响。"

仿佛是针对他这句话似的，雨水转眼间下得又密又急，雨刷刚清完一层雨幕，接连的水珠又前赴后继地淌满整个挡风玻璃。大屏幕上的画面都被晕成一幅幅会动的湿版画，人物全都被晕开，看不清晰，仅能凭借车载音响中的对白和音效辨认出在演些什么。

下一秒，车载音响毫无预兆地响起湿漉漉的接吻声时，车窗外的雨声就在姜蝶耳朵里静止了，尤其是，这个车载音响非常上档次，吻声尤为逼真，仿佛只要一回头，就能看到有人在后座接吻。

姜蝶听得面红耳赤，无措地望向前方，接吻的画面被雨刷器晕染得湿漉漉，越是模糊，越是引人遐想。

她下意识地又去偷瞄蒋阎，想看，却又怕这个场景之下被抓包而过分暧昧，最终还是缩回眼神，转而掩饰地去拿咖啡，却因为昏暗的光线，加上紧张，忽一下碰洒了。黏糊糊的液体像这场突如其来的雨，把她的半边座位打湿，后腰、屁股和腿间都无一幸免。

没有穿打底袜的皮肤泛起细小的鸡皮疙瘩，姜蝶惊呼一声，赶紧掏出纸巾擦掉，但是身后看不见，也没法儿擦，只好侧过半边身，背对着蒋阎问道："师哥，能帮我擦一下吗？"

她承认,自己有故意的成分。

蒋阎没说话,就在她以为他会拒绝时,突然感觉到身后有个气息靠近,将她包围,如同雨水包围整辆车,把它践踏得湿答答。

姜蝶呼吸一滞,视线晃过去,他的一只手撑在她的椅背,手背上有一道突起的青色筋络,无比性感。她的腰侧有什么东西覆上,隔着内搭轻慢地游移。

"这一块儿湿了。"

他在她耳后说话,声音很轻。气息吹到耳郭,她的腰软了一截。明明只是在用纸巾帮她吸干湿掉的衣服上的水分,却像是一场备受折磨的酷刑。她手脚发麻,心跳加快,心跳声盖过对白、雨声、世界上所有剧烈的声响,她情愿受尽折磨死在这一刻,死在他的怀中。

牡丹花下死,做鬼也风流。

于是,姜蝶猝不及防地回过头,在黏糊糊、湿答答的冬日雨夜,这个窄小又燥热的汽车前座,仰起脸,吻上蒋阎薄软的嘴唇。

她在这一刹那闭着眼,不敢去看蒋阎的神情,放任自己成为一只原始动物,抛弃人性,义无反顾地吻上去,虽然,只是浅浅地碰了一下,却好像完成了一次无比伟大的壮举。

她飞快地退开,才慢慢睁开眼睛,看着他说:

"这是我的初吻。"

车里一片难挨的、令人难堪的沉默。

姜蝶却很轻松,志在必得地说:"你知道为什么那天的二选一,我没有选答案吗?"她轻吸了口气,笑了,"因为有些问题的答案,不需要靠问。你的身体在刚才就已经告诉我了。"

"别再装了,蒋阎。"

她在他抛出那个二选一的问题时,就盘算着用这样的方法逼出他的回答。

一片漆黑中蒋阎的神色愈加难辨,唯独雨刷破开雨幕的那个间隙,他眼底的深黑得以现形:"好。那么我告诉你,你对吻的理解,其实有偏差。"

说完,他凶猛欺身,更近一步,姜蝶被迫后仰,整个人被钉在椅背上,后背甚至能感受到皮革的纹理,凹凸又硌人,但与嘴唇被肆虐的异物感相比,算得上温柔——由他来主导的、真真正正的吻。

哗啦啦,落雨大,没有人会发现角落的黑色车辆内,驾驶位已空无一人。连绵的雨水,是一片涌动的河流,副驾上交叠的两个人藏在河流下接吻。等到雨刷再刷回去,蒋阎松开她,若无其事地回到了原位。

"你刚才那个架势好像很会接吻……"一片沉默后,姜蝶口齿不清地笑,"其实,这也是师哥你的初吻吧?"

他没有承认,也没有否认。

于是姜蝶更加笃定,轻轻地说:"你刚刚咬到我舌头了,有点痛。"

32

这天,这场雨夜的电影还是没有看完,草草地落了个尾巴。雨下得特别大,他们不得不提前离场。其实和雨水无关,只是因为那个打破平衡的吻,让他们没有了继续下去的心思。

姜蝶回到鸳鸯楼,呼吸着雨夜浑浊的空气,关着灯躺在昏暗的房间里,好像回到高考放榜那天的日子。那一天,她知道自己考上了花都大学,全国排名前列的学校,长达多年的蓄力,不知尽头的隧道,终于在那一天看到了透进来的曙光。

虽说三百六十行,行行出状元,但对于贫瘠的人生来说,并没有那么多选择,考上大学,并且是优异的大学,是姜蝶当时唯一能想到的出路。为此,她摒弃所有与之无关的欲望,天冷时只穿姜雪梅织的毛衣,天气热了,就将学校发的夏季校服和两件后领都沾上黄色汗渍的白短袖轮换着穿;头发也剪到最短,不是女孩子的漂亮短发,而是那种,从后背看过去,会让人觉得是哪家营养不良的臭小子的发型。

"漂亮"这个词,在姜蝶前十八年的人生中,的确与她无缘。也许这就是为什么,在思考未来的专业方向时,她毫不犹豫地选择了服装设计。

青春时代只是一棵野草的人,之后的毕生都用来浇灌那时开不出来的花。

拿上录取通知书的一刻,她收到了人生的花种,有一种渴求被填满后又突然空虚的怅惘。

不同的季节,不同的天气,同样的心情再度降临。

她模糊地生出……我真的可以拥有吗？这一种完全与欣喜无关的忐忑。

就好比收到录取通知书之后,她就迅速地开始为学费而担忧。这一次,她也迅速地开始为他们的关系担忧。

事实上,她连问蒋阎他们现在的关系到底是什么的勇气都没有。

一般来说,接个吻,顺理成章应该成为男女朋友了吧？

可学校进入寒假,蒋阎回去西川,他们之间莫名地迅速冷淡下来,就像是抛物线,到了最顶点,无法控制地往下滑,别说恋人,就是普通聊天的朋友都算不上。

姜蝶过了最开始那个忐忑和懦弱的时期,开始变得焦灼,心想着,自己应该鼓起勇气,明确一下蒋阎对她到底是什么态度。

即便他反客为主地吻过来,在那一瞬间她无比确认他的在意就是出于喜欢,但这些天的杳无音信让她逐渐失去信心。

真的是喜欢吗？她又开始怯弱。毕竟他那么早就开始在意她,在那之前两人甚至都没相处过,她只能认为,他是对她一见钟情。

放假的连日里,姜蝶待得最久的地方,居然就是镜子前。

她凑近镜子左看右看,思索：自己这张脸真的能让蒋阎这样的人一见倾心吗？

蒋阎这个人,就像层层叠叠的套娃,你以为剥开了他的一层皮,看见了他藏着的姿态,却发现那依旧只是他套着的一层皮。

他把自己藏得好深,即便她已经潜下水看见冰山,手里的火把也依然烧不尽外壳。

在除夕这一晚，姜蝶借着发送祝福的由头，给蒋阁发了一条庆祝的微信。生怕他不回，她还拍了一张年夜饭的图片过去，特地修得花花绿绿的，把暗黄的桌面和有些污脏的墙面都遮盖住。

年夜饭其实也是有些寒酸的，本来就只有她和姜雪梅两个人，做多了浪费粮食，但姜雪梅为了庆祝过年，还是去菜市场杀了只活鸡，蒸了条鱼。

因此在姜蝶看来，这已经算是可以拿得出手的一餐饭。

她忐忑地发送，在客厅里陪姜雪梅看春晚，时不时看两眼手机。当电视里播放到某个极度无聊的小品，无聊到姜雪梅都面无表情时，姜蝶却"扑哧"一声笑出来——蒋阁回复了简单的四个字"新年快乐"，加上了特定的称呼"姜蝶"。

不是群发。

知道了这点，她的心情就开始多云转晴，忍不住又发了一条。

小福蝶：你现在在干什么？我在陪我妈看春晚。

蒋阁直接发了一条语音过来。

姜蝶心头微动，这好像是他第一次主动发语音，本以为能听到他的声音，点开来，却发现是一段隐隐约约的音乐声。姜蝶把手机贴到耳边，仔细辨认，听着像是悠扬的古典乐。

衣架：我在陪他们听新年的交响乐。

看着蒋阁发来的注解，姜蝶不禁暗叹，有钱人的除夕过得也太优雅了。

衣架：其实非常无聊。

仿佛能听到她心里的声音，紧接着他又补了如上一句。

小福蝶：那我给你听点不无聊的。

她在姜雪梅怪异的眼神中蹲到电视机前，把小品的对话录下来，发送给蒋阁。

衣架：挺好笑的。

姜蝶开始脑补他在高雅堂皇的音乐声中，把手机凑到耳边，就为了听俩大老爷们儿唠嗑的段子，不自觉笑出声。她从房间里拿出备忘录，写下第十一条——

11. 衣架还喜欢听段子。

写完随手把本子往茶几上一搁，姜蝶赶紧又回复蒋阆的微信，开始东扯西扯着聊些毫无营养的琐碎。

在姜蝶看来，以往连微信都要隔天再回的人，却愿意在这么重要的日子秒回，陪自己聊着无聊的话题，足以说明很多东西了，只是心里还是失落，大概这就是所谓的暧昧吧。暧昧就是既然你要兜圈，即便我很想停泊，也只能陪你绕。心动只是心动，心动是可以暧昧，可以接吻，可以似是而非，但喜欢不是。喜欢是拒绝模糊，是着急占有，是非进一步不可。

在感情上空白的她这一瞬间才想明白，也许蒋阆的畏缩，恰恰是因为他清楚他的一见钟情只是心动，还不足以再让他多费力气。而她已经从心动跨越到了喜欢这一步，所以才那么沉不住气。

春晚到了尾声，姜雪梅回房睡觉，姜蝶又去洗了个澡，出来后即将到零点，夜空中会布满除旧迎新的烟火，于是她又给蒋阆发信息。

小福蝶：倒计时五分钟，你还没睡吧？快准备看烟花。

衣架：……我这里不会有。

姜蝶愣了愣，也是哦，西川不比花都自由，那里禁放烟花。

小福蝶：那这样吧，我拍下来给你看！

衣架：这样太麻烦了。

姜蝶以为他是拒绝的意思，结果下一秒，一个视频通话的请求弹了进来。

姜蝶慌忙地扫视了一圈乱糟糟的房间，像没写作业的学生，被突击检查，要在老师眼皮子底下翻开作业本。姜蝶感到窒息，她条件反射地想按下拒绝，但手指触上去的瞬间还是犹豫了。

没有多少时间的迟疑，姜蝶还是遵从了内心想要接通的欲望。她小跑到窗台边，按下绿色键，又火速把前置按成后置，镜头里就出现

风眼蝴蝶

了鸳鸯楼外杂乱的景象。还好夜色深黑,细密的电线,晾衣架上的被褥,对楼耷拉的山茶,都被笼罩成一片虚影,削薄了令人难以忍受的杂乱。

而手机那一端,出现的是蒋阆的脸。

他身上是宽松的灰色睡衣,好像也刚洗过澡,头发蓬松地垂着,她几乎都能透过无机的屏幕闻到他身上浴液的香气。对面是非常直男的角度,自下而上对着脸拍,下颌线依然鲜明得像刻刀,凿出令人心动的弧度。

姜蝶对上他清透的黑色瞳仁,傻乎乎地呆住了。

蒋阆眉间微蹙,只看到她这头黑魆魆的剪影,又眯起眼凑近了些。

"没开灯吗?"

蒋阆听到漆黑的背景下她凑近听筒小声说话。

"我对准的是窗外啦,不是说看烟花嘛。"

姜蝶看到镜头里的蒋阆捏了下眉心,略无语地"嗯"了一声。

"砰——啪——"零点一过,窗外烟花蜂拥而上。

蒋阆欣赏烟花,她欣赏他。

夜空再度恢复寂静时,蒋阆也没掐断视频,眼睛依旧盯着屏幕,鸦羽般簇集的睫毛一闪一闪。

姜蝶忐忑地问:"你不关吗?"

"也许还有烟花。"

一个似乎很符合他的强迫症的借口。

姜蝶也没有戳破,附和着他说:"也是哦,那就再等等。"

她暗自雀跃地趴在窗台,举着手机,安静地和他分享新一年的同一片天空。

他们谁都没有再说话,好像真的只是为了等下一束不知何时会来的烟花,于是深夜的寂静里,从客厅传来的一声剧烈响动尤为明显。

姜蝶握着手机的掌心一抖,手机都差点掉下窗台。

她攥紧手机,慌不择路地冲向客厅。一片黢黑里,姜蝶什么都看不清,隐约听到断续的呻吟。这声音让她手脚冰凉,定了定神才敢去

233

拉灯——"啪嗒",低瓦的灯光照亮了可怕的一幕:姜雪梅倒在厕所门口,脚上的一只拖鞋飞出去。她一手扶着腰,另一只手抓着厕所的门框,想挣扎着起身,却迟迟起不来,活像一只撞上吊灯的蛾子,以一种极不体面的姿态落在地上。

姜雪梅被灯光晃得一眯眼,脸上挤出一丝笑道:"吵到你了?我没事,就是不小心摔跤了。"

姜蝶心跳得异常慌乱,却绷着脸,摆出镇定的神色,好像这样子事情就没什么大碍:"摔到哪儿了?"

姜蝶说着,双手撑住姜雪梅的腋下,把她压在自己的肩头,试图用这样的方式把人从地上拽起来,但感觉到了不对。姜雪梅几乎是使不上一点劲儿,重量全倾向姜蝶。心脏因为这一发现更疯狂地跳动,姜蝶的表情逐渐难以维持镇定。

姜雪梅吞吞吐吐地说:"好像扭到腰了。"

姜蝶咬着牙还在使劲,一边从牙缝里挤出话:"腰伤不是之前养得差不多了吗?怎么这一下就摔得这么严重?"

姜雪梅支吾道:"人上了年纪就是不经摔的……"

姜蝶猜到了什么,脸色一沉。

"你不要骗我。"

姜雪梅仍嘴硬道:"我骗你什么啊?"

"我不在的时候,你又出去干活儿了,对不对?"

姜蝶盯着姜雪梅的眼睛,一字一顿地问。

姜雪梅见无法瞒下去,叹口气:"我这不是坐不住嘛……还能赚点外快,不也挺好的。"

姜蝶沉默着没说话,继续咬牙半蹲着把姜雪梅从地上撑起来,想撑到沙发让她坐下。眼见着快站起来,姜雪梅身子一歪,她没有撑住,整个人和姜雪梅一起狼狈地倒回冷冰的水泥地上。姜蝶在这一瞬间毫无预兆地哭了出来。她也不知道自己哭了,只是看到天花板上垂下来的白炽灯像散光般晕开,才意识到自己居然流眼泪了。

姜雪梅斜着眼看到这一幕,揪心地呢喃着"别哭啊小蝶",姜蝶用力地眨了下眼睛，压抑住哭腔："没哭，就是刚才摔疼了。"

她又极力平静道："你腰受过伤，不能再劳累，你为什么就是不听我的？"

姜雪梅的腰伤，是在她高考结束的那个盛夏爆发的。

她在收到录取通知书后就开始盘算着怎么挣钱补贴家里，如果能解决掉学费不申请助学金就更好。普通的兼职打工终究是杯水车薪，姜蝶思索了一圈，将主意打到了自媒体上，听上去好像挺简单，但其实它上手就有门槛，最起码，得有一台能带得动剪辑软件的电脑。

这样一台电脑并不便宜，毕竟在当时，她连手机用的都是淘来的二手。她开不了口向姜雪梅要这笔钱，就找了一家热门的火锅店做小时工，对方给的工资是同类餐饮店里最高的。她对姜雪梅谎称自己天天在外面和朋友玩，其实姜雪梅早就闻出了她身上每天都带着的火锅味。姜雪梅也趁机瞒着她，偷偷地在晚上多加了一份工。

姜雪梅平常白天就在别人家里做工，一天两顿饭还有打扫，晚上再去大楼做下班后的清扫，突然有一天就直不起身来——诊断后，是严重的腰椎间盘突出，因为是初次发作，不用做手术，但也卧床了几乎一整个暑假才把腰养好。等她腰好之后，姜蝶说什么都不让她再继续出去干活，只让她安心待在家里。

而经济压力，就压到了姜蝶经营的视频号上。

她终于存够钱买了一台电脑、一块硬盘，在网上下载了一堆教程自学剪辑软件，费尽心思地想吸引眼球挣点广告费。当时她听说，如果是流量大的红人号，一条广告费就能上万元。这个数字对没日没夜起早贪黑拿着二十块钱时薪的姜蝶来说，是支撑她熬下去的精神动力。

这也是为什么，当初她看到自己和盛子煜一张平平无奇的合照就让冷清的评论区突然热闹起来时，就知道机会来了。

谈不了恋爱算什么，逢场作戏又算什么，吃不饱饭才是最可怕的。她一人饿死不要紧，但还有姜雪梅的一张嘴要喂。这大概也是，在初见蒋阁的那个瞬间，她就极速地把感情压制住的最根本的原因。

有些喜欢来得不合时宜，它和汽车电影院的浪漫一样，是需要入场资本的。而当时的她，完全没有。

那么现在的她呢，难道就有了吗？

姜蝶的信心如同姜雪梅突如其来的腰伤，一起跟着站不起来。

明明几分钟前还塞满她大脑的风花雪月，此刻现形成洋洋洒洒落进垃圾桶的碎纸屑。

除夕的后半夜，她终于依靠救护车，把姜雪梅送到了医院。

当时在地上摸索着找到自己的手机时，她才发现那通视频还没来得及关，镜头压在地上，只有单调的一片黑，连接的时长却一直到她捡起手机的那一刻，才被她亲手颤抖地切断。

她的大脑乱成一片糨糊，他都听到了吗？他会怎么想？比狼狈本身更难受的，是不自觉地被人围观狼狈，尤其是你最最最不想对他示弱的那个人。

姜蝶看着微信里蒋阎发过来的四个字：你还好吗？干脆不做回复。

她在医院里守了一整夜，医生经过诊断，建议最好还是安排手术治疗。如果采取保守疗法，姜雪梅的康复进度会变得很慢，结果听下来，并不算是特别严重。

姜蝶听完医生的建议，兵荒马乱的内心终于鸣金收兵，瘫坐在长椅上松了一口气。

当姜雪梅被架上担架时，她甚至想过她会不会就这么半瘫了。

幸好，幸好，老天还没有对她们这么刻薄。

姜蝶预估这个寒假都得在医院里长住，把姜雪梅照料入睡后，就打车回鸳鸯楼收拾必要的生活用品。出租车停在小巷前就无法开进去，姜蝶裹着出门之前随手抓的薄外套，瑟瑟发抖地钻进二月的冷风里。

窄巷依旧还是那样，萦绕着蚊蝇的旧路灯，被踢倒的垃圾桶，其中没来得及扫掉的炮仗残纸像皮肤上一道来不及处理的旧伤疤，刻在地面，那么丑陋。与之反差鲜明的，是窄巷尽头，一个无比漂亮的人：没有一丝褶皱的黑色大衣，灰色的羊绒围巾，合该舒舒服服地窝在真皮沙发里，听一支优雅的交响乐。

他却出现在这里,在这个阴暗的冷清小巷,在大年初一合家团圆的这一天,也不知道等了多久。他侧过身的时候,衣摆的寒霜都看得一清二楚。

姜蝶愕然,好半天才找回言辞,结巴道:"你……为什么在这里?"

他走到她跟前,抬起指尖,慢慢将她因穿得粗暴而翻起的后领理顺,动作间难免触到后颈,有雪花般的凉意,姜蝶不由得轻轻缩了下脖子。

蒋阎垂下眼看着她,轻描淡写说:"家里人去度假了,我有事就先回来。"

至于什么事,他没细说。

只不过,看着她的眼睛已经代替他说了。

——33——

姜蝶不用再追问,心里清楚蒋阎必然是听到了她们捉襟见肘的对话,才特意赶来。但为什么要这么着急地赶过来,是因为担心吗,还是可怜的成分更多一些?

只不过追究这些,在此时此刻没有意义。

无论他出于什么心思过来,毫无征兆地出现在她面前这件事本身,已经足够让姜蝶震撼。就好像她不抱希望地在隧道里摸索前行,忽然有人拿着手电出现,白光晃到了眼前,让这一路变得不那么黑。

纵然,她一点都不想被光亮照到自己狼狈的那一面。

因此,姜蝶非常犹豫,不知道该不该让蒋阎上楼。

她掩饰道:"你等了很久吧?赶紧回去休息,坐飞机很累的。"

"不累。"他又补了一句,"我不晕机。"

姜蝶大窘。

"其实我在微信里没太听明白状况。"他斟酌着问,"还好吗?"

姜蝶沉默片刻,抬起头笑道:"没什么事。我妈她腰有老毛病了,这会儿又摔倒,免不了动个小手术。我这会儿回家给她拿点东西再去医院。"

"我陪你上去拿。"

他一锤定音,免去了她的纠结。他都已经这么说了,她还扭扭捏捏,她不喜欢自己这样。姜蝶在原地迟疑,蒋阎已经提步往前走。

两人一起上了楼,姜蝶掏出钥匙转开并不灵敏的锁孔,又转头对蒋阎挣扎道:"……其实你真不用跟上来,我马上就好。"她顿了顿,又说,"里面很乱,你会受不了。"

蒋阎主动推开门:"外面难道不乱吗?"

姜蝶心一横,想,反正这一天总要来的,早死不如晚死。于是她眼睁睁地看着他走进去,并一直屏息凝视着他的脸。确认没有在他脸上看见蹙眉或者撇嘴的表情,姜蝶紧绷的背脊才因此微微放松。

"你在椅子上坐一下吧,我去我妈那屋收拾。"

她故作镇定地把他引到桌边坐下,飞快地低头进了姜雪梅的房间,好像无法忍受这个地方的人其实是她——脚下的水泥地,泛着油烟的墙面,坐起来会嘎吱摇晃的椅子,明明每一处都是她已经习惯的角落。

姜蝶把东西收拾出来时,看见蒋阎站起来,正盯着一进门柜子上的两张合照。

其中一张照片是和现在相差不多的姜雪梅和十八岁的姜蝶,另一张照片里,姜雪梅看着无比年轻,手上抱着一个三岁的小孩子。他凑近看了半晌,指着那张照片说:"这个小孩,不是你吧。"

姜蝶诧异地看了他一眼,诧异于他的眼力。

"对……那算是我姐。"

"为什么没有你们的合影?"

姜蝶把那个坏了一只轮子的箱子拉过来,往里装着生活用品,不知道该怎么回答。

最后,她故作轻松道:"她永远停在九岁,就算我想和她一起拍,也拍不了啊。"

蒋阎怔然:"……抱歉。"

姜蝶摇头,这个事实对她而言算不上什么伤口,所以她可以云淡风轻地说出来,毕竟她连那个姐姐的一面都没见上过。这个毫无血缘关系的姐姐,姜蝶对她一生的所知都来自姜雪梅的只言片语。

她出生在姜雪梅二十岁那一年。

那一年,姜雪梅也还是个单纯的农村妇女,家里揭不开锅,老公只身去省城打工,常年顾不上家,留她一个人照顾孩子,做点农活儿,日子过得紧巴巴,倒也勉强凑合。直到某一天,她突然再也收不到从省城寄来的那点微薄的钱。

同床尚且异梦,更何况日日夜夜的长久离散?她的男人早在城里勾搭上更年轻貌美的按摩小妹,大部分的钱也花在了那姑娘身上,只匀出一点寄给她,还谎称自己起早贪黑多辛苦,城里物价又高,能省出这点钱已经很不容易。然而他最后坦白这一切,是因为那姑娘的肚子比她争气,怀了个男孩。她和她的孩子,就像是亟待拆迁的那些老房子,阻碍他走向现代化生活。

姜雪梅从那一刻才终于活明白,原来人不能指望别人养活,尤其是指望男人。于是她咬咬牙,把孩子留给了老家的爹娘,也决心去外面打工,为了基本的生存,也为了她的孩子活得不要像她——一辈子没钱念书,脑袋空空,为了点彩礼随便嫁给一个男人,半辈子好像就这么过去了。后悔也没用,木已成舟,但她还有下一次机会,还可以给女儿挣出不一样的未来。

有老乡在西川做家政的工作,告诉她那里有钱人多,机会多,工资也高,不会在乎她没文化,只要干活儿麻利就行,她就壮着胆子去了。

工资拿到手的第一个月,数着卡里的数字,姜雪梅蹲在ATM机前泪如雨下。

她这时才有清晰的概念,当时男人寄回来的钱到底是多么微薄,几乎就是一个零头。而她靠着这笔钱,还有干农活的收入,省吃俭用养活一大家子,也包括他的父母。她居然为了这样的一个男人,贡献了自己最美好的前半生。

没怎么当过女孩就当上母亲的姜雪梅,在无人在意的大城市角落,终于可以放任自己痛哭一次,但这哭里,不只有委屈,也包含着欣喜。

她看到了希望。

只是这希望戛然而止。

她的女儿,死在她二十九岁这一年。

那年夏天热得异常凶猛,家里的风扇坏了,老人家不舍得买,凑合着摇蒲扇。女孩和村里的几个孩子约好,趁着老人午睡,偷溜去水库游泳解热,不慎游离了人间。

而姜蝶和姜雪梅的命运连接在一起的那一天,正是姜雪梅知道这个消息后万念俱灰,深感活不下去的日子。

如果那一天,没有姜蝶,姜雪梅早已随女儿离开。

同样的,如果没有姜雪梅,姜蝶也不知道自己那一天能不能够勇敢活下来。

姜蝶装好东西,由蒋阎拎着箱子下了楼,开往医院的途中,他忽然拐了道,车子停在流云轩门口。蒋阎解开安全带:"下车吧,吃点东西再回医院。"

姜蝶一愣:"不用了……"

"你一定没吃晚饭。"

姜蝶哑口无言,路上因为肚子饿发出的轻微声响居然都被他捕捉到。

两人走进店里,店里放着抒情的流行曲。深夜食客寥寥,无须等太久,一碗热气腾腾的面就上了桌,被蒋阎推到她面前。

"你不吃吗?"

"我不饿。"

于是姜蝶打算快速解决,心急地吃下一口,嘴里包住滚烫的汤唔唔出声……烫得要命。蒋阎失笑,起身从饮料柜里拿出一瓶矿泉水,拧开盖子送到她嘴边,姜蝶丢脸地灌了一大口。

他却趁此猝不及防地问:"你和那个姐姐并没有血缘关系吧?"

姜蝶一口水卡在喉咙里，呛得脸颊通红。

他笃定道："这个反应，那就是了。"

"……这是怎么看出来的？"

"你说你们没机会一起拍照，那就意味着，你妈妈最起码隔了九年生下你们两个。"蒋阎解释，"可是两张照片里，你妈妈的年纪完全没有那么大的跨度。总感觉，你和你姐姐应该只差一两岁。"

姜蝶哑口无言，这么简单的一句话，居然能被他在那瞬间解读出这么多的信息。

她有一搭没一搭地搅着面条，含糊其词："嗯，是这样。"

"那么你和你妈妈……？"

姜蝶感觉很意外，她之前已经摆出了回避的态度，以蒋阎的性格，绝对不会再往下挖了才对，可他却还是斟酌着用词，继续追问。她微微皱起眉头，不太舒服地打哈哈："我还不知道你会这么八卦呢。"

姜蝶埋着头吃面，听见对面那个清冷的嗓音柔柔地到了熔点，软得一塌糊涂。

"别人的家事当然不重要。"

店内换歌的间隙，安静的空当，他紧跟了一句。

"但你不是别人。"

姜蝶握着筷子的手僵住，难以置信地盯着颜色油黄的面汤，简单的一句话像在她的心盘上发射了三维弹球，横冲直撞，突突狂跳。这些天来横亘在他们间的薄纸，终于被他戳出了一个洞，他却还是没有彻底撕开。

姜蝶等着他的下一句，他却话锋一转："还吃吗？吃完我再送你去医院。"

这回去医院的路上，两个人都异常沉默，对话就这么不清不楚地戛然而止在面店。

如果在姜雪梅摔跤之前，姜蝶一定会打破砂锅问到底，但这个夜晚，她反常地选择了沉默，突然间没有了追问的勇气。

241

虽然心里早就急得焦头烂额，她不停地翻来覆去：那我到底是什么？为什么不干脆点说出来？你到底是怎么想的？到底只是动心还是喜欢？

这些乱麻缠到最后，脱口的只有一句下车时的"谢谢"。

他却坚持把她送到病房，走到门口，往里张望，看见四张拥挤的病床。病房内鼾声四起，庆幸的是姜雪梅没有被吵醒，只是惨了接下来的姜蝶，不知道要多久才能在这样的环境下睡着。

蒋阖收回视线："你今晚要在这里陪护？"

姜蝶点头："你送到这里真的可以了，赶紧回去吧。"

"我给你两个选择。"他说，"一、我送你回家睡觉，今晚我来陪。二、你不放心我的话，还是你自己来，我把阿姨换到高级病房。"

这番强势的话听得姜蝶一愣一愣。

她讷讷道："没有第三种吗？"

"有。"蒋阖脱口而出，"换到高级病房，我陪你一起陪护。"

顺得姜蝶怀疑他说这么多根本就是为了她跳这个坑。

姜蝶摇摇头："我都不要。"

"看来我刚刚的话你没听进去。"

"……什么？"

"我说了，你不是别人。你不要觉得麻烦了我。"

姜蝶以为他这次总该补全刚才在流云轩未说完的话，结果他又绕开去，说："所以你选一条吧。"

要做手术是一笔大花销，如果她有余裕，早就让姜雪梅住上单人病房，不至于让她去挤多人病房。她是真的没法儿花这笔钱。因此，她知道眼下接受蒋阖的好意才是最合适的选择，就像她一直认为的，不要和钱过去。而且她也不想信誓旦旦地像个贞洁烈女一样，接受这份好意就像被铜臭玷污，说出"我发誓会还你"这种话，反而更露怯。

思索过后，姜蝶沉吟道："二吧。"她故作轻松地说着反话，"这是你逼我的，多出来的病房钱我才不会还你。要不然也是打个折还你。"

她坚决不想让蒋阖看出来，她有多在意被他馈赠这件事。

姜雪梅被换到高级病房的次日，醒来后震惊地问姜蝶发生了什么事，一边还想直接下床，被姜蝶摁在床上，三令五申她必须老实待在这张床上，直到做完手术才能离开。

姜雪梅当然不肯，嚷嚷着："就是摔了一跤，还做手术，疯了吧？"

"那你倒是站起来试试。"

姜雪梅不死心地试了试，面如土色。

"做手术，要花多少钱？"

姜蝶只说："够的。"

"不要浪费钱了，我多躺一阵子，怎么着也会好的。"姜雪梅固执地还在试着起身，"这笔钱你留着，之后有机会出国就可以用上。"

"出国的事八字都没一撇。"姜蝶摆出不容商量的姿态，"而且这笔钱是我赚的，我的钱我就想给我妈用，怎么能叫浪费？"

姜雪梅闻言撇过脸，藏住瞬间微红的鼻端。

她小声地喃喃："我不配你叫这声妈妈。"

"……你别再胡说八道了。"姜蝶也红了鼻头，"你偷跑出去干活儿，为的是什么，我不知道吗？不会有人比你更有资格当妈。"

姜雪梅的视线失去焦点。

她幽幽地说："我早就不配当妈了。"

姜蝶不知道该说些什么，沉重的无力感像水流漫进这间病房，消毒药水味也让人错觉自己正浸在泳池的水底，眼前是寂静的、透明的、让人容易流泪的蓝色。

姜蝶悄悄地起身，掩上病房门离开。她插上口袋，一路走下楼，眼神扫过妇产科的标志时，嘴角扬起一抹笑容，觉得世事真是令人作呕。有些人，那么努力地想做好一个母亲，她的孩子却被命运掐断呼吸；有些人，根本不想当一个母亲，她的孩子却像不倒翁，左右摇摆地活下来。也许上天发现自己的疏忽，慈悲又残酷地纠正了她们的错位。于是，大多数时候，姜蝶都觉得自己还是幸福的，只是偶然几个瞬间，譬如收到毛衣，又譬如现在，总会突然惊醒——原来，她们的亲密间其实残留着拼接的凹痕，里面藏着她无法抚平的创痛。

姜蝶躲回鸳鸯楼，给自己放了会儿气，不倒翁终于软软地倒了下去。

她离开前嘱咐护士帮忙看一下姜雪梅，她回去休息片刻，晚上再来陪护。说是休息，她总共合上眼也没睡两个小时，一醒过来，手机里已经有蒋阎发过来的微信，一点也不像他的作风，那么主动地嘘寒问暖。

衣架：你回去了？

衣架：那就不必急着过来，我在陪阿姨。

姜蝶放下手机，急匆匆地洗漱一番准备出门。

然而，她穿鞋时，视线扫过鞋柜，动作忽然顿住。

当时她在和蒋阎发微信，把备忘录随手这么一搁，忘记拿回房了。但是她也记得自己是放在茶几上的，怎么会出现在门口的位置？她心里猛地一沉，意识到，可能是被当时等在客厅的蒋阎随手翻到了。她不会被当作变态吧？还有"衣架"这样的称呼，他看了会不会生气？

姜蝶心惊胆战地翻开备忘录看了一眼，视线被第十条定住。

这一条，被他改了。

10. 衣架不会喜欢我。

此刻，"不会"两个字，被圈出来，用力地画上叉叉。

"你不是别人——你是我喜欢的人。"

蒋阎之所以当时没往下说，是因为已经告诉她了，等她这个笨蛋自己发现。

被扎得体无完肤而漏气的不倒翁，又在此刻因为源源不断的气流鼓胀起来，她闭上眼，奋力往上，冒出泳池。

这一回，她睁开眼，看见了火焰中央炽热的、可以烘干眼泪的蓝色。

第四篇章

掉下来也没关系 × 风眼蝴蝶

34

姜蝶回到医院，透过病房外的透明小窗，望见蒋阁端坐在姜雪梅的病床前，床头不是什么昂贵的大号果篮，而是一袋黄澄澄的橘子，像是路边摊几块一大把，却个个汁水甜美的那种。这袋橘子如果换成别人带过来，可能会让人觉得搪塞，但出自蒋阁之手，她就知道，他是故意挑的——一份恰到好处、不会令人感到负担的慰问品。

他从袋子里拿出一只，慢条斯理地剥开皮，把每一瓣的经络都细细挑掉，时不时抬起头，笑眼温和地同姜雪梅说话。

姜雪梅被哄得很高兴，眼角的鱼尾纹隔老远都能看见。

姜蝶反倒像个不速之客，中断了两人的对话。

姜雪梅叹气："你们干吗一个两个都往这里跑？我这儿有护士顾着呢，没大碍。"

姜蝶附和，对着蒋阁道："我妈说的是，你赶紧回去。"

蒋阁把橘子往床头的小碟子一搁，笑着说："没关系的阿姨，这是我分内之事。"

这四个字，听得另外两人的神色都很怪异。

"妈，我先送人下楼。"

姜蝶拉着蒋阁的衣角走出病房，神色紧张地问："你们聊得很开心啊，都聊什么了？"

"聊了点她这个年纪爱听的话题。"

"这你也知道？"

"因为我也感兴趣。"

姜蝶纳闷："你感兴趣的点也太奇怪了，我和我妈都没什么一致的兴趣爱好。"

蒋阁手插进口袋笑了笑。

看他笑而不语的样子，姜蝶被吊起胃口，其实也是为了躲避出门前看到的那一幕，故意不去谈论，顾左右而言他。

"到底是什么哦？"

蒋阁无奈地瞥了她一眼："母亲感兴趣的话题，当然是女儿。"

而他刚刚说，这也是他感兴趣的。

"你看到了吗？备忘录。"

姜蝶避无可避的话题，猝不及防地就这么正面迎上，如压抑不住的一声咳嗽，而她也真的呛出了声。她感到可笑：为什么人会这么矛盾？明明等来了最想要的回应，她却开始退缩了。这场兜圈，最后不想停的人居然她。蒋阁发现走在身边的姜蝶步伐越来越慢，越来越慢，她低头看着地面，接着停下脚步。

他随之停下。

"怎么了？"

"我在想一个问题。"姜蝶慢慢抬起头，"如果我没有车，但我又想很去汽车电影院，非常非常想去，那该怎么办？"

蒋阁眼神闪烁，似乎预感到什么，目光在她的脸上扫视了一圈。

然而，他还没给出答案，姜蝶却自问自答。

"那我就去租一辆呗，对不对？做人不能这么死脑筋。"

再说，没有车，又何必兜圈呢？

她蓦地笑开，一下午藏在被窝里哭得微肿的眼睛，上眼皮鼓起来，圆圆的，倒退成一个作茧自缚的蛹。但在笑起来的这一瞬间，湿漉漉的睫毛扑闪扑闪，蝴蝶还是飞出来了。

她取出包里的备忘录，往蒋阁怀里一扔，说："我看见了。"接着，她扭头跑回病房，步伐那样快，像黄昏里急速落下去的余光，消失在拐角后，他的四周就暗了下去。

蒋阁这才垂首翻开她给的备忘录。

在第十条的旁边，多了一行娟秀的小字，一笔一画，写得极其认真。

　　我也喜欢衣架。很喜欢很喜欢。

　　姜蝶送走蒋阁回到病房，姜雪梅悠悠地盯着她。
　　不知是因为这道视线，还是刚才跑得太剧烈，她的心口狂跳，坐下说："你这橘子怎么不吃？"
　　"刚才他说是你的师哥。"姜雪梅一脸不信，"哪个师哥会大年初二跑来看同学的妈？"
　　"那你别辜负人家大年初二为你剥的橘子。"姜蝶说着挑下一瓣塞进姜雪梅的嘴里。
　　姜雪梅含着橘子，含含糊糊锲而不舍地问："是真的谈恋爱了呀？"
　　姜蝶见这瓣橘子塞不住她，干脆往自己嘴里塞，哼哼唧唧地模糊了语调。
　　病房门外突然响起叩门声，姜蝶回头，去而复返的人出现在门口。
　　"你有东西落在我这里。"他走进来，把备忘录递过来。
　　姜蝶愣住，不懂他这是什么意思，没有伸手接。
　　他又看向姜雪梅："阿姨，其实刚才怕你生气，没有和你介绍……"他的神情中第一次透露出姜蝶没见过的拘谨。
　　"我是姜蝶的师哥，也是她的男朋友。"
　　"！"
　　姜蝶害羞得不行，拿起手中剩下的橘子，吧唧一下也塞进他的嘴里。
　　房间里的三人，每人嘴里含着一瓣橘子，只能面面相觑，最后相视一笑。
　　姜雪梅望着病床边的两个人，有些怔然。
　　她不知道原来男人看女人也会有这样的眼神，虽然他们在她眼里尚且称不上男人和女人，只是两个半大点的孩子，但那眼神和孩子无关，没有任何戏谑和莽撞，蕴藏在里面的是流云、湖水、庄稼，一切饱满的自然，令人看了欣慰，又无端鼻酸。

盘旋在心里的担忧，在这一刻被压了下去。姜雪梅终于咬下橘子，舌尖沁到自己从未品尝过的、有关青春的酸甜。

姜雪梅在三天之后进行手术，万幸的是过程很顺利。手术之后的休养期，姜蝶没有请护工，毕竟又贵又不省心，她还是决定亲力亲为地照料。

蒋阎也没主动提要帮她分担的事情，只是到了晚上，突然又不请自来。他笃定她不愿意让他陪护，干脆问都不问，直接挑她累了一天的这个时候现身，和她比比谁精力更好。姜蝶梗着脖子说自己可以，蒋阎笑笑不说话，搬了把凳子坐到她旁边。因为姜雪梅已经睡下，两人不能聊天，安静的房间更加滋生她的困倦。

蒋阎气定神闲地观察着注射液的余量，余光却盯着姜蝶的脑袋，一前一后地晃，姿势十分危险。就在她整个身子要撞上一边的床头柜的刹那，蒋阎伸手隔开，顺势将人搂进怀里，打横抱起，直接下到停车场。

他每一步都走得很慢，很稳，甚至安全带系上的响声、大门开关的动静，都被他消减得几乎无声。不知情的人如果看到，大概会怀疑他怀里抱着的是会被震裂的易碎品，才需要如此小心翼翼。

当姜蝶醒过来时，完全不知自己怎么就陷在一张暖融的床上，外套和鞋子被脱掉了，取而代之的是一层厚软的被子。

房间里暖气开得很足，床头留了一盏清白的小夜灯，大概是因为知道她有夜盲，特意开的，这样夜里醒过来就不至于抓瞎。

姜蝶在房间里茫然地反应了一会儿，觉得眼前的一切有一种陌生的熟悉……这不就是蒋阎公寓的卧室吗？

脑子终于过了混沌的短暂停顿，她震惊地从床上弹起。她居然，躺在他的床上，并且还穿着从医院回来的脏衣服，手机里蒋阎用微信留了言简意赅的四个字——

乖乖睡觉。

这怎么睡得着！

姜蝶捏着手机，满腔的情绪哽在喉咙里，不知是因为被他抱回来，被他允许穿这样的衣服上床，还是被他以略带命令的语气关心。而这种情绪，在姜蝶的眼光从手机上挪开，移向桌子时达到了顶峰——靠窗的桌子上，摆放着一个模型，罩着透明的玻璃外罩。

姜蝶对此无比熟悉，那就是她当时都没能送进门去的礼物。在别墅的二楼房间，她还特地在那些模型架上偷看过，没发现自己的那一份。她就真的以为，礼物他没收，毕竟后来他也完全没提起过。哪能想到，它就安然地被保管于他睁眼就可以看到的地方。

姜蝶走到桌边，按下台灯开关，也是清白色的微光。它透过璀璨的玻璃，照在坑洼的月球表面，在黑暗的房间里，被照亮的模型真的好像寂静宇宙里恒动的月亮。

她躬下身，凑近看模型，神色又是猛地一怔——在那个穿着宇航服的小人儿，也就是她自己的缩小版旁边，又多了一个小人儿。此时这两个小人儿，正手牵着手，而多出来的那个小人儿，姜蝶辨认出就是别墅停电那天，蒋阎还坚持要完成的模型。

当时她还以为是她的错觉，毕竟他的作品里，从来不存在"人"这个元素，于是她就立刻否定了他会去捏一个小人儿的想法。眼前的这一幕狠狠地打了她的脸，只是她被打得甘之如饴。

蒋阎做的这个小人儿，短短的头发，也穿着宇航员的衣服。可他的宇航服比她的那身精巧多了，对比下来就是航天局老大和菜鸟的区别……这样显得她的手艺真的很糙欸。

姜蝶心里吐槽，两只眼睛却笑眯得快没有缝了。

凌晨三点十四分，姜蝶拍下这张照片，卡点发了条朋友圈，没有文字，只有三个emoji（表情符号）——一艘火箭，一对牵手的小人儿，一个月球，用以纪念这一天，是他们正式在一起的第一天。

也许蒋阎不会喜欢她那么高调地秀出来吧，连礼物都默默藏着，还一声不吭地做个代表他的小人儿在她旁边，闷骚得要死，可她根本忍不住。

看到模型的这一刻,她能做的最大克制,就是把所有想要宣之于口的喜欢浓缩在三个表情之间。

该如何用手掌压住已经喷涌的花洒?连通的开关被蒋阆彻底掰坏,从里到外都已经是强弩之末,她干脆松开手,深陷在爱河中,任自己被淋得湿答答。

这条朋友圈她没有屏蔽任何人,结果第二天起来,信息提示就炸了。

她发的朋友圈最前面的留言都还很正常,有问"这是你做的模型吗?也太厉害了",这种情商很高委婉试探的,是邵千河;有的以为她只是随手发了张网图深夜矫情,这种不知道是真没脑子还是装没脑子的,是盛子煜;还有的,敏锐嗅到了这三个表情下冲天的甜蜜意味,试探地问她是不是交了新男朋友,这是八卦达人卢靖雯。

她粗粗扫了一眼,相当失望,甚至连饶以蓝都破天荒地给她点了个赞,那个黑白头像却没有出现。蒋阆从来没有在她的朋友圈留下过任何踪迹,即便她也没在别人的朋友圈里看到过他。他自成一派,从来游离于所有人的社交圈。但今时不同往日,这么一条特殊的朋友圈,他还是没有任何反应……姜蝶难免内心漏出一点失落。她返回信息界面,忽然惊讶地发现,自己置顶的那个黑白头像好像有哪里改变了,多出了一块非常不明显的,不属于灰调的颜色——依然还是白的底色,正中是一抹穿戴黑色礼帽和黑色大衣的背影,头微仰,一手插着口袋,另一只手高举着,手指尖悬停着一只蓝色蝴蝶——而这点蓝色就是引起她注意的地方。

她的头像,包括皮肤上的刺青,就是一只蓝色的蝴蝶。

蒋阆是故意换的,姜蝶霎时确信。

一种比点赞评论朋友圈更隐秘,却也更昭然若揭地在给予她回应——非常地,蒋阆。

姜蝶顺势点进这个新换的头像,看着自己很早很早之前备注的"衣架"两个字,按下删除。

她一个字一个字地替换上另外的三个字——"男朋友"。

她扔掉手机，张开手臂，往后献祭一般地躺下去，再一次陷进弥漫着他气息的床里。

此时此刻的医院，住院部病床上一张张青白的灰败面孔，衬得铅灰色的天空更显沉闷。

明明是早晨八点的天空，却因为云层的遮盖仿佛还停留在五点，太阳似乎出来了，又似乎没有。

蒋阎拎着粥从楼下经过，进入电梯，低头看着姜蝶发给自己的置顶框截图，"男朋友"三个字让他眼睛一弯。手机忽然一振，一个外地的座机号突然跳进来。蒋阎略蹙起眉，犹豫片刻，按下接通。

电话那头不太标准的普通话驾轻就熟地张口道："请问你知道楼宏远在我们顶信贷上借款逾期未付清这事儿吗？他留了你的电话作为紧急联系人电话，说你们是父子关……"

未说完，电话被修长的手指一把掐断。

电梯门缓缓合上，镜面里，原本微弯的眼睛耷拉下来。

阴郁的天色反射在宛如囚笼的电梯里，衬得他的眼睛也是阴的，犹如死火山下终年埋葬的灰烬。

35

这场短短的寒假，姜蝶经历过所有事情就像坐了一趟过山车，到现在，她都觉得好刺激，仿佛一不小心就会脱轨。

姜雪梅的病情已经稳定，她坚持要在姜蝶开学前出院，不想姜蝶两头跑。但姜蝶也很坚持，要她务必把腰伤养到康复再出院，免得下次随随便便再扭一道，那可就真废了。两方僵持了几天，开学在即，最终各退一步，姜雪梅同意再住几天，姜蝶请了护工来，代替自己照顾。

外市的大家陆陆续续返校，开学的日子到了，姜蝶乘坐的这辆过山车却不会停下，势必还要攀上新的高峰——无他，上个期末的设计大赛，会在开学不久后公布结果。

这一段的缓冲期，简直让人度日如年，院里没透露任何风声，私底下大家传得沸沸扬扬，说金奖非饶以蓝莫属。听说她以自己为模特，设计了一套衣服，因为比赛规则里没有规定设计师不能是模特。

跟她转述这个八卦的是卢靖雯，她最终果然没有参与比赛，因此非常置身事外地到处打听消息，丝毫不紧张。

"之前还说要给蒋阎设计男装，现在变成她自己，又说什么对女装更有灵感。"卢靖雯翻了个白眼，"我看就是给自己找补吧，蒋阎能答应当模特才怪。"

姜蝶咳嗽了一声。

"欸，你最后都没告诉我到底找了谁当模特。"她非常不满地戳了戳姜蝶的胳膊，"寒假找你都没怎么回，你发的那条朋友圈也奇奇怪怪的，我评论你也不回。那条朋友圈是秀恩爱吧肯定是吧？！难道就是你那位神神秘秘的模特？"

她噼里啪啦问了一大串，姜蝶做了个停止的手势。

"好好好，停。你问这么多我怎么说？"

"那你就回答我最关心的那个，是不是谈恋爱了？"

姜蝶故意卖关子："你猜——"

讲堂上老师结束了无聊的理论课，姜蝶拖拉地扔下这两个字，鸡贼地把话题止于此。

晚上有久违的学生会例会，例行梳理这一学期的一些重点工作。在会议室和蒋阎碰面时，姜蝶异常不知所措。虽然他们名义上在一起已经半个寒假，但真正意义上在一起的时间并不多。照顾姜雪梅的这段时间，他们都是轮换着来，几乎只在晚饭的交叉点碰一下头。

在这方面，姜蝶真的很感谢他。

明明贵公子一位，却愿意做这种陪护的工作，还是很多天，也从来没主动开口说过一句"我帮你请个护工吧"这样的话。

小袋的橘子，高级的病房，亲力的陪护，他所有的妥帖都像两块旋转的齿轮，舒服得严丝合缝。这样厉害的一个人，居然成了她的人。姜蝶到现在其实都还有些恍惚，更不能想象他们要在学校里、众目睽睽之下走到一起,她会有多紧张和尴尬。忐忑什么呢?怕被发现?完全不是。她巴不得在蒋阁脸上贴下自己的名字,拉着他招摇过市。

那是为什么呢?姜蝶质问自己。

就好比没有车的情况下,她鼓起勇气,赤手空拳闯进了汽车电影院,厚着脸皮席地坐下,意识却开始注意身后:那些坐在汽车里的人是不是会审视她?

如果审视她倒也无所谓,她不想因此而坏了电影院的风评,让别人想:怎么电影院会允许她进入呢?姜蝶垂下头,在会议上眼观鼻鼻观心,异常安静,坐在她对面的盛子煜暗中发了条微信过来。

玩摄影穷三代:怎么回事你?气压这么低。

小福蝶:没事,饿了。

玩摄影穷三代:丁弘刚才还说结束聚餐,一起去呗。

小福蝶:不去。

散场时,丁弘果然号召道:"大家去后门撮一顿啊。会长去不去?"

他只是像往常那样随口一问,没想蒋阁会答应,结果却得到一个肯定的答复,把他吓得够呛。

蒋阁的视线扫过垂着头的姜蝶:"可以。"

他说完,饶以蓝也跟着收拾东西道:"我也去,我有点饿。"

姜蝶一听饶以蓝搭这话茬,拳头一紧,立刻也站起来。盛子煜走过来斜睨她一眼:"刚才不是说不去吗?"

"你不懂,这叫护食。"

"?"

一行人一起转到学校后门的美食街,深夜的韩式烤肉铺还在营业。丁弘在门口踌躇半晌,看向蒋阁,似乎在征询他的意见。毕竟他应该不会喜欢这种烟火气息这么浓的地方,吃一顿身上全是味儿,可是深夜吃这个才带劲啊。

蒋阁接收到他的视线,看向大家问:"你们想吃这家吗?"

嘴上说着你们,眼里锁定的却是姜蝶,她能分明地感受到他的视线,躲在人群里大力地点头。

他眼睛一弯，说："那就这家吧。"

众人被他的反应惊呆。

丁弘咽了下唾沫，贼心不死地又开始拉小群，疯狂八卦道："你们有没有觉得今天的会长，特别地……慈祥？！"

烤肉店是很韩式的装修，好几处银色的圆桌坐满了人，都是花都大学的学生。他们一行人进门后很快受到注目，对于蒋阎在此处现身，好多人露出稍显费解的神色。他倒神色无异地坐下，姜蝶正想朝着他走过去，饶以蓝先她一步，习以为常地在他身边坐下。

姜蝶非常无语，但上去说"你别坐我男朋友旁边"显得很突兀也很小气，她忍了忍，坐到了蒋阎对面。丁弘点了好几盘烤肉，还有烧酒，上菜时蒋阎很自觉地拿过烤肉工具，把肉一片片剪得极为匀称，才放上铁架网炙烤。饶以蓝坐他旁边像正牌女友似的，手指也懒得动一下，捧着脸颊看他动手。这一幕撞进从厕所回来的姜蝶眼里，直接把她气坏了。她逼迫自己冷静地坐下，拿过还空置的剪刀，开始一块一块剪肉，通体舒畅了不少。

蒋阎看了她一眼道："你不用动。"

饶以蓝跟着看过来，附和："对啊，剪得大大小小，叫人怎么吃？"

姜蝶像听不见似的，对面话音刚落，她就把这一堆剪得奇形怪状的烤肉丢到烤盘上，饶以蓝径直翻了个白眼。蒋阎先放下去的肉先烤熟，招呼一句"可以吃了"，饶以蓝立刻举起筷子美滋滋地下手，刚咬住一口，想夸他烤得真棒，却目睹他起手夹了一块，放进了对面姜蝶的碗中，姜蝶也是一愣。蒋阎自己却夹了一块形状歪扭，明显出自姜蝶之手的烤肉，眉头转瞬即逝地微蹙。

这一瞬间，饶以蓝完全明白过来，刚才他说的"你不用动"和自己的嫌弃根本不是一个意思。

——你要是继续剪，这些乱七八糟的烤肉还得我帮你吃。所以，饶了我吧。

这才是他那句话里的潜台词，带着令人难以置信的无奈的宠溺。

明明是连刺身的切片都要求一模一样的人,现在却可以忍受这样的烤肉。唯一的变数,是姜蝶。

饶以蓝嘴里的烤肉僵在嘴里。

所有的记忆像多米诺骨牌,关键的那一块倒塌,一切都溃不成军,稀里哗啦地倒向终点的答案。而推动那关键骨牌倒塌的,居然是一只蝴蝶翅膀扇动的风。

没错,蝴蝶。

早在拜县的大巴上,她无意刷到蒋阎发的那一条关于蝴蝶的动态时,就直觉不对,还有后来在水上市场时,他没头没尾的一句蝴蝶。

她当时就纳闷,不是来看萤火虫的吗,为什么会提到蝴蝶?这一切的异样似乎都在那个聚餐的冬夜,蒋阎搂着姜蝶上车时有了呼之欲出的答案。但怎么可能呢?蒋阎怎么会看得上这样一个人?论家世姜蝶比不上她,论脸她自觉姜蝶没有她美,姜蝶还有过那么俗的男朋友。蒋阎会喜欢姜蝶,就等于有人和她说一个常年穿意大利高定的人喜欢去七浦路淘地摊货一样可笑。

但第二天她还是慌了,不受控制地跑到姜蝶面前,试探地给她下马威,仿佛这样就能证明猜测中的一切都不可能发生。在看到姜蝶发的朋友圈时,她先是心脏猛地被拽起——微缩模型和那些文字,很难不让人产生联想。然而,没看到蒋阎对那条朋友圈有任何表示,她又瘫软地松了口气。

意大利高定绝不可能输给地摊货,这是世间的真理,怎么可能会有例外?

真的,怎么可能会有例外?

其他人也被蒋阎给姜蝶夹烤肉的举动惊到沉默,只有烤肉在铁板上的吱吱声在他们这一桌蔓延。

蒋阎用纸巾擦了擦手,非常淡定地说:"我给我女朋友夹肉,怎么你们跟看珍稀动物似的,有什么问题吗?"

姜蝶坐在对面差点咬到舌头,脸被热气熏到涨红,伸出腿悄悄地踢了一下他的脚尖。她属实没想到他会这么直白,带着稀松平常的坦然展示了他们之间的关系,枉她还纠结了一整个晚上,想他会不会为难。

盛子煜是第一个打破沉默的人。

他非常入戏地倒满一杯烧酒,举到蒋阁跟前,说着从偶像剧里看来的三流台词:"会长,你得答应我,你必须让姜蝶幸福。"他把酒杯往前一推,又说,"你要是答应,就干了这杯!"

其他人开始起哄:"喝一个!喝一个!"

丁弘在里面小声:"打一架!打一架!"

蒋阁不置可否,慢吞吞把嘴里的烤肉吃完,干脆地拿起杯,喉结上下滚动,一饮而尽。

"哇塞!可以可以!"

"再来一个!"

"我也敬会长!"

这一片吵闹里,坐在蒋阁旁边的人铁青着脸,推开店门扬长而去。走之前,她站起身,冷冷地俯视了一眼姜蝶,然而姜蝶根本没空在意她,忙着给蒋阁挡酒。

"你们别欺人太甚了啊,行了行了。"

"哎哟,嫂子这就心疼你了?"丁弘贱兮兮地改口,"老大喝不了,那我来跟你干一个!"

"丁弘。"

一个仿佛丝毫未被酒精沾染的声音响起,蒋阁放下酒杯,微笑看着他。

丁弘后背一抖,缩到一边碎碎念:"会长平时看着滴酒不沾的,怎么酒量这么好!"他还以为可以趁会长糊涂了从姜蝶那儿套点八卦。

这一次的聚餐史无前例地热闹,毕竟蒋阁有了女朋友,女朋友还是姜蝶这件事,真的够震惊他们的。如果此时有人跟他们说外面有明星快去看啊,他们都会翻个白眼说:"这边的戏更好看,OK?"到最后,大家终于不再敬酒,因为几乎都被蒋阁喝趴了。

姜蝶咋舌:"你也太厉害了点。"

蒋阁除了脸看上去酡红,没有任何异样,眼神比平常都清亮,多

257

了点水润的姿态。他对着她招了招手,示意她从对面换到他身边,姜蝶乖乖地起身到他身边。她还没坐下,就着站立的姿势被蒋阎抓住了手。他身体微微前倾,额头猝然靠上她吃得饱饱的小肚子,额头耸动两下,喉头溢出轻笑。

"软软的,像小猫。"众目睽睽下,借着还未散尽的烤肉白烟,他修长的手指顺着她的腰窝摸过去,单手就轻松地环住。姜蝶吓傻了,她肯定,这一刻的蒋阎已经醉了。他圈着她晃了晃,声音很懒:"但你不是小猫。"

从来没见过醉酒的蒋阎,姜蝶只觉得过分可爱,戳了戳他的额头,诱哄:"那我是什么?"

他说了句什么,尾音性感地上翘,声音含糊得像空调吹过来的暖风,轻轻地搔刮耳膜。

蒋阎外表看上去真的没有什么醉态,但做出的举动,说出的言语,都已经完全不能用正常的逻辑去判断。

姜蝶叫了代驾送蒋阎回公寓,他直接去开驾驶座的门,和司机大眼瞪小眼,看似清醒的眼神把司机吓了一跳。

她汗颜地把人拉回后座,只好跟着一起过去。

到了楼下时,蒋阎对着门禁发怔。

姜蝶哭笑不得:"输密码呀。"

他扭头问:"密码是什么?"

"⋯⋯"

眼见他是真的意识模糊,还有昏昏欲睡的倾向,似乎醉酒开始进入下一阶段,姜蝶只能又打了个车,把人整到了鸳鸯楼。幸好姜雪梅还在医院,家里没有人,不然实在太尴尬了。

她其实很不想将他带来这里,毕竟不像上次那样,只是坐一坐就走。今晚他势必要睡在这里,而让他在这种环境糟糕的地方睡觉,她有一种怠慢他的不安。但如果去住酒店,不开个五星级似乎也不合适。可她舍不得花这笔钱,两个人也都没带身份证,还是得折腾回来——思来想去,反正趁着他醉酒,就这样吧。

姜蝶把蒋阎赶去卫生间,给他拆封了一套新的毛巾、牙刷供他洗漱,接着跑进房间慌里慌张地收拾一通。回过神时,蒋阎不声不响地靠在门口,额角居然还有未擦干的水珠,头歪在门框边看着她。她的脸登时涨红,有一种被别人发现光鲜的鞋子里其实穿着破袜子的窘迫。即便他现在醉了,但谁能保证第二天他不会清晰地想起这一切呢。

她双手去推他的胸说:"哎呀,你先出去啦……"

他纹丝不动,趁势反拉住她的手,往怀里一拉,将她裹紧。他潮湿得像一只密闭水箱,将她困住,于是,她只能沉沦于他的四面游弋。

姜蝶揪住他的黑色大衣,上面还有酒味,吸了一口,酒精从鼻腔涌上她的大脑。她跟跄了一下,两只腿穿进他的腿间,两个人像一团毛线缠绕在一起。蒋阎的下巴搁上她的头顶,慢慢地,倾下身,高耸的鼻尖微倾,贴着她顺滑的黑色发丝向下,停在她泛红的耳垂边。

热气混着他的嗓音,低低地喊了一声:"蝴蝶,我的。"

这是刚才,他在烤肉店含糊吞下去的那个称呼。

不是小猫,而是,只悬停于他胸口的蝴蝶。

36

这就像是他的呓语,说完,蒋阎的脑袋被地心引力拉着往下,坠到她的肩头,嘴唇擦过她的耳垂,这一刹那如同彗星擦过地球,将大气燃出烈火。

姜蝶往上轻轻耸了耸肩头,他毫无反应。

……睡着了。

姜蝶哭笑不得,艰难地把蒋阎拖到床边,脱掉他的黑色大衣和鞋子,将人卷进被子里。

她倒是也很想跟着一起躺下去,但这也太不害臊了,不是她的作风。再加上,她的单人床实在太小,蒋阎躺上去,腿都伸出床沿,很难再塞下她。姜蝶轻声对蒋阎道了句"晚安",转身回了姜雪梅的房间。

睡前，姜蝶缩在被窝里搜索：宿醉第二天吃什么养胃？上面写道：粥、面条、牛奶等。她牢牢记住，定了闹钟打算第二天起来去给蒋阎买。

这次她没有赖床，闹钟一响她就从床上弹起，赶在蒋阎醒来前把早饭买了回来。蒋阎还没有醒的迹象，属于她的房间很安静。姜蝶走到房门口探头探脑，看见蒋阎的睡姿一愣。在她的设想里，蒋阎即便睡觉也是非常优雅的那种，平整得像一卷摊开的丝绸，但暴露在她眼前的，是揉皱的样子，他双手把自己环抱起来，长腿蜷曲，弓着背。

姜蝶心头被碾了一下，涌出想要拥抱这个人的冲动。

此时此刻，他不是处处得体的学生会会长，不是拒人于千里的天上月，而是睡在她的小破床上，将自己最无防备的样子暴露出来的，她的蒋阎。

可就连最无防备的样子，居然也是带着点防备的。

你的过去，经历过什么呢？

姜蝶在床边蹲下身，细细地用手一点一点从他的眉心丈量过去。感受到她蜻蜓点水的触碰，蒋阎的眼皮微抖，倏忽睁开。

鸳鸯楼的窗外随着他的醒来，也跟着嘈杂起来。孩子们冲下楼梯的动静，楼下回收旧电器的叫喊，对门开火做早饭的油烟机声，一切有种将他们拉回20世纪90年代的错觉。

这就是鸳鸯楼的魔力，固守在贫穷地带，让人很轻易地就能穿越时空。

整个世界吵得似乎要沸腾了一样。他忍不住有些头疼，姜蝶笑着说："你知不知道自己昨晚喝醉了，那样子可糗了。"

他脸上表情一滞："……我做什么了？"

"你趴到窗台上扰民，对着天空大喊我最最最最喜欢姜蝶了。幼稚得很！"

蒋阎微微怔住，继续笑着说："那怎么能叫出糗呢？"他一顿，又说，"把心里话说出来不叫出糗。"

姜蝶被他的反应呛住，原本只是想借机调戏下他，怎么偷鸡不成蚀把米,反倒是自己有点招架不住?她转移话题,勾了勾他的手:"我买了早饭,你快起来吃。"

他就着勾手的姿势把姜蝶拉下来,让她落于自己怀中。

姜蝶小声惊呼:"喂——蒋阎!"

蒋阎义正词严,眼里带笑:"赖床不行吗?"

"不行……这里太乱了,快起来。"

她很羞于在她的房间里和他如此亲密,尤其窗外天亮了,光线亮起来,很多还没藏好的凌乱无所遁形。

"你会不会很嫌弃?"姜蝶在他怀中小小挣了下,"我没有什么洁癖,当初都是为了接近你故意装的……但是,我会努力改正的!"

"不用。"他将她抱得更紧,同她龟缩在这拥挤的一隅,"你这样就很好。"

两人最后缠抱了许久,才一起起身来到客厅,餐桌上放着两碗粥和小菜。

她嗔道:"粥都凉了……"

"没事。"

她语气陡然古怪:"虽然口味很'寡淡',还凉了,但你也得吃。宿醉后吃这个养胃。"她故意咬重"寡淡"两个字,表明自己一直还挺在意当初他说的那句话。

但蒋阎毫无所觉似的,自顾自开着两个粥盒。

姜蝶郁闷地问:"所以,你当初是真的对我一见钟情吗?"

他抬眼端详她:"怎么了?"

"那你为什么要对我讲这两个字?"

"哪两个字?"他一愣,"寡淡吗?"

"对啊。"姜蝶瞪大眼,"我当时以为你嫌弃我,说我脸寡淡!"

蒋阎抚了下眉心,叹口气。

"看来我画蛇添足了。"

姜蝶一头雾水。

"你当时煮成那样,我只说我不爱吃粥好像显得我很嫌弃。"他解释,"所以我想了想,才又补了那一句,证明我真的只是不爱吃白粥。"

姜蝶无奈:"那为什么要对着我的脸讲?"

"说真话的时候当然要看着眼睛才显得真诚。"

"……"

蒋阎看着她傻乎乎恍然的样子,捏了一下她的鼻头。

"还不是你藏太好让我误解。"姜蝶反戳他的脸,"装酷是要被揍的,但是你装得再好也没用,最后还是你投降。"

姜蝶还是忍不住炫耀他主动告白这件事。蒋阎嘴角浮现无奈的笑,继而赔罪似的舀了满满的一勺子白粥送进自己的嘴里,终止了这场翻旧账。把碗里的粥解决完,姜蝶犯懒地瘫在座位上,目睹蒋阎很自觉地收拾狼藉。他倒完垃圾,突然顺手捎回来一个积灰的本子。

"这个是你的初中同学录吗?"

姜蝶的背瞬间挺直:"你从哪里找到的?"

姜蝶自己都不记得放哪里了,不怎么用的东西全被姜雪梅收了起来,居然会被蒋阎发现。

"就那儿。"他指了指拐角那个书柜最上面,"我可以看看吗?"

"这有什么好看的……"姜蝶打趣,"不过你现在倒是记得问啦。"话里暗指他擅自打开备忘录那回事。

开玩笑,那可是蒋阎主动告白的证据,她可以拿来吹一辈子的。蒋阎脸色微赧,毕竟这是他以前从来没做过的事。可惜背阴的房间没有多少阳光,拉上窗帘就能轻松地遮盖异样。他还是近乎从容地"嗯"了一声,捏了下她的下巴,说:"乖。"

姜蝶的脸色却因为他这个动作,红得连失去光线的房间都掩盖不住:"你怎么老东捏捏西捏捏的?"

蒋阎笑着收回手,翻开同学录,第一页就是花哨的通信录,上面写满了号码。

姜蝶瞥到这一页,回忆汹涌而至,她瞬间扑过去盖住。

"还是别看了!"

"怎么了?"

"就很丢人。"姜蝶胡诌,"小孩子才喜欢玩的东西,现在看来太羞耻了。"

他抓着积灰的本子,没有脱手的意愿,很肯定地说:"不会。"

姜蝶沉默了一会儿,慢吞吞道:"算了,那你看吧。"

她撒开了手,莫名背过身去。

蒋阎不明所以,继续翻开第二页,然而,很奇怪的是,后面的详细资料页只写了几页,再后面都是空的,和第一页满满当当的通信录完全不相符。

姜蝶无所谓地说:"哎呀,其实说起来也没什么啦。那些号码都是我从路边电线杆的小广告上看来的。"她若无其事道,"不然我好不容易攒钱买的同学录空着可多难看。"

那个时候,学校里非常流行写同学录,尤其毕业班,不论男生女生,似乎都以写了很多的同学录,以及自己的同学录被写得很满当为荣。而姜蝶在这之中,就好像隐形人一般,没人会特意想起她来,让她给自己写同学录或者写她的。

"你肯定不会有这种感受的吧。"姜蝶嬉笑,"因为你绝对是课桌被同学录塞爆,谁被你选中写了一页就是得到表彰的那种人。"

蒋阎抿了抿唇,默认了她的猜测。

"但也不怪别人,我那个时候……就没交朋友的心思,总是一个人坐在最角落。"

他低头翻着同学录,似乎有些心不在焉地问:"为什么?"

为什么?那可有太多原因了,贫穷、阴影,以及……

姜蝶脱口而出:"你有没有过很好很好的朋友?"

蒋阎翻着书页的手指一顿,但姜蝶其实根本不在意他的答案,自顾自往下说:"我曾经有过。"

就发生在那所西川的福利院,从那张"别哭"的字条开始,发生在一个小偷和罪犯的孩子之间。

她最好的朋友,十一。

姜蝶是那次之后才知道，他们为什么会这么怕十一，十一把小五的胸针丢下去居然都没有被报复。他们不敢，是因为他们都传，十一有个坐牢的爸爸。所以，他们同样冷落十一，用这种冷落替代恐惧，但姜蝶不怕。不对，应该说，那时候的小一并不怕。反正她也双手沾染过罪恶，靠近一个罪犯的孩子有什么关系？他们的身上，或许有同类的气息。于是，她试着靠近他。

他的眼睛总是不好，戴着眼罩，她悄悄地去问老师，老师说他的眼睛受伤了，不能见光。

她一听就来劲了，跑去告诉他说："好巧噢，我也不能见光。我在晚上几乎都看不清东西，包括光。"

他终于肯开口回应她："这不一样。"

"哪儿不一样？"

"……你是见不到光。"他说，"而我，是见不得光。"

"有什么不一样呢？反正都是被光抛弃了。"她说，"可是我们还可以把对方当作灯泡。"

这一句让十一愣住了。

可是，我们还可以把对方当作灯泡。

真的是只有孩子才会大言不惭说出来的话，而恰巧，听的人也是个孩子。

他们也就真的相信，也许彼此真的能成为对方的灯泡。毕竟他们两个在福利院里，几乎是被默认不会被领走的存在，拆迁城中顽固的钉子户，又多出了一个。相比其他身家清白的小孩子，没人会愿意领养他们的。

她已经接受了这一点，但似乎，十一并没有接受。他还习惯于每天站在廊下，凝视着门口，盼望有一辆车能带他离开。她并不太懂他为什么会有这样的执着，但又似乎很明白他的这种执着，只是她自己很擅长将这股欲望掩埋下去。况且，有十一的陪伴，她就更加不强求。

她把自己和十一的序号画在院子里的墙面上，像是某种证明，她拉着十一看着那两个数字，很得意："我用颜料笔涂上去的。"

然而十一表情淡淡："我很快就不会是十一了。"

他一语成谶。

在又一次有车辆进来、离开后，他们中间的序号又空了一位，他从十一变成了十，但她还是喊惯了十一，总是喊错。

他无奈地说："你不如从现在开始习惯喊二，反正总会有这么一天的。"

她看着他没精打采的样子，突然拉起他："我们也去坐车吧。"

他反应不过来："什么意思？"

"干吗老等着别人来接我们？我们也可以自己坐车离开啊。"她顿了顿，又说，"虽然只是暂时的。"

她手心里攥着两块偷藏的私房钱，偷偷拉着十一跑出了福利院。

他们懵懂地来到公交站，手拉着手跳上了一辆老旧的公交车。车子四边圆圆的，好像一个柔软的大面包，坐上去心情都跟着飞起来，有一种吃下四片吐司的满足感。

两个人挤到最后一排，并排坐着。她从口袋里翻出一颗草莓味的雪丽糍，递给十一。他接过的刹那，感受到包装的塑料薄片上的余温。那颗雪丽糍已经被她的口袋焐热，不知道放了多久。

她不舍得地说："这个很甜很甜的，给你吃。"

十一神色微怔，把雪丽糍推回她手里："你吃吧，我不爱吃甜食。"

"你真的不要吗？这是我最喜欢的糖了。"

他点了下头，看向窗外："我们要去哪里？"

她像捡了个便宜，欢天喜地地把雪丽糍又塞回口袋，故意吓唬他说："去把你卖掉。"

他好笑地睨她一眼："那你会倒贴钱。"

她一脸担忧："那贴个我够不够？"

两个赔钱货凝重地对视，最后一秒破功，相视着哈哈大笑，笑声从后排传来，大到都盖过了售票员扯着嗓门的播报。

售票员循声望去，只看见前仰后合的两个小豆丁，看上去似乎很快乐。

她继续播报着下一个站名,车门一开,一晃眼,那两个小豆丁就这么消失在沉沉的车厢中。

他们下车的地方,非常荒凉。

距离福利院并不远,大概也就十来分钟的车程,但福利院本来就在郊区,周边也自然没什么好景色,这儿只有一片塑料大棚。十一好像真的觉得会被她卖掉似的,一下警觉:"你带我来这里?"

这里有什么好来的……她没吱声,双手撑着田间的泥土,一下子翻身进去。

那是梅雨后的初夏,田埂里弥漫着一层浓郁的雾气,她矮小的背影转进水汽中就像山水画一样被匀淡了,衬得那撮乌黑的一跳一跳的马尾辫还有后脖子上的色素痣过分鲜明。他盯着那颗痣犹豫着,最终也跟着翻进来。

两人一前一后地走过长长的、泥泞的田埂路,来到尽头的树林。

沿着狭窄的蹊径,他们钻进树木的世界。

一抬头,就是盖住视线的绿叶,微凉的风吹过,满枝的树叶"哗哗"摇晃,一滴露水被晃下来,滴到他的后背。

他挺起胸膛,感受着那颗露水在转瞬间被风干。

"春天的时候,老师带我们来这边野餐。那个时候你还没来。"她慢慢停在一棵沉默的大树前,因为它的宽阔,即便风来了也摇晃不起多少声响,故显得很沉默。

与它相比,她就显得话很多。

大概是因为,平时几乎没有人可以说话,积攒了很多很多。十一很羡慕这种能力,不像他,积攒着积攒着,发现人其实可以不必对话。

她还在喋喋不休:"但是这里,他们都不知道,是我自己找到的。你是第二个过来的人。"

她的语气像翘着小尾巴,仿佛很多人争着想来,唯独他被选中,这是他的荣幸。事实上,根本是没人搭理她,她才找到这个角落——在人生的第一场春游中,其余的孩子吃完小面包在一边放风筝,她撕了一小块喂给蚂蚁,顺着蚂蚁的踪迹一路走进这片树林。

当时她新奇地四处张望,发现了奇怪的东西。

起初,她以为那只是一块垂落的树皮,但是当她想助它一臂之力把它抠下来时,它居然轻微地鼓动了一下,似乎在对着她抗议。这怎么还会动呢?!她以为树皮成精了,吓得一晚上没睡好。隔天她憋不住去问宋老师,宋老师哭笑不得地告诉了她真相。

"其实,那是一只蝶蛹。"她气定神闲地转述宋老师的话,"你知道蝶蛹吗?就是蝴蝶还没长大时候的样子。"她顺着记忆里的位置张望,又说,"让你也长长见识,就是不知道还在不在。"

找了好半天,她的眼睛终于亮起来,指着一颗伪装在树上的琥珀色"滴胶",当然那比起滴胶更厚重。

"就是这个!"

她抓着十一的手指,想要带着他去触碰外壳。

他如临大敌,平常总是缺乏表情的脸肉眼可见地僵硬,但似乎又不想让她觉得自己胆小,硬着头皮摸了一下。意料之外地,并不可怕,是很柔软、脆弱的触感,指尖和它相碰时感受到的搏动,让他感觉自己在摸一颗鲜活的心脏。

她看见他意外的表情,很得意地说:"你不知道吧,蝶蛹就是这个样子的,在变成漂亮的蝴蝶之前,丑兮兮的,只能把自己不起眼地藏在这里。你说,它是不是很像我们?"

她的小脑袋认真地仰起,一动不动地盯着似乎又变大一点的蝶蛹,眼神灼热。

"我没见过蝶蛹,但我知道这个。"十一将手插进口袋,藏起来的手指还在回味刚才的触感,"不是每个蝶蛹都能变成蝴蝶。没有好的环境,没有足够的力气,毛毛虫就会死在变成蝴蝶的时候。"

她听得一愣一愣:"你居然知道得比宋老师还多哦……"

他抿了抿唇:"我们是很像它,被困在蛹里,不知道哪一天能突然变成蝴蝶。也许,根本等不到那一天,就从树上掉下来了。"

"就算掉下来也没关系啊。"她被说得努起嘴,不甘心地想了想,

267

语气坚定，如流水一般冲向阻挡的阀口，"只要摔不死，半死不活的蝴蝶也是蝴蝶，还是能有一天从地上飞起来的。"

十一的视线从树上移到她的脸上，不知该如何评价她。

最后，他闷闷地说："你会变成蝴蝶的。"

她咧开嘴一笑："我们都会的。到时候，我们就把蝴蝶当名字怎么样？属于我们的名字，不是一，也不是十一。"她兴致勃勃地比画，"蝶字归我吧，蝴字给你！这样别人一听，就知道我们是最好的朋友。"

"可是蝴字好难听。"

"但你是男生，叫'蝶'不娘哦？"

"那还是给你吧……"

"说起来，十一，在这个序号前，你其实有过自己的名字吧？"

她特别好奇地追问。十一是有过家庭的，不像她，从来没有过自己的名字，他却似乎很排斥这个问题。然而，在她坚持不懈的期待目光中，他还是别扭地说了出来。

"楼洛宁。"十一缓慢地低下头，咬着牙，"但我永远不会再叫回这个名字。"

"其实这个名字还蛮好听的。"她小心翼翼道，"不过还是我给你取的新名字好听，和我的也很搭。"

最后，小一真的变成了姜蝶，恪守了她的诺言。

他们又躺回窄小的单人床上，姜蝶窝在蒋阁怀中风轻云淡地回忆："但那个人，最后的名字肯定不是'蝴'。他不会用这个字的。"

蒋阁静静听着，边把玩着她的手指，边问："为什么？"

——37——

然而，姜蝶没有回答，只是从他的怀里直起身，把同学录抽走。

"不扯闲篇了，你不是早上还有课吗？"她把同学录随手塞到一边的角落，"这就是个废本子啦，拿去给警察叔叔让他照着上面的号码扫黄打非，说不定还能有点贡献。"

面对她的自嘲，蒋阁给出的反应是："那不如把它给我？"

姜蝶顿住动作："你拿它干吗？"

他摊开手掌，示意她把同学录拿过来。

姜蝶被吊起胃口，好奇地递到他面前，眼看着他把伪造的那几面一把撕下来。

接着，他在一页崭新的，又带着明显陈旧年代感的页面上，一笔一画地写下自己的名字：蒋阁。

"大学同学，也是同学，不是吗？"蒋阁合上本子，"我这个人比较小心眼，不喜欢自己和别人排在一起，所以这个同学录只有我一人正好。"

姜蝶反应了一会儿，无法自抑地打了一个嗝，喉头冒上一种柠檬气泡般的酸涩。

她迅速背过身去，装作若无其事地说："那就给你这个小心眼保管好了。"

姜雪梅可以出院的那一天，也是学院的设计大赛公布结果的日子。关于出院这件事，姜蝶特地和蒋阁谎报了一个之后的日期，她不想再麻烦他，觉得不能因为对方变成了更亲近的人就可以放肆索取。恰巧相反，她更加注意拿捏尺度，不希望因为自己而拖累他的生活。

不光是对蒋阁，对姜雪梅也是一样的。姜蝶不希望她因为成为自己的母亲，反而比一个人时活得更加辛苦。任何一种亲密关系对姜蝶来说，都像是刮开彩票获得的奖励。

她不会觉得那是本该属于她的财富，所以会将它们小心地存放在心脏的储蓄罐里，不舍得用，但也因此内心丰盈。

车子把她们送到了鸳鸯楼前的窄巷，姜蝶搀扶着姜雪梅穿过巷子，小心翼翼地上了楼梯，纵然她此时双手已经迫切地想伸向口袋去拿手机。

时间已经过了中午十二点，学校的官网此时已经公布了设计大赛的金银铜奖名单，然而，手机的微信没有任何提示，似乎已经隐隐昭示了些什么。没有人来私聊恭喜她,这不会是一个冠军的待遇。

终于进门,姜蝶的双手恢复自由后,她已经有点害怕去看结果。将姜雪梅送回房,姜蝶坐在没有开灯的昏暗客厅,深吸一口气,先打开了微信。被静音的院系大群显示有几百条的消息,她不敢点进去看,转而看了眼朋友圈。

饶以蓝的动态在最新一条。

她截了官网的图,配文:一如既往。

姜蝶手脚冰凉。

图中,饶以蓝的名字挂在金奖旁,而银奖旁边的名字,不是姜蝶,甚至,连铜奖都不是她。

这怎么可能呢?姜蝶无法接受这个结果。

论平时的专业成绩,她是当之无愧的第一,怎么着也不至于连这次的前三都入围不了。更何况,她认为这次的比赛,自己是超水平发挥。她对"风眼"倾注了前所未有的感情,整整一学期的打磨,不至于输得如此一败涂地。

尤其是当她点开官网,看见三位获奖者的拍摄作品之后,她完全笃定,最有资格拿金奖的人是自己。

姜蝶在昏暗的老房子里坐了一会儿,连包都忘记拿,一言不发地冲出家门。

这是开学以来最莽的一次,姜蝶直接堵到院系主任的办公室门口。

就连知道奖学金的资格被抢占的那次,她也是一忍再忍,对着自己的绩点和分数确认了无数遍,才谨慎地发微信询问老师。结果对方回道:奖学金评定不光看最终考试成绩,平常的表现分也占到百分之四十。她更加郁闷,表示自己没有一次旷课,也没有迟到早退,相反饶以蓝有好几次旷课。

班主任说,平常的表现分不光看点名情况,还有课外实践。

然而,课外实践有具体的衡量标准吗?没有。它的别名又叫"后门实践"。

姜蝶自小就明白世界没有公平可言,比起奖学金,她更在意的是和老师的关系,所以一次又一次地忍耐下去,但这次,她不想就这么无声无息地妥协。那是她的心头血,被人挖出来泼掉前,至少她要死得瞑目。姜蝶气势汹汹地敲开办公室的门,来开门的人却是姜蝶现在最眼见心烦的人。饶以蓝站在门后,面无表情,却又紧绷着一种不想轻易泄露的快感。她轻微勾起嘴角,看向姜蝶说:"没看见办公室关着门吗?"

姜蝶视若无睹地挤进门,撞过饶以蓝的肩,把她撞得往里倒退两步。饶以蓝脸色一变,姜蝶根本看都不看她,径直盯着真皮座椅上的主任问:"我可以问一下,这次的比赛评选,是按什么标准来的吗?"

系主任不慌不忙地抿了一口茶,放下茶盏。

"姜蝶,你是个很有灵气的学生,专业成绩不错。你上传的这个作品,院系的各位老师都给了很高的分数。"他一脸惋惜,"但你要知道,这次的比赛是和巴黎的艺术学院联合举办,那边的评分标准与我们是不同的一套体系。很遗憾,你的作品对方打了很低的分数。"

姜蝶咬咬牙:"即便是不同的体系,能打低多少分?我认为有关于美的感受应该是共通的。"

饶以蓝忍不住插了一嘴:"你哪里来的自信啊请问?你出过多少次国?看过多少次秀?有和那些设计大师聊过一次天吗?就敢这么大言不惭地觉得你作品也会被巴黎的那些老师喜欢?可笑。"

姜蝶被她说中痛处,张口欲要辩驳,却不知道该说些什么。

系主任摆手道:"以蓝,你暂时出去一下,交换的事情我们等会儿再详谈。"

姜蝶听到"交换"这两个她渴求的字眼从他嘴里说出,却和自己已经毫无关系时,仿佛是站在悬崖边上的脚已经滑了下去,一只手却还固执地抓住边缘。

身后传来饶以蓝关上门的声响,系主任又抿一口茶,叹息着说:"对这个结果我也很遗憾,毕竟我们都是给了你很高的分数的,我可以给你透露,你的分数在我们这儿,是第一。"

姜蝶握紧拳头,难以置信:"……巴黎那边,给了我多少?"

"大约是中游的位置,所以两边一折算,你的最终排名并不高。"他有些疲倦地揉了揉眉心,"不要气馁,以后还有机会出国,多多学习,继续丰富自己。"

以后还有机会。

姜蝶心头凄惨一笑,以后,哪还有什么以后?她早就打定主意,毕业后就找个工作,在国内读研对她和姜雪梅来说都是一种负担,更别说出国读。也有可能她还会有机会,等工作赚钱,顺利的话攒下一笔钱……但那个时候她还会保有这份渴望吗?

姜蝶知道自己今天是要不出个什么说法了,系主任给的理由滴水不漏,在合理的规则范围内她输了,不是输给莫须有的加分。就算她有疑虑也没有办法,天高皇帝远,千里迢迢的法国,她能怎么办呢?

姜蝶关上门,嘴里溢出一股铁锈的味道,才发现自己已经将下唇咬出了血。

她回身,饶以蓝还在门口等待,见她出来眉毛一抬,用要笑不笑的语气说:"井底之蛙。"饶以蓝反回来撞过姜蝶的肩,擦着进门,扔下一句,"我怎么可能会输给你?"

离开办公室之后,姜蝶漫无目的地坐公交车去了一个完全陌生的地方下车。手机振动,显示的是"男朋友"来电。此时姜蝶无法控制好自己的情绪,干脆不接,但电话锲而不舍一个接一个地打进来,无法继续装作视而不见。

她只能走进路边的奶茶店,没有点奶,没有点茶,点了一整桶冰水,嚼着冰块按下了接听。

"Surprise!"她高昂着语调,轻松地笑着说,"恭喜我们会长大人,未来的一年不用异地恋了。"

"我听说结果了。"

听到他温和的声音,姜蝶嘎嘣咬下一口冰,吞进去,血管里快要喷射的岩浆和这脆薄的冰块对抗,两方抵抗得不相上下,最后岩浆溃不成军地被压下去,冰块也融化了,她的五脏六腑是战役后一团哀伤的温水。姜蝶坐在奶茶店的窗边，伏下脑袋，高昂的声音闷下去，低低地传到蒋阎耳中。

"我刚才直接去找我们院主任对质了，他说的最让我难以释怀的一句话是'以后还有机会'。"她说，"我最讨厌以后这个词。过了十八岁再吃到的儿童套餐，已经馊了，而我只能选择吃下馊饭，要么干脆就不吃。"

她不懂，为什么自己总得忍受人生的后置。难道她这一生是会比别人多活出一百年吗？

蒋阎那端是很长一段时间的缄默，而后轻轻地问："除了这句，他有没有告诉你为什么不行？"

姜蝶重复了那个破烂理由。

"他就是笃定我做不到像找他对质那样去巴黎跟人家对质，所以怎么说都可以。但我根本不相信，这里面一定有其他原因。"

"那为什么我们不真的去巴黎对质呢？"

这话听得姜蝶瞬间一愣，好笑地反问：

"……你以为我不想吗？"

"既然你也想，那就很好办。"蒋阎声淡却有力量，"我们一起去巴黎，寻找真相。"

"别开玩笑了吧，不切实际。"

"如果这么想才是真的输了。"

姜蝶又开始咬那瓣已经被自己反复折磨的下唇，心跳陡然变快。

"……我的签证肯定办不下来的。"

"我能搞定。"

"……机票酒店都很贵！"

"我是你男朋友。"

姜蝶的声音更微弱了，惴惴不安："万一折腾这么多，真的只是人家看不上我的作品，没有阴谋论，不是太丢人了吗……"

"没有万一。"他斩钉截铁，"你的作品真的很好，不然我不会答应做模特，在这方面我不会对你有偏爱。"

姜蝶握着手机，翕动了下鼻子，很想告诉蒋阎。

他说的这句话本身，其实就是一种偏爱了。

38

飞机降落在戴高乐机场时，姜蝶还觉得有些恍惚。

她居然真的就这么来了。

非常意料之外的一次出行，不是为了旅游，也不是为了其他，而是为了跑来和一所知名的设计学院"对质"。这真的是她迄今为止，做过最不可思议的事。而给予了她勇气和这个可能性的人，毫无疑问是蒋阎，从他嘴里说出"去巴黎"，就好像是去楼下倒个垃圾一般轻松自如。

从机场出来去酒店的车上，姜蝶降下半个车窗，拿着她的相机兴致盎然地拍摄着窗外飞逝的景色，一边扭头问蒋阎："这是你第几次来法国呢？"

他想了想："第三次。"

"第一次是什么时候呢？"

"十二岁的暑假。"他支着脑袋看向窗外，"走了整个欧洲，但我对法国其实没有太深印象。"

"那你喜欢哪里？"

说话间，她悄悄地把相机镜头翻转，对准了蒋阎。

这些小动作逃不过蒋阎的眼睛，但他只是瞥了一眼，继续往下说："也不能算喜欢吧，只是对英国还有德国印象比较深。"

"是因为英国的食物巨难吃吗？"

蒋阎又瞥了一眼镜头，只不过是在看镜头后的她，眼里闪过一丝无奈的笑意。

"确实很难吃。"他说，"但是印象深的不是食物，而是在那里，我第一次见到微缩模型。"

"这样啊……"

姜蝶撇嘴，蒋阎的爱好真的好专一，果然又离不开微缩模型。

"温莎城堡里面的玛丽皇后玩偶屋，是一件伟大的杰作。"蒋阎聊到他喜欢的东西，语速也快了一些，"它的细节堪称完美。比如说，米粒大小的书籍也能翻开，里面是莎士比亚的原文。还有根本不会示人的餐具底部，都刻着非常精致的纹饰。"

姜蝶眼角一抽："我好像知道你为什么会喜欢它了……"

简直正中"强迫症患者"的下怀。

蒋阎知道她想说什么，轻轻摇头："你搞错了因果，我是先喜欢上微缩模型，在学习的过程中才养成了强迫症。"他双手交叠，摩挲着拇指，似乎在回忆制作时的触感，"当每一份细节都要做到精益求精时，你就会逐渐习惯用这样的标准去衡量你的生活。"

姜蝶恍然大悟，原来这才是他强迫症背后真正的原因……

"那……你一开始为什么会被玩偶屋吸引，仅仅是因为它精致到完美？"

他重新看向窗外，语气又变得非常缓慢，一笔带过般回答："差不多，完美到能让昨日重现。"

姜蝶耸肩，又问："那德国呢，也是因为微缩模型吗？"

他点头说："汉堡有个微缩景观世界博物馆，小时候看过一次之后就特别喜欢。"

"这么夸张……"

"下次带你去，这次太仓促了。"

他们都有课，最后只能抽出四天的时间，光飞机来回就浪费两天，也就是说，留在巴黎的时间只剩下两天，其中明天还是去学校办正事，根本不可能再折腾去别的地方。

姜蝶倒不觉得遗憾，小鸡啄米似的点头："到时候我赚钱了，换我带你去。"

蒋阎的头依然偏向窗外，嘴角微扬，垂在座位上的手在她话音落下后，一把将她的手扣住，手指不动声色侵入她的指尖，牢牢扣住。于是那一路，姜蝶都没太记住窗外的新鲜景色，连路过鼎鼎大名的凯旋门也没激起她的反应神经。

所有的感官好像都用来感受他们相扣的手指,紧到密不透风,于是巴黎的春风全拐着道儿,吹到她身上来了。

蒋阎牵着她下了车,办理入住,一直到酒店房间门口才放开手,因为他订了两间。姜蝶其实这一路都在忐忑,怕他开一间,又怕他不开一间。看到眼前的现状,她松了一口气之余不免失望。说不清哪一种情绪更强一些。表面上,她还是故作平静地和他松开手,各自刷卡进房。

一进房间姜蝶就呆住了,刚在酒店外围时还看不太出来,外观很低调,但一拧开房门,就好像拧开了机器的传送门,一跨进去就穿越到了旧时的欧洲——雕花的壁橱,复古的墙纸,松软的地毯,屋角甚至还摆放着一尊天使的雕塑。窗外的景色就更加迷人,巍峨的巴黎铁塔就在目之所及的位置,被其他高高矮矮的古老建筑群围在中心。

这个房间简直是连通梦幻和现实的交界口,一晚的价格该有多贵?姜蝶想想都心惊。她本来还盘算着等这趟出行结束后把钱一并折算给蒋阎,现在看来,好像又要欠下一笔债了。

姜蝶给姜雪梅报完平安,安顿好后,蒋阎来敲门,要带她出去吃晚饭。他洗了澡,身上换了一件薄的黑风衣,站在金墙红毯的廊下,优雅得就像是这座百年酒店的执事,柔声细语地问她想吃什么。

姜蝶摸着空空的肚子:"我不挑!什么都行!"

蒋阎非常利索地决定了地点,打车到了玛黑区的Benedict,店面狭长,装潢也很简单。他为她拉开门,介绍说:"这家店的招牌鹅肝汉堡很不错。"

"哦吼,鹅肝!"

姜蝶一听这两个字眼睛都亮了起来,虽然她说什么都行,但心里还是最想试试法国的特色菜,什么鹅肝啦、蜗牛啦、鱼子酱啦这种典型的法式食物,蒋阎选的这家店正中她下怀。

两人分别点了鹅肝汉堡,她尝试着用生涩的法语和店员交谈,对方居然听得懂,和蔼地问:"几分熟?"

姜蝶一愣,土包子似的想:原来鹅肝也跟牛排似的吗?

她卡壳的间隙,蒋阎不动声色接过话头,用英语回答:"两个都要五分。"

姜蝶在一旁装作赞同地点头,心里后悔自己干什么非要讲法语,本想在他面前显摆的,却又弄巧成拙。

等上菜的间隙,蒋阎提议道:"吃完可以在附近逛一逛再回酒店休息,玛黑区是我在巴黎最喜欢的一个区。"

"为什么呢?这里特别好玩吗?"

"这个区的气质很独特。"蒋阎手指点了点桌面,"玛黑区在法语里是 Le Marais,沼泽。能在荒芜的沼泽上建立起来的世界,是最有生机的。"

"它真的是在沼泽上建起来的?"

"是,12 世纪的时候,你脚下的这片土地就是一片沼泽。"

他懂的真的好多……小到一份食物的味道,大到一片区域的历史。她的阅历和他相比,未免相形见绌。一股微妙的感受涌上心头——什么风景都见识过的人,必然也见识过各种风情的女孩子吧。那么,凭什么是她呢?她凭什么成为第一个吃下蒋阎这只螃蟹的人?她至今仍对蒋阎居然是对她一见钟情这件事抱有极大的震撼和困惑……等等,她真的是第一个吗?

姜蝶突然灵光一闪,想起最早关于蒋阎情史的情报其实来自别墅那次的八卦闲聊,但事实上,真的是那样吗?不一定吧。大学里确实没听说过,但再往前呢?那些人压根不清楚,只是揣测没有,以至于她就没有多想,认为那是事实。但真正的事实,有可能是早在她之前就有别的女孩子出现过了。

姜蝶心里突然七上八下,这个念头一旦冒出,就一发不可收拾,一直在脑海盘旋。任何的细枝末节在此时都成了佐证,像是汽车电影院的雨夜,那个湿漉漉的吻,她最后问那是不是他的初吻,他没有回答。她以为那是默认,但另一种意味,是不是他不想扫兴否认呢?

整顿饭，姜蝶吃得心不在焉。

然而，蒋阁误会了她。

"不合口味？"

姜蝶回过神，忙不迭摇头，大口咬下，嗷呜嗷呜地表示自己吃得很欢，内心却涌起一股乱七八糟的酸涩。怎么会这样呢？喜欢一个人之后，曾经最大的乐趣都可以因此变得毫无吸引力。

蒋阁蓦地伸出手，擦掉她嘴边沾染上的酱点："怎么吃得满嘴都是？"

不算是责怪的责怪，听了有一种她连吃饭都没办法好好吃的错觉。

自己在他面前，好像不知不觉间，开始蜕变成一个多愁善感的、脆弱的小孩。

只是隔天，姜蝶又逼迫自己进化成顽强的大人。她要把自己吹成膨胀的巨人，靠着这样的姿态去讨个说法。毕竟对方是赫赫有名的艺术院校，她真的就这么赤手空拳地来了，凭着一腔委屈、孤勇，还有盲目的自信。因此，当她站在这所学院的门口时，双脚不自觉开始打战。

蒋阁这回却没有牵她的手，站在她身后说："你是在为你的作品发声，这不算冒犯，去吧。"

姜蝶深呼吸，挺起胸膛，抖着腿说："我才没尿。"

来之前她已经做过功课，按照地图上的标志找到了服装设计系。这一回她当然不敢这么莽撞地直闯人家老师的办公室，而是选择缩在角落先旁听一门大课。既然饶以蓝讽刺她完全不了解外国的审美体系，说她的作品上不了国际舞台，那她倒要听听看，国外的审美到底是有多么不同。一堂课多多少少也能反映一些，这样她心里多少也有点判断。

只是语言是一门难关，她听得一知半解，陪他听课的蒋阁却似乎听得很入神。她偷瞄他，发现他还拿出了一个本子在做笔记，侧面的眉头微蹙，认真，迷人。不会吧，居然连法语都精通？

姜蝶对他的认知又刷新一层，惊到咋舌，伸着脖子去偷看他的本子，神情在看清的刹那呆滞。

上面他漂亮的字迹写着，"巴黎一日游攻略"。

1. 巴黎铁塔（会不会太俗？）。
2. 卢浮宫（太大了，她可能会走累）。
3. 巴黎圣母院（可列入备选）。
4. ……

姜蝶草草地看了一眼，就迅速看向相反的方向，平复内心的波涛。窗外茵茵草地，阳光如雪，将一切都刷得透亮。

她眼中的世界从来没这么干净漂亮过。她想，他完全不需要做这样的事，罗列那么多景点，费心思地站在她的角度，考虑她会喜欢哪个。

这个世界珍贵的不是巴黎，不是卢浮宫，不是圣母院，而是我的左脚能和你的右脚并排着，一起丈量没有分道口的平直长路。

之后的半程，姜蝶都故作镇定地盯着讲台，云里雾里地听完了课。

这堂一知半解的课听下来，却让姜蝶原本忐忑的心镇定了不少。她能听懂的部分，和学校里教的一些基础知识都是重合的，并不像饶以蓝和系主任那样危言耸听，是什么自成一派、颠覆性的审美。

姜蝶定了定神，在蒋阁鼓励的视线下，叫住了准备离开的老师。

她结结巴巴地用法语阐述自己来到这里的目的，把蒋阁穿上"风眼"的那张照片出示给她看。女老师一头红棕鬈发，挽起勃艮第红的西装袖口，接过她的平板电脑，放大衣服的细节看。她说了一长串，姜蝶捕捉到了其中一个耳熟能详的关键词，bravo——很棒。姜蝶握紧手，有一种意料之内的笃定终于被验证的失重感。

既然如此，为什么她的作品最后会得不到认可呢？

她踌躇着，向女老师坦白地说出了疑问。

对方说得极其缓慢，意思是她并不是此次比赛的评委老师，可能需要进一步确认，并将姜蝶和蒋阁一起请到了某个小办公室。她对待他们的态度相当随和，就好像招待两个久别重逢的朋友，让他们随意坐，扔下两瓶矿泉水就拿上姜蝶的平板电脑走了。

姜蝶一脸蒙地看着蒋阁问："我们就在这里等吗？"

"等吧。"蒋阎安之若素地坐下,"好饭不怕晚。"

结果一等,就等到了下午六点。那位一身火红的女老师,以及另一位稍微矮一些的"地中海"老头,一起推开办公室的门进来。

老头伸手跟他们握手,非常抱歉地表示:"事实上,我们并没有收到你的作品。"

这一刻,姜蝶只觉得心惊。

原来,如果无法更改游戏规则,那么他们干脆就让她失去参赛资格。如果她没有孤注一掷地跑来法国,勇敢地表达自己的质疑,也许这事儿就黑不提白不提地过去了。

毕竟一个连学费都要靠助学金补贴的学生,又翻得出什么水花呢?系主任根本不可能会想到她竟然会来这里亲手戳破他的谎言。

老头继续道:"具体为什么会发生这样的情况,由于时差到现在才弄清楚,抱歉让你们久等了。贵校似乎由于人员疏漏,导致部分文件发送失败,所以我们才没收到。但我们已经要求贵校重新提交完整作品,也许还有别的同学也失去了竞争的机会。为了保证公平,我们会再做一次新的评选。"

前面说的那一长串借口,姜蝶都听得似懂非懂,其实那些也并不重要,肯定是院系主任早就想好的"甩锅"之辞。但是最后一句话,姜蝶却是听得明明白白——重审,这意味着再来一次的机会。

姜蝶身体快于脑子,一下子蹦起来,扑进蒋阎的怀里,巨大的惊喜朝她涌来。而他早有预料似的,那在瞬间抬起手臂,将她圈住。他们就像两块磁铁,不必过多的言语,只需要眼神的交会和肢体的倾向,就能牢牢拥抱在一起。

女老师笑着把平板电脑交还给他们,对着姜蝶道:"我很喜欢你设计的衣服,它是一个充满爱意的作品。"意有所指的视线环过他们相拥的手臂。

她再对亚洲人脸盲,此刻也认出面前的青年就是照片里的模特。更何况,这绝对是东方面孔中出类拔萃的一张。

姜蝶不好意思地退开身体,双手恭敬地接过,弯腰鞠躬:"谢谢,真的万分感谢。"

她反倒摇摇头："你应该谢谢你自己。"

两人离开学院时，巴黎的落日已经熄灭，初春的夜色来得快，却让姜蝶觉得四处都亮堂堂的。

她停下脚步，在一盏老式路灯下认真地看着蒋阎，扯着他的衣角郑重其事道："刚才老师说错了，其实我最该感谢的人，是你才对。"

蒋阎的身影被笼在路灯下，背着光凝视姜蝶。

"她没说错，我一路只是陪着你，什么都没做，真正和不公平对抗的人是你自己。"他语气一顿，"这只是个开始，接下来的战役也不会轻松的。"

"你别忘了我是拥有过百万视频播放量的小福蝶，姐在网上也是有点人脉的。"姜蝶故作夸张，"之前是我天真，没防备，总以为这次大比赛他们不敢搞幺蛾子。但这次我学聪明了，他要是敢再动手脚，我就和他鱼死网破！"

姜蝶鸡贼地出示了手机里的录音，她把两段办公室里的对话全都录下来了。

两边不一致的理由，到底是谁在撒谎，对证一下就一目了然。

"他要是想追究那再好不过了，干脆奖学金的事情也清算一下，反正我光脚的不怕穿鞋的，更何况他踩的是高跷。"

蒋阎眉眼一弯："我的蝴蝶很聪明，也很勇敢。"

我的蝴蝶。

"……你这么说好肉麻。"

她不好意思地别开脸，心里反复咀嚼着这四个字。

在此前，他只连名带姓地叫过她，除此之外就没有别的昵称，她也习惯了，很难想象蒋阎这样的人缠缠绵绵地对着她说宝宝、宝贝之类的情话。谁能想到，他一开口，杀伤力竟然这么强——一种非常暧昧的、被他圈属的占有欲，让人甘愿栖息在他的身边。

蒋阎还故意捏了捏她红透的耳垂，问："肚子饿吗？"

她赶紧晃着脑袋把他的手甩开,觉得这人怎么这么坏心眼,边小声嘀咕:"饿!"

他被甩开的手又转而去牵起她的:"那我带你去吃一家中餐厅。"

"中餐?"姜蝶不解,"我们后天就回去了,不抓紧吃点特色菜吗?"

"以后你要在这里待一年,以你的厨艺……"他欲言又止,"你会想念中餐的,所以我先带你去踩点。"

"这个事八字还没一撇呢……"

他笃定:"我不是说过了吗,你的作品很好,这个名额在公平的重审之下,非你莫属。"

姜蝶突然想到什么:"如果真是这样,其实我们本来不用异地恋,但是你还亲手把我送来,我们反而得异地恋了哦!"

蒋阎微微叹息:"不然你以为我为什么要带你去吃中餐?"

"……?"

蒋阎笑了笑,却不说破。

她气鼓鼓地说:"你这样显得我很笨。"

"怎么会呢?"他嘴角的笑意愈加明显,"明明是听不懂你们用法语在说什么的我更笨一点。"

"什么啊,我法语那么烂。"

"比我厉害。我除了 Bonjour 其他的都不会。"

"骗人。你昨天还说了玛黑区的法语呢。"

"好吧,我确实会一点点。比如说……"蒋阎弯下身,在她耳边说,"Je t'aime。"

Je t'aime,我爱你。

39

他说话的语气像过山车脱轨,她作为乘客,直接被甩到云霄,心脏几乎炸开,和软绵绵的流云一起流淌。然而,她却装作听不懂的样子说:"都说了我法语很烂,你这句我听不懂。"

他一本正经地说:"那你得加强学习了。"

"你不现在翻译一下让我学习学习吗?"

"啊,地铁到了。"

他顾左右而言他,姜蝶被他的打岔气到猛跺脚。

晚高峰的地铁很挤,姜蝶不明白为什么蒋阁这次不打车,而选择来人挤人。她倒是无所谓,但是他应该很讨厌自己的衣服被挤皱吧。果不其然,上车不到一分钟,蒋阁皱眉的次数十个指头都数不过来。但即便如此,他还是强硬地站到她面前,把其他人同她隔开,导致他被挤得更厉害。

"我们下个站下车吧,打车过去?"

她不明白为什么他要给自己找罪受。

蒋阁却摇头:"我们就坐地铁过去。"说话间,他的视线似有若无地停在某个方位。姜蝶顺着那股视线看过去,发现是一群美艳的外国妹子……他居然也会注意美女吗?

醋意一瞬间像摇晃的可乐气泡翻滚而上,带着猝不及防的惊异,姜蝶忍住情绪,装作毫不知情地上前一步,正好挡住蒋阁的视线。他的视线聚焦在她身上,像是明白了什么似的,眼里又染上笑意,偏偏示意她往美女身上看。

姜蝶瞪大眼:"你干吗?!"

他语气蓦地认真:"记住这种装扮的女人,如果你落单,她们来问你时间,你不要搭理,离她们远一点。"

姜蝶的表情不自然了一瞬,含糊问:"为什么?"

"她们可能是小偷。"

姜蝶的心猛地坠了一下,仿佛她才是站在远处,合该被指摘的艳装女郎。

那些手段多熟悉啊,用不着蒋阁多加解释,她一点就通,手心隐隐发烫,肮脏的罪孽刻在她的掌纹里,一低头就能看到。地下铁在黑漆的隧道飞驰而过,车窗上映出姜蝶惨白的脸。

她听见自己的声音拧巴地说:"我会离她们远的。小偷嘛,真的很可恶。"

"并不是所有的小偷都可恶。"蒋阎却出乎意料地反驳她,"有的人想通过偷盗不劳而获,损害别人的利益,那是有罪。可有的人并不是,他们只是没有选择。"

"那也是胁从犯,是有罪的。"

"胁从犯的另一层身份,也是受害者。"

车窗上,姜蝶僵硬的脸色逐渐软化,瓦解出几分不易察觉的惶然。

"况且,人是应该被允许犯错的,对吗?"

他这句话不知道是说给谁听的,语气很飘,很轻。

姜蝶也跟着轻轻地点头:"也许吧……"

他们之间寥寥的对话,并不能根治她的旧疾。但随着这个点头,悬于心口的巨石似乎也被卸去了棱角,像是取下了一副习以为常的牙套。你以为你早就习惯了,但摘下来后,才知道口腔内壁早被磨得溃烂。

车门忽然"啪"的一下打开,思绪游离的两个人惊醒,蒋阎在临关门时拉着她下了车厢。

"就是这一站,你看好站名。"蒋阎指了指墙上的标志,"下次从学校过来就坐这趟路线,记得了吗?"

姜蝶猛然反应过来,蒋阎之所以冒着被挤的不爽来带她坐地铁,就是为了亲自带她走一走这条路线。毕竟她如果来交换留学,没有车,也不舍得打车,最常用到的出行方式必然是地铁。那么怎么买票,怎么查看路线,刚刚的这一趟,他都手把手地教她了。

这个人,好像从来不会直说"我带你怎么怎么样",但每一个举动都悄然藏着深意,不让你轻易发现,因此不会让你觉得负担。

可是,一旦你发现,按下一个开关,那些细枝末节就是串联灯泡,全部都亮了。

而他也从暗处显现在灯下,她除了对这个人目眩神迷,没有别的可能。

蒋阎带她来的这一家中餐馆,主要经营川菜。姜蝶几乎没有不吃的食物，除了不爱吃鱼，可是点菜的时候，蒋阆听到她第一个报出的菜名就是水煮鱼。之前在盐南岛的那个海边排档，她问老板能不能上一条鲈鱼，上菜之后，却只动了一口没刺的部分，接着不动声色地把鲈鱼调换到他的面前。他全都记得。水煮鱼上来之后，姜蝶又让服务员放在了他的面前。

蒋阆夹起一筷子，开始挑刺。水煮鱼的鱼刺并不难挑，只是要全部挑干净，光用筷子还不行，他又要了一副塑料手套，把鱼肉掰碎，仔细检查发现没有遗漏的刺，才放到姜蝶的空碗里。

姜蝶愣住，她知道即便戴着手套，那种油腻腻的触感也很恶心。他却觉得没什么似的，又继续挑下一块。姜蝶咬了一口，嘴里酸胀。

她嘟囔着说："不好吃，你别挑了。"

"真的不好吃？"

在他的注视下，她讪讪地说："好吃。"她戳了戳鱼肉，又说，"但是我现在吃到好吃的也并不会太开心了⋯⋯"

她有点不太好意思往下说。

"为什么？"

姜蝶硬着头皮，很小声地嘀咕："比起我自己，我更希望看到你吃到好吃的。"

蒋阆的脸上闪过非常微妙、复杂的情绪。他摘下手套，还沾有油腥气的手指扣住她的下巴，将她掰向他，蜻蜓点水地在她的脸颊上亲了一下，手上的力道那么强势，但落下去的触感却那么轻柔，就好像被店门的热空调吹了一下。

蒋阆若无其事地松开手，说："我吃到了。"

这是他们之间一个非常蜻蜓点水的吻，发生在异国的中餐馆，靠近油烟缭绕的后厨，一点都不浪漫，那么仓促。

姜蝶的心跳声却不亚于雨夜的那个初吻时，它们自成一派，跳动成音符，忍不住开始哼着：轻轻的亲亲，不敢用力呼吸，不敢太贪心，太相信，我的幸运，百分之百是你。

那么老天爷，我可以再相信你一次吗？否极泰来，你给我的苦难都可以一笔勾销,只求怕发生的,永远别发生。

在巴黎的最后一天,姜蝶主动提出要去教堂。

蒋阎便带她去了蒙马特高地的圣心大教堂,那里有瞭望台,可以俯瞰巴黎。接踵的人群将地势走高的窄巷塞满,有成群结队的青年男性聚集在必经之路的阶梯口,盯准人兜售他们的手链,以此敲诈。

姜蝶看了他们就发怵,蒋阎面不改色地带着她穿过那些人高马大的青年,那气势竟然让他们拿着手链犹豫了下,转而去拦截另外一对亚洲面孔的情侣。

蒋阎认真地说:"带你来也是让你看看,巴黎其实很乱,有很多难民流入,治安并不太好。偷盗、抢劫、敲诈,都有可能发生。你之后来这里,绝对不能一个人乱晃。"

姜蝶点头:"你放心。"

蒋阎将她的手拽得更紧了一些,像是无声地在说:"怎么可能真的放心?"

他们沿着阶梯走上圣心大教堂,山坡上的风吹得很烈,吹乱了石阶上的花还有他们的衣衫,蒋阎的黑色长风衣在空中鼓起,像一只亟待起飞的黑鸟。

黑鸟和蝴蝶,是不是也挺配的?

她无端地联想,自顾自地笑起来。

教堂门口一个卷毛的高挑男人在拉手风琴,他们在琴声中踏进教堂,从光明走到暗处,雕花的五彩玻璃窗卷进一束阳光,打在蒋阎的侧脸上,他刚好回过头看她。

这瞬间犹如某个神迹,让人毕生都难以忘却。

姜蝶松开他的手,有些慌乱地说:"不能再拉着了,祷告得双手合十的。"

她跑到最里面的十字架前,过了好一会儿才出来,就见蒋阎也坐在木椅上,背对着她,仰头凝望着巨大的穹顶。她好奇地在背后悄悄接近,从他的肩头探出脑袋:"你也在祷告,被我抓住了!"

他波澜不惊地起身说:"我没在祷告。"

"又在装酷,明明就有。"

"真的。"蒋阁摇头,"我不是在祷告,而是告解。"

"……告解?"

姜蝶微愣,不明白他在指什么。

蒋阁却笑了笑:"我在跟你开玩笑。"

"好惊悚的笑话。"

她嘟哝着捶了一下他的肩。

蒋阁包住她的拳头:"那你呢,祷告了什么?"

她也开玩笑:"反正和你没关系。"

蒋阁就着包住手的姿势,慢慢拉着她走出教堂,说:"那我会伤心的。"

两人走出圣心大教堂,沿着凹凸的石砖路闲逛,很快就摸索到那面著名的爱墙,那里写满了全世界的语言,全部都释义为那三个字——我爱你。

中午的阳光照在顶端,直射墙面,所有的爱意都明晃晃地铺开整面,没有一丝阴影。

姜蝶拉着蒋阁来到墙边,很不能免俗地说:"我们在这里留下合照好不好!"说着就把手机塞到蒋阁手上,"你在前面,这样显得我脸小。"

蒋阁无奈地打开前置摄像头,又被姜蝶勒令用美颜相机。

他们站在中文繁体的"我愛你"底下,姜蝶喜欢爱这个字的繁体多过简体,因为中间多了一颗心。到底要多爱一个人,才恨不得把心掏出来放在台面上让你看——我是真的爱你。

从前姜蝶不明白,但现在,她觉得发明这个字的人真是天才。

蒋阁还是那么不会摆姿势,之前明明已经习惯牵起的手在空中晃了半天,最后才小心翼翼地攀上她的肩头,像是揽一团黏手的棉花糖。

"我数三二一你再按哦!"

他手放下之后,姜蝶嘴里接着念道:"三、二、一……"

按下拍摄键的瞬间,她猛地转过脸,以牙还牙地"吧唧"一下,亲上蒋阁柔软的侧脸,在他毫无防备的时候。

镜头狡猾地将他最诚实的反应记录下来。

看上去似乎没有什么太大的波动,眼睛也只不过微微睁大了一些。

但是,但是。

一片叶子飞到了水面上,荡开的涟漪只有湖水知道。

那一下午,他们又在附近转了好久,随便走进的沿路店铺就非常好逛。

落日后的蒙马特高地担当得起"香艳"二字,远近闻名的红磨坊就在此地,不过他们没法儿去,因为更想去狡兔酒吧。那儿也是个鼎鼎有名的地标了,只在晚上开门,曾经是毕加索、凡·高、大小仲马,还有无数艺术青年最爱流连的小酒馆。时至今日,这儿依然保留着诗歌、酒精、表演,值得醉生梦死一趟,用来填补待在巴黎的最后一夜。

酒吧就坐落在两条小道的岔口,黄绿的栅栏,酒红的墙面,因为数百年过去笼罩着一层陈旧,白天路过时就像一座无人居住的房屋,并不起眼。但是当夜幕降临,门口排着的长队,亮起的灯火,就令它脱胎换骨。招牌画上那只端着酒瓶的兔子,也跟着从锅里跳了出来,尝一口人间的美酒。

两人吃过晚饭就第一时间赶过去排队,去得算早,却不能进入,必须得等到晚上九点,酒吧才正式开门,接受买票入场。

等待的时间里,姜蝶也不觉得无聊。她和蒋阁玩起了无聊的游戏,猜这个队伍下一个来排队的人是男是女,猜输一次等会儿进酒吧就得喝一杯。

时间逼近九点的过程中,姜蝶运气"太好",屡猜屡败。

这还了得?以她的酒量肯定得喝晕。

于是她开始撒娇。

"不行啦,你帮我分担一点。"

蒋阁不为所动:"愿赌得服输。"

"你怎么这么铁石心肠,还是不是我男朋友!"

一招软的不行,她立马又来了个硬的,佯装生气皱眉。

蒋阁气定神闲:"那也没听你叫啊。"

姜蝶没承想又搬起石头砸了自己的脚。

她支吾半天,这样有意的情况下,她反倒叫不出口。

"算了,我喝就我喝。"

他点头:"一杯都不许落。"

姜蝶挑衅地冲他吐了吐舌头。

蒋阁放在口袋里的手指拧动了一下,说:"你过来。"

两人本身一前一后已经挨得挺近了,姜蝶被他严肃的语气吓一跳,懵懂地更靠近一步:"怎么了?"

蒋阁伸出手,覆上她的嘴巴。

他很小声地说:"下次再随便吐舌头的话,我就不顾场合吻你了。"

话音刚落,姜蝶就下意识地咬了一下被他包住的嘴唇,仿佛已经感知到他压下来的力道。

她微垂下脸,故意用微仰的角度楚楚可怜地看向他,乖乖地点了一下头。

蒋阁接收到她上挑的视线,缩回手,呼吸更深。

他扭过头,压着嗓子说:"该进去了。"

狡兔酒吧的内部设施和外头一样朴素,除了墙上挂满了赏心悦目的画作,并不算宽敞的空间里就是几张木制的桌子,前头有个小场地,供演员表演。

蒋阁拉着她坐在角落的位置,两人面前各端上来两杯赠送的果味白兰地。蒋阁又按数量点了她输游戏后要喝的酒,一点没有放过她的打算。姜蝶无语凝噎,因为游戏是她提出来的。她本来还想趁机灌醉蒋阁,谁叫喝醉后的他真的特别可爱。

演员和酒一起上场,开始表演歌曲。但表演的方式很独特,不是普通的歌曲弹唱,更像是一场诗歌朗诵,配着音乐。姜蝶很难听懂他到底在唱些什么，倒是酒吧里的法国人饶有情趣地跟着哼。按理来说，听不太懂，他们应该会觉得无聊，计划里也是坐一会儿就走。可是很奇怪的是，姜蝶完全不这么觉得。也许是甜味的白兰地，也许是卷舌的法语，也许是因为身边依偎的这个人。姜蝶有点喝高了，迷迷糊糊地仰头去看蒋阎的下巴，他被笼在蜂蜜黄的灯光下，周围的一切都好像陷在一片蜂蜜里，黏黏稠稠，又漫着甜腻的香气。

她在这片蜂蜜里现出原形，成了一只贪蜜的蝴蝶，拿头发去蹭蒋阎的下巴。而他只是拿手压住她的头发，不咸不淡地说了句"不闹"，眼睛都没从演员身上收回来一下。他面前，杯中的白兰地已经饮尽，已经停下嘴的她又拿了一杯，开始喝。

过了午夜，有人陆续离场，台上的专场演员换了一拨又一拨，甚至连先前听得津津有味的法国人都开始走掉，姜蝶和蒋阎却没有走。仿佛他们彼此都预感到接下来会面临什么，一个他们都期待跨过却又不知该怎么跨过的时刻。

为此，他们不惜耗在这里，用酒精和音乐做冗长的铺垫，就像是祭祀前需要耐心地铺垫一整套烦琐的流程，好去迎接最神圣的那个瞬间。

演出一直进行到凌晨两点，酒馆打烊，两人才从里头出来。

巴黎的街道空荡荡，像被捞干落叶的水池，只剩下微风，还有波光粼粼的街灯照在凹凸的卵石路面上。凌晨的微风带着凉意，姜蝶被风一吹，反倒更不清醒，那些酒意发酵着涌上来，逼得她打了个酒嗝。

在街头拦车的间隙，蒋阎张开他的黑色风衣，将她包住，他的怀中就藏下了一只蝴蝶。

而蝴蝶的怀中，也藏了东西。

姜蝶嘿嘿笑着把两只酒杯从怀里拿了出来，说："送你！"

蒋阎看见那东西，不禁有些愕然。

"……你不会醉到把人家的酒杯顺出来了吧？"

"当然不是！我还没那么醉！"姜蝶气呼呼地，"刚刚你去上厕所的时候，我和老板买下的这两只酒杯。"

"买这个做什么?"

玩什么谐音梗吗?杯子等于一辈子之类的?他忍不住失笑。

"你仔细看!"

姜蝶把杯子凑到他跟前,让他看清,原来杯子上印着两个图案,合起来就是酒吧的招牌画。其中一只印着蹲在锅里的长耳兔,而另一只,印着一个酒瓶。

"兔子为了酒,可以奋力从水深火热的锅中跳出来,你对我来说也是这样的。其实如果真的来这里交换学习一年,我很舍不得你,但是因为那个人是你,所以我必须得来。我想自己可以变成更好的人,离开水深火热的人生。"

借着酒意,真心话说出来就不那么困难。

"所以,它就代表你。"她把印着酒瓶的酒杯推给蒋阎,"你一定要好好保管它。"

蒋阎摩挲着杯壁,喉头滚动,说话的嗓音像是从深海传来。

"好,我天天拿它喝水。"

她又打了一个嗝,憨笑:"拿酒杯喝水会被人笑话的。"

"为什么?"

"不合适。"

"我喜欢就是最合适的。"

"对,你说得对。"姜蝶摇摇晃晃地点头,彻底栽到蒋阎怀里,"但是,你为什么会喜欢呢?"

借着酒劲,她终于将卑怯的问题宣之于口。

"为什么,会喜欢我呢?"

"这句话不如我来问你?"

姜蝶听到这话后露出吃惊的表情,忍不住觉得滑稽。

"这个问题还需要问吗?你哪里都好。"

"那么,你已经帮我回答这个问题了。"

"还是那么狡猾……"姜蝶剧烈摇头,"不是这样的。我和你不一样,我是哪里都不好。"

说着说着，她低下头去，却遭到半路阻截，被蒋阎强硬地抬起脸。他澄澈的眼睛细细地看着她，就像温柔的月光抚平她眉头的褶皱。

他说："你的确和我不一样，你是即便在废墟之中也能灾后重建的人。就像核泄漏的荒岛上，为了照顾野猫毅然留下来的最后一个人类。"

这句话恶狠狠地击中了姜蝶。

有生之年，第一次有人对她说这种话。不是什么美丽、可爱、聪明等可以信手拈来、适用于任何一人的词汇，而是完完全全只匹配于她的。仿佛这真的就是她灵魂的底色，而他细心地洞穿了。即便这个评价，听上去美好到姜蝶自己都不敢认领。

可是他的表情那么虔诚，让人相信这不是捏造的漂亮话，而是他的肺腑之言。

姜蝶鼻头一酸，将脸彻底埋入他的怀中。他轻轻抚摸着她的后脑勺，将她拥抱得更紧一些。

他们回到酒店时，已经是凌晨三点。

凌晨三点，一个似乎总是与他们很有缘的、适合发生意外的时间。

只是他看了一眼怀里已经完全不动弹的人，消解了蠢蠢欲动的心思，认命地一路将人抱到房门口，从身上摸索着掏出房卡，继而将人抱上床。松手离去的刹那，他的手被冷不丁拉住。刚才已经睡得昏昏沉沉的人，在没来得及开灯的夜色下睁开眼睛，窗外的巴黎铁塔已经熄灭了灯，一切静寂，蒋阎微愣后俯下身去，抵着她的鼻尖，用气声调侃地揶揄她："装醉？"

姜蝶眨了下眼睛，软声说："没有，我真的醉了。"

"那还不赶紧睡。"

……我恨你像块木头。姜蝶气得牙痒痒。

"我想洗个澡再睡。"她的手指刮蹭着他的喉结，闭眼，咬着牙极为小声，"但是腿软……你抱我去浴缸吧。"

她酝酿了一路，就为了鼓足勇气说出这一句话，说出口的一刹那，四肢百骸都跟着紧抽了一下。她毫无保留地以这种方式，展示自己想要无比贴近他的欲望。纵然心底害怕,但这是她生平第一次,觉得自己好像可以对抗回忆。不是归功于酒精,而是眼前的这个人,让她产生一种如同献祭般神圣的错觉,而不会想到什么恶心的事情。惴惴不安间,蹭着喉结的手指清晰地感受到剧烈的滚动,下一秒,天旋地转。

窗外的巴黎铁塔在黑夜中调转,重新归位时,她被蒋阎圈在怀里,他站了起来,向卫生间走去。蒋阎沿路把灯关上,让姜蝶看不见周遭的一切,唯一的依赖就是他的怀抱。

看不见,身体的感觉愈加清晰。

她被放入浴缸的温水里,如同从巴黎铁塔的顶端坠落,急速沉入塞纳河。

既然已经坠河,今夜我们就不要管是不是会呼吸,至少要让身体像两块海绵,挤满彼此的体液再往上游。

他们在塞纳河底接吻,舌头和漫溢的水波交融,被挤出唇缝,缓缓流出水缸,漫过莹白色瓷砖。

凌晨三点,巴黎正在涨潮,睡着的众人无人知晓。

40

退潮后的房间,空气里弥漫着一股潮湿的味道。

他们刚开始非常不得章法,但却因为那份无措,让姜蝶的心里产生了一种确信的得意。

她抚摸着他汗津津的脸,沉迷于他因失去掌控而露怯的表情,蒋阎似乎很懊恼,做任何事情都如鱼得水的他,第一次像个差生。她却分外爱这个表情,比起他从容的样子更让人战栗。就像是在喝一杯从未用这个配方调配过的鸡尾酒,你不会在意它的味道有多么混乱,只要知道你是第一个品尝它的人,观摩着杯际自己舌尖的印痕,就心满意足。

她从这一连串的笨拙里确信,她绝对是世界上第一个,见到他这副样子的人。但是，这还是无法打消她心底的疑虑，没有经验并不代表没有喜欢过人。

憋在心底的疑问终于在这个时刻，有了脱口而出的冲动和勇气，反正更羞耻的话都已经说过了，还差这一句吗？她摸索着，向上撩起蒋阆汗湿的头发，盯着他漂亮的眼睛，很小声地问："在我之前，你有没有对别人想过做这种事？"

他的手指描摹着她的眼睛，毫不犹豫地回答"没有"。

一个生活在废墟里多年，一直致力于灾后重建的人，又有什么能力去爱人？他的眼睛漆黑，姜蝶却借着外面开始隐隐亮起的天光，从里面看见她的影子。他却像害羞似的不敢和她对视，将她背过身，食指顺着她的脖子蜿蜒到那两片薄薄的蝴蝶骨上，随后，姜蝶感觉到他冰凉的嘴唇贴着尖锐的轮廓线流连。

他吻得那样轻，带着点颤抖，好像她骨骼的边缘就是一把刀，那点颤抖是因为割破了嘴唇而产生了疼。她头脑发晕地产生错觉：他唇上潮润的水珠其实是血液，她甚至都能够闻到铁锈的味道。

这是一场，彼此都感到窒息、充满痛苦、却又不舍得放开对方的折磨和快乐。但很奇怪，从始至终，蒋阆都没有脱下衣服。哪怕是浸在浴缸里浑身被打湿，衬衫几乎成为他的第二片皮肤。

相比之下，赤条条被揽在怀中的她就显得一览无余。

她羞恼地要去扒他："怎么你那么端正，不行……"

她的手指还没得逞，就被他一把抓住，往上压在头顶。到最后，浴缸的水已经变凉，姜蝶的头发也一片湿。她吹干后出来，看见蒋阆穿着皱巴巴的黑衬衫站在露台上。天空有鱼肚白，青色和灰蓝交接的地方有团状的云朵，他嵌在灰蒙蒙的晨曦里，在抽一支烟。

一切很不正常，乱掉的衬衫，呛人的烟草，最不适宜的部分重叠在他身上。

刚才，他们是世界上彼此最亲近的两个人，但在此刻，姜蝶竟然有一种无比强烈的，和他之间的疏离感。这一瞬间，她感到心慌，于是小跑向露台，从背后抱住他。他回过身，面容依然是她熟悉的神情,好像刚才那个寂寥的背影并不属于他。

蒋阁伸手拿远烟,另外空着的胳膊反手搂住她细瘦的腰,低头看她,眉梢是有些疲倦但缱绻的笑意,缓声说:"距离出发还有点时间,去躺一下吧。"

她阻止他的动作,伸手把烟夹到指尖,作势要抽。

"事后烟真这么舒服吗?我也要试试。"

他眼疾手快地按下来:"不行。"

"为什么不行?"

"对身体不好。"

"那你还抽!"

他轻笑:"我抽得很少,只在某些特殊时候抽。"

特殊时候,这四个字被他拉长了语调绵软地念出来,在这个晦暗的清晨,非常坏心眼地将刚才发生的交缠快速倒带。四肢百骸的害羞全都涌回来了,姜蝶此地无银地转移话题:"所以到底好抽吗,烟?"

蒋阁直接用行动回答了这个问题。

他强势扣住她的下巴,在昏暗的露台上渡给她一个烟草味的吻,舌尖从她的上颌抵过,唇磨下去的时候用气声说:"尝到了吗?不好抽。"

原先那么冷的一个人现在举手投足都带着点性感。姜蝶哪里还管得了好不好抽,她脑子里只有一个要命的念头:男人身上最诱人的气质原来不是欲,而是冷欲。

就像奋不顾身跳进熔炉里时摸到几块碎冰碴,不会叫人清醒,而是恍惚地想,原来他正在和我一起融化。

从巴黎回来后,姜蝶又私下找了系主任一趟。

她委婉地暗示自己去了巴黎并有录音这件事,别无所求,只希望能有一个公正的对待,不然她无法保证网络上会有什么样的流言。系主任脸色难看,脸上还维持着假笑说:"当然,一定会保证结果的公平公正。"姜蝶相信这一回一定会有个公平的结果,老奸巨猾的系主任不会因为区区的一点利益往来,而让自己的声望背上污点。

因此,这一回重新修正的结果:姜蝶的最终成绩是第一名。

成绩公布那天,饶以蓝正在上选修课。姜蝶没有选修那门课,是从卢靖雯口中得知她气得脸色煞白,课都没听完就想从后门离开。

结果,后门正好是坏的。

坐在后门边上的刚好是卢靖雯,见状幸灾乐祸地撑了一句:"人哦,不能永远想着走后门。"

与此同时,那个晚上,她给蒋阁拍摄的那张照片也流传出去,高挂在官网公示上,谁都可以看到。所有人便都知道,蒋阁居然给她当模特了。他的朋友圈转发了这一则获奖公告,发了一个大拇指点赞的表情。其他刷到的人对此倒没什么特别的感觉,毕竟他作为模特,转发这一条公告显得理所当然。而只有那次参加了学生会聚餐的人,才知道他这个点赞背后有更深长的意味。

说起来也奇怪,姜蝶成为蒋阁女朋友这件事,居然没有发酵出去。按理说,如果让丁弘知道这件事,那几乎等于全校知道了。但姜蝶走在学校里,几乎没有听到关于女朋友这件事的任何风声。因此,在食堂看见丁弘时,她下意识地迎了上去,和他打招呼。

丁弘正在和同学一起吃饭,看见她,脱口而出的"嫂子"卡在一半,转口道:"哟,姜蝶,恭喜啊。"

姜蝶奇怪地皱眉。她明明记得,在上一次的聚餐时,他还嚷嚷着叫"嫂子",怎么到这里就改口了?

姜蝶试探地调侃:"最近嘴巴不漏风了哦?"

丁弘得意地挑眉:"是不是该请我吃饭?我有严格执行命令。"

"命令……?"姜蝶更疑惑了,"什么命令?"

"啊?"丁弘也蒙了,"不是你们别让我把谈——这事儿说出去嘛。"他意识到身边有人,压低声音,"会长亲自找我的啊。我哪还敢漏?"

姜蝶恍惚地"哦"了一下。

她端着餐盘坐到最角落,等着从宿舍过来的卢靖雯。然而人到了,在她面前挥手,她都浑然不觉。

"怎么了这是,高兴傻了?"

"你来了啊。"姜蝶回过神,突然问了她一个风马牛不相及的问题,"你和文飞白确定关系之后,他有没有在朋友圈发什么东西啊?比如,发你的照片什么的这种宣示的。"

卢靖雯端着餐盘坐下,语气不无甜蜜。

"当然有发啊,我还亲自检查了他手机看是不是分组可见,不然我被他'养鱼'怎么办!"

姜蝶心情低沉地"哦"了一声,完全不像是刚拿了冠军该有的姿态。

"你不会是在担心蒋阎养鱼吧?"卢靖雯是知道内情的,也知道他陪她一起去了法国,不以为意道,"蒋阎肯定不会发这种东西啊。"

上次在音乐节之后大家互加了微信,卢靖雯八卦地点开蒋阎的朋友圈,发现这人实在太无聊了,除了转发就是转发,没有任何原创内容,就像辽阔的平原,一眼就能望见所有,却也一眼望不到边。

"感觉他就是一个无法被窥探的人,当然不会像飞白或者其他男的一样发些秀恩爱的,很正常。"卢靖雯宽慰她别多想。

"我知道。"姜蝶内心惴惴,"可是,如果他是有心不想被很多人知道呢?"

有些念头一旦涌上来,哪怕你觉得这应该不可能,但就和阳光底下的影子一样,总是会不断地跟着你,躲在阴影里的时候不会发觉,但到阳光底下走一走,就会恍惚。

和卢靖雯探讨,并没有让姜蝶心里好受一些,忍到第二天晚上,和蒋阎视频时,她决心向本人试探——想再多乱七八糟的都没有用,不如向本人求证。

蒋阎刚下课,开车准备回公寓,镜头里他的脸隐在没有开车灯的驾驶座,只有街道的霓虹补了点光。与他相比,自己不仅化了心机的裸妆,还特地把平时录制视频的打光设备架在远处,简直太有仪式感了。这更显得,好像是她在一头热。

姜蝶凑近镜头,不满意道:"我都看不见你的脸啦!"

他单手打着方向盘,眼神抽空瞥了眼镜头:"乖,我很快到家。"

姜蝶"哦"了一声："那要不然等你到家了再打给我吧，开车打视频也很危险。"她挥了挥手，"我先去剪视频好了。"

"好。"

"你都不问我剪什么视频哦？"

"剪什么视频？"

"……我在法国拍的那些素材啊，其中还拍到你了。"姜蝶开始试探，"我需要把那些镜头删了吗？还是可以发上网去？"

蒋阎的手指在方向盘上敲了两下，回道："删了吧。"

姜蝶沉默。

她的反常引得他再次看向镜头："不开心了？"

她没吱声。

他语气软下来，哄道："你之前和盛子煜逢场作戏的恋爱太深入人心了，那些粉丝也许还在幻想你有可能和盛子煜复合。如果让他们知道你几个月内又新谈了人，太容易被攻击了。"

姜蝶忍不住愣神，心脏突突直跳。她以为他躲躲藏藏的是在犹豫，是觉得这段关系上不了台面。原来，真的是这样。只是，他觉得上不了台面的人不是她，而是他自己。他不想让自己成为别人攻击她的理由。

捋明白这件事的瞬间，她就头脑发热地脱口而出："我不害怕。再说，盛子煜早就和孟舒雅谈过了，不也没什么吗？"

"那不一样。他没有大张旗鼓，更没有发到网上，很多人并不知道这件事。"蒋阎语气严肃了几分，"而且，知道别人在谈是一回事，直面这份感情的细节又是一回事。你觉得你曾经的那些粉丝能忍受吗？"

"那些粉丝大部分都取关我了，能留下来的，应该是愿意看到我走向新人生的。毕竟盛子煜那边都谈过了，他们难道觉得我必须得'守活寡'吗？如果有这样的想法，趁现在取关我，我倒要谢谢他们。"

"……不是所有人都能这么理智。应该说，能这么想的人才是少数。"

"那就被骂好了，也是我活该。"姜蝶毫不犹豫，"但即便被骂，我也想让所有人知道，我姜蝶真正喜欢的人是你。"

车子开到岔路口的红灯，蒋阎沉默地停下来，看着面前的岔道，神色晦暗。

因为没有光，姜蝶看不清他现在的表情是个什么样子，只听见他有些低的嗓音快速地说："不要总是做傻事。"

"这怎么能叫傻事？"姜蝶是窝在懒人沙发上和他视频的，动了动身子，将屈起的腿展开，露出那一只蓝色的蝴蝶刺青，"你看，这刺青是在我高三的时候刺的。那个时候，连女孩子的头发都不许过肩。但我还是决定去刺，在我十八岁生日的那一天。

"确切地说，那一天是不是我生日，我不知道。因为那个日子……其实是我妈亲生女儿生下来的那一天。"

她放下腿，仰躺下去，让自己的脸也消失在屏幕前。

"你之前问过我，是不是和我妈没有血缘关系，我当时没回答你……其实你猜的是对的。我妈只有一个亲生女儿，但因为意外去世。"她眼神略微涣散地盯着天花板，"她没能救下她，但她救下了我。"

姜蝶没有再往下说，盯着苍白的天花板看。

很长一段时间内，她喜欢就这么躺下去，躺在粗糙冰冷的水泥地上，头顶的天花板是她全部的世界，封闭的，没有云，没有太阳，没有月亮，没有星星，什么都没有，只有苍白的静止的尽头。

她总是能看到尽头。

如果她还是一个人，也许她就放任自己去尽头，但两个人的话，她愿意做一根拐杖，支撑着彼此走出来，从尽头把门打开，看到活生生的天空。于是她对着姜雪梅说："你就把我当你的女儿吧，以后她的生日就是我的生日。"

"从那以后，她好像就真的把我当成了她。你知道吗？她每年都会给我织一件毛衣，但压根不是我喜欢的……而是小时候，那个孩子最常穿的那款式。"

蒋阎听到这里，追问："当年，你到底遇到了什么意外？"

"没什么，都过去了。"她一笔带过，重新直起上半身，"然后我妈就说，好，那你跟我姓吧。我就问，名字我可以自己取吗？我想叫蝶，姜蝶。"

他又问："因为那个约定吗？即便那个人没有遵守。"

问这句话时，他没有看向镜头，视线聚焦在自己无意识在方向盘上滑动的拇指上。

"和他无关。"姜蝶嗤笑，"他用不用，关我屁事？我只是想要破茧，何必为了他放弃我喜欢的意象？蝴蝶能带给我力量，所以，哪怕刺青在当时被严令禁止，我也义无反顾。有些事情哪怕真的看起来很傻，但我觉得值得这么做，我就会去做。"

视频对面，红灯转绿，蒋阎仓促地说了一句"我先挂，到家再拨给你"，屏幕就完全转暗。蒋阎看着眼前的岔路口，按照导航，车子本该笔直往前走的，在绿灯亮起后，他却犹豫了。后排不停按喇叭催促，他妥协地毅然打转方向盘，拐进了另一条狭窄的岔路。

姜蝶放下手机，估计着他到家应该还会有很久的时间，打算去刷个剧。结果她刚窝进懒人沙发没多久，还在想挑哪部比较好时，视频连线的请求突然跳进来，比她预想得要快好多。

姜蝶手忙脚乱地整了整头发，点开请求，发现他那边的背景还是好暗。

"怎么不开灯哦？"

"因为我在你楼下。"蒋阎举了下手机，环绕四周，"姜蝶，我想见你。"

41

在他话音落下的那一刹那，姜蝶就扔开手机，夺门而出。

奔下楼梯的时候，她一直在想，都说喜欢一个人的时候，会飞奔着想去见对方。双腿和大脑共情，一刻也按捺不住，就像《小王子》里面说的那句：如果他四点到来，那么我从三点起就会很快乐。那么突如其来的造访，足以将这份快乐无限放大。

她冲到楼梯拐角，蒋阎站在昏暗的路灯下，清俊得就如一抹月光。姜蝶的脚步没有刹车，径直倒向他的怀里，而他也顺势张开双手，将她牢牢接住。

春风里，月光投射的影子化作黑鸟，他的翅膀落上蝴蝶，彼此紧紧缠绕。

姜蝶赖在他怀里，仰起头，嗔怪问："干吗一声不响跑过来？"

"我说了，想见你。"

姜蝶心花怒放地皱了皱鼻子。

蒋阁迟疑片刻："刚刚视频里……"

她迅速打断他，装傻充愣："视频怎么了，很卡吗？所以你迫不及待来见我了。"

他注视着她，最后欲言又止地点头，什么都没说。姜雪梅在楼上，姜蝶也不好请他上去，两人就在楼下说了一会儿话，她记得明早他还有课，拍了拍他的背说："赶紧回去吧。"

蒋阁应了一声，却还站在原地没走。

姜蝶只能先做恶人，转身上楼。

她一步三回头，还无比唾弃自己干吗这么肉麻。

可她每次回头，蒋阁一定还站在原地。

破破烂烂的鸳鸯楼此时也变得没那么讨厌，楼宇间平常看起来脆弱的缝隙此刻开阔了他们的视线，足以看清彼此。

当姜蝶走到一半，再次回过头时，蒋阁挥了下手，以一种妥协的语气说："视频你想发的话就发吧。"

得到蒋阁的首肯，姜蝶剪辑的时候自然没有顾虑。

这是她第一次去欧洲录下来的视频，还是和蒋阁以恋人的身份一起，剪辑起来也格外兴奋，几乎半个晚上就激情剪完了。准备发上去的时候，她深呼吸一口气，逃避似的发完就上床睡觉。虽然嘴上说着被骂也是活该，但其实还是怕看到一些不好的言论，没有谁会希望自己的恋情不被祝福，收到的只有谩骂。

一觉睡醒，她一看，果然粉丝数又掉了不少，这条视频的热度也是居高不下,她已经很久没看到自己的视频点击量和评论转发有这么多了。她下意识以为在掐架才会这样,结果热评第一就是"祝福我们小福蝶!这个新女婿妈妈很满意!"。

姜蝶眼乌珠都差点瞪出来,她的粉丝是什么品种的小天使?!

状况比自己想象中的和谐太多太多……

但能够这么和谐的原因,是盛子煜转发了她的这一则视频。

自从"分手"后,他们就再也没有在公开场合互动过,除了那次西川的活动。但就在那次直播里,两人在台面上也没说过话。他这次的转发,不仅出乎很多粉丝的预料,也出乎她的预料。姜蝶看他写道:"我们都朝各自的新人生前进啦。"

他的态度让一些或许还意难平的粉丝彻底失去立场,明白破镜不会再重圆。

也许这样的结果才是最好的,至少他们不必知道,镜子不是真的镜子,而是镜中花。反正姜蝶无法想象,代入一下她是粉丝,她一定会觉得无比残忍,这也是她当初选择遮掩的原因之一。这样的反噬,遭遇起来会很可怕。

姜蝶戳开盛子煜的微信,给他发了个表情。

小福蝶:[给劲儿嗷.jpg]

玩摄影穷三代:[一点也不想听你的赞美之派大星竖耳朵.jpg]

小福蝶:你今天为什么帮我转这个视频,你闲得慌?

玩摄影穷三代:你以为我想?

玩摄影穷三代:我死都想不到会长居然同意入镜,如果别人剪对比视频,一下就会看出比起你我是真的爱他,真的很伤面子。

玩摄影穷三代:所以,我提前给你点播一首《成全》,也是成全俺自己。

小福蝶:呵,你的面子早在孟舒雅那里掉个底朝天了。

玩摄影穷三代:[微笑.jpg]人艰不拆。

小福蝶:[红包]

对方火速点了收取红包——0.01元。

玩摄影穷三代：你可真行！

玩摄影穷三代：人家少说都给五毛一条，你这也太抠了！

小福蝶：因为我穷啊。

小福蝶：我得为去法国攒钱！

玩摄影穷三代：会长很有钱啊。

小福蝶：我现在还欠着他钱呢。

玩摄影穷三代：？？？

玩摄影穷三代：会长不是很大方的吗，他不给你花钱？

小福蝶：他的钱是他的钱，和我有什么关系？

玩摄影穷三代：你这样也挺好的，独立自主，不会陷太深。

姜蝶看到这句话，直觉不对劲。她忍不住想起在西川市的时候，他也曾语焉不详地说过一句话，劝她放弃。姜蝶直接一个语音打过去，劈头盖脸："你到底想说什么，能不能说清楚？上次在西川你也这样，要么就别说，说了就说个痛快。"

"行吧，我说了你可别硌硬。"盛子煜为难地吞吐，"你还记不记得，我们第一次在会长别墅的时候，有人问会长为啥都不谈恋爱，我当时扯的啥理由我也忘了。其实真正的原因是我认为会长他自己都觉得没必要谈。"

姜蝶听得越来越绕："这是什么意思？"

"你没想过吗，以会长这样的家庭，结婚肯定要找个门当户对的啊。"盛子煜叹了口气，"我之前有次不小心在会议室听到他跟他妈打电话，说他要去和石什么人吃饭的。名字我忘了。"

"……谁？女的吗？"

"听名字是女的，估计是什么老总的女儿吧。"

"这是什么时候的事？"

"那你放心，去年。还没和你在一起呢。"

姜蝶握着手机，忽然涌现出一种愤怒感。

她知道蒋阎有很好的家世，也知道自己与之相比有多大的沟壑，但总是认定那个想法：喜欢就是一种纯粹的、即便隔着天堑沟壑也可以用力奔赴的情感。

而在校园里,这个想法就被包装得更坚固。

因为它无须残忍地直面人情冷暖。

而这一面,盛子煜明晃晃地将它搬到了她的面前。

姜蝶能不知道吗?她是从小在社会摸爬滚打成长起来的,正因为如此,她更想捍卫心中的自留地。像是负隅顽抗似的,她沉默了两秒,极为不屑地回应盛子煜:"门当户对,你这四个字说出来好像封建余孽。"

"……我是好心提醒你,实话都是不怎么好听的。"

他们的对话戛然而止。

姜蝶掐断了通话,扔掉手机,躯体像被抽空,呆坐了一会儿,又重新拿起手机假装若无其事地给蒋阎发了条微信。

小福蝶:嘿嘿你看视频了吗?底下评论都在祝福我们!

他秒回。

男朋友:怎么这么快就发了?

小福蝶:因为这是我剪起来最快乐的一次啊!

蒋阎停顿了很久,难得发了一个表情。

男朋友:[拇指.jpg]

小福蝶:……

小福蝶:[发怒.jpg]

蒋阎连忙秒回哄她。

男朋友:我还在上课,待会儿再看。

小福蝶:行吧,那你先上课!

男朋友:晚上一起吃饭?

小福蝶:好的!

姜蝶下午也有课,就和蒋阎约好下课在车库碰面。

她一下课就飞奔着跑到车库,喇叭在空旷中响了一下,回过头,蒋阎已经坐在车内等她。

她啪嗒啪嗒跑过去,坐进副驾驶座:"我们去哪里吃?"

他顺手接过她的包:"你想吃什么?"

姜蝶系上安全带,想了想说:"日料吧。"

"那就还是去初恋?"

"好。"姜蝶弯起眼睛,"我喜欢这个名字。"

日料店这次没有包场,饭点有不少人,只剩吧台的位子,可以边吃饭边观赏师傅卷手握寿司。师傅卷好一个放在出菜处,抬眼看见蒋阎领着姜蝶坐下,神色意外。来店里包场的人很少,更别说还包过很多次,因此师傅难免对蒋阎有印象。偶尔,这人也会独自前来,坐在角落,沉闷地吃完饭匆匆离开。这一回,这个酷小子居然带了一个女孩子过来。师傅给他们上菜时,颇有意思地额外赠送了两杯气泡水。

"它的名字很好听哦,とおはなび,远花火。"

姜蝶惊喜地接过,连声说谢谢,好奇地问这个词是什么意思。

"意思是,在远处观看没有声音的烟花。"师傅眯起眼笑,意有所指地看着他们俩,"旁观别人的爱情,很接近这种感觉。"

姜蝶噌的一下红了脸,嘟囔道:"你们这家店真的好会取名哦……"

蒋阎和他对了一下视线,颔首:"谢谢。"

"哈哈,不客气。"他摆手,"以后多来光顾。"

待他走远后,姜蝶啜了一口饮料,抿了抿嘴:"你只能和我光顾。"

蒋阎失笑:"好,学生会的人下次不准再来这里聚餐。"

她跟着笑了一下,眼神里却没有笑意。她知道自己说的不是学生会的人,但没有勇气问:"欸,你是不是和姓石的人吃过饭?你们以后,还会不会有可能一起吃饭?"

她心不在焉地放下杯子,状似随意地问:"师哥,你家是做什么的呢?"

他正在给面前碟子的酱油里放芥末,闻言不咸不淡道:"问这个干什么?"

"你都清楚我家是什么样的,我却什么都不知道。我觉得我对你不够关心。"

"他们就是生意人。"

他言简意赅,似乎就是这样,没什么好说的意味。姜蝶也觉得这个问题没劲透了,她闭口没有再追问,捞起一片刺身蘸了蘸酱油,一口下去,喉咙连着鼻腔像被抹了一百支风油精,眼圈边泪花都浮出来。蒋阆一惊,连忙给她递水。

姜蝶咕咚喝下一整杯才缓过来,指着那碟酱油控诉:"我天,你刚刚放了多少芥末进去?"

蒋阆这才有些恍惚地看向碟子:"……不小心放多,我换一个。"他点的亲子盖饭上了桌,姜蝶说着"让我尝一口",舀起一勺覆盖着鸡肉鸡蛋的饭粒,感叹说:"我觉得这个饭的名称真的很丧心病狂。"

蒋阆重新调了一盘芥末酱油,心不在焉地回:"怎么?"

"亲子饭,我第一次吃还以为是什么适合父母和孩子一起吃的饭。结果呢,它的意思是父母亲和孩子一起做成一道菜。虽然指的是鸡蛋和鸡肉,我还是觉得很变态……"

他动筷的手一顿:"……我之前倒是没注意过这一点。"

姜蝶眼见他开始把鸡肉和鸡蛋挑开来,懊恼道:"啊,是不是说这个倒胃口?"

他摇头:"我只是在想,发明这道菜的人,一定拥有很美满的家庭吧。可他有没有想过,对某些人而言,如果让父母和孩子到死都捆绑在一起……"

"那是一件比死还残酷的事情。"

42

这顿饭吃得异常沉默,她吃完还想着两人是不是能沿路散散步,压无聊的马路,但是,蒋阆很直接地把她送回了家,这导致她的心情不是非常愉快。只是当她回到家,发现银行卡里打进了设计大赛的那笔不菲奖金,所有的不开心顿时烟消云散了。

她计划着,用这笔钱的一部分给姜雪梅和蒋阆分别买点礼物,一部分则存起来,用作她之后的生活费。姜雪梅的礼物很好想,她千挑万选了一个高端的护腰仪即刻下单。但如果要给蒋阁，她想不到该送什么。仔细想了想之前的礼物，其实都没怎么花钱……手工做的微缩模型，从狡兔酒吧买来的杯子——看上去显得自己抠抠搜搜。为了给自己正名，她感觉自己应该出点血，给蒋阁买点贵的。

她苦思冥想，最后决定还是买那个。

姜蝶揣上钱包，又把卢靖雯约了出来。

"你要给蒋阁买礼物？"她听后很不可思议地指着春尾衣良的店门，"在这里？"

"我最喜欢的衣服，当然要配我最喜欢的人。"

她推门进去，这次毫不露怯地走到男装区，在一溜衣架前挑挑选选，很快看中一件，抽出来："要不就这个吧，算是春尾里设计比较简单大方的一款。"

连价格标签都没看，要是以往，她早就第一时间偷偷摸摸去瞄标牌了。

"……你真狠，天天在我耳边念叨着想下手买，没有一次舍得过，连门都不敢进。"卢靖雯咋舌，"这次买起来这么不带犹豫的。"

"因为他也给我买过啊。"

"哈？"

姜蝶猛地闭上嘴，装聋作哑地拿着衣服去结账。

"等等，那件我们讨论了很久的裙子，是蒋阁买给你的？！"

卢靖雯迅速反应过来，追在她身后追问，就差没把姜蝶拎起来抖三抖，把真相都倒出来。

"……是啦。"

"你最好给我老实交代一下你和蒋阁的那档事。我还以为是你主动把他追到手，合着是他早就打你主意了？！"卢靖雯发现新大陆，说什么也不放过她，把人揪到了附近的烧烤屋，两人边吃晚饭边聊，顺便等文飞白过来一起吃饭。

知道了来龙去脉后，卢靖雯仰天长叹："真的绝了，没想到是这样的会长。"

姜蝶得意地扬起头:"没办法啦,我魅力太大。"

"你这样我真的很想打你……"

卢靖雯作势要泼饮料,下一秒就笑逐颜开,认真地说:"亲爱的,祝你这次遇到好人。"

看到她认真的表情,姜蝶忽然恍惚了一下。

她也认真地说:"谢谢。"

卢靖雯反倒是一愣:"干吗啦?这么严肃。"

"其实我还挺不好意思讲的,我是真的很喜欢你,靖雯。"姜蝶挠了挠头,"很多事情我都可以很放心地跟你说,你是那么八卦的一个人,但从来都会为我保密。"

卢靖雯也不好意思地摸了把鼻子:"你笨啊,你是我的朋友,我八卦可以,其他人八卦就是长舌妇,我第一个上去拔舌头。"

朋友。久违的,有人对着她非常真诚又主动地说出这两个字。

那种感觉就像在玩捉迷藏,所有的人都被找到了,她还蹲在角落,等了好久好久,她不抱希望地站起来,拍了拍屁股上的灰要离开时,后面有人跑上来,说:"我终于找到你啦!"

她对友谊的期盼,已经下降到非常薄弱的程度。一旦有人给了超出一点点预期的友谊,就足够令她动容。

姜蝶吸了吸鼻子,觉得现在的自己其实是非常幸福的小孩——有家人,有爱人,有朋友,虽然这些都经历过令人心灰的曲折,但最后都被命运熨平。

她现在富足得可以和世界首富抗衡,既然如此,过去藏着的腐烂的伤口,似乎也可以拿来当下酒菜。

姜蝶举了举手,朝店员要了一大扎啤酒,豪迈地喝了一大口,啤酒沫子沾满嘴,她毫不在意地一擦,云淡风轻地说:

"你知道吗?其实在此之前,我真的没什么朋友。"

卢靖雯一愣。

"你别看我现在这样,挺人模人样的,其实我以前真的很土很菜。所以大家很容易在人群中忽略我,不会想要和我做朋友。"

卢靖雯也跟着要了一大扎啤酒，笑道："干吗？现在揭伤疤是不是？那我也有的讲了，不过你先好了，不跟你抢。"

其实在说完之后姜蝶很紧张，她很怕卢靖雯会做出任何同情或者审视的姿态，那样她会受不了。但很庆幸，卢靖雯没有，而是也柔软地摊开自己，说话的声音就像一道水流。而她是另一道水流，正在缓慢地冲垮回忆的阀门。

"但当时我也无所谓，因为我也很不想和别人交朋友。包括到大学，其实我一开始也很抗拒，但我得尝试努力和过去做出不同。我不想自己还是那个灰头土脸，被人在背后说性格古怪的小孩。

"我想让自己看上去正常。"

卢靖雯微怔："那……你为什么抗拒和别人交朋友呢？"

"你有过对朋友很失望的时候吗？"

她摇了摇头。

姜蝶一鼓作气地把啤酒干了。

"我有过。"

而且是到现在都过不去的那种。

溢出的啤酒沫在瓷白的嘴角滑过，和十多年前老旧瓷砖上滑过的雨滴如出一辙。

那天是个陈旧的、阴湿的雨天，大家都想，应该不会来什么人了。一拨人凑在活动室搭积木，而她和十一被他们排挤在外，蹲在活动室的墙壁外看雨滴。她忧愁地仰起头嘀咕："那只蝴蝶也会淋雨吧。"

十一纠正她："它还算不上蝴蝶，只是一只茧。"

"没差，它肯定会变成蝴蝶的！"

两人无聊的讨论止于雨声混合下的引擎声，隆隆地从远处传来。他们齐齐往前方看去，院门外，有一辆车正在雨幕下驶进。隔得越近，他们对那个车标也就看得越清楚。

她掐了下十一的胳膊，下意识地说："这辆车是目前来的这么多车里，最好的。"

这也就意味着，这辆车的主人，必定是个非富即贵的大人物。这样的大人物，一般不会出现在这里。要来，估计也是做什么慈善，给他们捐点钱，拍个合照，不会领人走。结果很意外的是，老师在接待完这位大人物之后，突然让他们集合，而集合，代表了挑选，也代表，很有可能又有一个数字会消失。

她和十一是最后踩点到的，他们下意识已经摒弃了被选择的可能，无所谓来得晚不晚。两个人被挤在最外面，她侧头看着窗外，还在担心落在茧上的雨。十一依旧面无表情，露出来的一只眼睛暗淡得如同窗外灰蒙蒙的天色。

站在最前面的大人物，穿着一丝不苟，但意外地很朴素。女人没有戴多余的项链耳坠，只有丰腴的手腕上悬挂着通透的翠绿玉镯；她身旁的男人高出半个头，金丝边眼镜，黑色西装，手掌把玩着两只油光水滑的精美核桃——细细地看那核桃，表面竟雕刻着两张佛像。

男人就这么边转着核桃，视线边在一群孩子当中来回，落在十一和她身上时，不知是不是错觉，额外逗留了几秒。

窗外绵雨如织，院长亲自过来，带着夫妻俩去了办公室。孩子们叽叽喳喳地议论开，兴奋地期许自己能被挑中。

她撞了下十一的胳膊："你猜会是谁？"

他兴趣寥寥："反正不会是……"

"我们"还未说出口，老师突然打开办公室的门，从走廊那头过来，对两人招了招手，他们都朝身后望去。

老师哭笑不得，明确地喊出了他们的序号："叫的就是你们，过来一下。"

两人错愕地对视，十一先反应过来，拉着她往前走。她心脏跳得好快，好像穿越回第一次被逼着望风的那一天，走路都同手同脚。但好在有十一在，她不至于跌倒。

两个孩子是第一次走进这里，因为每一次，都是在"海选"阶段就被淘汰了。现在，他们的主考官就坐在并不宽敞的沙发上，居高临下地旁观着他们的每一个举动。为了不失分，他们干脆一动不动。

老师轻轻揉了一把两人的肩头,说:"向蒋先生和蒋夫人打个招呼。"

他们便低着头异口同声地说:"蒋先生好,蒋夫人好。"

男人不紧不慢地点了下头:"这两个孩子,是你们院里的老大难?"

院长道:"他们都是命很苦的孩子,应该符合您的收养要求。"

男人将两只核桃撇开来:"我们计划只收养一个。"

她和十一牵着手,手背在身后,在那一瞬间,彼此都清晰地感觉到对方的僵硬。

院长试探地问:"性别是否有倾向呢?"他估摸着对方应该会想要男孩,毕竟背后是一整个集团,总得有人继承,不然来领什么孩子?女人放下茶杯,她脸上粉底盖得很厚,却没有多余的眼妆,腮红打得很重,好像只是为了遮盖苍白的脸色。

她出人意料地回答:"这个我们倒是无所谓,都已经不是血亲,又何必在乎是男是女?"她笑了笑,"到我们这个岁数,钱财都是身外之事,不如多积德行善,拯救孩子出苦海。那自然,缘分才是最重要的。"

男人下意识地摸着核桃,附和道:"我们都信佛,比较相信缘分。"

院长踌躇:"那两位的意思是……?"

"我们会择日再来。这是两粒菩提种,会长得很快。到时候,看谁的能结出因果,就和我们是有缘分的。"

男人拿出两块包着种子的手帕,两个孩子这才好奇地小心翼翼抬头,双手接过。

十一突然问:"如果我们两个的种子都长出来了呢?"

"长势总有好坏。"

也就是说,二择一是定局,不会有多的名额。菩提种,听上去非常神圣,但拆开来一看,无非就是一颗漆黑的、不起眼的种子。这颗种子长出嫩芽,他们就有机会被领养吗?

大人物选孩子的方式,闻所未闻,前所未有。

窗外绵雨如织,他们出了办公室,发蒙地在老师的指导下,把种子种进了院里的土壤。两人各种一边。

311

栽下去的时候,她侧头,遥遥地看向十一:"你期待它会长出来吗?"

他反问:"你呢?"

"……我不知道。"她诚实地回答,"听天由命吧。"

命运的橄榄枝抛到了跟前,她却没有想象中的开心。

如果菩提种真的长出了芽,她就能坐上那辆最好的豪华汽车,住进有松软的大床的房间,有爸爸和妈妈,有学上,人生会截然不同。可是,从硬硬的床板上起来,和十一乘坐拥挤逼仄的公交,下车去看那只小蝴蝶破茧了没有,她也很喜欢这样的人生。

可是,可是……另一个能得到这个机会的人也是十一。

无论她怎么选,她都不会再有机会和十一一起了。

除非,他们的种子都偃旗息鼓。

她在心底,竟然隐隐期待这种结局。然而几天之后,她没怎么费心打理的种子破出新芽,掐灭了这种可能。她看着冒头的那一点嫩绿,除了怔然,多出了一丝无处安放的惊喜。如果这真是天意,她可以期待苦尽甘来吗?内心最深处,一直压抑的欲望小心翼翼地和这抹新芽一起探出脑袋。但她不敢表露这份雀跃,因为十一种下的种子还没有动静。

这样的对比,显得尤为残忍。

他还是那么沉默,似乎并没有为之感到难过,但从他总是凝视那片土壤的眼神里,她敏锐地察觉到那种无助的等待。

那枚种子承载了他的孤注一掷。

十一和她不一样,他有过家人,知道家的感觉。

她从来都是用赤脚走在土地上的人,早就被碎刺扎得皮糙肉厚,但刚脱掉鞋赤脚走路的人,走两步就会痛不欲生,所以十一应该比她更煎熬吧。

直到那天傍晚,属于他的那粒菩提种,居然也抽出了细微的嫩芽。这个发现,令她比看到自己的那粒菩提种发芽更加振奋。她跑去活动室找十一,想拉着他去看,他却反应不大,呆坐在角落,摇头。

"没必要。从你的种子先发芽开始,结果就已经出来了。"

她的兴奋戛然而止。

罕见的沉默在两人之间蔓延开去,她坐下来,眼神滑过散在桌上的、还未堆完的积木。

她转移话题:"我们把它搭完吧。"

她把一块三角形盖在四方形的上边,一边喃喃自语:"你说,我们如果能缩小,变成很小很小的人该多好?这样我们无处可去的时候,就可以钻进这个积木里,突然拥有一座城堡了。"

十一依旧看着窗外那两株大小不一的翠绿,眼光闪动如叶片上的露珠。

"你很快会有真的城堡的。"他哑着嗓子说。

老师通知那对蒋氏夫妇再来的前夜,她从枕头底下拿出那本《夏洛的网》。

她把脑袋枕在硬硬的书封上,感觉自己的每一次吐息,都好像在空气中延展成一根蛛丝,那根蛛丝慢慢凝聚,缠绕,打结,最后变成了他曾写给她的字,别哭。

这也是她想对十一说的话,但在刚才,她说不出口。

因为让他伤心的源头,她难逃干系,无用的安慰没有意义。而在那瞬间,她没办法痛快地说——我把城堡让给你。她终究是一个贪心的、自私的人,渴望拥有家。借着月光,她把书翻到小蜘蛛给小猪织网的那一页。

她还无法完全认识那些文字,月光也使她看不清楚,但耳边,送她书的人念白的嗓音还在反复地回放——

"你的将来没危险了,你会无忧无虑地活下去的……这个秋天会变短,也会变冷。叶子们也会从树上摇落的。圣诞节会来,然后就是飘飘的冬雪。你将活着看到那个美丽的冰雪世界……冬天将过去,白天又会变长,草场池塘里的冰也会融化的。百灵鸟又会回来唱歌,青蛙也将醒来,又会吹起暖暖的风。所有的这些美丽的景色,所有的这些动听的声音,所有的这些好闻的气味,都将等着你去欣赏呢……这个可爱的世界,这些珍贵的日子。"

为小猪织网织到失去力气的小蜘蛛苟延残喘地说着上面这些话。

小猪听后,问:"为什么你要为我做这一切?"

"你一直是我的朋友。"小蜘蛛回答,"这本身就是你对我最大的帮助。我为你织网,是因为我喜欢你。然而,生命的价值是什么,该怎么说呢?我们出生,我们短暂地活着,我们死亡。一个蜘蛛在一生中只忙碌着捕捉、吞食小飞虫是毫无意义的。通过帮助你,我才可能试着在我的生命里找到一点价值。老天知道,每个人活着时总要做些有意义的事才好吧。"

女大学生当时将书中的内容念完,把书递过来,她们寥寥的对白也跟着再次浮现——

"如果你是夏洛,你会选择不帮你的朋友,见死不救吗?"

她不假思索:"我没有朋友。"

对方语塞。

"等你有了朋友,你再看看这个故事。"那人临走时把书塞进她的手心,"帮助是一件非常让人快乐的事情。"

她的确是个自私的人,但自私的人也想拥有不完全为自己的快乐。毕竟她曾经在别人身上加诸过痛苦,偷了别人的东西,她是个有罪的人。而有罪的人,也有了朋友,他们可以同享快乐,共担悲伤。

她也希望她的朋友十一能像小猪、小绿芽、小蝴蝶一样,冲破栅栏,冲破土壤,冲破茧房,去到他最想去的地方。

而她已经在泥沼里待得够久,再多待下去……好像也可以忍受。

卢靖雯听到关键的地方,姜蝶突然停下来,抬手又叫了一杯扎啤。她面前的桌子上,已经夸张地排了一列空杯,满得整张木桌都快塞不下。

"你少喝点吧……酒量又不怎么样。"

她听闻姜蝶说的经历,脸上的表情既心疼又复杂,口气不自觉地带上了姐姐的那种语气,说话比平时都软三分。

姜蝶无所谓地摆手:"不要打岔,我正要说到高潮部分呢——"

"好好好,你说。"

卢靖雯半附和地哄她,内心也被吊得不行,急于知道后续。

虽然,内心已经隐隐猜到了结局。

服务员重新上了一大杯扎啤,姜蝶咕咚咚又喝下大半杯,打了个酒嗝,笑嘻嘻地说:"然后呀,那一晚我就很傻地决定,到时候,我就把那株发育慢的菩提种子认成我自己的。"

"……然后呢?"

"可是,没有这个必要了。"

姜蝶笑得更开朗了。

"第二天,我栽下的菩提种子,芽被掐断了。"

图书在版编目（CIP）数据

凤眼蝴蝶 / 严雪芥著 . -- 成都：四川文艺出版社，2023.4
ISBN 978-7-5411-6606-8

Ⅰ.①凤… Ⅱ.①严… Ⅲ.①言情小说—中国—当代 Ⅳ.① I247.5

中国国家版本馆 CIP 数据核字 (2023) 第 044142 号

FENG YAN HUDIE

凤眼蝴蝶

严雪芥 著

出 品 人	谭清洁
责任编辑	王思鈜　王梓画
责任校对	段　敏

出版发行	四川文艺出版社（成都市锦江区三色路 238 号）
网　　址	www.scwys.com
电　　话	028-86361781（编辑部）

印　　刷	北京联兴盛业印刷股份有限公司		
成品尺寸	146mm×210mm	开　本	32 开
印　　张	10.125	字　数	290 千
版　　次	2023 年 4 月第一版	印　次	2023 年 4 月第一次印刷
书　　号	ISBN 978-7-5411-6606-8		
定　　价	49.80 元		

版权所有，侵权必究。如有质量问题，请与本公司图书销售中心联系调换。电话：010-82069336。